LA CHICA

QUE

ATRAPARON

Date: 12/21/18

LA CHICA QUE ATRAPARON

ROBERT DUGONI

TRADUCCIÓN DE DAVID LEÓN

Título original: *The Trapped Girl*
Publicado originalmente por Thomas & Mercer, Estados Unidos, 2017

Edición en español publicada por:
AmazonCrossing, Amazon Media EU Sàrl
5 rue Plaetis, L-2338, Luxembourg
Agosto, 2018

Impreso por: Ver última página
Primera edición digital 2018

ISBN: 9782919802685

www.apub.com

SOBRE EL AUTOR

Robert Dugoni nació en Idaho y creció en el norte de California. Aunque estudió comunicación, periodismo y escritura creativa en la Universidad de Stanford dedicó su vida profesional a la abogacía. Hasta 1999, cuando se despertó un día decidido a dedicarse a escribir. Tras apartarse de la jurisprudencia, pudo completar tres primeras novelas con las que ganó el premio literario de la Pacific Northwest Writer's Conference. Desde entonces sus obras han encabezado las listas de éxitos editoriales de *The New York Times*, *The Wall Street Journal* y Amazon. Es autor de la serie de Tracy Crosswhite: *La tumba de Sarah*, *Su último suspiro*, *El claro más oscuro* y *La chica que atraparon*; así como de la saga de David Sloane, que ha gozado de una acogida excelente por parte de la crítica: *The Jury Master*, *Wrongful Death*, *Bodily Harm*, *Murder One* y *The Conviction*. Ha figurado en dos ocasiones entre los aspirantes al Premio Harper Lee de ficción jurídica, fue finalista de los International Thriller Writers Awards de 2015 y ganador, ese mismo año, del Premio Nancy Pearl de novela. Sus libros se venden en más de veinte países y se han traducido a una docena de idiomas, incluidos el francés, el alemán, el italiano y el español.

Para más información sobre Robert Dugoni y sus novelas, véase www.robertdugoni.com.

Al doctor Joe Doucette.
No hay palabras que puedan expresar la gratitud que siento por el tiempo, la experiencia y los consejos que me has dado.
Nos vemos a los noventa

Hasta un perro sabe distinguir un tropiezo de una patada.

OLIVER WENDELL HOLMES HIJO, JURISTA

CAPÍTULO 1

Kurt Schill empujó su embarcación de aluminio de cuatro metros de eslora sobre los troncos que había dispuesto para evitar que el casco rozara en exceso las rocas. Quería proteger aquella inversión reciente y, sobre todo, evitar incurrir en la ira de los vecinos de los bloques de apartamentos que bordeaban el angosto acceso al estrecho de Puget, a quienes, sin duda, no iba a hacer mucha gracia ver interrumpido su sueño a las cuatro y media de la madrugada. Si alguno se quejaba a la policía de que estaba botando su barca desde allí, no iba a tener defensa alguna, pues no faltaban señales que dejasen bien claro que aquel lugar debía usarse exclusivamente como paseo.

Schill entró en el agua para estabilizar la embarcación y sintió el frío de los siete grados del estrecho colarse a través de sus botas de agua. Dio un empellón al bote y, al saltar para subir al mismo, se golpeó con fuerza la rodilla haciendo que el conjunto cabeceara y se bamboleara hasta situarse con todo su peso en el banco del centro. Aquel casco en *V* parecía más estable que el de su barca de fibra de vidrio, más difícil de gobernar cuando la mar se embravecía. Con todo, tendría que esperar a adentrarse un tanto más en el agua antes de poder encender el motor Honda de seis caballos y comprobar de veras cómo respondía su adquisición.

Introdujo los remos de madera en los toletes y se alejó bogando de la orilla, sin más ruido que el de las palas hendiendo el agua y el leve chasquido que emitía el escálamo con cada impulso. El casco de aluminio se deslizaba por aquellas aguas negras como la pez. Otra de las cosas que le gustaban de aquel equipo nuevo. Había ahorrado dinero y le había comprado la barca y el remolque a un fulano en Craigslist por dos mil. Aquello superaba los mil quinientos dólares que tenía de presupuesto. Suerte que su padre le había echado una mano, aunque, claro, tendría que devolverle el préstamo. Supuso que podría ahorrar evitando el alquiler de un amarre en los puertos deportivos de la zona y capturando más cangrejos. El Departamento de Caza y Pesca limitaba su número a cinco bueyes de agua del Pacífico por persona, pero, teniendo como tenía contactos en los restaurantes que estaban dispuestos a pagarle en negro, Schill no tenía intención de devolver al mar ninguno de los tesoros que cayeran en su nasa.

Remó en dirección a Blake Island, un montículo negro que sobre el nivel del agua se elevaba apocado ante la presencia imprecisa de las islas mucho más voluminosas que tenía detrás: Bainbridge y Vashon. Al norte, las luces del transbordador de Bremerton que avanzaba hacia el este, en dirección a Seattle, lo hacían parecer un zapatero luminoso. Las botas de pescador y el chaleco salvavidas hacían que le corriera el sudor por el pecho y la espalda y que agradeciera la brisa ligera que le refrescaba el cuello.

Estando ya a varios cientos de brazas de la costa, volvió a embarcar los remos y se dirigió a la popa de la embarcación, se enganchó el interruptor de emergencia al salvavidas, apretó tres veces la bomba de cebado para dar combustible al motor, ajustó el estárter y accionó el tirador de arranque. El aparato gruñó, gargajeó y se apagó. Se aseguró de que estuviera en punto muerto y tuviese el acelerador al mínimo antes de volver a intentarlo. El motor traqueteó, gargajeó de nuevo... y se encendió al fin.

Legalmente, a principios de la temporada solo podían pescar cangrejos las tribus de nativos y las multas eran cuantiosas, pero Schill había dado a finales de la temporada del año anterior con una verdadera mina y estaba deseando averiguar si seguía produciendo. A fin de que no lo viera nadie, colocaba las nasas después de la anochecida y las recogía antes del alba. Por supuesto, aquello tenía sus riesgos, pues, al ir a oscuras, se arriesgaba a que lo alcanzase otra embarcación o un tronco que flotara en el agua. Cualquiera de los dos le arreglaría el día.

Schill botó el timón con decisión a estribor y la proa hizo un viraje marcado. El casco no tardó nada en volver a hender la superficie dejando una estela en forma de *V*. «¡Perfecto!»

Al acercarse a su filón, redujo la marcha y buscó en la costa el árbol partido que le servía de punto de referencia. Al divisarlo, puso el motor en punto muerto y examinó la superficie del agua para dar con una sombra en forma de cono que no era otra cosa que su boya roja y blanca. Al no verla, empezó a sentirse inquieto, pues sabía que los hombres de las tribus se apoderaban de las artes que vulneraban sus derechos de pesca.

Sacó la linterna de debajo de su asiento y recorrió los alrededores con ella. A la tercera pasada por la superficie, encontró la boya subiendo y bajando al ritmo de las olas. Aliviado, se acercó con la barca, tomó el anillo y tensó el cabo hasta que sintió el peso de la nasa. Lo pasó por el motón situado en el extremo del pescante, otro de los añadidos que no tenía su antigua embarcación de fibra de vidrio, y siguió halándolo y adujándolo a sus pies.

—No ha ido nada mal —aseveró.

Se había hecho experto en calcular el volumen de su captura por el peso de la nasa. Aquella no era una ciencia exacta, claro: muchas de las que había sacado del agua con esfuerzo habían resultado estar llenas de estrellas girasol, platijas o peces de roca. Aun así, aquella pesaba más que cualquiera de las anteriores, tanto que no tardó en sentir que le ardían los hombros y tuvo que amarrar el cabo para dar descanso a sus brazos.

—Joder. —Sintió cosquillas en el estómago ante la expectación.

Aseguró las suelas de sus botas de goma contra la amurada, desamarró el cabo y sintió de inmediato el peso de la nasa. El bote escoró por la banda de estribor cuando el pescante se inclinó hacia el agua. Schill calculó que debía de haber embarcado ya casi veinte metros de maroma y que, por tanto, quedaban aún otros cinco o seis. Con todo, había algo que no encajaba. El cabo, en lugar de ir perpendicular al agua, describía con esta un ángulo de cuarenta y cinco grados, lo que solía ser indicio de que había dado con un obstáculo.

Fuera lo que fuese, iba a salir a la superficie antes que su cesta, que lo seguía a cierta distancia. Aquello lo preocupaba, pues, si había dado con un lecho de algas o con el ancla de una embarcación perdida y tenía que cortarlo, corría el riesgo de acabar dañando el cabo y perdiendo la nasa. Y adiós al margen de beneficios.

Dio otro tirón y sintió calor en los músculos de los muslos, los brazos y los hombros. Le cayeron hilillos de sudor de la frente a los ojos y los apartó agitando la cabeza. Al final vio asomar una nasa a la superficie del agua. Aunque costaba distinguirla, parecía tener forma rectangular, cuando la suya era octogonal. Podía ser que su cabo se hubiera enredado con el de otra que hubiera, legal o ilegalmente, en las inmediaciones.

Afirmó el cabo y se deslizó con cuidado por el banco. El pescante descendió otros quince centímetros. Alargando el brazo con cuidado para tomar el cable por miedo a hacer volcar el bote, lo agarró y tiró de la nasa para acercarla a su cuerpo cuanto le fue posible. Con la mano libre, tomó la linterna y dirigió su luz hacia el contenido.

La nasa parecía estar llena, pero ¿de qué? Vio algas y una estrella de mar, también unos cuantos cangrejos que iban de un lado a otro buscando alimento.

En ese momento vio la mano.

CAPÍTULO 2

Tracy Crosswhite estacionó su Ford F-150 en Beach Drive Southwest, sentido norte, y se recogió el cabello rubio en una cola de caballo que sujetó enseguida con una goma. No era algo que hiciese con frecuencia, pues, a sus cuarenta y tres años, no quería parecer una de esas mujeres que siguen queriendo aparentar alegres veinteañeras, pero, a esas horas de la mañana, ni se sentía alegre ni le importaba un bledo su aspecto. No se había duchado ni se había molestado en ponerse un mínimo de maquillaje.

Abrió el bloc de notas de su teléfono y se situó debajo mismo de la primera, donde había dictado la hora en la que había recibido la llamada de Billy Williams, sargento de la Sección de Crímenes Violentos de la comisaría de policía de Seattle. Pulsó el icono del micrófono y dijo:

—Hora: cinco y cuarenta y cinco. Aparco en Beach Drive Southwest, cerca de Cormorant Cove.

Williams se había puesto en contacto con ella hacía unos veinte minutos. En la centralita habían recibido una llamada de emergencias de alguien que había encontrado un cadáver en el estrecho de Puget y el cráneo de la muerte pendía sobre Tracy. Literalmente: se trataba de una calavera de juguete que los inspectores colgaban sobre el cubículo del equipo de homicidios que estuviera de servicio en un momento dado, que, en ese caso, no era otro que el que formaban ella y su compañero, Kinsington Rowe.

El sargento había dicho que, aunque seguía recabando datos, alguien había informado del hallazgo del cuerpo cerca de Cormorant Cove, que se hallaba a escasos kilómetros de la casa que había alquilado Tracy en el Admiral District del sector oeste de Seattle, por lo que llegó al lugar de los hechos antes que nadie a excepción de los agentes que habían respondido a la llamada de emergencia. Sus coches patrulla estaban estacionados en la acera de enfrente, en el sentido opuesto a su vehículo.

Tracy se apeó de la cabina de la camioneta. Le sonrió la tajada de luna que aún lograba verse en el cielo azul pálido. La temperatura, que ya había empezado a resultar llevadera, anunciaba otro día de calor desapacible. Seis días seguidos por encima de los treinta grados estaban convirtiendo aquel mes de junio en uno de los más calurosos de los que se tuviera constancia.

A continuación, dictó otra nota:

—El cielo está despejado y no se aprecia viento. —A lo que añadió tras consultar la aplicación de información meteorológica de su móvil—: Once grados y medio en el sector oeste de Seattle.

Era sábado y las playas y el paseo elevado no iban a tardar en hervir de dueños de perros, corredores y familias de paseo. La aparición de un cadáver iba a aguarles, sin duda, el comienzo del fin de semana.

Se colocó la gorra de la policía de Seattle, sacó la coleta por el hueco que se abría sobre la cinta destinada a ajustar el perímetro y se caló la visera casi hasta las cejas. Acto seguido llegó el turno de la crema solar de factor 50 de protección, que se aplicó en brazos, cuello, pecho y cara. Ya había tenido un susto hacía dos meses, cuando su médico había advertido una falta de pigmentación cerca de la clavícula durante una revisión y la posterior visita al dermatólogo había revelado lesiones en la piel, cáncer no. Las alegrías de hacerse mayor: patas de gallo, barriguita y pantalla solar antes de salir.

Cruzó en rojo para dirigirse a los tres vehículos blanquinegros de la policía —dos sedanes y un todoterreno— que había delante del edificio de apartamentos de Harbor West. La construcción se sostenía sobre pilotes que se hundían a gran profundidad en el barro a fin de internarse sobre el estrecho y dar un nuevo significado a la expresión «vivir en el agua». Muy bonito, gracias, pero no: un terremoto de cierta magnitud podía dar al traste con uno de aquellos pilares de madera. También era cierto que su casa estaba encaramada a una ladera de sesenta metros de altura. Quien prefiere tener buenas vistas dejando a un lado otras consideraciones prácticas se arriesga a sufrir un buen susto. Con todo, había que reconocer que aquella panorámica era espectacular. Las islas de Vashon y Bainbridge creaban, junto con la de Blake, mucho más pequeña, un telón de fondo propio de un cuadro que justificaba los precios exorbitantes de los bloques de apartamentos de Beach Drive Southwest.

Tres agentes de uniforme la observaron acercarse desde la acera tras la cinta amarilla y negra que delimitaba el lugar del crimen. Ni se molestó en enseñarles la placa: aun sin la identificación de la cazadora y la gorra, después de veinte años sabía que había adquirido los andares seguros de un policía.

—Tracy —la llamó una agente.

Seguía siendo la única inspectora de homicidios de Seattle y no hacía mucho había recibido su segunda Medalla al Valor tras una investigación de gran repercusión mediática y la captura de un asesino en serie conocido como *el Cowboy*. En el fondo, prefería vivir sin tantas atenciones. Su compañero, Kins, y ella habían oído rumores de que en la comisaría se quejaban de que siempre estaban ellos de guardia cuando se recibía un caso propio de novela policíaca. Sin embargo, insinuar que su capitán, Johnny Nolasco, podía estar dándoles trato de favor resultaba más que absurdo: Nolasco y ella se llevaban peor que los participantes de un programa de telerrealidad.

—Katie —dijo Tracy.

Katie Pryor trabajaba en la comisaría Suroeste y era una de las muchas agentes a las que había enseñado a disparar para que aprobasen la prueba de aptitud.

—¿Cómo estás? —le preguntó su antigua alumna.

—No me vendría mal dormir más.

De manera instintiva, se había puesto a estudiar los alrededores: troncos dispuestos de tal modo que formaban un camino hacia el agua y un joven de pie al lado de un bote pesquero de aluminio varado en la playa. De la popa salía un cabo que, dos metros y medio o tres más allá, se hundía en la superficie azul grisácea del estrecho. Tracy se preguntó para qué iba a necesitar ancla estando como estaba en seco.

—Imagino que aquel es el tipo que ha encontrado el cadáver, ¿no?

Pryor volvió la vista.

—Se llama Kurt Schill.

Tracy recorrió entonces con la mirada la playa rocosa, salpicada de troncos descoloridos.

—¿Y dónde está el cuerpo?

—Entra —dijo Pryor.

La inspectora apuntó su nombre en la hoja de registro y se agachó para pasar al otro lado de la cinta. Pryor entregó el documento, fijado en una tablilla sujetapapeles, a uno de los otros dos agentes. Al ver que empezaba a aparecer gente por la playa, Tracy se volvió hacia ellos y les dijo:

—Sacad a todo el mundo de la arena y que no pase nadie del paseo. Decidles que la playa estará cerrada casi todo el día y averiguad si alguien ha visto o sabe algo. —Examinó Beach Drive y vio una camioneta azul con un remolque—. Después, apuntad las matrículas de todos los coches que hay aparcados hasta la Avenida Sesenta y Uno y hasta Spokane Street. —Sabía que las tres calles formaban un triángulo escaleno cuyo lado mayor estaba conformado por Beach Drive Southwest. No era raro que quienes cometían un asesinato, si es que era eso lo que tenían entre manos, regresaran al lugar de los hechos para observar el despliegue de la investigación.

Caminaron hacia el agua. Los días de calor habían acentuado el olor salobre de la playa. Había un agente de uniforme inclinado clavando un palo en la arena con un martillo, cabía suponer que para atar el otro extremo de la cinta y rematar así el perímetro en forma de *U*.

—Recibimos la llamada de la centralita a las cinco y treinta y dos —la informó Pryor, cuyas botas se hundían en los guijarros con sonido de calderilla—. Cuando llegamos, nos estaba esperando al lado de su barca.

—¿Cómo has dicho que se llamaba?

—Kurt Schill. Estudia secundaria aquí, en West Seattle.

Tracy se detuvo para observar los troncos colocados en paralelo al agua.

—¿Esto lo ha hecho él?

—Supongo que sí —repuso Pryor.

—Parece un pantalán improvisado. —Tomó un par de fotografías con el teléfono.

—Dice que estaba pescando cangrejos y la nasa se enganchó con algo al tirar de ella —comunicó Pryor.

—¿Un cadáver? —preguntó Tracy pensando que, en tal caso, resultaba algo insólito.

—No: otra nasa.

—¿Pero no había encontrado un muerto?

—Él dice que sí, que está dentro de la nasa.

La inspectora apartó la mirada de Pryor para fijarla en la barca y en el cabo tenso que salía de ella. Entonces no se trataba de un ancla. Había acudido allí pensando encontrar un cadáver en la playa, tal vez por un ahogamiento o un accidente de barco: lo que en la sección llamaban una «bola rasa», un caso sin complicaciones. Si el cuerpo estaba dentro de una trampa para cangrejos, la cosa cambiaba mucho. Muchísimo.

—¿Tú lo has visto?

—¿El cadáver? —Pryor negó con la cabeza—. Hay mucha profundidad. Además, no estoy muy segura de querer verlo: el chaval dice que cree haber visto una mano asomando entre cangrejos y estrellas de mar. Una cosa muy desagradable. Lo ha arrastrado hasta aquí.

—¿La mano o todo el cuerpo?

—Dice que lo que vio fue una mano, aunque, a juzgar por su descripción de cómo pesaba la nasa, lo más seguro es que sea el cadáver entero.

Tracy volvió a observar al muchacho y trató de hacerse una idea de lo horrible que debía de ser encontrar un cadáver en descomposición que estuviera sirviendo de alimento a la fauna marina.

Siguió a Pryor hasta el borde del agua. Las olas lamían suavemente las rocas. El agente que estaba colocando la cinta se puso en pie y se secó el sudor de la frente.

—Gracias por delimitar el perímetro —le dijo Tracy—, pero vamos a necesitar ampliarlo muchísimo: hasta aquellos troncos y hasta la pasarela. Voy a pedir una valla que impida la vista desde el espigón y necesitaré que la coloquéis cuando llegue. No habéis movido ni tocado nada, ¿verdad?

—No, solo un par de piedras para clavar las estacas —respondió el compañero de Pryor.

—¿Habéis llamado a la patrulla portuaria para que envíen buzos?

—Todavía no —dijo Pryor—. Nos ha parecido mejor dejarlo todo como estaba hasta que llegase alguien con un plan.

Tracy se dirigió al segundo agente:

—Llámala. Diles que necesitaremos que establezcan un perímetro en el agua para mantener alejadas las embarcaciones hasta que averigüemos de qué va esto. —Volviéndose de nuevo a Pryor, añadió—: ¿Qué actitud tenía el chico de la barca cuando llegasteis?

—Estaba apabullado. Confuso. Asustado.

—¿Qué os dijo?

Pryor consultó sus notas.

—Por lo visto, salió temprano para recoger su nasa cerca de Lincoln Park. Dice que la había dejado a unos veinticuatro o veinticinco metros de profundidad y que, al ir a tirar de ella, le pareció que pesaba demasiado. Cuando salió a la superficie, se dio cuenta de que no era la suya.

—¿No?

—No: por lo visto, había enganchado otra. Al mirarla de cerca con la linterna vio lo que cree que es una mano humana. Se dio un susto de muerte y la soltó. Pesaba tanto que casi vuelca la barca. Consiguió volver y varar en la arena. Entonces llamó a emergencias desde su móvil.

—¿Qué más sabemos de él?

—Que acaba de terminar bachillerato en la West Seattle High School y vive en la Cuarenta y Tres. Sus padres vienen de camino.

—¿Y qué hace aquí tan temprano un adolescente?

Pryor sonrió.

—Buena pregunta. Él dice que pone temprano las nasas para no tener que competir con otras embarcaciones más grandes.

Tracy no pasó por alto su tono incrédulo.

—¿Crees que miente?

La agente respondió:

—A no ser que pertenezcas a una tribu, todavía no es temporada de cangrejos.

—¿Cómo sabes eso?

—Dale y yo somos aficionados. Sobre todo, lo hacemos por sacar a las niñas con la barca. Las tribus pueden pescar cangrejos casi cuando les dé la gana, pero, para el resto, la veda no se levanta hasta la semana que viene. El 2 de julio, creo.

—Entonces, ¿qué hacía él aquí?

—Dice que no lo sabía, aunque yo creo que se está haciendo el tonto.

—¿Por qué?

Pryor señaló con un movimiento de cabeza la barca de aluminio.

—Por aquí no es frecuente ver equipos tan buenos. Me cuesta creer que un chaval con un bote así no conozca la normativa ni sepa que las multas pueden ser gordas. Yo diría que ha salido a escondidas antes de tiempo para adelantarse a la temporada y arrebatar unos cuantos cangrejos a las tribus. Algunos de los restaurantes de la zona los pagan a muy buen precio. No es mal modo de ganarse un dinerito para un preuniversitario avispado.

—Pero es ilegal.

—Eso sí —repuso Pryor.

—Preséntamelo —pidió la inspectora—. Luego, te agradecería que hicieses fotos de todo un poco con tu teléfono.

Se acercaron juntas a Kurt Schill y Tracy dejó a Pryor que hiciera las presentaciones. A continuación, la agente se puso a tomar fotografías. El muchacho le tendió la mano y se la estrechó con una fuerza sorprendente. No parecía tener aún edad de afeitarse y presentaba la frente marcada por el acné.

—¿Está bien? —preguntó ella.

—Sí —dijo él, subrayando la afirmación con un movimiento de cabeza.

—¿No quiere sentarse? —ofreció Tracy señalando uno de los troncos de la playa.

—No, estoy bien.

—Tengo entendido que ha estado hablando con la agente Pryor de lo que ha pasado esta mañana. ¿Le importa si le hago unas preguntas?

—No. —Schill cerró los ojos y negó con la cabeza—. Quiero decir, que no me importa.

—Estupendo. Tranquilo. ¿Cuándo puso la nasa?

Él arrugó el entrecejo.

—Pues… Creo que… No estoy seguro.

—Señor Schill. —Tracy esperó a que la mirase a los ojos para añadir—: Yo no pertenezco al Departamento de Caza y Pesca, ¿entendido? A mí todo eso me da igual: lo que necesito es que sea sincero y me diga con exactitud qué hizo para que pueda determinar si ha visto algo.

—¿Si he visto algo?

—Vamos a empezar por el principio, por el momento en el que puso la nasa.

—Anoche, a las diez y media más o menos.

—De acuerdo, así que estaba a oscuras.

—Sí.

En junio, en Seattle, el sol no se ponía hasta después de las nueve y el ocaso duraba aún otros cuarenta y cinco minutos.

—¿Vio a alguien más fuera del agua? ¿Había más embarcaciones?

—Puede que una o dos.

—¿Pescando cangrejos también?

—No, solo navegaban por ahí. Uno de ellos creo que era palangrero.

—Así que estaba pescando.

—Salmones.

—¿En la misma zona en la que puso usted su nasa? —preguntó ella.

—No, solo los vi a lo lejos.

—Es decir, que no había nada fuera de lo normal.

13

—¿A qué se refiere?

—A algo que llamase su atención, le diera que pensar o lo hiciera mirar dos veces. ¿Nada?

—¡Ah! No, nada.

—¿A qué hora ha vuelto esta mañana?

—A las cuatro más o menos.

—¿Y por qué poner las nasas tan tarde y recogerlas tan temprano? —preguntó la inspectora, aunque creía saber la respuesta.

Schill frunció el ceño.

—Para recogerlas sin que me vea nadie.

—¿Lo hace a menudo?

Otra mueca avergonzada.

—Esta semana, un par de veces.

—¿Y tampoco vio ninguna otra embarcación ni nada que le pareciese fuera de lo común?

El muchacho se tomó unos segundos antes de responder y, a continuación, negó con la cabeza para decir:

—No, nada raro.

—¿Me puede llevar al lugar al que fue a recoger la nasa?

—¿Ahora? —preguntó él en tono alarmado.

—No, de aquí a un rato. Van a venir buzos y me gustaría que nos llevase al sitio en el que la encontró.

—De acuerdo —repuso con aire poco convencido.

—¿Algún problema? —quiso saber la inspectora.

—Tengo que ir a clase para preparar el examen de acceso a la universidad.

—Pues me parece que hoy tendrá que faltar.

—¡Vaya!

—¿Vienen sus padres para acá?

—Mi padre.

—Bien. Ya falta menos. ¿De acuerdo? —dijo ella antes de echar a andar hacia donde estaba Pryor tomando fotografías.

Schill la llamó:

—Inspectora.

—¿Sí? —preguntó Tracy volviéndose.

—No creo que la muerta haya estado mucho tiempo en el agua.

Ella caminó de nuevo hacia él.

—¿Cree que es una mujer?

—Pues... En fin, no estoy completamente seguro, pero la mano... Las uñas tenían pintura todavía.

Tracy reflexionó al respecto.

—De acuerdo. ¿Algo más?

—No.

Katie Pryor la llamó en ese momento y señaló la carretera. Acababa de aparcar en la calle una furgoneta de los informativos del KRIX Channel 8 con una antena parabólica en el techo y de la puerta del copiloto salía en ese momento la experta en airear escándalos favorita de la Sección de Crímenes Violentos: Maria Vanpelt, una rubia despampanante dotada de un gran olfato para las noticias sensacionalistas y destinada al estrellato de la prensa local hasta que recibió una reprimenda por la falta de pericia que demostró al abordar el caso del Cowboy. Tracy llevaba meses sin verla, aunque aquello no había hecho nada por mejorar la imagen que tenía de la periodista. Los inspectores de homicidios se referían a ella como *Vampirelt* y estaban convencidos de que uno de los hombres de los que se servía para medrar no era otro que su capitán, Johnny Nolasco.

Tracy llamó a Billy Williams desde su móvil para pedirle que la policía científica llevase, además de las vallas, una carpa que colocar al borde del agua para usarla como centro de mando y garantizar mayor intimidad. Sospechaba que tras las furgonetas no tardarían en aparecer helicópteros de la prensa. Podía cerrar el espacio aéreo, pero, si las cadenas pensaban que la noticia era lo bastante jugosa, preferirían pagar la multa. Mientras escuchaba a Williams, volvió a mirar al agua y siguió con la vista el cabo que partía de la popa de la barca.

Estaba claro que aquel caso no iba a ser una bola rasa.

El circo había llegado ya a la playa y, con él, la multitud. Los curiosos se agolpaban a lo largo de la barandilla de metal y los periodistas y las cámaras se entremezclaban con ellos. Los coches de policía, las dos embarcaciones blancas y azules de la patrulla portuaria que recorrían el estrecho para mantener a raya a las de vela y de motor que se habían hecho a la mar, la concurrencia de agentes de paisano y de uniforme y la carpa ofrecían un atractivo al que resultaba difícil resistirse. Hasta los turistas estaban haciendo caso omiso de dos de los elementos más representativos de la región: la espectacular vista del monte Rainier, que dominaba el horizonte meridional, y, al norte, las relucientes paredes encaladas y las tejas rojas del faro de punta Alki, que tenía como grandioso telón de fondo la bahía de Elliott y el contorno urbano de Seattle.

Los buceadores habían conseguido desenredar la maraña que arrastraba tras ella la barca de Kurt Schill y que había encallado a menos de dos brazas de profundidad. La nasa del joven, que podía tener un diámetro de unos sesenta centímetros, acompañaría a su bote y su camioneta al depósito de vehículos de la policía para que la policía científica buscara en ellos huellas dactilares y restos de ADN. La de mayor tamaño, en cambio, seguía en el interior de la carpa y lo cierto es que su contenido resultaba más espantoso de lo que habían imaginado.

El cadáver del interior pertenecía, en efecto, a una mujer. Estaba desnuda y la piel, hinchada, había adquirido la consistencia y el color de la carne del molusco conocido como oreja de mar: gomosa, de una palidez grisácea y surcada por un mapa de carreteras de líneas púrpuras. Además, presentaba bastantes daños allí donde se había alimentado la fauna acuática. Esta imagen horripilante contrastaba de un modo marcado con las uñas, pintadas de un azul intenso y semejantes a las de una muñeca de porcelana que hubiese sufrido desportilladuras y arañazos por los años de uso.

Dentro de la carpa discutían cómo transportar el cuerpo a las instalaciones de medicina forense, situadas en Jefferson Street, en el centro de Seattle. Aunque el lugar del crimen estaba bajo la potestad de Tracy en calidad de inspectora superior, su autoridad no se hacía extensiva al cadáver: la jurisdicción del mismo pertenecía al médico forense y Stuart Funk, que ocupaba dicho cargo en el condado de King, podía ser muy quisquilloso al respecto. Funk había preferido no sacar a la víctima de la nasa a fin de evitar todo peligro de alterar las pruebas. El problema era que nadie sabía con seguridad si cabría en la parte trasera de su furgoneta azul y todos querían evitar volcarla ante tantos espectadores. Funk envió a un ayudante a buscar una cinta métrica.

Tracy esperaba fuera con Kins, Billy Williams y Vic Fazzio y Delmo Castigliano, los otros dos integrantes del equipo A de la Sección de Crímenes Violentos y, como tales, la pareja que debía acudir en apoyo de la suya en caso necesario en una investigación. Los pantalones de vestir, la chaqueta deportiva y los mocasines de Faz y Del los hacían parecer dos matones de Nueva Jersey que trataran de mezclarse sin éxito entre los visitantes de Cocoa Beach. La fiscalía del condado de King había enviado también a Rick Cerrabone, uno de los fiscales MDOP, el Proyecto de Delincuentes de Gran Peligrosidad. Tracy había trabajado con él en varios casos de homicidio, aunque en aquella escena tan poco usual no había gran cosa que pudiera hacer. Lo más seguro era que las pruebas fuesen muy limitadas: el agua salada debía de haber destruido las huellas dactilares y las muestras de ADN que hubiera en la trampa para cangrejos y, dado que esta había estado sumergida a veinticinco metros, no tenía sentido batir la playa en busca de indicios.

—Ni siquiera tenemos forma de saber desde dónde echaron al agua el barco que debieron de emplear para deshacerse del cuerpo —explicó Tracy al resto—, porque hay varios pantalanes en este lado de la playa, además de la de Don Armeni, al otro lado de la punta. Si es que utilizaron un bote y no hicieron como Schill.

—En realidad, pueden haber usado cualquier punto desde las islas San Juan hasta Olympia —dijo Faz con una voz que parecía estar rascándole la garganta y un acento marcado de Nueva Jersey. No dejaba de secarse la frente y la nuca con un pañuelo.

—No creo —repuso la inspectora—. En ese caso, habrían arrojado el cadáver en aguas más profundas, más alejadas de la costa. Sospecho que está aquí porque al asesino le venía mejor, porque conoce la zona o por no trasladarse mucho.

—¿Se sabe algo sobre cuándo la echaron al agua?

—Funk considera que, como mucho, debió de ser hace un par de días, porque las manos no están muy hinchadas y la epidermis está intacta.

—De todos modos, esto va a ser como buscar una aguja en un pajar —aseveró Faz.

—Puede que sí —replicó Del—, pero no creo que tengamos menos probabilidades que las que tenía el chaval de sacar del agua la nasa de casualidad.

—¿Crees que no fue así? —preguntó Tracy.

—Solo digo que es una coincidencia de narices.

—Lo que sí está claro es que va a pasar un tiempo sin probar el cangrejo —concluyó Faz.

Tracy se aseguró de que no hubiera agentes en los alrededores. La nueva normativa les exigía llevar cámaras portátiles en el uniforme, lo que significaba que había que tener mucho cuidado con lo que se decía y también con los gestos que se hacían. Era fácil malinterpretar la carcajada de un grupo de inspectores en la escena del crimen. El público general no entendía que el humor negro constituía, a menudo, un mecanismo de defensa que tenían que emplear para hacer su trabajo sin vomitar. Los teléfonos móviles habían puesto bajo la lupa la conducta policial al convertir a todo hijo de vecino en camarógrafo aficionado.

Williams señaló los dos edificios más cercanos al acceso de la playa.

—Vamos a preguntar entre los vecinos y la gente de los puertos deportivos de por aquí, a ver si alguien ha visto algo.

—Será más fácil hacerlo con una foto decente de la víctima —aseveró Faz—. A lo mejor la reconoce alguien.

—¿No nos estamos precipitando? —dijo Kins—. A lo mejor tenemos suerte y encontramos sus huellas en nuestras bases de datos. Podría ser prostituta o drogadicta.

—Me extraña mucho que el asesino se molestara en llegar a este extremo para deshacerse del cadáver en ninguno de esos dos casos —replicó Tracy.

—Pues, si no es prostituta ni drogadicta, habrá alguien que haya denunciado su desaparición —dijo Kins.

—Eso es lo que hacen en mi pueblo los sicilianos —señaló Faz—: un tiro en la nuca y ¡a nadar con los peces!

—Sí, puede que tengas razón —repuso Kins y, mirando a Williams, añadió—: Lo único que digo es que podíamos ahorrarnos un paso.

El sargento negó con la cabeza.

—Mejor preguntamos ahora, que está más fresco todo. Además, si le han pegado un tiro, habrá que buscar el lugar en que se cometió el crimen.

—Lo que podría ser tan sencillo como determinar dónde se echó al agua el bote que la dejó aquí —concluyó Kins.

Funk salió de la carpa en ese instante. Para variar, no tenía el aspecto propio de un profesor despistado. El corte de pelo que se había hecho hacía no mucho le había aplacado su cabellera de plata desgreñada, que a veces daba la impresión de no haber visto un peine en años, y las gafas de sol que se había colocado resultaban mucho más modernas que las de montura plateada de costumbre, demasiado grandes para su rostro enjuto.

—Hemos podido meter la nasa en la furgoneta. La llevaré a la oficina —anunció—, pero no voy a poder hacer nada hoy.

—¿Tiene tatuajes o algún *piercing*? —quiso saber Tracy.

—A simple vista no he encontrado ninguno.

—¿Y huellas de rueda? —preguntó Kins.

Funk meneó la cabeza.

—Tampoco lo sé todavía.

—¿Cuánto calculas que llevaba ahí abajo? —dijo Faz.

—Dos o tres días como mucho.

—Intenta que la nasa quede lo más entera posible —pidió Tracy—. A ver si hay suerte y nos da alguna pista de su procedencia.

—Haré lo que pueda —prometió Funk.

—Llámanos cuando te pongas con ella —dijo Tracy.

Cuando se despidió el forense, Williams se volvió hacia Del y Faz:

—Sondead por los edificios. —Tracy y Kins, en cambio, habrían de acompañar a la patrulla portuaria al lugar en que había encontrado Schill la nasa—. Nos vemos esta misma tarde en el centro.

La inspectora y su compañero echaron a andar hacia la embarcación que los estaba esperando y Kins preguntó:

—¿Tienes protector solar?

Ella le tendió el tubo y él se echó crema en la palma de la mano para aplicársela en la nuca.

—Se me ocurren formas peores de pasar la tarde del sábado —dijo.

—A nuestra desconocida, seguro que no —zanjó Tracy.

Tracy y Kins pasaron el resto de la tarde tostándose al sol. La temperatura superó los treinta grados y, sin un asomo de brisa, en el mar la sensación era aún peor. Cuando Schill los llevó a su «filón», se hicieron evidentes de inmediato varias dificultades. En primer lugar, la fuerza de la corriente y los más de veinticinco metros que tenía el cabo que había usado le impidieron precisar dónde se había enganchado su nasa con la de uso comercial o, cuando menos, en qué parte exacta del estrecho había colocado la suya. Aquello ampliaba de manera significativa la zona en la que había que buscar. A semejante profundidad, no llegaba luz alguna y como el agua, además, estaba turbia, la visibilidad apenas alcanzaba un metro. Los buzos habían explorado una zona tan extensa como habían considerado razonable sin dar con un arma ni nada que pudiese estar relacionado con la mujer de la trampa para cangrejos. Nadie se sorprendió, pues era evidente que el asesino había tenido la intención de que nadie diera nunca con su víctima.

Aunque, a su regreso a tierra, Tracy no pensaba en otra cosa que volver a casa para darse una ducha fría, sabía que aquello tendría que esperar. Kins y ella se dirigieron a la comisaría central y se sentaron en una sala de reuniones con Faz, Del y Billy Williams. Faz informó de que las pesquisas preliminares que habían emprendido en los bloques de apartamentos y los puertos deportivos no habían arrojado ningún dato de interés.

—Sería mucho más fácil si tuviéramos una fotografía —insistió.

Tracy había llamado a Funk en el momento mismo de desembarcar. Aunque los suyos habían conseguido sacar a la desconocida de la nasa, dudaba que fuera posible obtener de la autopsia una fotografía que pudieran utilizar. Cabía recurrir a un dibujante para que supliera los vacíos que había dejado en su piel la fauna marina, pero, en aquel momento, lo único que conseguirían Faz y Del mostrando una instantánea de la víctima tal como se encontraba a los vecinos o a los propietarios de embarcaciones de los puertos deportivos sería provocar náuseas.

CAPÍTULO 3

El lunes por la mañana, después de un fin de semana largo, Tracy se reunió con Kins en el despacho de medicina forense, situado en la confluencia de la Novena con Jefferson Street, delante mismo del centro médico de Harborview. Aquel edificio de catorce plantas, cristal tintado e iluminación natural no se parecía en nada al sarcófago de cemento que había tenido por sede antaño. Con todo, por elegante que hubieran dejado el resto de la construcción, no había gran cosa que pudiera hacerse por embellecer la sala en la que Funk y su equipo examinaban y abrían los cadáveres de las víctimas, un lugar frío y esterilizado dotado de mesas de acero inoxidable y fregaderos del mismo material, así como de sumideros y trampillas iluminados por luces brillantes.

El cuerpo de la desconocida yacía desnudo sobre la mesa más cercana a la puerta. El taco que le habían colocado bajo la espalda le elevaba el pecho y le separaba los brazos inertes a fin de facilitar la labor de Funk. La naturaleza del crimen y del lugar del hallazgo explicaban la ausencia de la bolsa de transporte de cadáveres.

En aquel momento, la mujer que había allí tumbada era menos un ser humano que una prueba que había que someter a disección y otros procedimientos similares. Tras nueve años investigando asesinatos, lo impersonal de las autopsias era una realidad durísima que Tracy aún no había acabado de aceptar, lo que se debía a su conciencia de que los huesos de su hermana, recuperados de una tumba improvisada en los montes que rodeaban su ciudad natal veinte años después de la desaparición de Sarah, habían descansado en una mesa similar, reunidos como los restos de un fósil procedente de una excavación arqueológica. Tracy había jurado no olvidar jamás que todos los cadáveres que yacían en las mesas del laboratorio forense habían sido seres humanos llenos de vida.

Se sentó en un taburete con ruedas de tal modo que no estorbase a Funk. Kins permaneció de pie a su lado y observó y escuchó con ella a Funk mientras este dictaba cada paso con precisión experta y documentaba sus hallazgos con una cantidad colosal de fotografías. Había pesado y medido a la desconocida, que tenía un metro sesenta y siete de altura, aunque resultaba difícil precisarlo con exactitud, debido a la manipulación que había sufrido el cuerpo a la hora de encajarlo en la nasa, y pesaba unos sesenta y un kilogramos. Realizó un frotis vaginal y rectal por ver si daba con restos de semen. También examinó el cuerpo en busca de petequias, manchitas redondas de sangre que apuntarían a una asfixia, por más que saltaba a la vista cuál había sido la causa de la muerte: a la víctima la habían matado de un tiro en la nuca. Lo más probable era que el asesino hubiese usado una pistola de nueve milímetros, aunque el arma no era precisamente lo que más importaba en aquel momento. De cualquier modo, aun cuando llegaran a encontrarla, sin la bala, que había atravesado el cráneo, sería imposible confirmar cuál se había usado.

El examen ocular de Funk no reveló joya alguna, aunque la víctima tenía perforados los lóbulos de las orejas, lo que apoyaba las sospechas que abrigaba Tracy de que el asesino había despojado el cadáver de todas sus pertenencias. El forense tampoco encontró tatuajes ni ninguna otra marca distintiva, tampoco signos de que la desconocida pudiese haber sido drogadicta. Habían tomado las huellas digitales a fin de introducirlas en la base del AFIS, el Sistema

Automático de Identificación Dactilar, pero, a no ser que aquella mujer hubiera sido condenada por algún delito, servido en el ejército u ocupado un puesto de trabajo que requiriese las huellas de sus empleados, el sistema no les ofrecería la identidad de la interfecta. También había tomado muestras de sangre y saliva para analizar su ADN, aunque, de igual modo, eso no serviría de nada si no figuraba en el CODIS.

Funk se disponía a radiografiar el cuerpo.

—¿Estás bien? —preguntó Kins.

Tracy alzó la vista para mirarlo desde el taburete.

—¿Eh?

—Tienes esa mirada tuya… Y, además, estás muy callada. Demasiado callada. —Después de trabajar juntos durante ocho años, habían adquirido una gran pericia a la hora de interpretar el estado de ánimo del otro—. No lo hagas más personal de lo que es, Tracy. Bastante duro es ya.

—No estoy intentando hacerlo personal, Kins.

—Ya sé que no lo intentas —dijo él, que conocía bien el caso de su hermana y cómo se obsesionaba Tracy cuando había que investigar a los asesinos de mujeres jóvenes.

—Pero, a veces, no puedes cambiar los hechos.

—No, pero sí el modo en que reaccionamos ante ellos —repuso él.

—Tal vez. —Tracy no quería dar la impresión de estar a la defensiva—. Solo me estaba preguntando quién puede criar a la clase de persona capaz de matar a alguien de un tiro en la nuca y después meter su cuerpo en una nasa para cangrejos como si fuera un pedazo de cebo.

Kins soltó un suspiro. No era la primera vez que tenían una conversación como aquella.

—Míralo desde el punto de vista de los padres. Si tiene que ser horrible enterarte de que le ha pasado algo así a un hijo tuyo, no quiero ni imaginar lo que debe de ser que me digan que he criado a alguien capaz de hacer algo así.

—¿No da la impresión de que cada vez es peor? Como si ya nadie tuviese respeto por dónde empiezan los límites de los demás: entran como si nada en el coche o en la casa de otro. ¿No leíste en diciembre las noticias sobre los que se dedicaban a robar regalos de los porches o llevarse la decoración de los jardines?

—Sí, lo vi.

—¿Quién puede educarlos de tal manera que piensen que está bien?

—No lo sé —respondió Kins—. Cuando la economía va mal, la gente se desespera.

—Eso son tonterías. Hay muchísimas personas pobres de verdad a las que nunca se les pasaría por la cabeza hacer cosas así. —Miró el cadáver de la mesa.

Los dos guardaron silencio mientras veían trabajar a Funk.

—¿Qué opinión te ha merecido Schill? —preguntó Kins.

—Creo que Faz y Del tienen razón: dudo mucho que vaya a salir a pescar cangrejos de aquí a una temporada.

—Me refiero a lo que comentó Del de las probabilidades que había de que enganchara la nasa.

Tracy no pasó por alto la incertidumbre o, cuando menos, el escepticismo que impregnaba el tono de su compañero.

—No me lo imagino haciendo algo así.

—Pero tampoco deberíamos descartarlo todavía.

—De acuerdo, aunque, si ha tenido algo que ver, ¿por qué iba a sacar la nasa del agua y llamar a emergencias?

Kins se encogió de hombros.

—Quizá tuvo miedo. Supón que la mata y luego se asusta y se ve incapaz de seguir adelante, conque se inventa otra historia: «He enganchado una nasa que no es mía».

—Yo diría que su agitación era sincera.

—Lo que no significa que no la matase.

—Es cierto.

—Creo que lo mejor es que mandemos a Del y a Faz al vecindario del chaval para que averigüen si ha desaparecido algún gato o si visita en la Red esos sitios macabros sobre crímenes.

—No lo sé —dijo ella.

—No es la primera vez que pasa algo así.

—¿A qué te refieres?

—A lo de encontrar un cadáver en una nasa. Hace dos años, un pescador dio con un cráneo en una trampa para cangrejos cerca de Westport.

—Pero en ese caso la nasa era suya —repuso Tracy recordando aquel suceso.

—Y nunca llegaron a averiguar cómo había llegado allí el cráneo. A eso hay que sumarle el cadáver que encontraron en una nasa en el condado de Pierce, cerca de la isla de Anderson.

—No lo encontraron: el novio confesó y los llevó hasta la víctima.

—Exacto.

—¿Inspectores? —Funk se retiró de la mesa y se quitó la mascarilla. Llevaba puesto todo el equipo quirúrgico, incluidas las gafas de protección.

Tracy y Kins se cubrieron entonces la boca y la nariz con sus mascarillas, pero las mismas hicieron más bien poco por aislarlos del hedor. El forense se dirigió al ordenador que aguardaba en un escritorio vecino para mostrar una serie de radiografías de la mujer. Sirviéndose del ratón, fue rebuscando entre las imágenes hasta dar con las que le interesaban.

—Aquí. ¿Veis? —dijo señalando la calavera de la mujer—. Tenía implantes en la barbilla y los pómulos y también le habían modificado la nariz.

—¿Cirugía estética? —preguntó Tracy.

—Pero no de la que estás pensando —corrigió Funk—, sino de la que busca alterar la estructura facial.

—La de alguien que está intentando cambiar de apariencia.

—Y no hace mucho: yo diría que hace un mes o, a lo sumo, dos. Además, se había teñido el pelo también recientemente. —Se volvió hacia donde yacía el cadáver—. Su color natural es castaño claro.

Tracy y Kins sabían por una investigación anterior que los implantes llevaban un número de serie. Los cirujanos plásticos estaban obligados a registrarlo en el historial médico de sus pacientes y ponerlo en conocimiento del fabricante por si surgían complicaciones con la pieza.

—Parece que vamos a poder prescindir del dibujante —aseveró Kins—: acabamos de dar con la identidad de nuestra desconocida.

Los dos volvieron a la comisaría central. Los números de serie llevaron a Kins hasta Silitone, un fabricante de Florida. Uno de los trabajadores de la empresa tomó nota de la información y le devolvió la llamada una hora más tarde: los implantes se habían enviado a un tal doctor Yee Wu a Renton, ciudad situada en el extremo meridional del lago Washington, a unos veinte minutos en coche desde el centro de Seattle.

A continuación, llamó a la clínica de dicho médico y la empleada que lo atendió le advirtió que debían cumplir con las leyes relativas a la confidencialidad y la intimidad del paciente, hasta que Kins se identificó como inspector de homicidios y dijo estar investigando un posible asesinato. Aunque la Ley de Transferencia y Responsabilidad del Seguro Médico no perdía vigencia tras la muerte del paciente, a Kins y a Tracy no les interesaban los detalles del historial médico de la víctima, al menos, por el momento: solo querían saber quién era.

Se dirigieron, pues, a Renton. A juzgar por el exterior del edificio enlucido de una planta, a Tracy le habría resultado inquietante dejarse hacer las uñas por el doctor Wu, ya no hablemos de permitirle que le tocase la cara, pero, según su página, el médico había estudiado en la Universidad de Hong Kong y había completado en la Universidad de California en Los Ángeles la residencia en cirugía plástica, amén de estar acreditado por la Sociedad Estadounidense de Cirujanos Plásticos.

—Lo presentan como el escultor más diestro desde Miguel Ángel —señaló Tracy.

—Y, por supuesto, todos sabemos que, si lo dicen en Internet, tiene que ser verdad —añadió Kins mientras dejaba el vehículo en una de las plazas del estacionamiento.

Justo en el momento de apearse para caminar hasta las puertas de cristal los recibió el sonido del motor de reacción de un aparato que despegaba del Boeing Field, situado en las inmediaciones. Una asiática menuda con uniforme azul de hospital se identificó como la ayudante del doctor Wu, quien, según informó, los atendería en breve.

—Eso ya lo he oído yo antes —comentó Kins mientras tomaban asiento en la sala de espera—. ¿Te imaginas que estos tipos tuvieran que seguir el horario de un conductor de autobús? Sería el caos total.

Tracy le tendió una revista china de la mesilla que tenían delante.

—Por lo menos no vas a tener que leer un número del *Time* de hace seis meses.

La ayudante volvió a aparecer diez minutos más tarde y, en lugar de anunciar sus nombres a voz en cuello, les indicó discretamente que el doctor Wu los esperaba. Kins dejó en la mesa la revista diciendo:

—Ahora que estaba en lo mejor...

El cirujano se encontraba de pie tras su escritorio en el momento en que Tracy y Kins entraron en su angosto despacho. Aquel hombre de enormes gafas de montura de plata y bata blanca sobre una camisa azul y una corbata de punto de color granate que llevaba metida por dentro de la cintura de los pantalones no debía de llegar al metro sesenta de estatura.

—Gracias por recibirnos —dijo Tracy.

Las manos del especialista eran tan suaves y tan pequeñas como las de un niño. Después de las presentaciones, se sentó y abrió el expediente que lo aguardaba ya sobre su escritorio.

—Los números de serie que han dado a mi ayudante corresponden a implantes recibidos por nuestra paciente Lynn Cora Hoff —anunció con un marcado acento chino.

No había resultado difícil asignar un nombre a la desconocida.

—¿Qué puede decirnos de ella? —preguntó Tracy.

Si Wu abrigaba preocupación alguna acerca de la Ley de Transferencia y Responsabilidad, no hizo nada por expresarlo. Usó la punta del dedo gordo para recolocarse las gafas sobre el puente de la nariz.

—La señorita Hoff tiene veinticuatro años, mide un metro setenta, pesa sesenta kilos y es blanca. Se ha hecho una rinoplastia e implantes de barbilla y pómulos.

—¿Cuándo? —quiso saber Tracy.

—El 3 de junio.

—Hace poco —recalcó Kins.

—Sí —confirmó Wu.

—¿Había operado antes a la señorita Hoff? —preguntó la inspectora.

—No.

—¿Y le dijo para qué quería meterse en el quirófano?

El médico alzó la cabeza para mirarla con gesto de no haber entendido la pregunta. Las gafas habían vuelto a resbalársele de nuevo nariz abajo.

—¿Para qué…?

—¿Por qué quería someterse a una operación de cirugía reconstructiva? —dijo ella.

—Lo hacen muchas mujeres —repuso él, como si cambiar de rostro fuese cosa de andar por casa, antes de volver a subirse las gafas con el pulgar.

—No lo dudo, pero esto parece una cosa más invasiva que la cirugía estética común.

—Las mujeres —y, mirando a Kins, añadió— y los hombres recurren a la cirugía por muchos motivos.

—Así que no dijo por qué —concluyó el inspector.

—En efecto.

—¿Trajo su historial médico? —preguntó Tracy.

Wu abrió la pinza de latón de la parte superior de la carpeta para sacar el contenido, un documento voluminoso que le tendió antes de que ella lo compartiese con su compañero. La primera era un formulario de registro de paciente cumplimentado con bolígrafo. Kins copió la fecha de nacimiento de Lynn Hoff y su número de la Seguridad Social, así como la dirección de lo que parecía un apartamento de Renton. La joven solo había dado su teléfono móvil: ni siquiera figuraban un contacto de emergencia ni el nombre de nadie con quien compartir su información médica.

La segunda hoja era un cuestionario de salud en el que Hoff había elegido la casilla correspondiente al «no» en cada una de las preguntas y no decía que hubiese sufrido enfermedades ni operaciones o estuviera tomando medicación alguna. En cuanto a los antecedentes familiares, había contestado también de forma negativa a la pregunta de si vivían sus padres y no mencionaba hermanos.

Tracy dejó los papeles en la mesa.

—¿Tiene fotografías de antes y después de las operaciones? —quiso saber.

El médico se reclinó en su asiento.

—No.

Ella miró a Kins antes de volver a dirigirse a Wu.

—¿No tiene ninguna fotografía? —insistió sin hacer nada por ocultar su incredulidad.

—No —repitió él con voz casi inaudible.

—Doctor Wu, ¿lo normal no sería guardar imágenes de antes y después del paso de un paciente por el quirófano en operaciones como estas?

—Sí —reconoció—, eso es lo normal.

—Entonces, ¿por qué no tiene ninguna?

—La señorita Hoff las pidió todas después de la operación.

—¿Le pidió las fotos que le había hecho usted?

—Sí.

—Y usted se las dio.

—Firmó una exención —dijo él. Inclinándose hacia delante, hojeó el expediente y tendió a Tracy un sencillo documento de dos páginas por el que lo eximía de toda responsabilidad. Lynn Hoff reconocía haber recibido todas las instantáneas que poseía el doctor Wu y, a cambio, renunciaba a su derecho de presentar reclamación alguna contra él por cualquier motivo o circunstancia.

—¿Hizo usted que se lo redactara un abogado? —preguntó Kins.

—Sí.

—Así que no se trata de algo habitual.

—En efecto.

—¿Y le dijo la señorita Hoff por qué quería tener las imágenes? —quiso saber la inspectora.

Wu negó con la cabeza al tiempo que decía:

—No.

Tracy sospechaba que el médico tenía que haber hecho sus cábalas acerca del motivo y que debía de haber llegado a una conclusión semejante a la que se estaba planteando ella en aquel momento: que, quizá sin saberlo, había operado a una mujer que huía de la justicia o de algún enemigo.

—¿Volvió a presentarse aquí la señorita Hoff para recibir algún tratamiento postoperatorio?

—No.

—Y eso tampoco es habitual, ¿verdad?

—En efecto.

—¿Y pidió cita para alguna revisión?

—Se le dio una, pero no acudió.

—¿Intentaron ponerse en contacto con ella para averiguar el motivo?

—El número que había dado ya no estaba operativo —repuso Wu.

—¿Dónde le hicieron las operaciones?

—Aquí. Tenemos quirófanos propios autorizados. Gracias a ello, podemos mantener precios asequibles.

—¿Cuánto cuesta una cosa así? —preguntó Kins.

Wu consultó el expediente.

—Seis mil trescientos doce dólares.

Tracy había visto en el mostrador un cartel que anunciaba que Wu aceptaba tarjetas Visa y MasterCard.

—¿Cómo lo pagó? Porque imagino que su seguro no lo cubría.

—Para la cirugía estética no hay seguro. La señorita Hoff pagó al contado. —Wu le mostró un recibo.

Kins miró a su compañera, quien supo enseguida que estaba tomando aquello como una confirmación de que Lynn Hoff trabajaba de prostituta. Acto seguido, se propuso pedir a Del y a Faz que llamasen a los bancos de Renton para averiguar si tenía cuenta en alguno de ellos.

—¿Cómo volvió a casa tras la operación la señorita Hoff? —preguntó—. Supongo que no estaría en condiciones de conducir...

—En el expediente se indica que pidió un taxi.

—Y, una vez en su domicilio —intervino Kins—, ¿iba a cuidarla alguien?

Wu se encogió de hombros.

—No lo sé.

—¿No se lo preguntó? —Tracy se resolvió a presionarlo.

—No.

—¿Y no le resultó raro todo esto, doctor Wu?

—Sí.

—Pero no informó a nadie.

—¿De qué? ¿A quién? —El médico la miraba con la expresión neutra de quien ya ha consultado a un abogado y sabe que no ha hecho nada malo—. Yo me debo a mi paciente.

—Cierto —admitió Kins—, pero su paciente ha acabado en el fondo del estrecho de Puget y nuestro deber es averiguar quién la puso allí y por qué.

CAPÍTULO 4

Me caso.

Estas son las últimas palabras que pensaba que jamás diría en voz alta y, fíjate, es cierto. Estoy en el vestíbulo del Palacio de Justicia del Condado de Multnomah, en el centro de Portland, y llevo puesto, no te lo pierdas, un vestido blanco. La gran noticia no es que el vestido sea blanco, porque ¿quién no viste de blanco, aunque no vaya a… ya sabes?, sino que llevo puesto un vestido. Yo, que ni siquiera tenía vestidos antes de comprar este, que siempre voy con pantalones, normalmente vaqueros, para trabajar. ¡Si estamos en Portland y decir Portland es decir informal! Aquí la gente va al trabajo con ropa de licra. No es broma: uno de los peritos de seguros de nuestra oficina viene a trabajar en bici y se entretiene en pasearse de un lado a otro con sus pantalones cortos ajustados para presumir de paquete. Tiene que estar muy orgulloso de esa parte de su cuerpo, porque lo hace con mucha frecuencia. Se presenta en mi cubículo con cualquier pregunta idiota solo por fastidiar. Me tiene harta. Si pudiera lavarme los ojos con desinfectante, lo haría.

Pero me estoy yendo por las ramas. Pon la música: «Voy camino del altar y…». En realidad, no voy a ningún altar y tampoco estoy en una iglesia: a las tres y media de hoy, jueves, me espera el juez de paz. Quería esperar al fin de semana, pero casándote de lunes a viernes te ahorras treinta y cinco dólares y Graham —que así se llama él: Graham Strickland— dice que no hay razón alguna para pagar más por el mismo servicio.

Ya, no es precisamente la boda con la que sueña toda jovencita, pero el sueño de recorrer un pasillo larguísimo del brazo de mi padre y arrastrando el velo tras de mí se esfumó hace nueve años, cuando yo tenía trece y un conductor borracho atravesó la mediana, saltó por los aires, cayó encima de nuestro coche y mató a mis padres. Por lo visto, según los médicos, yo tuve suerte porque viajaba en el asiento trasero, como si fuese una bendición pasar dos horas atrapada en la carrocería con tus padres muertos. Ni te cuento la de años de terapia que me supuso aquello.

Me mudé de Santa Mónica, donde trabajaba de médico mi padre, a San Bernardino, a casa de unos tíos. Mi madre se había criado allí, pero yo no conocía a nadie. Debería aclarar que con mi tío Dale solo viví nueve meses, hasta que le conté a mi psiquiatra que se había aficionado a meterse conmigo en la cama por la noche. El psiquiatra se lo dijo a la policía y la policía llamó a los Servicios de Protección del Menor y se montó la de Dios es Cristo. Por si no tenía bastante terapia.

Encima de no tener un padre que me acompañe al altar, sería incapaz de llenar, no ya un salón de bodas, sino mi cubículo de familiares y amigos. Tampoco creo que podamos encontrar a nadie dispuesto a hacer un brindis de siquiera treinta segundos por Graham y por mí. No hace ni cuatro meses que nos conocemos.

De todos modos, tampoco soy muy aficionada a las tartas. Lo sé, lo sé: ¿a quién pueden no gustarle las tartas?

A mí.

Eso sí, la luna de miel no nos la quita nadie. Luna de miel o algo parecido: vamos a escalar el monte Rainier. Sé lo que estás pensando, porque yo pensé lo mismo: subir andando a más de cuatro mil metros de altitud y sufrir congelación, ¡qué emocionante! Entiéndeme: me encanta el campo. Por eso, entre otras cosas, me mudé a Portland. Por eso y porque aquí llueve a todas horas, lo que me libra de tener que buscar una excusa para quedarme en casa leyendo, que es, sin lugar a duda, mi pasión número uno. De hecho, es lo que habría preferido estar haciendo la noche que conocí a Graham.

Nos conocimos en una fiesta o, mejor dicho, en un acto empresarial patrocinado por la compañía de seguros en la que trabajo. No me preguntes por qué necesitaban que estuviese allí una simple secretaria. Entiéndeme: si la increíble variedad de pólizas de seguros que ofrecemos (es irónico) o la barra libre de alcohol y aperitivos (no es irónico) no atrae a nuevos clientes, ¿por qué va a atraerlos mi presencia? Sin embargo, mi jefa, que se ha propuesto convertirse en mi madre adoptiva, dijo que tenía que acudir de manera «inexcusable».

La tarde del acto vino a mi cubículo Brenda Berg para preguntarme por qué no había confirmado mi asistencia.

—Porque no voy a ir —le dije, aunque levanté tanto la voz que sonó más a una pregunta.

—¿Perdona?

—Que no voy —repetí en tono rotundo, aunque sin ninguna convicción real.

—¿Por qué no?

Me encogí de hombros y seguí tecleando. Toda una grosería por mi parte, lo sé.

—No me gustan las fiestas: me resultan todas aburridas.

—¿Más que quedarte en casa con las narices metidas en un libro?

—Sin duda —le respondí, aunque estaba claro que la pregunta era retórica.

36

—¿Qué haces? ¿Releer *Cincuenta sombras de Grey* hasta gastar las páginas?

—No —dije, aunque sin mucha convicción y creo que poniéndome un poco colorada. La verdad es que me pudo la curiosidad y, sí, lo había leído. Lo compré por Internet y pedí que me lo enviasen a mi apartado de correos para luego llevarlo a casa a escondidas en una bolsa de papel marrón como si fuese una botella de vodka. Es verdad que el estilo es pueril, pero, como dicen, uno no compra el *Playboy* por los artículos. Que no es que yo lo haya comprado nunca: tengo clarísimo que no soy lesbiana.

—Entonces, ¿qué es eso tan interesante que te impide irte de fiesta un par de horas? —me preguntó Brenda, que no pensaba ceder un palmo.

—Es que no es lo mío. No se me da bien relacionarme.

—Yo te ayudo.

—No tengo nada que ponerme.

—Te ayudo también con eso.

Me estaba quedando sin excusas a una velocidad de vértigo: por más que me devanase los sesos, no se me ocurría nada creíble: el perro que no tengo se ha comido la invitación; en realidad, soy Michael Jackson travestido y, rodando un anuncio de Pepsi, me acerqué demasiado a un aparato pirotécnico y me he quemado el pelo…

—Eres una chica muy lista —dijo Brenda. Aunque sabía que pretendía hacerme un cumplido, la verdad es que sonó un pelín triste—. Entiendes las cosas mucho antes que la mayoría de las personas con título universitario que entran a trabajar aquí después de superar las seis semanas del curso de formación. Nunca he visto a nadie que las capte todas al vuelo de esa manera y, además, sabes más de ordenadores que el informático.

De algo me tendrá que servir todo el tiempo libre.

—Con un poco de iniciativa, tendrías asegurado mi puesto algún día.

¡Bravo! Así, al menos, tendría una ventana por la que tirarme cuando se hiciera insoportable el aburrimiento…

—No se hable más: te espero esta noche. Ni se te ocurra faltar —me dijo en un tono que me recordó al que usaba mi madre—. Leyendo en casa no vas a conocer nunca a nadie.

—De acuerdo —contesté yo. ¿Por qué? No lo sé: tengo la engorrosa necesidad de resultar agradable. Estoy convencida de que tiene que existir un término médico para eso. Síndrome de personalidad nula.

—Estupendo —dijo Brenda con cara de desconfianza—. Como no te vea allí, pienso tomar medidas.

—Iré —respondí yo.

—Allí te espero —insistió, pero luego puso una sonrisa—. Nos divertiremos.

Creo que Custer les dijo lo mismo a sus soldados antes de llevarlos a la batalla del Little Bighorn, pero yo no falté a mi palabra y fui a la fiesta. ¡Y que me entren cagaleras si no conocí a alguien! A Graham Strickland.

El acto se celebró en el salón de baile de un hotel lujosísimo del centro de Portland llamado The Nines. Como mi ático está en Pearl District, por lo menos no tuve que andar mucho. Busqué en la mesa que habían puesto en la puerta con tarjetas para los asistentes dispuestas por orden alfabético. La mía, claro, no la encontré, supongo que porque no había enviado la confirmación. Después de hacerme un trillón de preguntas para comprobar que no era una rarita de esas que intentan colarse en las fiestas tan divertidas que organizan las aseguradoras, la azafata me sonrió y me dijo con voz alegre:

—Un momento, que te hago la tarjeta.

Me encogí, porque aquello significaba que, en lugar de llevar la misma que todo el mundo, con el logo de la compañía y mi nombre impreso, me tocaría lucir una hoja escrita a mano y pegada en el jersey.

—¿Por qué no se limita a marcarme la frente con una *L* gigante de lamentable? —dije.

Ojalá. En realidad, solo lo pensé.

Entré en el salón con mi identificación de lamentable como si llevase en la frente una *A* escarlata enorme. Aquello estaba de bote en bote, cosa que también me resultó penosa. ¿No tenía nada mejor que hacer toda aquella gente?

No vi a Brenda al entrar y tampoco conocía a nadie más si no era de haberme cruzado con alguno de los presentes en el pasillo de la oficina, así que me dediqué a deambular hasta que me encontré cerca de la barra libre. Si me ponía a comer, al menos, daría la impresión de estar haciendo algo. Descubrí, sorprendida, que la oferta no era mala: albóndigas suecas, brochetas de pollo, fuentes con fruta y queso, panecillos y trocitos de chuletón recién cortados allí mismo. Para mí, que me mantengo sobre todo con atún, manteca de cacahuete y mermelada, aquello era cenar por todo lo alto.

Estaba recorriendo la mesa con todos aquellos platos cuando oí decir:

—Te has decidido a última hora, ¿verdad?

Era el tío que tenía detrás, aunque no estaba segura de que estuviese hablando conmigo. Entonces sonrió para dejar bien claro que sí. ¿Amor a primera vista? No sé lo que es. ¿Primera impresión? Lo primero que pensé de Graham era que parecía sacado de una serie de televisión, concretamente de *Mad Men*, con esas pintas sesenteras: el pelo engominado y con la raya demasiado cerca de la oreja, el traje demasiado pequeño, la corbata demasiado estrecha y la barbita de un día demasiado forzada. Te has pasado un pelín, muchacho.

—Lo digo por la tarjeta de tu nombre —me dijo señalándola—. Tú también has entregado tarde la confirmación.

Hasta entonces no me había dado cuenta de que la suya también estaba escrita a mano. Vaya.

—Ah, sí —le respondí.

—Igual que yo —insistió como si aquello nos hiciera colegas íntimos.

Miré un momento a mi alrededor. No tenía ni idea de quién era aquel tipo ni de si había alguien cerca que nos pudiese oír, pero tampoco me importó mucho.

—Mi jefa se ha empeñado en que tenía que venir si no quería que me despidiese. Supongo que lo decía de broma, pero, por si las moscas…

Él se rio y me dio la impresión de que lo hacía de forma natural.

—El mío me ha dicho que tengo que cultivar mis oportunidades empresariales si quiero ser algún día socio de la compañía.

Lo dijo en un tono afectado y serio que me llevó a suponer:

—¿Eres abogado?

—Trabajo en Begley, Smalls, Begley and Timmins. —Entonces se inclinó hacia mí y bajó la voz—. O sea, BSBT: Bulos, Secretos, Bazofia y Trolas.

Yo me reí.

—Has repetido Begley.

—Padre e hijo: el carcamal y su heredero. —Puso los ojos en blanco—. Desde luego, si no fuese el hijo del socio fundador, el segundo Begley estaría sirviendo bandejas en un comedor social. Tiene la misma imaginación que esos zánganos que se pasan el día sentados en sus cubículos haciendo números.

«¡Esa soy yo! —grité para mí—. ¿Por qué no me lo presentas?»

—Me parece que mi bufete y tu compañía tienen negocios juntos —dijo él.

—Así que eres abogado —le contesté yo esquivando el tema mientras calculaba mentalmente su edad: cuatro años de graduación más tres en la facultad de derecho. Sí, debía de tener, como mínimo, veinticinco años. Resultó que tenía veintiocho, seis más que yo—. Pues parece que no te hace mucha gracia. —De repente me di cuenta de que estaba estorbando a los que querían picar algo, de modo que tomé un par de dados de queso y me aparté.

—La práctica del derecho no está nada mal —respondió él bajando la voz—, lo que no me hace gracia es el ambiente del bufete. Yo soy un emprendedor y me gusta construir desde cero.

—¿Innovación empresarial? —le pregunté.

—Exacto. Prueba el chuletón: hace que valga la pena haber venido.

—Soy vegetariana —le dije, aunque no era verdad ni sabía por qué lo había dicho.

Él sacó la mano que tenía libre.

—Yo soy carnívoro. Encantado de conocerte. —Señaló el nombre que tenía escrito a mano en la tarjeta y, poniendo acento británico, dijo—: Strickland, Graham Strickland.

Lo primero en lo que pensé no fue en James Bond, sino en las Graham *crackers*, las galletitas saladas que se usan en los campamentos para hacer montaditos con esponjitas y chocolate. Lo segundo fue «¡Qué pretencioso!». Sin embargo, lo tercero fue que hablar con alguien le daba mil vueltas a estar sola como una lamentable y aquella idea fue la que se llevó la palma.

—¿Quieres sentarte? —me dijo él señalando una de las mesas redondas.

—Claro —respondí ajustándome así a la conclusión a la que acababa de llegar.

Nos abrimos paso entre la concurrencia hasta una de las mesas cubiertas con manteles blancos y rodeadas de sillas forradas del mismo color. Graham dejó en ella su plato y me preguntó:

—¿Quieres una copa de vino o una cerveza?

—No bebo —le dije yo.

—«Don't drink, don't smoke. What do you do?» —repuso él en tono cantarín y, al ver que no le respondía, dijo—: Es Goody Two Shoes, una canción de Adam Ant: «Ni bebes ni fumas. ¿Qué haces?».

—¡Ah! —Luego, sin ningún motivo en particular, añadí—: Vino, me apetece una copa de vino.

Y así transcurrió la velada, en la que no paré de decir cosas que no había dicho en la vida, sobre todo después de la segunda copa. Como cuando Graham dijo:

—¿Nos vamos de aquí?

Y yo le dije:

—Claro.

O cuando, después de eso, entramos en un bar y me preguntó:

—¿Quieres beber algo?

Y yo le respondí otra vez:

—Claro.

Y cuando me llevó a casa en su Porsche y, después de aparcar, me dijo:

—¿Me invitas a subir y tomar un café?

Y le dije:

—¿Te gusta el café?

Y él me dijo:

—No.

Y yo le dije:

—Ah, ya. De acuerdo.

Así fue como dormimos juntos. ¡La primera noche! Una cochinada, ¿verdad? A lo mejor fueron las copas de vino y los combinados, quizá fuese culpa de *Cincuenta sombras de Grey*. Sinceramente, creí que no volvería a saber de él, pero luego me mandó un correo electrónico para pedirme que saliésemos juntos. Estuve pensándomelo un día entero. No se lo enseñé a Brenda, pero sí a mi amiga Devin Chambers, que lleva trabajando en la empresa el mismo tiempo que yo, más o menos, aunque con otro perito. Le hablé de mi noche con Graham y ella estuvo en plan:

—¿Cómo? ¿En serio? ¿Qué coño...? ¿Que te acostaste con él? ¡Joooder!

¿Te he dicho que Devin reniega como un camionero con síndrome de Tourette? De todos modos, mi amiga estaba convencida de que debía volver a salir con Graham y eso fue lo que hice.

Conque supongo que, si estoy aquí, de pie en el vestíbulo de mármol del Palacio de Justicia del Condado de Multnomah, esperando a Graham, es gracias a ella. Tengo que reconocer que estoy un poco nerviosa. Quiero decir, que solo llevamos saliendo unos meses. Ni siquiera conozco a su familia. Dice que debería estar agradecida. Su padre es director ejecutivo de no sé qué en Nueva York y él dice que es por eso por lo que vive en Portland: porque es lo más que puede alejarse de él sin salir de los cuarenta y ocho estados contiguos. Su madre, dice, se pasa el día bebiendo en su apartamento de Manhattan. Por tanto, en cierto sentido, Graham tampoco tiene familia y eso quiere decir que hay algo que nos une: los dos somos huérfanos y ¿qué mejor razón que esa para casarse? (de nuevo estoy siendo sarcástica).

Me sentía rara allí, de pie y vestida de blanco. Me daba la impresión de que todo el que pasaba a mi lado me miraba con lástima, pensando que me habían dejado plantada. La verdad es que yo pensaba lo mismo. Es triste, lo sé, pero nunca había conseguido entender que Graham quisiera casarse conmigo. Mi terapeuta dice que tengo un problema de autoestima. ¿De verdad? ¡Y yo que pensaba que a una chiquilla que hubiese visto morir a sus padres y sufrido abusos por parte de su tío debería sobrarle la confianza!

Graham, sin embargo, parece convencido de que tenemos mucho en común, aunque yo creo que es porque le digo que sí a todo lo que él quiere hacer. Supongo que tengo miedo de decirle que no y… En fin, igual que cuando mi jefa me dijo que me despediría si no iba a la fiesta: no estaba segura de lo que podía pasar.

—Buenas. —Me di la vuelta al oír su voz, aliviada al verlo apretar el paso por el suelo de terrazo del edificio circular, algo falto de aliento al llegar a mi lado—. Siento llegar tarde: se me ha complicado la cosa en el trabajo.

—Pensaba que te habías tomado la tarde libre —le dije.

—Eso esperaba, pero se me ha complicado. Poca cosa, nada importante. ¿Estás lista?

¿Lista?

—Claro —le respondí, aunque, cuando se inclinó para besarme, noté en su aliento que había estado bebiendo.

CAPÍTULO 5

Tracy llamó a Faz después de dejar el despacho del doctor Wu para darle el nombre, la fecha de nacimiento y el número de la Seguridad Social de Lynn Cora Hoff y le pidió que la buscase en las bases de datos del Centro de Información Criminal Nacionales y de su igual del estado de Washington, así como en la del Departamento de Tráfico. Kins y ella fueron a la dirección que había dado la víctima al doctor Wu, un motel situado en una zona industrial de la ciudad en el que, según pudo ver en una valla publicitaria, era posible ocupar una habitación por veintidós dólares la noche o ciento veinte la semana. La recepcionista les dijo que Lynn Hoff había pagado en metálico un mes completo.

—¿Es extraño que un cliente se quede tanto tiempo?

—No es frecuente, pero pasa: gente que ha dejado un piso de alquiler y todavía no se ha mudado a otro o personas a las que han trasladado desde otro estado…

El contrato de arrendamiento estaba redactado en términos formularios. Donde se pedía que escribiese la marca, el modelo y la matrícula de su vehículo, Hoff se había limitado a trazar sendas líneas.

—¿Cómo era como inquilina? —preguntó Tracy.

—No daba problemas —repuso la mujer mientras los llevaba a la parte trasera del edificio.

Iba vestida como convenía con aquel tiempo: pantalón corto, camiseta de tirantes y chanclas. Tracy no pudo menos de envidiarlas al sentir que el calor que desprendía el asfalto le atravesaba las suelas de los zapatos. En aquel momento parecía ya seguro que Seattle iba a batir su propia marca en número de días en que se superaban los treinta grados. Por todo el estado se estaban dando máximas nunca vistas y en el este de Washington se habían desatado los incendios. De hecho, era la primera vez en su vida que oía usar la palabra *sequía*, incomprensible en boca de los ciudadanos de Seattle.

—¿Vio alguna vez a hombres entrar o salir de su apartamento? —quiso saber Kins.

—No —respondió ella lanzándole una fugaz mirada mientras empezaba a subir una escalera exterior que conducía al primer piso—. La verdad es que por aquí no pasan prostitutas: la mayoría de nuestros clientes son mexicanos que trabajan en las fábricas de los alrededores y se quedan con nosotros hasta que consiguen los papeles y un salario y se mudan a un apartamento. ¿Qué le ha pasado? ¿La han matado?

—Acabamos de empezar la investigación —contestó Tracy.

La encargada se detuvo en el rellano del segundo piso.

—No será la mujer que han encontrado en esa trampa para cangrejos. Ha salido en todas las noticias.

Era cierto que la prensa local y nacional había dado bastante publicidad a aquel hallazgo.

—No podemos dar detalles de nuestros casos —fue la respuesta de Kins.

—Así que sí era ella la mujer de la nasa —dijo la recepcionista del motel como si los tres estuvieran compartiendo un secreto.

—¿Ha dicho que tienen clientes que pasan aquí un mes? —preguntó Tracy.

—Era la mujer de la nasa —se repitió la mujer en el tono que habría empleado si Lynn Hoff hubiese sido la princesa Diana y la habitación fuera a convertirse en una atracción turística. Había tomado el pasillo en dirección noroeste, hacia la puerta más alejada del estacionamiento y la recepción.

—¿Le dijo Lynn Hoff para qué necesitaba la habitación? —preguntó Kins.

—Por lo visto la habían trasladado de no sé dónde. —La encargada contrajo el gesto mientras pensaba—. De Nueva Jersey, creo. Lo recuerdo porque dijo que estaba esperando que se quedara libre algún apartamento en un edificio que le había gustado y no quería meterse en otro mientras tanto.

—¿Dijo a qué se dedicaba?

—No.

—¿Llegó a hablar con ella en alguna otra ocasión? —preguntó Tracy.

—La verdad es que no. Sinceramente, me dio la impresión de que no quería que la molestasen.

—¿Por qué?

—No era antipática, pero... sí muy reservada. Las pocas veces que coincidí con ella cuando salía de aquí llevaba siempre unas gafas de sol enormes y una gorra de béisbol. Entonces, ¿se escondía de alguien?

Los inspectores no respondieron.

—Se escondía de alguien —aseveró la encargada.

Se detuvo delante de una puerta roja con los caracteres *8-D* en oro. Kins dejó en el suelo la bolsa de herramientas amarilla y negra que había comprado en un hipermercado por la gran cantidad de bolsillos que tenía. Típico de hombres. Sacó dos pares de guantes de látex y le tendió uno a Tracy. Si entraban y veían manchas de sangre en la pared o en la alfombra, volverían a salir y esperarían a que llegase la científica y procesara la habitación.

—¿Ha ocupado alguien la habitación después de ella? —preguntó Tracy.

—No, porque sigue teniéndola alquilada.

La encargada abrió la puerta con su llave maestra y se apartó.

—Va a tener que esperarnos fuera —dijo la inspectora.

La mujer dio un paso atrás.

A Tracy no le faltaba precisamente experiencia con habitaciones de motel, pues el Cowboy había matado a sus víctimas en los establecimientos baratos de la Aurora Avenue. Sabía que podían ser difíciles de procesar. Quienes tuvieran que examinar las huellas latentes podían dar con tantas como para repoblar un pueblo entero, sobre todo si Lynn Hoff había ejercido la prostitución. Tracy se detuvo apenas cruzó el umbral, sorprendida al ver el interior tan ordenado y limpio. Quizá demasiado limpio.

—Un tiro en la nuca lo habría dejado todo hecho un desastre —susurró Kins como si hubiese leído sus pensamientos. Entró en la sala, miró a su alrededor y, sin levantar la voz, dijo—: Dudo que la matasen aquí, aunque supongo que lo averiguaremos.

El contenido del frigorífico incluía una caja de poliestireno expandido con un rollito de primavera a medio comer y sobras de un salteado tailandés con tallarines. Aun así, no había identificación alguna del restaurante. Tracy encontró también un cartón mediado de leche desnatada que, a juzgar por el olor, se había agriado, una pieza de pan de trigo que había empezado a enmohecerse y un trozo de queso de Cheddar, además de una botella de *chardonnay* medio vacía en los estantes de la puerta.

En el armario del dormitorio había un par de blusas, una chaqueta, pantalones cortos, vaqueros y sendos pares de zapatillas de deporte, botines y chanclas. Se dirigió al cuarto de baño y en la encimera del lavabo vio un juego de maquillaje sin más elementos que los esenciales. La ducha estaba limpia y tenía un bote pequeño de champú y otro de acondicionador.

—Poca cosa —dijo Kins al asomar la cabeza.

—Poquísima —confirmó ella antes de regresar a la cocina, abrir el armario de debajo del fregadero y sacar el cubo de la basura.

No lo habían vaciado. Rebuscó y dio con una pelota de papel arrugado que resultó ser el resguardo bancario de un reintegro efectuado en el Emerald Credit Union. La dirección era también de Renton.

—Puede que hayamos dado con su banco —anunció.

Kins se acercó y echó un vistazo antes de estudiar el resto del apartamento y determinar:

—Ni bolso ni teléfono ni portátil.

—Lynn Hoff estaba huyendo de alguien —dijo Tracy.

—Pero la encontraron —sentenció él.

Faz y Del hicieron girar las sillas de sus escritorios cuando entraron Tracy y Kins en el cubículo. Tenían una mesa para cada uno en las esquinas y otra común en el centro. Tracy no pudo evitar comparar a aquellos compañeros con Rex y Sherlock, los dos rodesianos de sesenta kilos de Dan, que reaccionaban con la misma rapidez cada vez que la veían cruzar el umbral. La última vez que había visto a aquellos perros había sido aquella misma mañana. Dan, abogado, había salido antes que ella para volar a Los Ángeles a fin de rebatir ante los tribunales la moción destinada a dejar sin efecto un fallo favorable a su cliente. Rex ni siquiera se había molestado en levantar la cabeza de su cojín al verla salir del apartamento, pero Sherlock había sido todo un caballero y la había acompañado hasta la puerta. Por aquel gesto, se había ganado un hueso sintético.

—En los centros de información criminal de la nación y del estado no hay nada sobre Lynn Hoff —dijo Faz.

—¿En serio? —preguntó incrédulo Kins, quien se había convencido aún más de su condición de prostituta al saber que había pagado al contado las reconstrucciones quirúrgicas y la habitación del motel.

—Ni una multa de aparcamiento —añadió Del.

—¿Y en Tráfico? —quiso saber Tracy.

—Esa consulta sí ha sido más gratificante —dijo Del mientras daba la vuelta a la silla para tomar de su mesa una hoja de papel de tamaño A4 y tendérsela a su compañera—. Te presento a Lynn Hoff. He pedido una copia de la fotografía real.

Lynn Hoff, si es que aquel era su nombre —cosa que Tracy había empezado a dudar—, era una mujer ni guapa ni fea de cabello castaño liso y largo y con la raya a un lado que llevaba gafas gruesas de pasta negra. El permiso de conducir indicaba que medía un metro y sesenta y siete centímetros y pesaba sesenta y un kilogramos y tenía los ojos castaños, todo lo cual coincidía con los datos obtenidos por Funk en la autopsia.

—Tiene fecha de marzo de 2016 y es el primero que ha expedido Tráfico a ese nombre —aseveró Del.

—Tiene veintitrés años —dijo Tracy mirando a Kins—. Puede que no sea su nombre real.

Tracy y Kins habían llegado a esa conclusión mientras volvían del motel, después de dejar la habitación en manos del sargento de la policía científica.

—Podría ser una identidad falsa —convino Faz, que hizo girar su silla para seguir a Tracy mientras cruzaba el cubículo en dirección a su mesa y colocaba el bolso en la taquilla—. La he buscado en LexisNexis —afirmó refiriéndose a la base de datos jurídica y periodística de la empresa de dicho nombre— y no he encontrado nada que valga la pena: ni dirección anterior ni empresas donde hubiera trabajado. También he hecho una búsqueda en la Seguridad Social: el número parece correcto, pero no consta ninguna profesión. Es como un fantasma.

—Un fantasma en fuga —precisó Kins—. Se hizo operar la cara y luego insistió en recuperar todas las fotografías. No dio información personal ni familiar y pagó al contado una habitación de motel que, además, por lo que se ve, tuvo que limpiar alguien, porque no hemos encontrado móvil ni bolso ni ordenador.

Tracy tendió a Faz una copia del resguardo del banco que había encontrado.

—Eso sí, en la basura tenía esto. ¿Te importa rastrearlo?

—Sin problema.

Se había puesto a parpadear el piloto amarillo del teléfono de Tracy que indicaba que tenía en el contestador un mensaje... o varias docenas. Lo más seguro es que hubiera un par de ellas de su metomentodo favorita: Maria Vanpelt. También era probable que hubiese llamado Bennett Lee, responsable de relaciones públicas de la policía de Seattle, en busca de una declaración para la prensa, en parte porque a él lo habría llamado Vanpelt. Dudaba mucho que ninguno de los mensajes fuese de Nolasco, que gustaba de ser un gilipollas redomado.

—¿Quién puede vivir hoy en día sin tarjetas de crédito o de débito? —dijo Del mirando hacia el espacio de trabajo común del equipo A.

—Siempre puedes arreglártelas con tarjetas de prepago y teléfonos desechables —repuso Faz—, de usar y tirar.

Faz había pasado cuatro años trabajando en la Unidad de Lucha Contra el Fraude antes de unirse a la de Homicidios. Aunque Delmo y él se desvivían por mantener un buen ambiente en su sección, eran mucho más que los chistosos del grupo. Los habían ascendido a la unidad el mismo año, hacía ya veintiuno, llevaban diecisiete de compañeros y resolvían cuantos casos les pusiesen delante. Es verdad que hacían el papel de mafiosos italoamericanos, pero Faz tenía estudios superiores de contabilidad y finanzas y Del se había graduado en ciencias políticas en la Universidad de Wisconsin. Un día, mientras almorzaban juntos, el primero había hecho saber a Tracy que había querido hacer un máster en estudios fiscales, pero necesitaba dinero para amortizar el préstamo bancario con que había pagado sus estudios. Un tío suyo le buscó unas prácticas estivales en la policía de Elizabeth (Nueva Jersey) y, mal que pesara a su madre, él encontró allí su vocación.

—Pero habéis dicho que tampoco habéis encontrado nada de prepago —dijo Del a Tracy y a Kins.

—Ni siquiera un monedero o un bolso —contestó este último—. Pagó en metálico las operaciones y un mes de motel. Casi siete de los grandes.

—¿Y de dónde sacaba tanto dinero?

—Todavía no los sabemos.

—Puede ser que la acogotaran y limpiasen luego la habitación —apuntó Faz—. Desde luego, está claro que pensaban que el cadáver no iba a aparecer nunca.

—¿«Que la acogotaran»? —dijo Del a Kins mientras señalaba a Faz con el pulgar—. ¿Este quién se cree? ¿Michael Corleone?

Tracy se volvió hacia Kins.

—¿Y si pasamos su fotografía por un programa de reconocimiento facial por ver si encontramos un permiso de conducir con un nombre distinto?

—¿Y cómo piensas hacer que lo autorice Tráfico?

Una inversión de 1,6 millones de dólares había permitido a la policía de Seattle hacerse con dicho programa y con personal adiestrado en su uso, pero el ayuntamiento solo permitía emplearlo con fotografías tomadas a la hora de fichar a los presidiarios. El Departamento de Tráfico poseía la mayor base de datos de imágenes de los residentes de Washington. Sin embargo, las autoridades habían negado el acceso de la policía a la hora de buscar criminales, porque un abogado de la Unión Estadounidense por las Libertades Civiles, o ACLU, había sostenido que podía invadir la intimidad de un ciudadano. Claro que sí: vale más dejar que el asesino mate a un ciudadano que averiguar la altura del mismo o si sufría sobrepeso.

Líbrenos Dios de que los investigadores averigüen la identidad de un fallecido para poder comunicar su muerte a sus familiares.

—A lo mejor hacen una excepción —dijo Tracy—. Está muerta.

—Ponte a buscar a un alto funcionario dispuesto a salirse del redil por una causa noble —contestó Del— y, mientras esperas a que te digan que no, yo iré haciendo las cosas a la manera tradicional y buscando en la base de datos de personas desaparecidas.

—Vayamos por lo menos a enseñar la foto en los edificios y los puertos deportivos de la zona —pidió ella.

—Eso sí —convino Faz.

—La científica está trabajando en la habitación del motel y, cuando tengamos el informe de huellas, tendremos que encargarnos de más nombres —señaló la inspectora con gesto frustrado—. A hacer puñetas: mejor le pido a Nolasco que presione a los de Tráfico para que nos den permiso. ¿Qué intimidad vamos a estar invadiendo si la víctima está muerta?

—¡Quiero oír: «Amén»! —exclamó Faz agitando las manos en el aire.

Del lo complació sin levantar la vista.

—¿Quieres que te acompañe? —se ofreció Kins.

Ella estudió unos segundos el ofrecimiento. Su presencia no iba a aumentar las probabilidades de que Nolasco aceptara o no su propuesta: Kins actuaba más por caballerosidad, como Sherlock al acompañarla hasta la puerta aquella misma mañana. La crispada relación que mantenía Tracy con el capitán se remontaba a la academia de policía, cuando ella había defendido a una compañera durante un simulacro de cacheo y él había acabado con la nariz rota y cantando como un eunuco tras recibir sendos golpes certeros de codo y rodilla. Más recientemente, la inspectora había desenmascarado sin pretenderlo los cuestionables métodos que habían empleado Nolasco y Floyd Hattie, su antigua pareja de homicidios, al descubrir, buscando posibles víctimas del Cowboy, uno de los casos que ellos habían dado por cerrados. Aquello había provocado una investigación a fondo por parte de la Oficina de Responsabilidad Profesional. Hattie, que hacía tiempo que se había jubilado, no tuvo más remedio que admitir su culpa, pero aquella culebra de Nolasco había conseguido librarse sin más castigo que una amonestación por escrito.

—No —dijo al fin—. Si tiene que rechazar la petición, le va a dar igual que estés tú delante o no.

—A lo mejor tenemos suerte y alguien la reconoce —observó Kins—. De algún sitio tuvo que haber salido, ¿no?

—Esperemos que no haya sido de un huevo —apuntó Faz.

Tracy salió del cubículo y recorrió el pasillo situado entre las oficinas interiores y las cristaleras por las que se vislumbraba la bahía de Elliott por entre los altos edificios. Sobre la ciudad se extendían la bruma y una banda delgada y roja: niebla tóxica. Aquello casaba tan mal con la Ciudad Esmeralda como la sequía, pero allí estaba, imposible de obviar. Entró en el despacho de Nolasco después de golpear ligeramente la puerta, que estaba abierta.

El capitán, sentado a su escritorio, estaba hablando por teléfono. No la invitó a acercarse. Ni siquiera se dio por enterado de su presencia: la dejó esperando en el umbral, como niebla tóxica que acechara en su horizonte. Comentó algo sobre lo bien equipado que estaba el jardín con Mike Trout y Bryce Harper y Tracy supo que estaba hablando de su equipo de béisbol de fantasía. Fútbol de fantasía, baloncesto de fantasía, béisbol de fantasía...: Nolasco jugaba a todos. Después de dos divorcios, ¿en qué otra cosa iba a poder ocupar su tiempo? ¡Cómo iba a interrumpir su vida imaginaria por la muerte de una joven!

Mientras aguardaba, Tracy comprobó los mensajes de su móvil. Dan le había escrito para anunciar que estaba ya en el Aeropuerto Internacional de Los Ángeles y que llegaría a casa a las seis. Nunca había tenido a nadie que se pusiera en contacto con ella solo por ponerse en contacto con ella y lo cierto es que resultaba reconfortante saber que él se preocupaba de hacerlo. En los dos años que habían pasado desde su reencuentro, aquel amigo de la infancia no había hecho que se sintiera prescindible en ningún momento: siempre estaba pendiente de ella. Estaba contestando que ella llegaría más tarde cuando oyó a Nolasco decir:

—Tengo que dejarte. —Colgó el teléfono—. ¿Qué pasa? —preguntó, supuestamente a Tracy, quien, sin embargo, acabó de responder a Dan—. Venga, que tengo cosas que hacer.

La recién llegada bajó el móvil y entró en el despacho.

—Tengo que hablar con usted de la mujer de la nasa.

Nolasco frunció el entrecejo.

—¿La habéis identificado ya?

—A medias.

—¿Eso qué significa?

—Tenemos un nombre, Lynn Hoff, pero creemos que se trata de una identidad falsa. Esa mujer parece un fantasma: no hemos encontrado nada sobre ella en ninguna base de datos. Kins y yo hemos visitado la última dirección que se le conoce, un motel de Kent, y no sabemos si se estaba preparando para huir o estaba ya a la fuga. Parece que han limpiado la habitación. No hemos encontrado ni bolso ni móvil ni ordenador.

—Así que andaba metida en algo ilegal.

—No lo sabemos.

—¿Y cómo lo explicas si no? —preguntó él arrugando más aún el ceño.

—Todavía no puedo explicarlo.

El capitán se echó hacia atrás.

—A veces, las cosas son simplemente lo que parecen. Esa mujer era puta o drogadicta o se había metido con quien no debía.

—La autopsia preliminar no hace pensar que se drogase y, de todos modos, ¿por qué iba a molestarse nadie en meter a una prostituta o una drogodependiente en una nasa antes de arrojarla al estrecho de Puget?

—No te me pongas activista, Crosswhite: nos entran cadáveres de desconocidas casi a diario.

—Pero no metidos en una nasa.

—Como ya te he dicho, da la impresión de que se metió con quien no debía. Si no la encontráis en la base de datos de desconocidos ni viene nadie a identificarla, las autoridades municipales la incinerarán y se encargarán de que, de aquí a seis meses, le den sepultura dignamente en el Mount Olivet de Renton. Tenemos cosas más importantes de las que ocuparnos.

«Como jugar al béisbol de fantasía», quiso decir ella.

—Sus huellas dactilares tampoco están en ninguna base de datos —anunció en lugar de soltarle eso. Ese dato apuntaba también a que no pertenecía a ninguno de los dos colectivos a los que la había adscrito él.

—Buscadla en la de personas desaparecidas. Seguro que la encontráis allí.

—Del está en ello. De todos modos, la víctima se operó para cambiar de aspecto.

—Eso lo hacen muchas mujeres. Se llama vanidad.

—Lo sé y, además, no es exclusivo del sexo femenino.

Corrían rumores de que las dos semanas de vacaciones que se había tomado Nolasco en Maui habían sido empleadas, en realidad, para hacerle una visita al cirujano plástico, pues desde entonces tenía la mirada de ojos como platos de quien vive sumido en una sorpresa perpetua.

—Pero ella no se hizo a una intervención de cirugía estética, sino que se sometió a una reconstrucción para cambiar de apariencia.

—¿Cómo sabéis eso?

—Funk ha encontrado implantes. Por eso sabemos cómo se llamaba. El médico que la operó dice que le dio muy poca información personal y que no reveló nada sobre su familia. Del ha mirado en Tráfico y ha conseguido una fotografía, pero no hay permisos anteriores, cosa que parece rara a los veintitrés años. Me gustaría usar el programa de reconocimiento facial en su base de datos para ver si damos con alguna coincidencia. Lo necesito.

Nolasco negó con la cabeza.

—Tráfico no querrá.

—Ya sé que eso es lo habitual, pero tenía la esperanza de que usted pudiese convencerlos de lo contrario. Como la mujer está muerta, no estamos invadiendo la intimidad de nadie.

—La ACLU no lo permite si no sospechamos que existe una actividad criminal.

—Pero es que es precisamente lo que sospechamos: alguien la mató y la metió en una nasa.

—Vamos a ver qué encuentra Del antes de ponernos a despilfarrar presupuesto.

—En personas desaparecidas no va a haber nada, porque no había desaparecido: estaba huyendo.

—¿De quién?

—De quien la mató.

—Mándales la foto a los de antidrogas para que la enseñen por el centro por si la reconoce alguien de la calle. A veces, la labor de un buen policía depende más de patear la acera que de aporrear un teclado.

Tracy se mordió la lengua.

—Gracias, capitán. —Se había vuelto ya hacia la puerta cuando se le pasó por la cabeza algo que la hizo girar de nuevo—. Por cierto, he oído que Trout ha sufrido una lesión en el tendón de la corva que podría fastidiarle buena parte de la temporada.

Nolasco levantó la mirada, desconcertado en un primer momento por un comentario que, a todas luces, no esperaba. Entonces, aquella mirada suya de asombro perpetuo se hizo más marcada aún.

—¿Y tú qué sabes?

—¿Yo? Nada, pero Dan conoce a un tipo del equipo médico de los Angels.

Con esto, se marchó mientras el capitán descolgaba el teléfono de su escritorio. Ojalá Mike Trout lograra tres jonrones aquella noche.

Siguió el consejo de Nolasco y entregó a Billy Williams una copia de la fotografía de Lynn Hoff para que se la hiciera llegar al sargento de la Unidad Antidrogas. Pidió que los agentes de patrulla la enseñasen por las zonas de la ciudad en la que era habitual la prostitución, no por considerarlo una buena idea ni porque pensase que obtendrían resultado alguno, sino para poder decir a Nolasco que había seguido su consejo y se había equivocado. Aunque la víctima podía haber estado metida en algo ilegal, estaba convencida de que no era prostituta ni drogadicta y, habiéndose gastado tanto dinero en cambiar de aspecto y habiendo pagado un mes de alquiler por adelantado, tampoco era ninguna indigente.

Había estado huyendo de alguien.

Tracy salió de la oficina pasadas las nueve, mucho después del final de su jornada habitual, pero aún les quedaba tiempo para que se cumplieran las decisivas primeras cuarenta y ocho horas de investigación de un asesinato. A Del le costaría bastante estudiar la base de datos de personas desaparecidas. Funk, además, no tendría el informe de toxicología hasta transcurridas dos semanas y los análisis de ADN no tardarían mucho menos. No encontraron las huellas de Hoff en el AFIS ni parecía muy probable que diesen con su huella genética en el CODIS.

Regresó a casa. Ver aparcado frente a la verja del jardín el Chevrolet Suburban de Dan la hizo sonreír como cuando tenía doce años y descubría su bicicleta tumbada ante la residencia familiar de Cedar Grove. Aunque en aquella época no había estado, ni por asomo, enamorada de él, siempre había sido divertido tenerlo por casa.

Se habían reencontrado en su ciudad natal después de que una pareja de cazadores descubriera enterrados los restos de Sarah y Tracy regresase para dar sepultura a su única hermana y buscar a su asesino. Dan estuvo presente en las honras fúnebres y, desde entonces, habían estado saliendo, aunque no pudieron verse demasiado hasta que él se mudó de las North Cascades a una granja de dos hectáreas de Redmond. Hasta la fecha, el tiempo extra que habían pasado juntos no había menguado lo que sentía por él, ni lo que él sentía por ella. Aunque más de una vez había rondado su cabeza la idea de casarse con él, lo cierto es que ninguno de los dos había sacado nunca el tema. Los dos estaban divorciados y daba la impresión de que ninguno de los dos tuviese prisa por formalizar la relación. Dan había tenido que recurrir varios veredictos emitidos por jurados, incluido el relativo a cierta compañía de Los Ángeles y, como no sentía ninguna urgencia por volver a embarcarse en ningún litigio prolongado, había empleado su tiempo libre para reformar su casa, un trabajo que le encantaba y no se le daba nada mal. Ya lo había hecho antes con la casa de sus padres en Cedar Grove. Dedicaba el día a aquel proyecto y, a continuación, se dirigía a West Seattle para preparar la cena y pasar la noche con Tracy. Era el que mejor cocinaba de los dos y ella, por extraño que pudiera sonar en el caso de una mujer que llevaba una Glock del cuarenta y disparaba más rápido y con mejor puntería que nadie del cuerpo, dormía más tranquila cuando tenía en casa a Dan y los dos perros.

Rex y Sherlock fueron a recibirla cuando entró por la puerta lateral, que conectaba el garaje y la cocina, pero no con su entusiasmo habitual, sino más como por obligación, y enseguida regresaron a la terraza que se abría tras la puerta corredera de cristal para dejarse caer sobre un costado con la lengua fuera, jadeantes y con gesto abatido. Por suerte, eran perros de pelo corto.

Dan estaba de pie junto a ellos, con el pecho descubierto, en pantalón largo de faena y chanclas y mucho más animado que ellos. Se mantenía en forma corriendo y levantando pesas varios días a la semana y haciendo senderismo durante el fin de semana. En invierno seguía esquiando como cuando tenía dieciocho años. Tenía el vientre plano y el pecho bien desarrollado y con la cantidad precisa de vello. En aquel momento no llevaba puestas las gafas de montura metálica que, con el cabello rizado, le hacían parecer un profesor universitario.

—¿Qué les has hecho? —preguntó Tracy señalando a los perros al cruzar la puerta corredera.

—Solo hemos dado un paseíto, pero sabes que con el calor son como niños grandes. —Abrió la barbacoa y se vio envuelto de inmediato en una nube de humo.

—¿Traigo el extintor? —dijo ella mientras cerraba el panel de cristal para evitar que entrase en la casa.

Dan se puso a abanicar una llamarada y dio la vuelta con las pinzas a un trozo de carne antes de volver a cerrar la tapa con rapidez y dar un paso atrás.

—Si conoces un modo de hacer pollo a la brasa sin hacer saltar las alarmas de incendio, soy todo oídos. —Se besaron y Dan señaló a la mesa que había entre dos tumbonas—. Te he puesto una copa de vino.

—Gracias. De todos modos, primero voy a cambiarme, a ver si consigo ponerme tan cómoda como tú.

Dan echó atrás la cabeza y extendió los brazos. Aunque había empezado a anochecer, seguía haciendo calor y a él le encantaba ese tiempo. Tracy no había olvidado la alegría desenfrenada que le provocaban los días ardientes del verano siendo niños en Cedar Grove.

—Cuanto más calor haga, mejor —solía decir antes de soltar la retahíla de cosas que podían hacer, entre las que siempre figuraban perderse colina arriba con las bicis y saltar al río desde la soga que pendía de un árbol.

—Si sigue haciendo este tiempo, quizá no vuelvas nunca a tu trabajo —aseveró ella.

—Ojalá. Todavía tengo que volver a Los Ángeles para bregar con mi rival favorito ante los tribunales.

—¿No se ha resuelto hoy?

—Sí: el juez ha considerado frívola la moción de la parte contraria, ha resuelto mis honorarios y les ha pedido que den la causa por concluida, pero tengo que ir para que conste en autos el fallo y pueda empezar el plazo de las apelaciones.

—¿Y no puedes hacerlo por teléfono o por correo electrónico?

—No me fío un pelo de esa gente: quiero que conste en sesión pública.

—¿Cuándo sales?

—El viernes.

—Si no tuviera este caso nuevo, te acompañaría para pasar el fin de semana contigo en la playa.

—Mucho mejor que tener que tratar con esos capullos. Resuélvelo pronto para que podamos hacerlo.

—Me parece que no va a ser tan fácil. Deja que me cambie y te lo cuento todo.

Tracy entró en la casa y se cambió la ropa de trabajo por unos pantalones cortos y una camiseta de tirantes. Al volver a la terraza, aseveró:

—Mucho mejor.

Dan se sentó en una de las dos tumbonas y se llevó una Corona a los labios. El sol se estaba poniendo con rapidez y la terraza, situada en el lado oriental de la casa, les daba cierto alivio frente al calor, si bien el termómetro de la pared seguía indicando veintidós grados.

—Supongo que tiene algo que ver con la mujer de la nasa, ¿no?

Tracy ocupó el otro asiento y, tras dar un sorbo a la copa de vino, respondió:

—Nos ha costado horrores identificarla.

Él hizo una mueca.

—¿Tan mal estaba?

—El cuerpo no está tan dañado, pero creemos que la víctima es un fantasma.

—¿Un fantasma?

—Una persona que vive haciendo todo lo posible para que nadie sepa nada de ella. —Le explicó cómo habían logrado saber que la víctima se llamaba Lynn Hoff y que, sin embargo, parecían haber dado con un callejón sin salida—. Nolasco quiere que cerremos el caso, la declaremos indigente y dejemos que las autoridades municipales se encarguen de incinerarla.

Dan, alarmado de pronto, se puso en pie y dijo:

—Hablando de incinerar... —Corrió a hacerse con las pinzas. Cuando abrió la barbacoa solo salió una nubecita de humo—. No se han achicharrado. —Sacó de la parrilla las piezas de pollo y las colocó en una fuente. Pese a las llamas, la carne estaba dorada y parecía crujiente.

Tracy no tenía la menor idea de cómo lo conseguía. Dan giró los mandos para apagar el fuego y cerró la llave del propano. Ella entró por cubiertos y él sacó del frigorífico la ensalada y los condimentos. Los dos volvieron a la terraza para sentarse y servirse la comida. A sus pies, en la bahía de Elliott, se veían diminutos triángulos blancos dando bordadas sobre las ondas de la superficie. El cielo, despejado, parecía lejos de anunciar el fin de la ola de calor.

Habían empezado ya a cenar cuando le pidió Dan:

—Cuéntame por qué creéis que la víctima era un fantasma.

Tracy lo puso al corriente de lo que habían averiguado en la consulta del doctor Wu, en la habitación del motel y en la base de datos de Tráfico, así como de los motivos que tenía para pensar que Lynn Hoff no era drogadicta, prostituta ni indigente.

—Si no, ¿por qué no ha denunciado nadie su desaparición?

—Quizá tengas razón —dijo Dan—: que no quisiera que la encontrasen no quiere decir que estuviera desaparecida, de modo que quizá nadie sospeche que ha desaparecido.

—Sin embargo, que estuviera escondiéndose de alguien quiere decir que tiene que tener una identidad, ¿o no? Nadie puede apartarse de todos y de todo por las buenas sin que nadie se dé cuenta. Debía de tener familia, amigos, compañeros de trabajo… Una persona no puede esfumarse con tanta facilidad, ¿verdad?

—Es posible durante un tiempo si da una buena excusa… o si muere —repuso mientras daba bocados a un muslo.

—Eso no es ninguna tontería.

—¿Qué?

—Hemos estado centrados en si tenía antecedentes penales, pero quizás haya que verlo de otro modo. Sea quien sea nuestra desconocida, podría ser que hubiese estado usando una identidad falsa porque sabe que Lynn Hoff no aparecerá en ninguna base de datos. Podría estar muerta.

En ese momento le sonó el teléfono. Reconoció el número de su escritorio: mientras estaba de guardia o trabajando en un homicidio reciente, hacía que redirigiesen a su móvil las llamadas al despacho.

—Tengo que contestar —se disculpó.

Dan tomó su copa de vino y se reclinó en su asiento, en tanto que ella se levantó de la mesa y se dirigió a la barandilla de la terraza.

—Inspectora Crosswhite, dígame.

—Inspectora, soy Glenn Hicks, guardabosques del parque nacional del monte Rainier.

—¿Qué puedo hacer por usted? —preguntó volviéndose para mirar al sur, donde se alzaba imponente la montaña.

—Pues, a decir verdad, no lo sé muy bien. —Hicks emitió un largo suspiro antes de añadir—: Creo que ha encontrado uno de mis cadáveres.

CAPÍTULO 6

El matrimonio es una bendición.

Al menos, eso dice la gente. Yo, desde luego, no le encuentro mucha diferencia con estar soltera, aparte de unos cuantos detalles, como el haber tenido que dejar sitio en el armario para la ropa de Graham o el tener el doble de ropa que lavar y platos que fregar. Ni se me habría pasado por la cabeza que acabaríamos viviendo en mi ático, que no es mucho más espacioso que un apartamento, pero Graham decía que costaba menos que su apartamento y que así podríamos ahorrar, además de que, al estar en Pearl District, podríamos ir andando a todos los restaurantes chulos y las tiendas de moda.

En realidad, todavía no hemos ido a los restaurantes chulos ni a las tiendas de moda y eso que hace ya seis semanas del gran día. Por cierto, conseguí hacer cumbre en el monte Rainier, pero Graham no: tuvo que volverse en Disappointment Cleaver aquejado de mal de altura. Pensaba que se alegraría de que yo lo hubiera logrado, pero se dedicó a despotricar de los guías, porque, según él, no lo habían preparado bien para el ascenso.

Lleva mucho tiempo trabajando de sol a sol. Le han encargado una oferta pública importante para uno de los clientes de BSBT y dice que, si la rechaza, no lo harán socio en la vida. A mí no me parece mal que trabaje tanto, porque, como te he dicho, estaba acostumbrada a vivir sola y he tenido que adaptarme a tener compañía. Nunca he sido muy habladora, pero a Graham le gusta charlar cuando llega a casa, unas veces más que otras. Tiene un montón de ideas buenas sobre las empresas que quiere montar algún día, aunque dice que todavía no ha encontrado «el proyecto de sus sueños».

Lo de tenerlo fuera hasta tarde me da más tiempo para leer, aunque él no deja de animarme a volver al gimnasio. ¿Y los trece kilos que perdí entrenándome para escalar el Rainier? Los encontré. En realidad, debería decir que me encontraron ellos, porque yo no los estaba buscando. Sospecho que es por la genética. Mi padre siempre le decía a mi madre que, por más que hiciera dieta o saliese a correr, nunca bajaba de los ochenta y seis.

¡Que no es que yo pese ochenta y seis kilos!

Por Dios.

Sigo con mis sesenta y uno, que no es precisamente estar en los huesos.

Hemos tenido sexo con menos frecuencia de lo que había esperado. Graham dice que cuando vuelve de trabajar no tiene fuerzas, aunque yo estoy empezando a preguntarme si no será por esos kilos de más. Antes de que nos casáramos, siempre me decía:

—Me gustan las mujeres con carne en los huesos.

Y ahora no para de decir cosas como:

—Deberías aprovechar que llego tarde para ir al gimnasio o salir a pasear. No tienes por qué pasarte toda la noche aquí enclaustrada.

A mí me gusta enclaustrarme. Me gustan los libros y no me molestan los kilos de más. ¡Mi armario está preparado para eso!

Un miércoles por la tarde, recluida en casa para leer *The Nightingale*, un libro que me había transportado al París de los años cuarenta, cuando los nazis desfilaban con paso marcial por los Campos Elíseos, oí que había alguien en la puerta. Mi ático está en la tercera planta de un almacén reformado. Es la única vivienda del tercero y, aunque tiene acceso por las escaleras y por el ascensor, para abrir la puerta principal y subir hace falta teclear un código de seguridad de cuatro dígitos. La puerta del apartamento también se abre con combinación. Supongo que el casero debió de cansarse de que lo despertaran sus inquilinos que se habían dejado la llave dentro. Yo uso la misma clave para la puerta y para el ascensor: el día y el mes de mi cumpleaños. Lo sé: no voy para espía.

De todos modos, no solemos tener visitas, conque oír a esas horas a alguien delante de la puerta me sorprendió. Miré al reloj que tengo al lado de las ventanas por las que se ve parte del río Willamette y el puente de Broadway. Eran las seis y media y yo no esperaba a Graham tan temprano: últimamente no llegaba a casa hasta las diez.

—Buenas —dijo al entrar, lanzándome una mirada breve antes de cerrar la puerta y dejar la mochila.

—Buenas —respondí yo con la impresión de que ocurría algo malo.

El humor de Graham podía ser impredecible. Cuando estaba contento, era una centella parlanchina. Se ponía a charlar y a charlar sin importarle si yo participaba o no en la conversación. Luego se refrenaba y decía:

—Perdona, ni te he dejado hablar.

Y, antes de que yo pudiera decir nada, empezaba otra vez. Aquello era cuando tenía una noche buena. Si no, llegaba malhumorado, casi furioso. Las primeras veces le preguntaba si estaba bien, pero él me callaba enseguida diciendo:

—No quiero hablar de eso, ¿de acuerdo? Me paso el día hablando, dame un respiro.

Se quedó de pie al lado de la puerta con la mirada puesta en el techo, como si buscara algo entre las vigas. Tenía aspecto desaliñado, cosa rara en él. Quería que le dejase más espacio en el armario para su ropa, lo que para mí no era ningún problema, porque no tenía gran cosa. Acuérdate de que trabajo en un cubículo de oficina y esto es Portland. Graham necesitaba trajes, camisas y corbatas en su trabajo y lo compraba todo en Nordstrom. Para eso tenía una secretaria que conocía sus gustos y, además, le gustaban los arreglos que le hacían allí. Parecía salido de las páginas de la revista *GQ*, cuando yo daba la impresión de haberme dejado caer de la cama, haberme puesto lo primero que había encontrado y haber salido por la puerta sin molestarme siquiera en ponerme rímel, eso era precisamente lo que hacía la mayoría de las mañanas.

Aquella noche, Graham tenía floja la corbata y el botón del cuello de la camisa desabrochado. Estaba sudado, como si hubiese corrido para llegar a casa.

—Tengo que salir de allí —dijo.

—¿De dónde?

—De BSBT. —Lanzó las llaves del coche a la barra que separaba la sala de estar de la cocina. De allí salía una escalera que llevaba al ático en el que estaban mi cama y el cuarto de baño.

—Pensaba que estabas contento —dije yo—, que la oferta pública iba viento en popa.

—Eso pensabas —respondió en tono cáustico antes de resoplar. Entonces me di cuenta de que tenía los ojos vidriosos, como si hubiese estado llorando… o bebiendo—. Me estoy ahogando en esa firma. ¿No lo ves? —Se puso a caminar de un lado a otro frente a la puerta, hablando sin esperar respuesta—. Está muerta por mil cortes de papel y yo me estoy desangrando por todas partes. No tienen una pizca de creatividad. Nada: piensan y actúan como robots. A nadie se le ocurre nada original. A nadie. Y, si lo intentas, te devuelven con un golpe a la fila de autómatas. —Agitó la cabeza sin dejar de caminar de un lado a otro—. Yo ya no puedo seguir así. A la mierda. No pienso seguir.

—¿Y qué vas a hacer?

Entonces dejó de andar y se puso a mover la cabeza como hacía cuando se entusiasmaba con algo. Así de cambiante era su humor.

Se le fue por completo la expresión ensombrecida y empezó a animarse mientras recorría con la vista toda la habitación. Se acercó al sofá y se puso de rodillas.

—He pensado mucho en esto los últimos seis meses. —Olía a alcohol—. Te dije que estaba buscando el proyecto de mis sueños. ¿Te acuerdas? Bien, pues creo que lo he encontrado. He estado investigando.

—¿Sobre qué? —conseguí preguntar.

—Marihuana —respondió él con los ojos abiertos y una sonrisa de oreja a oreja.

—¿Qué? —No tenía la menor idea de lo que me estaba contando.

Se puso en pie y se frotó las manos.

—Oregón va a legalizar la marihuana. Y la marihuana será la gallina de los huevos de oro. He hablado con gente de Seattle que está convencida de que los primeros en entrar en el negocio ganarán dinero a espuertas.

Señalé la página del libro por la que iba y me senté en el cojín que tenía al lado. Hacía poco había leído algo sobre aquello en el periódico.

—He leído un artículo que decía que, con todos los dispensarios de marihuana terapéutica, aquí los comercios independientes van a tener más dificultades, que no va a ser como en Seattle, vaya.

—Eso es lo que dicen los detractores —me contestó Graham, sentándose tan cerca de mí que tuve que recoger las piernas—. Esos son los autómatas, la gente sin imaginación. Créeme: lo he estado estudiando y hay negocio de sobra para quien espabile.

—¿Y cuándo lo has estado estudiando?

—¿Cómo?

—Que cuándo lo has estado estudiando si no paras de trabajar y ni siquiera descansas los fines de semana.

Él volvió a abrir los ojos como platos, aunque esta vez parecían más los de alguien a quien descubren preparando una sorpresa.

—¿Me estás escuchando? Te estoy diciendo que se nos está presentando la ocasión de hacer algo por nuestra cuenta y tú te dedicas a interrogarme.

—No te estoy interrogando: solo te preguntaba…

—Pues, entonces, demuestra por lo menos algo de entusiasmo.

—Fue hacia la ventana, pero se volvió hacia donde estaba yo sentada—. ¿Es mucho pedir? Eres mi mujer: se supone que deberías apoyarme.

Yo no sabía que decir, así que no dije nada. En realidad, no se podía decir que ninguno de nosotros apoyase de veras al otro. Graham pensaba que era mejor que mantuviéramos separadas nuestras finanzas: tarjetas de crédito y de débito, cuentas corrientes, facturas telefónicas…, aunque a veces me pedía la tarjeta de crédito si tardaban en ingresarle la nómina del bufete o si salíamos, porque no le gustaba cómo le quedaba la cartera en el bolsillo de atrás del pantalón.

—Quiero dejar BSBT y abrir un dispensario de marihuana — dijo como si nada.

—¿Ahora? Pero ¡si llevas semanas dejándote la piel y decías que estaban a punto de hacerte socio!

Volvió a sentarse en su lado del sofá.

—Ese es el problema, que estoy dejándome la piel… por ellos. —Alargó el brazo para tomarme la mano—. Y ahora se me está presentando la oportunidad de dejarme la piel por mí mismo, por nosotros —añadió enseguida—. Podríamos hacerlo juntos.

—¿A qué te refieres?

Me apretó la mano con tanta fuerza que me hizo daño.

—Quiero decir que podríamos abrir el negocio juntos, los dos. Así tú saldrías también de ese cubículo en el que te tienen metida.

Yo, sin embargo, estaba a gusto en mi cubículo.

—A mí me gusta mi trabajo.

—Pero no te lleva a ninguna parte. ¿Quieres morirte allí sentada? Los cubículos y las oficinas no son más que ataúdes. Allí muere todo el talento.

Había vuelto a inclinarse hacia delante, lo suficiente como para tumbarme a mí del olor a alcohol.

—No lo sé —le dije—. El artículo que leí decía que las licencias de apertura de un dispensario no eran nada baratas, por no hablar de todos los demás costes iniciales y los gastos generales. Además, tú y yo no tenemos ninguna experiencia cultivando marihuana. Ni marihuana ni nada de nada.

—De eso también he estado informándome. —Se levantó de repente y corrió a la puerta para tomar su cartera de piel, volvió al sofá, se sentó, sacó una carpeta de cuatro dedos de grosor y retiró las revistas de la mesita para extender su contenido—. No tenemos que plantar nada: nos limitaríamos a comprarles el producto a los distribuidores.

Me sorprendió el detalle con que lo había estudiado todo. Daba la impresión de haber elaborado todo un estudio de viabilidad que incluía gastos iniciales y de explotación.

—Quiero llamarlo Génesis —dijo—, como el primer libro de la Biblia, porque va a ser solo el principio.

—¿El principio de qué?

—De una compañía —me aseguró—. Podemos usar el dinero del dispensario para invertir en otras empresas y negocios pujantes. He hablado con el banco y me han dicho que con nuestros dos salarios nos concederían un préstamo sin problema.

—¿Y cuándo has hablado con el banco?

Graham desdeñó mi pregunta con un movimiento de la mano.

—Mira: nuestra capacidad crediticia es excelente.

—Pero si no tenemos avales.

—Les he dicho que me iban a hacer socio y que mis ingresos iban a aumentar.

—¡Si vas a dejar el trabajo!

—Eso no lo saben. Además, puedo quedarme hasta que nos concedan el préstamo.

—Pero eso es…

—No, no es mentira —me dejó bien claro—. Me iban a hacer socio, lo que pasa es que he preferido no aceptarlo.

—¿Te han pedido que seas su socio?

—No, pero no es más que un formalismo.

—No creo que podamos presentar tu salario si no vas a tenerlo.

—Es solo hasta que nos den el crédito. —Me sostuvo las manos como si quisiera sacarme a bailar y ponerme a hacer piruetas—. ¡Venga, mujer! Tienes que empezar a ser más optimista y dejar de ver todo tan negro. Este debería ser uno de los capítulos más emocionantes de nuestra vida. ¿Qué mejor momento para hacer algo así que ahora que aún no tenemos hijos?

Nunca habíamos hablado de tenerlos. Aparté las manos de las suyas y estudié con más detenimiento los números que había hecho Graham. Él no me quitaba ojo y de vez en cuando señalaba y me explicaba algún que otro detalle. Al examinarlo con detenimiento, aquello que me había parecido un estudio minucioso resultó mucho más conjetural.

—¿No crees que has subestimado un poco los gastos iniciales? He leído que con negocios nuevos hay que hacerse a la idea de que hasta el sexto mes no empezarán a verse los beneficios. A veces pueden tardar hasta un año y medio. Y aquí no has reflejado los ingresos que tendremos que percibir tú y yo. ¿Cómo vamos a pagar las facturas?

Graham lanzó un gruñido, se puso delante de mí, recogió sus papeles y cerró la carpeta.

—Te pido perdón por haber intentado hacer algo por mejorar nuestra situación. Por si no lo recuerdas, soy yo el que fue a la universidad, el que tiene un grado superior y el que lleva tres años trabajando en el ámbito del derecho corporativo. —Meneó la cabeza y me volvió la espalda—. ¿Sabes qué? Olvídalo. Olvida que he dicho nada.

Lanzó la carpeta a la mesita, fue otra vez hacia la puerta y agarró las llaves del coche de la barra.

—¿Adónde vas? —le pregunté.

—A la calle —me dijo.

Cerró de un portazo. Minutos después, oí rugir el Porsche, que salía del garaje subterráneo y aceleraba calle arriba. Miré por la ventana y a la luz de la farola vi las copas de los árboles plantados en la acera. La luna se había colocado sobre el puente y el río reflejaba su fulgor. Unos minutos después, volví a mirar a la carpeta que descansaba en la mesilla, la abrí y estudié otra vez los números.

CAPÍTULO 7

Después de toda una vida en el Pacífico Noroeste, Tracy conocía bien tanto los datos estadísticos como la mística del monte Rainier. Aquella mole de más de cuatro mil doscientos metros de altitud era mucho más que una montaña: se trataba de un volcán de dimensiones vertiginosas que dominaba la región. Era visible desde cientos de kilómetros en cualquier dirección y tan inmenso y alto que creaba sus propias condiciones climáticas. Hasta cuando no era visible porque el gris del Pacífico Noroeste pendía como un tapiz grueso sobre la región, el monte Rainier hacía sentir su presencia. Los habitantes de Seattle decían cosas como «La montaña se ha ido», como si el Rainier fuese una criatura dotada de vida y de aliento.

Por ingente que fuera su belleza, su atractivo podía resultar mortal. Cada año trataban de alcanzar su cumbre miles de personas, de las cuales apenas lo lograba la mitad. Y, entre quienes fracasaban, había algunos que dejaban allí la vida y, de ellos, no todos se encontraban, pues los cadáveres quedaban a veces sepultados bajo avalanchas de hielo, nieve y roca o congelados en el fondo de grietas de quizás una treintena de metros de profundidad.

Para quienes pretendían fingir su propia muerte, el monte Rainier era el asesino perfecto.

Hacía casi una hora y media que habían salido de Seattle cuando Kins pasó bajo el frontón triangular que marcaba la entrada noreste al parque nacional del monte Rainier. Siguió la carretera hasta llegar a una bandera de los Estados Unidos que pendía de un asta situada en el exterior de una cabaña de madera no más grande que una escuela situada entre pinos de gran altura.

Cuando Tracy salió del vehículo y estiró las piernas y los brazos entumecidos, aspiró el aroma de las gaulterias, agradable recordatorio de una infancia en las North Cascades, que, en ese momento, se mezclaba con olor a ceniza y hollín. La bruma ocre de los incendios de violencia desbocada que azotaban la región oriental del estado de Washington asfixiaba el aire.

Entraron en el puesto forestal del White River. Los recibió un guardabosques con pantalones cortos de color caqui, una camisa de manga corta a juego y botas.

—Son ustedes los dos inspectores de Seattle, ¿verdad? —dijo tendiéndoles la mano—. Yo soy Glenn Hicks. Hemos visto toda clase de rarezas aquí, pero esto ya es pasarse.

—Y que lo diga —repuso Kins.

Hicks era dos o tres dedos más bajo que Tracy, pues debía de medir un metro y setenta y cinco centímetros, pero tenía constitución delgada y fuerte, antebrazos fornidos y pantorrillas prominentes. La línea del cabello se le había retraído, lo que resultaba paradójico habida cuenta de la gran cantidad de vello que cubría el resto de las partes visibles de su cuerpo. La barba que había empezado a asomarle a esas alturas del día y las cejas pobladas, que descendían hacia el puente de la nariz, le hacían parecer constantemente defraudado.

—Acompáñenme a la parte trasera —les pidió mientras los invitaba a pasar a un despacho que se abría tras un mostrador de madera y cuyas dimensiones no superaban las de un dormitorio infantil.

Sobre un escritorio del mismo material que recordó a Tracy a los que usaban los profesores en el instituto de Cedar Grove descansaba una única carpeta de color beis.

—¿Cuándo construyeron esta cabaña? —quiso saber la inspectora.

—¿El puesto forestal? En 1929. Aunque no derrochaban en comodidades, en aquella época hacían estas cosas para que durasen. —Hicks se colocó tras el escritorio—. ¿Han traído la foto? —preguntó, interesado a todas luces en llegar al fondo del misterio.

Tracy abrió la bolsa de cuero y sacó la instantánea del permiso de conducir de Lynn Hoff. No se trataba de una fotocopia, sino de la reproducción en papel fotográfico brillante de doce por veinte que había conseguido sacar Faz a los de Tráfico. Se la tendió a Hicks, quien se colocó un par de gafas de lectura, sostuvo la imagen para estudiarla y abrió de manera metódica el expediente que tenía sobre la mesa para sacar una segunda fotografía y colocarla al lado a fin de cotejarlas mirándolas alternativamente. Su cabeza empezó a moverse con el movimiento pausado de quien no consigue creer que le hayan tomado el pelo.

—Es ella —aseveró tensando la mandíbula—. Yo no sé quién será Lynn Hoff, pero esta de aquí es Andrea Strickland.

Dicho esto, mostró las dos fotografías a Tracy y a Kins. Los inspectores las compararon. Aunque en la fotografía de Tráfico llevaba gafas de montura gruesa, saltaba a la vista que eran la misma persona.

—Tengo más —dijo Hicks abriendo un sobre de tamaño folio y sacando otras instantáneas en color—. Su marido nos las dio hace cuatro semanas, cuando pensamos que se había perdido en el monte.

En una de ellas, Andrea Strickland se encontraba de pie sobre una peña, con pantalón corto y camiseta de tirantes, una camisa de manga larga atada a la cintura y la inmensa cumbre del Rainier elevándose a sus espaldas.

—¿Qué puede decirnos de esto? —preguntó Tracy.

—Que, al parecer, nos ha dado un montón de quebraderos de cabeza innecesarios y ha puesto en riesgo la vida de mis hombres —contestó Hicks con un gesto que parecía de amante despechado—. Alguien capaz de algo así debe de ser increíblemente egoísta.

«Teniendo en cuenta que está muerta, podemos decir que ha pagado el mayor precio posible», estuvo a punto de decir la inspectora, pero Tracy prefirió contenerse. Kins y ella dejaron que el guardabosques diese rienda suelta a su ira. Tenía todo el derecho: Andrea Strickland los había engañado, a él y a los suyos. De hecho, había engañado a todo el mundo excepto a la persona que, al final, había dado con ella y la había matado.

Hicks hizo girar su silla, que chirrió y crujió con el movimiento, para señalar a un mapa topográfico del Servicio Geológico de Estados Unidos que había en la pared. Parecía representar todo el parque y estaba sembrado de vistosas cruces rojas, algunas de ellas inscritas en una circunferencia.

—Las equis marcan los lugares en los que se vio por última vez a las personas que siguen perdidas en el monte y las equis que están rodeadas, los cadáveres que hemos encontrado y recuperado. A veces tardamos unos cuantos días y otras, meses y hasta años. Algunos cuerpos no se encuentran nunca. Con el calor de estos últimos años, los glaciares están encogiéndose a un ritmo que no habíamos visto nunca. Estamos dando con montañeros que llevaban décadas desaparecidos y la verdad es que uno no se acostumbra nunca a esto. Nos llegamos a obsesionar con los que no aparecen. No hay día que no nos preguntemos si hemos hecho todo lo que estaba en nuestra mano, si no habrá un cadáver sepultado a pocos metros de donde hemos estado sondeando la nieve o caído en una grieta debajo mismo de nuestras botas.

Abrió el cajón del escritorio, sacó un rotulador permanente y trazó un círculo en torno de una de las equis. Volvió a colocarle el tapón y los miró.

—Andrea Strickland. No necesito escribir aquí nombres. Podría señalar durmiendo el lugar exacto en el que se vio por última vez cada uno de los escaladores perdidos. —Su índice apuntó a cada uno de los puntos concretos a medida que los fue nombrando—: Cerca de Success Cleaver, en una grieta del glaciar de Cowlitz, en la zona del río Carbon... —Señaló con el rotulador el aspa que acababa de rodear—: En el Liberty Ridge. ¿Saben por qué trabajamos sin descanso para recuperar esos cuerpos?

Tracy sí: había pasado veinte años buscando a Sarah pese a estar casi convencida de que solo encontraría sus restos.

—Para que las familias puedan poner fin al duelo y seguir con su vida —respondió.

—En efecto —asintió el guardabosques—. No siempre hay quien se deja convencer con esa memez de que la montaña es el lugar más hermoso en el que pueda reposar en paz un ser querido. Y yo, desde luego, no los culpo. Pero encontrar un cadáver también nos permite pasar página a nosotros. El 30 de mayo de 2014 perdimos a seis personas en un solo incidente. El verano pasado dimos con tres de los cuerpos. Hay años, como el pasado, en que tenemos suerte y no desaparece nadie. Esta montaña es difícil y puede volverse despiadada en cualquier momento. En un momento dado brilla el sol y al rato hay una nevada con vientos de ciento treinta kilómetros por hora. Nunca puede uno prever el tiempo que va a hacer un día concreto, lo que quiere decir que no podemos permitirnos bajar la guardia. Esa radio puede sonar en cualquier momento.

—¿Qué nos puede decir de Andrea Strickland? —preguntó Tracy.

Hicks se dio cuenta de que se había dejado llevar por la necesidad de desahogarse.

—Perdón. Supongo que me pongo un poco sensible con todo esto.

—Tranquilo —dijo Kins—. Tiene todo el derecho.

Se tomó un instante para recobrar la compostura antes de responder:

—Andrea Strickland y su marido, Graham, sacaron un permiso para escalar el Liberty Ridge el 13 de mayo de 2017. La ruta no es ningún paseo campestre: estamos hablando de una de las subidas a la cumbre menos transitadas.

—¿Cuántas hay en total? —quiso saber el inspector.

—Por lo menos cincuenta.

—¿Y esa está poco frecuentada por difícil o por peligrosa? —preguntó Tracy.

—Por los dos motivos. No es que exija mucha pericia técnica. Aunque hay uno o dos sitios en los que hay que formar cordada, tampoco es como escalar una pared de hielo.

—Entonces, ¿qué es lo que la hace tan difícil?

—La cara norte de la montaña: la pared Willis. Puede convertirse en una bolera, sobre todo con el calor de estos últimos años. El glaciar se derrite, los neveros se desestabilizan y empiezan a rodar piedras ladera abajo.

—Lo que hace que haya pocos montañeros en esa ruta —supuso Kins.

—Bueno —respondió Hicks—, podrían haberla elegido por eso.

—¿A qué se refiere? —quiso saber Tracy.

—Comprobé todos los permisos de aquel fin de semana con la esperanza de que la hubiese visto alguien y resultó que no se había solicitado ninguno más para esa ruta. Todavía era pronto para el Liberty Ridge, que solo es accesible durante mes y medio o dos meses, siempre que el tiempo lo permita. Recuerdo haberle preguntado al marido por qué habían elegido escalar aquella ruta tan temprano.

—¿Y qué le dijo?

—Que estaban buscando un desafío, que ya habían hecho Disappointment Cleaver y el glaciar de Emmons, las dos rutas más populares. Al parecer, la única que había hecho cumbre en el primero había sido ella, porque él se había echado atrás por mal de altura, y el segundo no lo hicieron: me mintió. Lo descubrí después.

—¿Y por qué le iba a mentir?

—Para hacer ver que tenían experiencia y conseguir que les concedieran el permiso para escalar el Liberty Ridge. Sí, recuerdo que fanfarroneaba mucho.

—Así que no eran tan duchos —dijo la inspectora.

—Lo de la experiencia es una cosa muy relativa. Habían escalado antes, pero yo no los habría calificado de «duchos» y se lo hice saber.

—Entiendo que no llevaban guía, ¿verdad? —preguntó Kins.

—Así es. —Hicks se inclinó hacia delante—. El veinticinco por ciento de las muertes que se producen cada año en la montaña se dan en esa ruta. A los guías no les gusta.

—¿Y qué fue lo que ocurrió?

El guardabosques soltó una risita que no tenía nada de divertido.

—A decir verdad, ya no lo tengo tan claro.

—¿Qué dijo el marido que había pasado? —dijo Tracy.

—Bajó aturdido y agotado. Dijo que habían subido a Thumb Rock. Un segundo. —Abrió varios cajones y sacó un mapa, que desplegó sobre la mesa antes de orientarlo hacia ellos e inclinarse sobre la mesa con el lápiz en la mano—. Bien. Como les he dicho, el 13 de mayo sacaron un permiso aquí, en el centro de información. La subida al Liberty Ridge puede tardar entre tres y cinco días, aunque la mayoría lo hace en tres y sé de gente a la que le han bastado dos. El marido dijo que dejaron el campamento del White River y pasaron la primera noche en Glacier Basin Camp. —Trazó unas líneas con el lápiz para señalar la zona—. Al día siguiente, caminaron hasta aquí hacia el Wedge. La ruta de la izquierda lleva al campo Schurman, sobre el glaciar de Emmons, y la de la derecha es la del Liberty Ridge. Cruzaron el paso de San Telmo, descendieron hasta el glaciar de Winthrop y llegaron al Curtis Ridge, donde acamparon al final del segundo día. Según él, se despertaron a medianoche, se encordaron y subieron a Thumb Rock. —Hicks rodeó las dos palabras en el mapa.

—¿De noche? —preguntó Kins.

—Cuando hace frío es menos probable que se desprendan las rocas y la nieve es más firme y más fácil de escalar. Hay que caminar cuatro o cinco horas para pasar de dos mil cuatrocientos metros de altitud a tres mil trescientos más o menos. La tercera noche acamparon en Thumb Rock.

—Y estaban solos —dijo Tracy—. No había más montañeros allí.

—No. Sin embargo, es aquí donde empezó a desmoronarse la historia del marido o, al menos, eso me pareció. —Estiró la espalda como si le doliera—. Según él, tomaron una cena ligera, bebieron té y se metieron a descansar en la tienda hacia las ocho. Tenían planeado despertarse a la una para ponerse a caminar hacia la cima. Dijo que oyó a Andrea levantarse, pero no miró la hora. Ella le dijo que iba a salir a orinar y él dice que se volvió a dormir. —Puso gesto de no habérselo creído—. Dice que no oyó la alarma y que cuando se despertó había amanecido y su mujer no estaba en la tienda. Salió a buscarla, pero no la vio por ninguna parte. Entonces volvió aquí, al puesto forestal, poco después de las cinco de la tarde e informó de su desaparición.

—¿Por qué no llamó por teléfono? ¿Por qué esperó a llegar abajo? —quiso saber Kins.

—En la montaña, la cobertura, cuando hay, es malísima.

—¿Qué impresión le dio cuando llegó? —preguntó Tracy.

—Parecía muy comedido —dijo Hicks sin vacilar.

—Así que no parecía aterrado ni consternado.

El otro negó con la cabeza.

—Como mucho, diría que estaba más confundido que asustado. Dijo que no sabía por qué podía haberse alejado de la tienda su mujer ni qué le habría ocurrido y se puso a hacer hipótesis, diciendo que quizá se había desorientado al salir a orinar, se había perdido y había caído ladera abajo. Eso es lo que no entiendo: si vio que no volvía, ¿por qué no se puso a buscarla de inmediato? Lo normal es estar nervioso la víspera de una subida, dormir poco y mal... ¿y este tío dice que no oyó el despertador? Yo tenía clarísimo que la había empujado él para despeñarla.

—¿Encontraron algún rastro de Andrea? —preguntó Tracy.

—Sí. —Hicks dejó asomar poco más que el atisbo de una sonrisa—. En la búsqueda participaron unas veinte personas, guardabosques de montaña y socorristas de la Nordic Ski Patrol. Por tierra había miembros de las unidades de rescate alpino de Tacoma, Everett y Seattle y, por aire, del 214º batallón de aviación de la reserva del ejército llegados de la base de Lewis-McChord. Como les he dicho, se emplearon muchos recursos y mucho dinero. Llegamos a Thumb Rock avanzada la tarde del día siguiente. Los del aire divisaron algunos objetos al pie de la pared Willis. —Hizo una marca en el mapa.

—¿Qué objetos? —preguntó Kins.

—Crampones, una mochila, una cantimplora y varias prendas de vestir.

—¿El marido los identificó?

—Sí.

—Pero ni rastro de un cadáver.

—Eso es.

—¿Es muy alta esa caída? —quiso saber la inspectora.

—De unos seiscientos metros.

—Así que, si había restos de objetos, cabría esperar un cadáver —dijo Kins.

—No tiene por qué. Le diré lo que pensamos entonces. En la base de la pared hay una rimaya.

—¿Una rimaya? —repitió Tracy.

—Sí, una grieta de grandes dimensiones que se abre entre el hielo y la montaña.

—Y supusieron que debió de haber caído en esa grieta y desaparecido para siempre —concluyó Kins.

Hicks asintió con un movimiento de cabeza.

—En ese caso no habría habido modo alguno de sacar de allí su cuerpo. La pared Willis no deja de partirse. Mis guardabosques de montaña no habrían querido bajar y yo los entiendo.

—Así que sería el lugar perfecto para quien quisiera simular su propia muerte —dijo Tracy.

—Eso parece, pero entonces no fue eso lo que pensé.

—Entonces pensó que el marido había encontrado el lugar perfecto para matar a su mujer —señaló Kins.

—No tenía ningún sentido que ella se pusiera los crampones y el resto del equipo para salir a orinar.

—Tiene su lógica —aseveró Tracy.

Hicks se sentó y se recostó en su silla.

—Estaba convencido de que él la había tirado, hasta que entré aquí ayer, ya tarde, y vi en mi ordenador el mensaje que me habían mandado ustedes. No olvido a quienes desaparecen en la montaña: tengo a todos grabados en el cerebro.

—Y, ahora, ¿qué cree que fue lo que ocurrió? —preguntó el inspector.

—Ahora no sé ya qué creer, pero les diré algo: es imposible que ella saliese sola de aquella montaña. Imposible. Alguien tuvo que ayudarla. ¡Joder! El marido pudo haberlo hecho por el dinero del seguro. El inspector del condado de Pierce dijo que habían contratado una póliza y que su matrimonio no estaba pasando por su mejor momento.

Tracy se había puesto en contacto por la mañana con la oficina del *sheriff* de Pierce y había concertado una cita para más tarde con el inspector de la Unidad de Delitos Violentos que investigaba el caso.

—He hablado esta mañana con él y dice que el marido era uno de los sospechosos —dijo.

—Quizá. —Hicks tomó la fotografía de Andrea Strickland—. La cosa es que no sé si lo que ha pasado ahora lo exonera o lo implica. —Alzó la vista para mirar el aspa roja que acababa de rodear con un círculo—. De todos modos, supongo que ya no es cosa mía. Yo he hecho mi trabajo, pero me da la impresión de que el de ustedes acaba de empezar.

CAPÍTULO 8

Yo no dejaba de encontrar puntos por los que hacía aguas el proyecto Génesis, pero Graham se mostraba tan optimista, tan convencido de que triunfaría que al final cedí a pesar de todas mis reservas. No quiero decir que Graham acabara por agotarme ni que yo me diera por vencida ante sus intentos infatigables de convencerme, pero la verdad es que el ambiente de nuestro hogar se había vuelto tan insoportable que estaba segura de que no podíamos seguir así. Graham llegaba a casa y se ponía a hablarme de números, me decía que había hablado con otro dispensario de Washington y me aseguraba que terminaríamos siendo riquísimos. Cuando yo intentaba cuestionar sus cálculos, él no me hacía caso o me acusaba de no querer apoyarlo y entonces se iba hecho una furia para no volver hasta las tantas o se pasaba el resto de la noche enfurruñado y sin hablarme. Necesitaba mi nómina para que le dieran el préstamo.

Cuando accedí al fin, abrió los ojos de par en par como si le hubieran dicho que había vencido un cáncer, me dio un abrazo enorme y me besó.

—No te arrepentirás —me dijo sujetándome por los hombros—. Será la mejor inversión que hemos hecho en nuestra vida. —Y me volvió a abrazar.

—Espero que tengas razón —respondí tratando de despejar mis miedos con una sonrisa.

—Lo presiento, Andrea. —Él siguió dando vueltas por el apartamento—. Presiento que esta va a ser mi gran oportunidad.

Habíamos encendido una vela con olor a fresa y aquella noche nos enrollamos en el sofá como cuando nos casamos, como si importara. Como si yo importara.

Después de aquello hicimos el amor casi todas las noches, hasta que fuimos al banco para hablar del préstamo para nuestro negocio. Nos pidieron que declarásemos nuestros activos y nuestras deudas. La única deuda de la que yo tenía noticia era la del *leasing* del Porsche de Graham. Aunque él se había mudado a mi ático por ahorrar dinero, no habíamos ahorrado nada. A mí me incomodaba tener que mentir diciendo que lo iban a hace socio de BSBT y ya había empezado a ponerme nerviosa antes de que nos sentásemos delante del empleado bancario, un hombre alto de aspecto entrometido y pelo blanco que nos hizo un montón de preguntas y estuvo un rato rellenando formularios.

Habrían pasado unos cuarenta y cinco minutos cuando puso gesto serio y le dijo a Graham:

—Tiene usted un descubierto considerable en la tarjeta de crédito.

Yo no sabía nada de eso.

—Mi padre estuvo enfermo y me tocó a mí cuidarlo —dijo—, pero eso se acabó ya.

Me sorprendí de la facilidad con que mentía Graham.

—¿Tiene algún modo de amortizarlo? —le preguntó el banquero.

—Cuando me hagan socio aumentarán mis ingresos —contestó Graham.

—¿Y cuándo lo van a hacer socio?

—A primeros de año, creo —dijo él.

—¿Puede presentar un escrito del bufete en el que lo confirmen?

—Claro que sí —le aseguró Graham.

No sé si fue por los nervios, pero, en aquel momento, de pronto, sentí que tenía que mencionar el fondo fiduciario de mis padres, aunque sus condiciones no me permitían usarlo como aval. Graham se quedó blanco como la pared. Juro que hasta me pareció oír el ruido que hacía su quijada al caer sobre la mesa. Se inclinó hacia mí como si así pudiera evitar que el empleado bancario oyese nuestra conversación.

—¿Que tienes un fondo fiduciario? —me preguntó.

Yo miré al empleado bancario, que nos observaba con la sonrisa incómoda de quien acaba de meterse en medio de una discusión y está buscando un modo discreto de quitarse de en medio. Se excusó diciendo que tenía que buscar otro formulario.

—¿De qué estás hablando? —insistió Graham.

—A su muerte, mis padres me legaron sus bienes en fideicomiso. Desde que cumplí los veintiuno tengo acceso limitado a todos ellos.

Él me miró incrédulo y luego miró hacia atrás para asegurarse de que no podía oírnos el empleado bancario. Se inclinó más aún con la mandíbula tensa y sin levantar la voz.

—¡Por Dios bendito, Andrea! ¿Cuándo pensabas decírmelo?

—Creí que no era relevante —contesté.

—¿Que no era relevante? —Se aclaró la garganta y se apoyó en el respaldo frunciendo los labios—. ¿Qué estamos haciendo aquí? —Lo preguntó con esa voz paternalista que yo tanto odiaba, como si fuese una niña pequeña—. Estamos pidiendo un préstamo que tendremos que devolver con intereses porque pensaba que lo necesitábamos.

—Es que lo necesitamos.

—Quizá no —me dijo—. ¿De cuánto es el fondo fiduciario?

—Eso da igual, Graham.

Él se burló.

—¿Cómo que da igual? Soy tu marido. ¿Qué más secretos me has estado ocultando?

—¿Qué? Yo no te estoy ocult… No, no me refería a eso.

—Entonces ¿a qué te referías? Porque sí que suena a que me hayas estado ocultando un secreto de los gordos.

—He dicho que da igual porque no podemos usarlo. No podemos disponer de ese dinero.

—Querrás decir que no piensas disponer de él.

—No: quiero decir que no podemos.

Se le pusieron las mejillas coloradas y los ojos, azules, de un tono más parecido al gris.

—¿Y por qué diablos no?

—Por las condiciones que pusieron mis padres. Lo concibieron como patrimonio separado y tiene ciertas restricciones con respecto al uso que puedo hacer de él. No se me permite invertirlo en un negocio. Está pensado para cubrir mis necesidades.

—Tus padres ya no viven —dijo él recalcando cada palabra.

—Eso ya lo sé, Graham, pero las condiciones del fondo son las que son. Cuando cumplí los veintiuno, se me permitió que usara los intereses como viera oportuno, pero el capital principal tiene restricciones hasta que llegue a los treinta y cinco. Mis padres lo hicieron así para asegurarse de que nunca me faltara lo indispensable.

En realidad, los conocía lo suficiente como para saber que lo que pretendían era impedir que nadie se aprovechara de mí y se casase conmigo pensando que así podría acceder a la mitad del dinero o arrebatármelo en caso de divorcio.

—Así que es tuyo y solo tuyo —me dijo Graham.

—Técnicamente sí.

—¿Qué quieres decir con «técnicamente»?

—¿Cómo crees que me las he arreglado todo este tiempo para que llegáramos a fin de mes cuando no nos daba para pagar el alquiler, el *leasing* del Porsche y todo lo demás? He tenido que recurrir a los intereses del fondo fiduciario.

—¿Qué estás diciendo? ¿Que soy una esponja?

—No, no digo eso. —Me estaban entrando ganas de ponerme a gritar.

—¿A cuánto asciende el fondo?

Preferí no responder. Él apretó la mandíbula.

—¿De cuánto estamos hablando, Andrea?

—El capital principal es de medio millón de dólares.

Él mezcló una carcajada con un golpe de tos. Parecía estar ahogándose.

—¿Te estás riendo de mí? ¿Me estás diciendo que tienes medio millón de dólares? ¿Y qué coño estamos haciendo aquí?

—Ya te he dicho que no puedo disponer de ello.

—Andrea, yo soy abogado. No hay contrato que no pueda rescindirse y un fondo fiduciario es, en esencia, un contrato.

—Este no —le respondí yo—. El fideicomisario dice que mis padres lo hicieron de tal manera que no pudiera quedar sin efecto.

Él negó la cabeza y puso los ojos en blanco.

—¿Por qué no dejas eso en mis manos? ¿Puedes acceder al dinero?

—No es posible, Graham.

—¿Puedes acceder a él?

—Sí, pero no puedo usarlo para estas cosas. Lo que yo te propongo es que pongamos fin al *leasing* del Porsche, destinemos ese dinero a amortizar la deuda de tu tarjeta de crédito y pidamos el préstamo tal como habíamos planeado.

Él se mordió el labio y volvió a poner los ojos en blanco.

—¿De verdad quieres que prescinda del Porsche? Soy abogado, Andrea: tengo que mantener cierta imagen.

—Pero vas a dejar la profesión.

Gracias a Dios, el empleado bancario se aclaró la garganta al volver a su asiento.

—¿Estamos listos para seguir adelante? —preguntó.

Graham seguía furioso, pero sonrió como si no hubiera pasado nada.

—Por supuesto —dijo—. ¡Manos a la obra!

Estuvo dos días enfadado conmigo. Devolvió el Porsche y, con el dinero de esa venta y otros dos mil dólares que puse yo, liquidamos la deuda de la tarjeta de crédito.

—Te lo devolveré —me aseguró.

Yo supe que podía esperar sentada, pero tampoco me importó. Nunca me había preocupado el dinero. Me las había arreglado toda la vida casi sin nada y en aquel momento parecía que no iba a hacer otra cosa que darme problemas.

Al tercer día, Graham volvió a casa con un ramo de flores y una disculpa. Casi deseé que no lo hubiese hecho, porque, después de hacerme a la idea de cuál sería su humor aquella semana, aquello suponía un cambio más.

—Lo siento: he sido un capullo —me dijo tendiéndome aquel obsequio tan fragante—. Lo que pasa es que me pillaste por sorpresa en el banco y sentí que me ponías en una situación embarazosa. Imagínate: un abogado que intenta que le concedan un préstamo y ni siquiera sabe que su mujer tiene un fondo fiduciario de la leche.

—Te lo tenía que haber dicho —le contesté yo, aunque más por calmarlo—. Lo que pasa es que, como te he dicho, no creo que cambie nada, porque no podemos usarlo.

—Entonces, ¿por qué lo mencionaste allí?

—Porque estaba nerviosa. No quería mentir en una solicitud bancaria diciendo que te iban a hacer socio del bufete.

Él sonrió, pero fue con expresión paternalista.

—¡Ay, Andrea! ¡Mira que eres mojigata! ¿Tú crees que nadie comprobará eso? De todos modos, me parece adorable que te preocupes tanto por mí. Está bien: lo he entendido. No podemos usar el fondo para nuestro negocio, pero saber que lo tenemos viene muy bien. Quiero decir que es como tener una red por si te caes del trapecio.

—¿A qué te refieres? —De repente empecé a sospechar adónde quería llegar.

—A que podemos usarlo si tenemos algún apuro mientras montamos el negocio o, más adelante, para hacer un viaje, comprar un barco… En fin, diversiones de pareja. ¿No sería una gozada tener un barco? Pues para cosas así.

—Supongo —respondí preocupada—. Con los intereses, claro.

Se acercó más a mí.

—¿Me perdonas?

—Claro que sí —le dije. ¿Qué otra cosa iba a hacer?

—¿Sabes lo que quiero hacer? —Empezó a moverse con rapidez, como hacía siempre que se le ocurría algo que lo entusiasmaba.

Yo recé por que no estuviera a punto de decir: «Tener sexo».

—Quiero que salgamos a cenar para celebrar el comienzo de nuestra empresa. Vamos a un sitio especial.

Con Graham, yo ya había aprendido que *especial* quería decir «caro» y tenía muy claro con qué tarjeta de crédito íbamos a pagarlo.

En los dos meses siguientes, el banco aprobó el préstamo y Graham buscó un local de alquiler y comenzó a elegir los productos que tendríamos a la venta. Estaba animadísimo, alegre y tan eufórico como el hombre que yo había conocido y con el que me había casado. Tampoco se cansaba de estar conmigo. Tuvimos sexo en todos los rincones del ático y de maneras muy creativas. Yo hacía lo posible por mirar con optimismo al futuro del negocio, pero mis dudas aumentaron cuando él me dijo que había encontrado una tienda pequeña en pleno Pearl District, una de las zonas más caras de todo Portland, ciudad en la que, por cierto, los alquileres no son nada baratos. Yo había leído un artículo que decía que, desde

2015, los arrendamientos residenciales y comerciales se habían disparado de forma descomunal. Todos los periódicos se quejaban de que Portland estaba perdiendo su identidad a medida que los residentes de toda la vida y los establecimientos modestos se veían obligados a alejarse cada vez más del centro. El alquiler había subido de novecientos dólares a mil doscientos cincuenta en tres años y donde Graham había decidido montar Génesis cobraban veintitrés dólares por metro cuadrado. Intenté convencerlo para que abriese el dispensario en una zona más industrial, donde podríamos encontrar alquileres de once dólares el metro cuadrado, contar con espacio de sobra para que aparcasen los clientes y estar más alejados de los dispensarios terapéuticos, pero él no quiso hacerme caso.

—Es la primera ley que hay que seguir a la hora de buscar local: ubicación, ubicación, ubicación. Vamos a estar en un sitio privilegiado, a un paso de todos los negocios y los bufetes, que son los que tienen el dinero. Esos tienen que ser nuestros clientes. Además, piensa en lo que nos vamos a ahorrar por no tener que usar el coche.

Entre las cuotas del préstamo, el alquiler del ático y el local y el *leasing* del Porsche de Graham, que renovó en cuanto nos dieron el crédito, íbamos a tener que pagar cerca de seis mil dólares anuales solo para quedarnos a cero. Eso, claro, sin incluir nuestros gastos diarios ni el permiso que necesitábamos para vender marihuana y Graham se había gastado buena parte del préstamo en las mejoras del local y otros costes de inicio de actividad. Siempre elegía lo más caro: el suelo tenía que ser de madera brasileña y las vitrinas del cristal de mejor calidad y con apliques empotrados para exhibir los distintos tipos de maría como si fuesen joyas.

—Quiero que lo primero que piense el cliente al entrar sea: «Este sitio tiene clase» —decía—. No pienso tener que atender a perdedores de los bajos fondos.

A mí me daba igual a quién atendiésemos con tal de que, perdedores o no, pagaran con dinero real, pero si se me ocurría expresar alguna reserva o intentar que se decantara por una opción algo más barata, él se limitaba a sonreírme y decir:

—Relájate: si este mes nos vemos más apurados, siempre podemos recurrir a los beneficios del fondo fiduciario.

Encima, también estaba preocupada porque había leído que las autoridades municipales estaban pensando permitir a los dispensarios de marihuana terapéutica de Portland venderla también para uso recreativo. Aquello iba a ser para ellos una verdadera ganga, porque no tendrían los mismos costes de apertura y, por tanto, podrían permitirse bajar los precios. La competencia iba a ser brutal, pero, cuando se lo dije a Graham, él no le dio la menor importancia:

—Esos sitios son antros. Nuestra clientela es otra. Además, nuestra reputación ha empezado ya a extenderse.

Y era verdad, por lo menos hasta cierto punto. El *Portland Tribune*, el semanario gratuito, publicó un artículo que incluía una foto de Graham de pie en la entrada de la tienda bajo el rótulo de neón de Génesis. Él había enmarcado el texto y la imagen y los había colgado en una de las paredes del local.

Aquellos primeros meses, Graham volvía a casa feliz y nuestras sesiones de sexo seguían siendo frecuentes y salvajes y a mí me dio por pensar que quizá, solo quizá, todo iría sobre ruedas.

CAPÍTULO 9

Mientras bajaban de la montaña con Kins al volante, Tracy estudió en su iPad la gran cantidad de resultados que había obtenido en la Red al buscar Andrea Strickland. Como parte del monte Rainier pertenecía al condado de Pierce, había sido la comisaría del *sheriff* de allí la que se había atribuido la jurisdicción sobre el caso de la mujer desaparecida. Aquel caso había levantado mucho revuelo. El fiscal del distrito se había cuidado de no presentar como sospechoso a Graham Strickland, aunque, por supuesto, lo era. De hecho, encabezaba la lista. Nadie había olvidado el asesinato de infausta memoria de Laci Peterson, ciudadana de Modesto (California) asesinada por su marido estando embarazada. Por triste que resulte, lo cierto es que muere más gente a manos de personas a las que conoce y a las que ama que por culpa de algún asesino sin vinculación alguna con la víctima.

Stan Fields, el inspector de la Unidad de Delitos Violentos del condado de Pierce, le había asegurado por teléfono que estaría «encantado de recibirla». Tracy tenía la sensación de que, como al guardabosques Glenn Hicks, no le debía de haber hecho mucha gracia que Andrea Strickland hubiese jugado con él, quizás en connivencia con su marido, porque Andrea Strickland los había engañado a todos, al menos durante seis semanas. A todos, menos a la persona que, al final, la había matado.

Lo más seguro era que el ego de Fields no le permitiese reconocer que era eso lo que realmente había ocurrido. A ningún investigador le gustaba admitir algo así y, por eso, durante lo que debía haber sido una conversación telefónica breve para concretar dónde y cuándo se reunirían, se había visto obligado a añadir que había «sospechado que las cosas no eran del todo lo que parecían».

Cuando Tracy tuvo la impresión de que los artículos que había encontrado en Internet empezaban a repetirse, cerró el iPad y lo metió en la guantera. Tomó la botella de plástico y bebió un sorbo, pero el agua ya estaba tibia. Ni siquiera el aire acondicionado la libraba de aquel calor tan pegajoso.

—Era la candidata perfecta para desaparecer —apuntó mientras volvía a colocar la botella en su hueco—. Sus padres habían muerto y no tenía hermanos. Nadie la iba a echar de menos.

—Aparte, claro, del marido —dijo Kins. Se removió en su asiento.

También él se sentía incómodo y, sin duda, debía de estar deseando poder cambiar los vaqueros que llevaba puestos por un par de pantalones cortos como los del guardabosques Hicks. Siempre vestía vaqueros cuando no tenía que ir a los tribunales, lo que parecía una elección extraña. Cuatro años de fútbol universitario y un año en la liga nacional le habían dejado unas pantorrillas y unos muslos hiperdesarrollados aun diez años después de haberse retirado.

—¿Me equivoco si doy por hecho que no tenía hijos?

—Afortunadamente, no —respondió la inspectora.

—¿Eran compañeros de trabajo?

—Su marido y ella tenían un dispensario de marihuana en el centro de Portland. Solo era de ellos dos.

Oregón había seguido los pasos de Washington y Colorado al legalizar la marihuana, lo que apenas podía sorprender a quien conociera la política de un estado cuyos habitantes tenían fama de ser más liberales aún que los del oeste de Washington si eso era posible.

—Lo que yo te decía: no la van a echar de menos. —Kins miró por el retrovisor, puso el intermitente y salió de la carretera—. ¿Qué hacían antes de vender hierba?

—Él era abogado y ella trabajaba en una compañía de seguros del centro de Portland.

La respuesta de Tracy le hizo volver la vista para mirarla.

—¿De seguros?

—Lo tengo en la lista de preguntas que tengo que hacerle.

—De manera que no eran unos cortos.

—Nada cortos —convino ella antes de ajustar las rejillas del salpicadero para que el aire fresco le diera en el cuello y el pecho y ponerse a agitar la abertura de su camisa a modo de abanico.

Recorrieron las calles de Tacoma, casi desiertas, los vecinos habían ido a refugiarse en oficinas y comercios con aire acondicionado.

—¿Hasta dónde había investigado al marido el condado de Pierce? —quiso saber Kins.

—Según el inspector que llevaba el caso y los artículos que he encontrado, el fiscal del distrito lo citó entre las personas relevantes para la investigación, pero no llegó a declararlo sospechoso.

—Así que el marido era el sospechoso principal.

—Evidentemente.

—¿Y no llegaron a acusarlo?

—Lo más seguro es que, en ausencia del cadáver, considerasen que no tenían pruebas suficientes. Había solo dos personas que supieran lo que ocurrió de veras en aquella montaña y una de ellas presuntamente estaba muerta, así que todo es circunstancial.

—Con un poco de suerte, ese tal Fields podrá aclararnos un poco las cosas.

El inspector había propuesto reunirse con ellos en un restaurante de Pacific Avenue llamado Viola. La última vez que Tracy había estado en Tacoma, hacía ya una década, aquella avenida había sido refugio de prostitutas y camellos; sus edificios estaban llenos de pintadas con los símbolos de las bandas, y sus calles, alfombradas de basura. El centro urbano, sin embargo, había experimentado una enorme transformación: hartos de la fama de ser el hijastro obrero de Seattle y de oír aquello de «el aroma de Tacoma», por los hedores industriales que despedía la ciudad, activistas locales y empresarios se pusieron manos a la obra. Saltaba a la vista que Pacific Avenue también había sido objeto de dicha transformación. En los edificios industriales de ladrillo de dos y tres plantas reformados, enlucidos y pintados, se habían instalado despachos de profesionales, distintos comercios, tiendas de ropa de moda y restaurantes.

Kins encontró una plaza libre con parquímetro a media manzana del establecimiento. Se dirigían hacia él cuando Tracy reparó en un hombre que fumaba en lo que había de sombra en la entrada del local. Los vio, movió la cabeza para indicar que los había reconocido y expulsó el humo.

—Crosswhite, ¿verdad? —dijo.

Con el cabello gris pizarra recogido en una coleta corta y un bigote poblado que le caía por debajo de las comisuras de los labios como si pesara más por el calor, Stan Fields parecía un vestigio de los años setenta. Llevaba puesto un polo azul marino con el distintivo del departamento: las letras de «*Sheriff* del Condado de Pierce» bordadas en oro sobre el monte Rainier cubierto de nieve.

Tracy se presentó e hizo otro tanto con Kins.

—Tenemos mesa reservada —anunció antes de llevarse el cigarrillo a los labios para darle la última calada larga del fumador compulsivo que está a punto de hacer frente al síndrome de abstinencia durante al menos hora y media. A continuación, soltó al cielo una bocanada de humo y lanzó la colilla encendida a una alcantarilla.

El Viola tenía puertas de cristal replegadas sobre sus guías para permitir el uso de la terraza, aunque en aquel momento a nadie se le había pasado por la cabeza ocupar ninguna de las mesas y sillas de hierro forjado situadas a pleno sol. Por ellas entraba un calor tan pegajoso como el jarabe que los ventiladores de techo parecían poco decididos a mitigar. Tracy se quitó las gafas. Sus ojos necesitaron unos instantes para adaptarse a la penumbra del interior. Fields los llevó a una mesa con asientos corridos situada cerca de la cocina. Los muros de ladrillo estaban adornados con coloridos cuadros impresionistas.

Tracy y Kins se sentaron sobre el cuero frente a Fields. A la inspectora, el breve paseo había hecho que le corriera el sudor por la espalda y se le pegase la camisa a la piel. Fields señaló con la cabeza dos vasos que había sobre la mesa cerca de los recién llegados.

—Os he pedido agua, sabía que vendríais secos del viaje.

Tracy y Kins se lo agradecieron y bebieron un gran sorbo. Lo que más deseaba Tracy en realidad era pasarse el cristal frío por la frente y por la nuca, pero le pareció que quedaría poco profesional.

—Yo me mudé aquí precisamente huyendo del calor —aseguró Fields en tono agotado.

Habida cuenta de que la mayoría de los que llegaban al Noroeste se quejaba de la lluvia y el cielo gris siempre nublado, resultaba extraño oír a alguien protestar por el calor, aunque los habitantes de Seattle no dudaban en culpar de los cambios que estaba sufriendo su meteorología al calentamiento global, o, como lo llamaba Faz sin rubor alguno, «gimoteamiento global».

—¿De dónde eres? —preguntó Tracy.

De la cocina llegaban olores deliciosos de ajo, mantequilla y salvia.

—De Phoenix —contestó él—, pero de niño cambié un montón de veces de ciudad, porque mi padre era militar.

—El verano más caluroso que he conocido yo fue un invierno en Phoenix —aseveró Kins.

—¡Qué me vas a contar! —Fields tenía la costumbre, quizás el tic, de contraer los labios, lo que hacía que se le moviera el mostacho como los bigotes de un ratón—. Yo empecé vigilando la frontera con el Servicio de Inmigración y Naturalización, antes de pasarme a Antidrogas y trabajé mucho de infiltrado. Pasé más tiempo del que hubiera deseado siguiendo la pista a los traficantes de droga en el desierto.

Tenía el rostro curtido de quien ha pasado varios años tostándose al sol. Con la coleta y aquella voz áspera de fumador, encajaba a la perfección en el papel de agente secreto de Antidrogas. De hecho, a Tracy no le había costado detectar los aires arrogantes que necesitan dichos policías para resultar convincentes.

—Un trabajo duro —dijo Kins—. Te desgasta en pocos años.

—Sí. ¿Tú también trabajaste allí? —preguntó Fields.

—Dos años —repuso él.

Kins se había dejado crecer el pelo y una perilla rala en aquella época y a alguno de sus compañeros se le había ocurrido llamarlo *Sparrow* en honor al personaje que interpretaba Johnny Depp en las películas de *Piratas del Caribe*. Al final se había quedado con el apodo, pero, a diferencia de Fields, no había dudado en cortarse el cabello y afeitarse la barba de cabra al dejar Antidrogas.

—¿Cuándo te mudaste a Tacoma? —Kins pasó un dedo por el vaho que empañaba su vaso.

Tracy supo que estaba haciendo tiempo para que todos se sintieran cómodos a la vez que tomaba el pulso a Fields e imaginó que este debía de estar haciendo otro tanto.

—Hace un año más o menos. Había perdido a mi mujer y necesitaba cambiar de aires. Estaba harto del calor y del sol. Buscaba lluvia y niebla. En Seattle no necesitaban inspectores, pero en Tacoma sí.

—Siento lo de tu mujer —dijo Tracy.

Fields agradeció el gesto con una leve inclinación de cabeza.

—También estaba infiltrada. Se acercó demasiado al fuego y alguien se chivó. La mataron de un tiro y la dejaron tirada en el desierto.

La noticia dio a Tracy una idea totalmente distinta de Fields, quien, a primera vista, no despertaba demasiada simpatía. Si enviudar resultaba terrible en cualquier circunstancia, perder a un cónyuge en acto de servicio y de semejante manera debía de destrozar a cualquiera. Con razón había dejado Arizona.

—¿Disteis con quienes lo hicieron? —quiso saber Kins.

Él los miró de soslayo con un gesto que daba a entender que no se habían limitado a detener a los asesinos.

—Ya lo creo que dimos con ellos.

En ese momento apareció la camarera y Fields cambió de actitud y sonrió a aquella joven alta como si figurase en el menú de los entrantes.

—¿Tienes tarjeta del cuerpo? —preguntó a Tracy refiriéndose a la posibilidad de cargar a la policía de Seattle los gastos de la comida en concepto de dietas.

—Sí —contestó Kins.

—Entonces tomaré una jarra de medio litro de cerveza y esos tallarines con almejas tan ricos —pidió Fields sin consultar el menú—. Dile al cocinero que me eche suficiente ajo para que mi gato no quiera verme en una semana —añadió guiñando un ojo.

La joven respondió con una sonrisa incómoda antes de mirar enseguida al lado de la mesa que ocupaban Tracy y Kins.

—Una Coca-Cola Light —dijo este— y un cubo de agua para echármelo por la cabeza.

La muchacha sonrió. Tracy aseguró tener bastante con el vaso de agua. Cuando la camarera se dio la vuelta para marcharse, Fields le miró el trasero con un gesto que, además de insolente, resultaba ridículo, ya que tenía edad de sobra para ser su padre. Con todo, la experiencia había enseñado a Tracy que tal circunstancia no impedía a algunos hombres convencerse de que tenían posibilidades.

Fields volvió a centrarse en Tracy. Lejos de parecer cohibido por verse descubierto, se diría que era de los que disfrutaban dejándose sorprender en semejante desliz. Lamentable.

—¿No coméis nada? —preguntó—. Si esto es lo mejor del oficio.

—Hemos parado a tomar algo por el camino —repuso Tracy asqueada.

Fields apoyó un brazo sobre el respaldo del asiento corrido.

—Así que Andrea Strickland ha muerto... otra vez.

—Eso parece.

El bigote volvió a encogerse.

—Y yo que habría apostado mi placa a que el marido le dio un empujoncito en aquella ladera... Estaba convencido de que la había matado él.

—Esto todavía no está descartado —dijo Kins.

—Es verdad —dijo Fields.

—¿Nos cuentas por dónde iba vuestra investigación? —pidió Kins.

La camarera puso la cerveza y la Coca-Cola en sendos posavasos. Fields dio un sorbo generoso antes de limpiarse la espuma del bigote con una servilleta de papel.

—El cuento del marido no se sostenía. —Dejó la bebida en la mesa y, reclinándose, volvió a poner el brazo sobre el respaldo—. Hacía aguas por todas partes. ¿La mujer se levanta para mear y él no se despierta ni se pregunta dónde estará? Si hablas con gente que ha escalado esa montaña te dirán que la víspera de hacer cumbre no pegan ojo o duermen fatal. Se acuestan cuando todavía es de día, cargados de adrenalina y de entusiasmo, pero este fulano asegura que tuvo un sueño tan profundo que ni siquiera se dio cuenta de que se había ido. ¡Venga ya! Conque a mí el radar ya me estaba avisando antes de hablar con él. —Miró a Tracy y sus ojos hicieron una fugaz incursión en su escote—. Y mi radar casi nunca me engaña.

—¿Qué descubristeis? —preguntó ella sintiendo en la piel una irritación que nada tenía que ver ya con el calor.

—Resultó que la mujer se había hecho un seguro de vida con él de beneficiario poco antes de la expedición. Un cuarto de millón de pavos. Aquella fue la primera señal de alarma.

—¿Y él? ¿Había contratado otra póliza con ella de beneficiaria? —quiso saber Kins.

—No. Por lo que nos contó él, su mujer contaba con el fondo fiduciario que sus padres le habían dejado al morir y los dos pensaron que gracias al mismo ella no tendría de qué preocuparse en caso de que a él le ocurriera algo. Esa era su versión, pero yo sigo convencido de que pensó: «¿Para qué pagar dos primas?».

—Tenemos entendido que ya tenían algo de experiencia en escalada —dijo Tracy.

—Solo habían escalado una vez, pero en esa primera ocasión no se habían hecho ningún seguro —repuso Fields adelantándose a su pregunta—. Además, la mujer trabajaba para una compañía de seguros antes de que abriesen la tienda de maría.

—Así que conocía bien los entresijos del negocio.

— Andrea Strickland era el último mono de su oficina, pero, según su jefa, era muy lista y pillaba todo a la primera.

—¿Crees que pudieron tramar algo juntos? —quiso saber Kins.

—Mi línea de investigación se basaba sobre todo en la convicción de que la había matado él, pero no descartaba esa posibilidad.

—¿Recibió el marido el dinero del seguro?

—Todavía no, porque el caso sigue abierto, pero lo primero que hizo después de volver de la montaña fue solicitarlo. Llamé y me lo contaron. La compañía sigue investigándolo y parece que va para largo.

Tracy miró a su compañero.

—Si lo organizaron juntos, podría ser que no previeran ese retraso.

—Puede que el marido le hiciera creer que ese era el plan y luego la matase. Como oficialmente ya estaba muerta y nadie encontraría jamás el cadáver en una nasa para cangrejos, ¿quién iba a enterarse? —preguntó Kins.

—Tal vez —dijo ella—, pero, si es así, ¿por qué no la empujó directamente en la montaña? ¿Por qué iba a esperar para matarla?

—El marido es uno de esos fulanos que no caen bien de entrada. ¿Sabéis a lo que me refiero? —señaló Fields por encima del ruido de ollas y las voces que provenían de la cocina.

Tracy lo sabía perfectamente: tenía a uno sentado delante.

—¿Hubo algo más que activara tu radar?

—Sí. El negocio que acababan de montar no iba nada bien. De hecho, se había hundido. Era de esperar, porque al marido no se le ocurrió otra cosa que alquilar el local en un distrito caro del centro de Portland pensando hacerlo más exclusivo y atraer con él a los fumetas del mundillo empresarial. Es curioso, pero resulta que la ciudad tiene más dispensarios de marihuana medicinal que el total del país. Qué sorpresa, ¿verdad? El caso es que, después de que entrase en vigor la legalización, se aprobó una ordenanza municipal que permitía a los dispensarios de marihuana terapéutica vender al resto de clientes. El establecimiento de los Strickland tenía cerca dos. Portland, además, tiene un mercado negro muy próspero, de modo que los posibles clientes tenían ya disponible una fuente más barata.

—¿Era muy grave la situación?

—Hablando con la jefa de la mujer, me dio la sensación de que Andrea Strickland había tenido serias dudas con respecto al negocio, pero el marido finalmente la había convencido. Ella tenía un fondo fiduciario muy generoso.

—¿Cuán generoso?

Fields sonrió.

—El capital principal era de medio millón de dólares.

—Joder —dijo Kins.

—Sí, pero tenía prohibido usarlo para montar una empresa —aclaró el de la comisaría del *sheriff.*

Kins dejó escapar un silbido.

—Y que lo digas —repuso Fields—. Así que pidieron al banco un crédito de doscientos cincuenta mil dólares y firmaron avales, tanto para el arrendamiento como para el préstamo. Encima, resulta que el marido mintió en su solicitud.

—¿Sobre qué? —preguntó la inspectora.

—Dijo que lo iban a hacer socio de su bufete, un ascenso que iba a suponer un aumento sustancial de su salario. Hasta presentó una carta firmada por el socio ejecutivo. La había falsificado, claro: por lo visto, el despacho lo había mandado ya a hacer puñetas.

En ese momento llegó la camarera con los tallarines de Fields. Él bajó el brazo del respaldo y pidió queso rallado. Tracy lo vio mirarle los pechos a la joven al pasarle el parmesano por el rallador. El pelo largo y el bigote no eran lo único que había conservado aquel hombre de sus días de infiltrado: tampoco se había desembarazado de la desfachatez inherente al oficio. Cualquier afecto que pudiese haberle profesado por la pérdida de su esposa se desvaneció en el acto.

—Gracias, guapa —dijo Fields cuando acabó la camarera y, al verla marcharse, probablemente a darse una ducha de agua hirviendo con desinfectante, miró a sus colegas de Seattle—: ¿Seguro que no queréis nada? Aquí se come muy bien. Yo vengo por lo menos una vez a la semana.

La muchacha que les había servido tenía que estar encantada.

—No, gracias —repuso Kins.

Fields hizo girar el tenedor para enrollar la pasta y se llevó a la boca el ovillo. Su gato no se le acercaría: por el olor que llegaba desde el otro lado de la mesa, el plato debía de tener ajo para matar a un oso pardo.

—¿Qué más nos puedes contar del marido? —preguntó Tracy.

Fields se limpió el bigote con la servilleta y dio un sorbo de cerveza.

—Como ya os he dicho, era un fanfarrón. Llevaba un Porsche y vestía uno de esos trajes que parecen de una talla menos. También parecía más listo que nadie, siempre atento al próximo negocio del siglo e intentando convencerse de que de un momento a otro empezaría a dar frutos. Un mentiroso de tomo y lomo. Creo que hizo creer a la mujer que aquello los iba a hacer de oro. Liquidaron casi todos los bienes comunes para invertirlos en la tienda. El marido había superado el límite de las tarjetas de crédito de los dos y los acreedores habían empezado a reclamar las deudas. Además, el banco descubrió el engaño de la carta del bufete y, si no devolvía el dinero, se enfrentaría a una causa penal y quizás a una temporada entre rejas.

—Así que pensabais que quería echarle mano al fondo fiduciario de la mujer —dijo Kins.

—Sí —respondió Fields antes de meterse en la boca otra porción de pasta—. Por lo visto desapareció el dinero de la cuenta personal de Andrea.

—¿Y adónde fue? —preguntó Tracy.

—No lo sé. El marido jura y perjura que no tuvo nada que ver con eso y que no tiene la menor idea de dónde pudo acabar ese dinero.

—¿Y el fideicomisario?

—Lo mismo: ni idea.

—¿Puede ser que los Strickland estuvieran intentando esconderlo de los acreedores?

—Eso creemos. ¿Decís que ella tenía un permiso de conducir de Washington con otro nombre?

—Lynn Hoff —dijo la inspectora.

—Entonces apuesto a que es ahí donde encontraréis el dinero.

Tracy recordó el resguardo del Emerald Credit Union que había encontrado en la basura de la habitación del motel. Fields se reclinó y esbozó una sonrisita estúpida.

—Y luego está el asuntillo de la querida.

—Me lo imaginaba —aseveró Kins.

—Siempre hay una querida de por medio, ¿no? —El del bigote tomó un pellizco de pan para mojarlo en la salsa.

—¿Hablasteis con ella?

Fields negó con un movimiento de cabeza.

—Todavía no sabemos quién es. Andrea le dijo a su jefa que pensaba que su marido la estaba engañando, pero no dijo con quién.

—¿Tenéis indicios de que eso fuera cierto? —quiso saber Tracy.

—Estaba en ello, pero, por lo que he podido averiguar, no era la primera vez. Se había estado beneficiando a una maciza de su despacho antes de casarse y supongo que pensaría que las campanas de boda no tenían por qué arruinar esa relación.

—¿Has hablado con ella?

—Este no es mi primer rodeo, inspectora. —Se lanzó un trozo de pan a la boca.

A Tracy, definitivamente, no le gustaba nada aquel tipo.

—Ella dice que lo dejó cuando se enteró de que se había casado. Al parecer, él estuvo ocultándole ese detallito durante un par de meses.

—¡Menuda joyita de hombre! —señaló Kins.

—Vaya —asintió Fields—. La mujer también le dijo a su jefa que quería ir a ver a un abogado matrimonialista.

—¿Y llegó a hacerlo? —preguntó Tracy.

—No hay nada que lo confirme.

—Creo que empiezo a entender qué fue lo que pudo animarla a desaparecer —dijo Kins.

—El divorcio no iba a librarla de la deuda, por los avales, y, como en el estado de Oregón se aplica el régimen de bienes gananciales, Andrea era responsable a partes iguales de todo lo que debían.

—Le preocupaba perder el fondo fiduciario —apuntó Tracy.

—Él se declara insolvente y se acabó: ya no tiene más que la deuda, pero ¿y ella? Resulta que está sentada sobre un montón de dinero al que los acreedores están deseando echar la garra.

—¿Y qué necesidad tenían de pedir un préstamo? —preguntó Kins.

—Ya os he dicho —contestó Fields mientras volvía a atacar los tallarines— que ella no permitió que él tocara el dinero del fondo fiduciario.

Kins miró a Tracy.

—Sí —dijo el otro interpretando su gesto—: al fulano le sobraban razones para matarla.

—En cuyo caso, solo habría tenido que empujarla cuando estaban en la montaña —insistió Tracy, pensando que debía de haber algo más.

—Desde luego, ese era el lugar perfecto. —Fields se encogió de hombros—. Allí muere gente todos los años. Creo que por eso estaban los dos solos, sin guía. El marido asegura que la muerte de su mujer fue un trágico accidente y ¿quién podrá demostrar lo contrario?

—Pero él es abogado —repuso ella sin convencerse aún del todo—: como mínimo, tenía que haberse dado cuenta de que la bancarrota, la póliza de seguros y los problemas matrimoniales, por no hablar ya de su amante, constituyen pruebas indiciarias claras de que no fue un accidente.

—Él dijo no saber nada del seguro y negó tener una amante.

—Según él, ¿la póliza fue idea de su mujer?

—Y lo de la escalada —aseveró Fields—. Ya os digo que yo estaba convencido de que la había matado él, pero ahora... En fin, ella también estaba metida en una buena, ¿no? Puede ser que pensase que aquella expedición a la montaña era la ocasión perfecta para fingir su propia muerte, librarse de un matrimonio nefasto y dejar al marido las facturas y los dolores de cabeza.

—Y, ya de paso, vengarse por lo de la querida —añadió Kins.

—En el infierno no hay furia que pueda compararse a la de una mujer despechada —sentenció Fields mientras se limpiaba con la servilleta los extremos del bigote.

—Es posible —dijo Tracy—, aunque también podría ser que sospechara que el marido tenía intención de dejarla en la montaña y decidió seguirle el juego y derrotarlo en su propio terreno.

—¿Y por qué iba a participar en la expedición si sabía que él iba a intentar matarla? —preguntó su compañero.

—Tenía que hacerlo si quería fingir su muerte y librarse así del matrimonio y de la deuda.

Kins negó con la cabeza.

—Podía haber huido y ya está.

—Si hubiera huido, no la habrían dado por muerta. En vez de eso, esconde el dinero del fideicomiso y deja algunas miguitas de pan: contrata un seguro de defunción y le dice a su jefa que su marido la está engañando y que quiere divorciarse. Se echa a dormir y se larga sabiendo que todo el mundo va a culpar al marido. —Miró a Fields—. Según el guardabosques, tuvo que ayudarla alguien a salir de la montaña.

—Sí, lo sé, pero no se me ocurre quién pudo ayudarla: sus padres murieron y el único familiar que le quedaba era una tía que vive en San Bernardino y que no había tenido contacto alguno con Andrea desde su traslado a Portland. El número de teléfono está en el expediente. Quedan el marido…

—Al que podemos descartar —atajó Kins.

—… su jefa y una amiga.

—¿Quién es la amiga? —quiso saber Tracy.

—Devin Chambers. Trabajaban juntas en la aseguradora.

—¿Y hablaste con ella?

Fields volvió a mirarla como antes.

—¿No te he dicho que este no es mi primer rodeo? Claro que la interrogué. Me dijo que Andrea le confió que su marido había reconocido lo de la amante y que le pegaba.

—¿Que el marido había maltratado físicamente a Andrea?

—Eso decía ella, pero, antes de que te emociones pensando que pudo ser la que la ayudó, deja que te comunique que aquel fin de semana, el de la escalada, Devin Chambers estaba en la playa. Me enseñó los resguardos de haber pagado en el hotel y en varios restaurantes con tarjeta de crédito.

—¿Pudiste verificarlo?

Él soltó un bufido con gesto burlón y Tracy se dio cuenta de que empezaba a estar harta de su actitud.

—¿Qué sospechas? ¿Que entró al restaurante, pidió comida para llevar, hizo un viaje de seis horas hasta el monte Rainier, ayudó a su amiga a desaparecer y luego volvió al hotel? Los resguardos dejaban bien claro que estaba allí.

Kins los interrumpió.

—Está bien. Y, fuera quien fuese quien la ayudara, ¿qué ha pasado ahora? ¿Él descubre que se la ha jugado, consigue el dinero y la mata? Como ya está muerta, nadie la va a echar de menos mientras no encuentren el cadáver, lo que explicaría que la metiese en la nasa.

—Yo seguiría considerándolo el sospechoso número uno —dijo Fields— y no lo dejaría ni a sol ni a sombra, pero ahora el cuerpo lo tenéis vosotros, así que este ya es vuestro rodeo.

—¿Tiene abogado? —quiso saber Kins.

El otro asintió con un gesto.

—Uno muy bueno de Portland.

—¿Cuánto tiempo llevaban casados? —preguntó la inspectora.

—Un año más o menos. Se casaron pocas semanas después de conocerse. Te estás preguntando si no la elegiría a propósito: una mujer con dinero, sin familia… ¿Me equivoco?

—¿Estudiaste esa posibilidad?

—Pues claro que sí, pero no encontré nada en el pasado de él que lo confirmase. Era el primer matrimonio de ambos. Además, dudo mucho que ella fuese la niñita inocente que hacía ver que era. Esa clase de gente suele acabar encontrándose. ¿Me entiendes?

—Entonces no hay ningún otro sospechoso.

Fields se acabó la cerveza.

—No hacía falta. ¿Os acordáis de cuando, después del juicio de O. J. Simpson, le preguntaron los periodistas a Gil Garcetti si iban a buscar al verdadero asesino y él dijo: «El asesino acaba de salir por la puerta»? Pues yo estaba convencido de que aquí pasaba lo mismo. De hecho, sigo creyéndolo.

—¿Hay algo que indique que tuviera un barco o fuese aficionado a la pesca? —preguntó Tracy.

—Que yo sepa, no. Tampoco me dio la impresión de ser de esa gente.

—¿De qué gente? —quiso saber Kins.

—De la gente que sabe cebar un anzuelo.

—Pero sí lo ves capaz de matar.

Fields apartó el plato vacío del borde de la mesa.

—No tengo la menor duda de que tenía la intención. A lo mejor vosotros sois capaces de demostrar que consiguió convertir esa intención en acto.

CAPÍTULO 10

Génesis dio beneficios el primer mes y Graham estaba eufórico. Sin embargo, eso solo hizo que la caída fuera más dura y el aterrizaje, mucho más doloroso. El negocio fue declinando a medida que se pasaba la novedad de la legalización de la marihuana. Además, cambiaron las leyes, tal como había dado a entender el artículo que yo había leído, para permitir que los dispensarios terapéuticos vendiesen al público general. Aquello fue la puntilla. Aquello y la ocurrencia de Graham de alquilar el local en Pearl District y hacer reformas que habrían escandalizado al mismísimo Luis XIV. Resulta que a nuestra clientela «de postín» le daba igual el suelo de madera brasileña y las luces de las vitrinas: lo único que le importaba era el precio.

Yo quería decirle: «Te lo advertí», pero sospechaba —no: a esas alturas ya lo sabía— su reacción.

Nuestra relación empezó a hundirse al mismo ritmo que nuestro negocio. Los cambios de humor de Graham se habían vuelto más frecuentes y más marcados, a veces hasta violentos. Parecía estar siempre tenso, estresado y saltaba por cualquier cosa. Estábamos endeudados hasta el cuello y yo no sabía siquiera de dónde sacar para pagar el alquiler del dispensario o del ático. Los beneficios del fondo ya no nos daban para salir de apuros.

Hacía tiempo que vivíamos sin sexo y ya ni siquiera nos dirigíamos la palabra. Él había empezado a llevar a casa productos comestibles de los que vendíamos: galletas y frutos secos con marihuana y hasta algo parecido a ositos de gominola. Decía que le ayudaban a relajarse y dormir. Desde luego, era verdad: la mayoría de las noches se quedaba frito en el sofá, lo que era una bendición, porque, si había bebido, cosa frecuente, se ponía a desvariar o se volvía agresivo. La mitad de las veces costaba incluso entender lo que decía. La única vez que intentamos hacer el amor ni siquiera fue capaz de tener una erección y, encima, eso lo puso de un humor de perros.

—Estoy cansado, Andrea —dijo saliendo enseguida de la cama—. En el trabajo estoy sometido a una tensión tremenda. ¿Qué pensabas que iba a pasar?

—Esperaba que te ayudara a relajarte —respondí yo.

—¿Quieres que me relaje? Habla con tu fideicomisario y consigue acceder al fondo para que podamos pagar alguna de las facturas. Me estoy matando a trabajar en la tienda. Tantas horas van a acabar conmigo. —Salió hecho una furia del cuarto y se fue a dormir al sofá.

Un día volvía yo a casa del dispensario con un dolor de cabeza tremendo, de esos que te hacen andar con los ojos entrecerrados porque ni soportas la luz. El estómago me daba vueltas como si hubiese estado leyendo en la cubierta de un barco en alta mar. Llevaba la comida en una bolsa de plástico cerrada con un nudo y mi incapacidad para darle un solo bocado había vuelto a dejarme sin fuerzas. Tenía cita aquella misma semana con el médico, porque estaba convencida de que debía de tener una úlcera.

Al salir del ascensor solo pensaba en ponerme ropa cómoda, acurrucarme en el sofá con mi última novela y abandonarme en algún mundo de ficción. Tecleé el código de cuatro dígitos en el cerrojo de combinación de mi puerta. Las luces estaban apagadas, pero por las persianas se filtraba la luz de color azul pálido de una farola.

Me fijé porque yo nunca las bajo. La ventana daba al río Willamette y la vista era lo mejor de ese ático que yo empezaba a dudar que pudiésemos seguir pagando.

Él estaba sentado en el sofá de espaldas a la puerta, tan quieto que tuve la impresión de estar mirando la cabeza de un maniquí en el escaparate de unos grandes almacenes. El chaleco de cuadros blancos y negros que acababa de estrenar hacía poco colgaba de forma descuidada del respaldo, como si lo hubiera lanzado, cosa rarísima en él, tan meticuloso siempre con su ropa.

—¿Graham? —dije extrañada.

Él movió la cabeza, aunque fue más como un respingo, lo que resultó un alivio, porque había llegado a temer por un instante que hubiera muerto sentado en aquel sofá.

—¿Graham? —repetí mientras me acercaba a él.

—Se acabó —me dijo con voz ronca y casi inaudible.

Dejé las llaves en la barra de la cocina y me dirigí al lateral del sofá con la ventana a mis espaldas, de modo que lo veía de perfil. Tenía el pelo despeinado, como si se lo hubiera estado mesando. A su lado, sobre los cojines, estaba, hecha una madeja, su corbata. Se había subido las mangas y le comprimían los codos. Sobre la mesa había una botella de Jack Daniel's y un vaso. Por suerte, parecía estar relativamente llena, pero a su lado había un frasco abierto de albaricoques pasos impregnados de THC, el compuesto de la marihuana que coloca.

—¿Qué ha pasado? ¿Has hablado con el banco?

Aquella tarde había quedado con ellos para ampliar los plazos del préstamo o solicitar otro crédito más y, a juzgar por su actitud, la reunión no había ido nada bien.

Asintió con un movimiento lento de cabeza, casi imperceptible, y los labios apretados. Entonces se puso de pie con tanta rapidez que me sobresaltó. Agarró la botella, rodeó el sofá y se inclinó hacia delante hasta invadir mi espacio personal. El aliento le olía mucho a alcohol y a albaricoques y sentí náuseas. El estómago me dio un vuelco, pero miré a otro lado para tomar aire y pude contenerme.

—Sí. —Sonrió y siguió caminando hasta la ventana, puso los dedos entre las lamas de la persiana y tiró de ellas hacia abajo hasta que se doblaron para mirar a la calle como un fugitivo en su escondite.

—¿Qué haces? —le pregunté.

—¿Tú que crees? —me dijo él—. Comiéndome el inventario. —Se volvió para sonreírme, aunque sin un asomo de alegría.

—¿Cuántos te has tomado? —Miré al frasco. Sabía que los productos comestibles eran más potentes que los porros, pero el verdadero problema era que resultaba difícil medir el nivel de THC. Mucha gente cometía el error de tomarse uno y, al ver que no sentía nada, comerse otro sin darse cuenta de que el primero todavía tenía que hacer efecto y que, cuando lo hiciese, podía tener efectos debilitantes.

—No lo sé —contestó Graham pasando la mano por las lamas como si fuesen cuerdas de arpa— ni tampoco me importa una mierda.

—¿Crees que es prudente beber?

Me miró de reojo.

—¿Y qué quieres que haga, Andrea? ¿Leer un libro? ¿Vivir en un mundo de fantasía?

—¿Acaso eso es malo?

Se acercó a mí. Su sonrisa se había vuelto siniestra, como las que se tallan en la calabaza para asustar a quienes van pidiendo golosinas en Halloween. Cuando se inclinó hacia mí, di un paso atrás.

—Sí que es malo —respondió bajando intencionadamente la voz—. ¿Qué creías que iba a decirnos el banco? —Bajó al menos una octava más—: «Olvídense de devolvernos el préstamo que les concedimos, no se preocupen en absoluto y, es más, les concedemos otro más. Que pasen un buen día». —Graham se detuvo entonces como si acabara de recordar algo—. ¡Ah, sí! También me preguntó por qué no tenía ingresos del bufete. Dijo que el banco iba a iniciar una investigación con mi antiguo despacho, así que, además de estar en la ruina y haberlo perdido todo, podría ir a la cárcel por fraude. ¿Qué te parece?

Dio un paso hacia nuestra cocina diminuta y dejó la botella en la barra.

—Podemos empezar de cero —dije yo tratando de pensar en algo a lo que agarrarme.

Él se echó a reír.

—¡Claro que sí! ¡Tú, soñando como siempre!

—No es ningún sueño: podemos contratar a un abogado y negociar un plan de pago para el préstamo. El banco no quiere verte preso: lo que busca es que le devolvamos el dinero. Tú puedes ejercer el derecho y yo recuperar mi trabajo para liquidar las deudas.

Graham se volvió sobre los talones y puso la botella en alto.

—¿Y de qué vamos a vivir?

—Podemos mudarnos a un lugar más barato, librarnos del alquiler del Porsche y recortar otros gastos. —Estaba pensando en voz alta y a la carrera.

—No —dijo él meneando la cabeza—. Ni por asomo voy a volver a ejercer la abogacía. Sería una condena a muerte. ¿Eso es lo que quieres para mí?

—No tiene por qué ser para siempre —le contesté yo—: solo hasta que nos recuperemos.

—¿En serio? ¿En serio? —Se alejó unos pasos—. ¿De verdad quieres que nos recuperemos?

—Estoy dispuesta a intentarlo. —Y era verdad.

—No: estás dispuesta a condenarme a estar atado a un bufete el resto de mi vida, pero no a dejarme el dinero que necesitamos para pagar las facturas y hacer que esto funcione. Si en vez de tanto hablar sacases el dinero, Andrea…

Yo ya estaba harta de aquella discusión, pero hice lo posible por mantener la calma.

—Ya hemos hablado de eso, Graham. Aunque pudiera sacarlo, eso no resolvería nuestros problemas. ¿Qué íbamos a hacer al mes que viene y al siguiente?

—A mí me basta con un mes para enderezar la situación —me aseguró.

—Eso fue lo que me dijiste el mes pasado —repliqué sin poder contenerme.

Él me miró.

—No sabía que me llevases la cuenta.

Yo respiré hondo.

—Mira, no ha sido culpa tuya: el momento no era el mejor y el local era demasiado caro.

—¡Ah! —contestó él alzando la voz—. Así que sí ha sido todo culpa mía. ¿Eso es lo que me estás diciendo?

—Lo que te he dicho es que no ha sido culpa tuya.

—He oído lo que me has dicho y sé muy bien qué es lo que quieres decir. Crees que ha sido culpa mía. Pues bien, yo no lo creo, Andrea. Hice mis deberes e investigué. Fui yo quien tuvo la visión, quien invirtió el tiempo y el sudor. Lo único que necesitaba era más capital. Necesitaba apoyo. «En lo bueno y en lo malo», Andrea. ¿Te acuerdas de esas palabras: «En lo bueno y en lo malo»?

Él no tenía la menor idea de cuántas veces las había oído yo a diario en mi cabeza, como la llamada de tambores tribales que precede a un ataque. Corrió a la puerta de la entrada, donde vi que había puesto su bolso de cuero. Lo llevó al sofá, rebuscó en su interior y sacó una serie de papeles para dejar caer el bolso a los cojines y lanzarme los documentos.

—He preparado todo el papeleo para el préstamo, Andrea. ¿Quieres ayudarme? Pues menos palabras y más dinero. Tú podrías hacerle el préstamo al negocio.

—¿Y cuál sería el aval?

—¿Estás de broma? —gritó—. ¿De verdad tenemos que llegar a eso?

Yo estaba confundida y asustada. Bajé los papeles para intentar pensar.

—No puedo prestar el dinero al negocio, Graham.

—No, ¡lo que no quieres es prestármelo a mí! —salvó la distancia que había entre los dos y me lanzó los documentos al pecho con tanta fuerza que me hizo dar un paso atrás—. Pues ¿sabes qué, Andrea? Además de la cartita del bufete, también falsifiqué tu firma en los avales al banco y en el contrato de arrendamiento del local.

Me sentí como si me hubiera pateado el estómago.

—¿Qué?

Él me miró con una sonrisa burlona.

—¿Qué te parece? Conque tú eliges: puedes darme el dinero para que enderece el negocio o dejar que se lo quede el banco.

—Serás cabrón…

Él se echó a reír.

—¿A que no sienta nada bien encontrarse al borde del abismo?

—No pienso darte el dinero —contesté ya con un tono desafiante—. Que se lleve el banco lo que pueda. El abogado de mis padres dice que el fideicomiso no puede anularse.

Graham redujo la distancia que nos separaba, haciéndome retroceder hasta la barra de la cocina. No tenía escapatoria.

—Estoy harto de jueguecitos, Andrea. Necesito ese dinero: no pienso ir a la cárcel.

—Me voy. —Intenté rodearlo y abrirme paso hasta la puerta, pero él me bloqueó la huida.

—¡Necesito ese dinero, Andrea!

—No. —Lo aparté de un empujón y fui hacia la puerta.

Él me tomó con fuerza de la muñeca y me hizo girar sobre mí misma. Yo le lancé una patada con fuerza en la espinilla. Él hizo una mueca de dolor y gimió, pero no llegó a soltarme. Me zarandeó y me dobló la muñeca.

—¡Necesito ese puto dinero!

—¡No! —le grité—. Me estás haciendo daño.

Y entonces él me cruzó la cara con tanta violencia que me tiró al suelo del golpe. Ocurrió tan rápido que al principio ni siquiera estaba segura de que me hubiese dado, pero la mejilla me picaba y me ardía.

La casa quedó en silencio. El aire se detuvo hasta tal punto que llegué a oír el tictac del reloj de la cocina. Tenía la cabeza gacha y la mano contra la mejilla, caliente al tacto. Por encima de mí, oí el sonido leve de la respiración de Graham. Me quedé sentada con la mirada clavada en el suelo y el pelo sobre la cara, con el sabor metálico de mi propia sangre en la boca. Entonces, lentamente, alcé la mirada hacia él. Alcé la mirada hacia el hombre con el que me había casado.

Graham seguía teniendo el puño apretado.

CAPÍTULO 11

Era tarde cuando, un día entre semana, franquearon Faz y Del las puertas de la sede que tenía en Spring Street, en el centro de Seattle, el Departamento de Tráfico. Una masa de seres humanos aburridos aguardaba en asientos de plástico de aspecto incómodo, eso era precisamente lo que había supuesto Faz. Una voz femenina de autómata nombró al siguiente y lo dirigió a la ventana apropiada. Todos se movían como robots.

—Parece como si nos hubiésemos metido en una película en la que las máquinas se hayan hecho con el poder y hayan esclavizado a los humanos —comentó Faz—. De hecho, creo que esta la vi anoche en la tele.

—¿Cuántos crees que habrá aquí dentro solo por disfrutar del aire acondicionado? —dijo Del.

—¿Qué te juegas a que la biblioteca también está a rebosar?

La ciudad se había gastado millones de dólares en una biblioteca única de once plantas hecha de cristal y acero en el centro de la ciudad, pero, como los edificios públicos están abiertos al público, a todo el público, aquella construcción se había convertido en refugio de gentes sin techo, perturbados y todo aquel que pretendía usar uno de los cuatrocientos terminales informáticos puestos a disposición de los usuarios para navegar por la Red en busca de porno y hacer cosas indescriptibles en pleno dominio público. Su número se multiplicaba en invierno, cuando la temperatura descendía hasta los cero grados o más aún, y en verano, cuando Seattle se achicharraba al sol.

—Si construyes un edificio así, deberías saber las consecuencias —repuso Del con una risotada.

—Cualquiera pone luego las manos en esos teclados —dijo Faz.

En las pantallas se indicaban los números de los interesados a los que estaban atendiendo los funcionarios que ocupaban las distintas ventanillas, si bien los que miraba todo el mundo con más atención eran los del reloj digital, que marcaban las 16:18.

—La atención al público acaba a las cuatro y media —anunció Del.

—Menos mal que nosotros no tenemos que esperar.

—¿Qué te apuestas a que sí?

—¿Una merienda-cena? —propuso Faz.

—El que pierda paga los bocadillos en Salumi.

—Me gusta esa apuesta, porque gano seguro. Además, puedo llevarle pasta a Vera y así matar dos pájaros de un tiro.

—Si la parienta está contenta, otro punto para Faz —concluyó Del.

Al llegar a la ventanilla, Faz enseñó su placa y su identificación a la mujer que había tras el cristal, quien no pareció impresionada al verla.

—Tenemos una cita con Henrik…

Al ver que le costaba pronunciar el apellido, la funcionaria acabó por él:

—Engvaldson.

—Eso —dijo el inspector—. ¡Menudo trabalenguas!

Ella no sonrió. Señaló a las sillas mientras descolgaba el teléfono.

—Siéntate. —Del sonrió mientras se volvían hacia los asientos de plástico blanco—. Ya estoy saboreando el bocadillo de cordero a la parrilla y ¿sabes qué es lo que va a hacer que sepa todavía mejor?

—Que no vas a tener que pagarlo.

—Premio.

No es que fuese tacaño: Del había pagado muchas de las comidas que habían compartido, pero le encantaba apostar. Era incapaz de ver un partido o una pelea sin jugarse nada. Nunca era mucho —un par de pavos, a lo sumo— y Faz tenía que reconocer que eso hacía las cosas mucho más interesantes.

Faz tenía la esperanza de que Engvaldson pudiese darle algún detalle sobre la documentación que había usado Andrea Strickland para obtener el permiso de conducir a nombre de Lynn Hoff. En aquel momento, cualquier información era bienvenida.

No tuvieron que esperar mucho para que saliera a recibirlos un hombre altísimo con pantalones informales y una camisa azul celeste.

—Inspectores —dijo mientras tendía una mano que parecía sujeta al extremo de una grúa—. Soy Henrik Engvaldson. ¿Con cuál de ustedes he hablado por teléfono?

—Conmigo —respondió Faz sintiéndose pequeño, por decir algo.

Faz medía un metro noventa y tres y, por lo que había comprobado aquella misma mañana, pesaba ciento veintiún kilos en pelota picada. Del era un par de dedos más alto y tenía unos cuatro o cinco kilos más que él, aunque jamás lo reconocería, por más que la panza lo delatara.

Siguieron a Engvaldson hasta una puerta situada en la parte trasera. El funcionario tuvo que agacharse para pasar bajo el dintel, lo que fue a confirmar que medía más de dos metros. Faz miró a Del mientras recorrían el angosto pasillo que se extendía a continuación.

—¿De dónde viene *Engvaldson*? —preguntó Faz.

—Parece ser que es sueco —respondió él—. Yo crecí convencido de que era noruego hasta que mi mujer lo consultó en eso de Ancestry.com. Gran error: resultó que mis ancestros son de Suecia.

—Como en el anuncio.

—Exacto.

—Pues yo prefiero no saber nada —aseveró Del—. Seguro que acabo enterándome de cosas que prefiero no saber.

—¿Como, por ejemplo, que no eres humano? —preguntó Faz.

Engvaldson los llevó al despacho que cabría esperar de un funcionario: pequeño y funcional, pero práctico. Cuando tomó asiento, dio la impresión de ser demasiado largo para su escritorio. Abrió un expediente y entregó a Faz una copia de veinte por veinticinco de la fotografía del permiso de conducción de Lynn Hoff, también conocida como Andrea Strickland.

—La titular hizo una presolicitud.

—¿Una presolicitud? —preguntó Del—. ¿Eso qué es?

—Quiero decir que rellenó en línea su solicitud y luego vino a la oficina para firmarla. Así se ahorra tiempo.

—Es bueno saberlo.

—¿Qué usó para identificarse? —quiso saber Faz.

—Una copia certificada de la partida de nacimiento —repuso Engvaldson revisando el expediente.

—Así que es una persona válida.

—Puede que sí y puede que no. Nuestros empleados tienen acceso a los formularios empleados por cada estado, pero, por desgracia, detectar falsificaciones no es tan sencillo. El FBI está creando un documento normalizado, pero en 1992 cada estado usaba sus propios modelos.

—¿Eso quiere decir que pudo haber falsificado el certificado para cambiarse de nombre? —preguntó Del.

—Quizá.

—Esta es la oficina más concurrida, ¿verdad? —dijo Faz.

—Sí —respondió Engvaldson, que sabía, a todas luces, adónde quería llegar con la pregunta— y, ahora que el Gobierno federal exige la posesión del permiso de conducir polivalente, llevamos un tiempo más ocupados que nunca.

Ese debía de ser el motivo por el que Andrea Strickland había elegido aquel lugar, pues, cuanto más trabajo tuviese el funcionario en cuestión, menos tiempo podría emplear en revisar algo así, sobre todo si el certificado daba la impresión de estar en regla.

—¿Dio su número de la Seguridad Social?

Engvaldson le tendió otro documento y Faz cotejó el número con el de Lynn Cora Hoff que figuraba en dicho organismo. Coincidía.

—Así que es un número activo —comentó el inspector con aire sorprendido.

—¿Qué significa que es «activo»? ¿Que está viva? —quiso saber Del.

—No tiene por qué —respondió su compañero—. Antiguamente, antes de la era de la informática, quien quería falsificar un documento iba al cementerio y buscaba una tumba de algún niño que, de seguir vivo, habría tenido su misma edad. Entonces usaba el nombre y la fecha de nacimiento del pequeño y obtenía su número de la Seguridad Social. Ahora, la Administración tiene su base de datos cruzada con la de defunciones.

—Es decir, que, si la anterior titular del número estuviese muerta, lo sabríamos —dijo Del—. Entonces, ¿cómo pudo conseguir el número de una persona viva?

—En Chinatown, con un par de miles de dólares en el bolsillo —repuso Faz—, puedes conseguir lo que te dé la gana. También podría ser que esa tal Lynn Cora Hoff fuera una persona indigente sin antecedentes penales ni familiares o conocidos que pudiesen identificar su cadáver. En ese caso, la Seguridad Social no habría tenido nunca noticia de su muerte: la mujer habría dejado de existir sin más.

—Todo eso exige un buen trabajo de investigación al interesado, ¿no?

—Sí —convino el compañero— y por eso precisamente me ha sorprendido que sea un número activo.

—Así que no es comparable a lo que tiene que hacer mi hijo para conseguir un documento de identificación falso para poder comprar cerveza —concluyó Del.

—No —dijo Engvaldson—: esto es muchísimo más complicado.

—Al menos sabemos cómo lo hizo. —Faz se puso en pie y le tendió la mano—. Gracias por su ayuda.

—Ha sido un placer. —El funcionario se levantó de su sillón, alto como la planta de habichuelas del cuento.

—¿Cómo se las apaña para volar? —preguntó Del alzando la vista.

Engvaldson tendió los brazos para adoptar la postura típica de Superman.

—Normalmente así. —Soltó una carcajada—. Me lo preguntan mucho. Pido que me pongan frente al mamparo o el pasillo de emergencia. Las líneas aéreas tienen el deber de buscarme un sitio.

—¿A los gordos como nosotros también?

—Eso ya no lo sé. Los acompaño.

En la sala principal ya no había público. Engvaldson quitó el cerrojo a la puerta de cristal y la abrió. Los inspectores volvieron a darle las gracias por dedicarles su tiempo y caminaron hacia el ascensor.

—Entonces, si se sacó el permiso de conducir, podemos dar por hecho que tenía intención de quedarse a vivir en el estado —supuso Del.

—Quizá sí. Quizá por eso quisiera también cambiar de aspecto, pero no necesariamente —dijo Faz—. Pudo haber conseguido el número de la Seguridad Social para obtener el permiso de conducir y que así le fuese más fácil lograr un pasaporte para huir. Además, para abrir una cuenta en un banco necesitas el permiso. Piénsalo. ¿Qué iba a hacer con el fondo fiduciario? Si te vas al extranjero, no vas a volar con un montón de dinero contante en la maleta. Como no podía usar su verdadero nombre, necesitaba un permiso de conducir para meterlo en una cuenta a nombre de Lynn Hoff o de una sociedad instrumental. Acto seguido, lo saca del país mediante giros. Lo mueve un par de veces a lugares que ofrezcan confidencialidad y así hace que, al final, desaparezca.

—Debía de estar muy desesperada.

—Lo llaman seudocidio. Es cuando alguien finge su propia muerte, normalmente para cobrar el dinero del seguro o burlar a sus acreedores y después aparece como otra persona. —Faz miró el reloj—. Los bancos estarán cerrados.

—Es verdad, pero Salumi no y tengo hambre —sentenció Del.

Cuando Tracy y Kins llegaron a la comisaría central se encontraron con una sorpresa en sus escritorios: sendos bocadillos envueltos en papel de estraza. La nota que llevaban pegada lo decía todo: «Para que no digáis que no os regalo nunca nada».

—Con tanta negación me pierdo —dijo él.

—Pues yo lo voy a querer como a un hijo —repuso Tracy rasgando el envoltorio—. Tengo un hambre canina y apostaría lo que fuese a que son de Salumi.

—¿Por qué no has pedido nada en el restaurante?

—Perdí el apetito cuando abrió la boca Fields.

Kins arrugó la frente.

—A mí no me ha parecido mal tipo.

—No me esperaba otra cosa.

—Suena a lo que dice mi mujer cuando he metido la pata y no sé por qué. ¿Qué ha hecho?

—¿Además de desnudar a la camarera con la mirada cada vez que se acercaba a nuestra mesa? ¿Cuánto queso hace falta echar en los tallarines con almejas?

—¿En serio?

—¿No te has fijado?

—¿En la camarera? Claro.

Ella puso los ojos en blanco.

—Cerdo.

—El mío, en realidad, es de cordero —dijo Kins levantando la mitad del bocadillo—. ¿A ti te ha tocado de paletilla de cerdo?

—¡Serás idiota…!

Kins se echó a reír mientras rebuscaba un par de pavos en el cajón de su escritorio.

—Voy a por un refresco. ¿Quieres algo?

—Con esto tengo bastante, gracias.

Tracy dio un bocado a su almuerzo. Faz le había comprado el de paletilla de cerdo, sí, pero, claro, no se lo iba a decir a Kins.

—Crosswhite.

La inspectora se encogió al oír el gañido nasal de Nolasco. Dejó el bocadillo.

—¿Dónde está Kins? —dijo el capitán entrando en el cubículo.

—Ha ido a comprar un refresco —respondió ella acabando lo que tenía en la boca.

—¿Qué coño pasa con la mujer de la nasa? —preguntó Nolasco—. La prensa no deja de llamar diciendo que es la misma que creían muerta en el monte Rainier el mes pasado. ¿Es verdad?

—Eso parece. —A Tracy no le hacía ninguna gracia que los periodistas tuviesen aquella información, aquello quería decir que era muy probable que hubiera llegado también al marido.

—¿Se lo has dicho tú?

Ella soltó un bufido.

—Claro que no. ¿Por qué iba a decirles nada?

—Pues alguien ha tenido que ser.

—Yo, desde luego, no, y Kins tampoco. Eso se lo puedo asegurar.

—¿Qué es lo que no he hecho yo? —Kins volvió a entrar en el cubículo con una Coca-Cola Light.

—La prensa se ha enterado de lo de Andrea Strickland —dijo Tracy.

—¿Cómo?

—Ha salido en todas las noticias de las seis —anunció Nolasco.

—¿La Vampirelt? —preguntó Kins.

—Entre otras —dijo el capitán—. Los teléfonos no dejan de sonar, los peces gordos quieren explicaciones y yo no sé una mierda.

—Nosotros nos enteramos anoche y hemos ido a Rainier y Tacoma —explicó el inspector—. Acabamos de volver.

Nolasco miró a Tracy con gesto incrédulo.

—¿Y no tenéis ni idea de cómo se han enterado los medios?

Tracy habría pensado precisamente en él como origen de la filtración a la prensa. La comisaría era un verdadero colador en el que no era raro que los mandamases dieran información para obtener favores de los periodistas. No sabía si Nolasco estaba siendo sincero o solo pretendía echar la culpa a otro.

—No —respondió—. Teníamos la esperanza de poder hablar con el marido antes de que se supiera la noticia.

—De eso, desde luego, os podéis olvidar, porque él ya ha salido en todas partes.

—¿Y qué ha dicho?

—Ni más ni menos que lo que cabía esperar: que está estupefacto y muy consternado y que no tiene la menor idea de lo que pudo llevar a su mujer a fingir su propia muerte ni de quién podía tener interés en matarla.

—Suena a guion bien ensayado.

—¡Y que lo digas! —comentó Kins.

Nolasco miró a la inspectora.

—¿Seguro que no le has dicho nada a nadie?

Ella tuvo la sospecha de que el capitán estaba intentando tenderle una trampa.

—¿Y por qué iba a hacerlo?

—Muy buena pregunta. Ahí va otra: ¿por qué iba la gerente de un motel de Renton a contar a un periodista que la víctima estuvo casi un mes viviendo en su establecimiento y que han ido a hacerle preguntas dos inspectores de homicidios?

—Eso es verdad —dijo Kins—. Estuvimos allí y la interrogamos, pero no dijimos nada de la víctima.

El capitán los miró a ambos para decir:

—Antes de que os vayáis a casa, quiero una declaración escrita que pueda presentar a mis superiores para que Lee tenga algo que contar. —Se refería a Bennett Lee, responsable de relaciones públicas de la policía de Seattle.

—Todavía es muy pronto: ni siquiera hemos recibido el resultado de las pruebas de ADN —advirtió Tracy.

—Si los propietarios de motel han sacado ya sus conclusiones, no es pronto —repuso Nolasco.

—De acuerdo. Lee puede decir que no era prostituta, drogadicta ni indigente.

—¿No hay nada más concreto? —quiso saber él clavando en ella la mirada.

Kins intervino en ese momento.

—Hemos hablado con el guardabosques del monte Rainier, que nos ha dado una copia de su informe, y con el inspector del condado de Pierce que llevaba el caso. Podemos reunir lo que tenemos, pero hay que dejar bien claro que todo forma parte de una investigación en curso.

—En adelante, quiero que me tengáis informado de todo —dijo el capitán, dejando claro que el comentario iba dirigido a la inspectora—. ¿Entendido?

—Por supuesto —respondió Tracy.

Nolasco salió del cubículo, pero antes se detuvo para volverse hacia ella.

—Y dígale al amigo de su novio que trabaja en los Angels que no tiene la más remota idea. Trout consiguió un jonrón y se anotó cuatro carreras la otra noche.

Ella hizo lo posible por no sonreír.

—¡Vaya! ¿En serio?

Nolasco los dejó y Kins la miró.

—¿Mike Trout, el jugador de béisbol?

Su compañera se encogió de hombros con una sonrisa en los labios.

—Me habían dicho que tenía una lesión en el tendón de la corva.

—Pero si a ti ni siquiera te gusta el béisbol.

—Ni tampoco que Nolasco pase de mí.

Kins negó con la cabeza.

—No te cansarás nunca de meter la mano en la jaula del león, ¿verdad?

—El caso es que ha funcionado. Basta con tocarle un poco las narices para que te deje en paz un rato.

Se acabaron los bocadillos de Salumi mientras hablaban de lo que debían poner en el informe para sus superiores y la prensa dando a entender que estaban revelando algo sin llegar a decir nada.

—¿Y si vemos las noticias? —propuso Kins. Las tenían todas grabadas—. Así nos enteramos de lo que ya sabe la prensa y podemos limitarnos a repetirlo. —Hizo una pelota con el papel de estraza y, girando, la lanzó al aro de baloncesto Nerf que tenían colgado en el rincón de Del, encima de la papelera—. Eso es. De camino a casa voy a comprar un boleto de lotería. ¿Sigue en pie lo de ir mañana a Portland?

Ella asintió con la cabeza.

—El marido ha sido sospechoso desde el principio.

CAPÍTULO 12

Poco después de las once de la noche del domingo oí ronronear en la calle el motor del Porsche. Dejé el libro que estaba leyendo y me fui a la ventana para mirar al exterior entre dos láminas. Graham había dejado el ático después de golpearme y llevaba dos días fuera. Lo vi entrar en el garaje. No le iba a hacer ninguna gracia descubrir que yo había decidido aparcar *mi* coche en *mi* plaza.

Minutos después, vi aparecer de nuevo al Porsche, que fue a aparcar en la calzada, bajo la luz de una farola. Lo primero que noté cuando salió Graham era que no llevaba la misma ropa que cuando se había ido, sino unos vaqueros ajustados, náuticos y una chaqueta marrón de ante. Estaba convencida de que no había vuelto a casa a cambiarse y eso que el sábado por la tarde tuve que salir porque tenía cita con el médico. Naturalmente, Graham se había comprado todo aquello y lo había cargado a la tarjeta de crédito, pero debía de estar a punto de alcanzar el límite.

Lo vi rodear el vehículo para dirigirse a la puerta del copiloto y abrirla. Se inclinó para recoger algo, probablemente una ofrenda de paz. Sus métodos se habían vuelto predecibles, aunque, eso sí, pegarme no me había pegado nunca. Había cruzado el límite y yo no estaba dispuesta a darle la oportunidad de volver a cruzarlo.

Volví al sofá, agarré la novela y me acurruqué en un rincón con la manta sobre las piernas. Me había preparado un poleo, el médico me había dicho que podía aliviarme las náuseas. Cuando se abrió la puerta, volví la página de la novela y seguí leyendo.

—Hola —dijo lanzando las llaves, que cayeron sobre la consola de la entrada con un golpe sordo.

Yo lo miré sin decir nada. Como había predicho, entró con regalos: un oso de peluche con un libro, *La chica del tren*, en las manos. Lo siguiente sería la disculpa.

Me volví a centrar en mi novela.

Lo oí acercarse a mí por detrás del sofá, pero ni siquiera me volví.

—Lo siento. Lo siento muchísimo —dijo—. Me avergüenzo de lo que hice. —Parecía sincero, pero eso era algo habitual en él: yo ya había aprendido que aquella era una de sus habilidades—. ¿Puedes mirarme por lo menos?

Lamentable. Parecía un niño al que se le ha caído el helado a la acera. Dejé el libro en el regazo abierto por la página por la que iba. Él dio la vuelta al sofá para tomar asiento en un extremo, pero vaciló al ver que yo no me movía para hacerle sitio. Lo hice esperar un momento antes de encoger las piernas. Entonces se sentó mirando hacia mí.

—Nunca, nunca se me ocurriría hacer daño a una mujer —dijo.

—Pues no es eso lo que dicen los hechos —le contesté yo, pasmada por la idiotez que acababa de soltarme—, porque me diste un buen golpe.

Él meneó la cabeza.

—Lo sé y lo siento mucho.

—Eso ya lo has dicho —le espeté.

—Es que… Aquella noche se me vino todo encima de pronto, Andrea. No puedes hacerte una idea del peso que sentía en ese momento, como si se me hubiera caído un yunque en el pecho. No podía respirar. Sentía que me ahogaba. Existe una probabilidad muy real de que vaya a la cárcel.

Yo no respondí. Tampoco sentía ninguna compasión. Además, ese era su *modus operandi* de costumbre: buscar una excusa a su comportamiento para no tener que reconocer lo que había hecho.

—Créeme: ni siquiera reconozco a la persona del otro día —siguió diciendo él.

«Yo sí —pensé—: ni más ni menos que el hombre con el que me casé.»

—Hasta me asusté —me aseguró.

¿Él fue el que se asustó?

—Por eso me fui. Tuve que hacerlo, me sentí incapaz de enfrentarme a lo que había hecho.

Ni me molesté en preguntarle adónde había ido ni dónde había pasado la noche. En realidad, ya me daba igual. Supuse que quizás había corrido a buscar a la socia aquella de su antiguo bufete, con la que reconoció haberse acostado después de nuestra boda, pero yo había hecho mis propias averiguaciones y sabía que ella también se había casado a esas alturas, de modo que Graham no tenía ningún lugar al que ir, es decir, que me necesitaba. Más concretamente, necesitaba mi ático y mi fondo fiduciario. Tenía muy claro que aquel era el motivo real de su regreso, porque lo iban a procesar por fraude si no encontraba un modo de arreglar la situación.

—Lo voy a hacer mucho mejor —me aseguró mientras alargaba la mano para tomar la mía—. Voy a esforzarme de veras para hacerlo mejor. Puedo incluso ir a terapia… si me lo pides. Quiero arreglarlo todo, Andrea, de verdad que quiero arreglarlo todo.

Lo que traducido quería decir: no pienso ir a la cárcel ni ejercer de abogado, pero sí seguir conduciendo mi Porsche, acostarme con quien me apetezca y vivir a costa de tu fondo fiduciario hasta que se me ocurra el siguiente negocio del siglo. ¿Dónde, si no, iba a conseguir un trato tan bueno?

—Yo no sé lo que quiero —respondí. Sí que lo sabía, pero no podía decirlo en voz alta, al menos a Graham. En aquel momento me sentía tan bloqueada como él, aunque había tenido todo un fin de semana para estudiar mi situación y había llegado a un par de conclusiones.

—Ya. Lo entiendo —dijo él a la carrera, como con la intención de callarme antes de que pudiera pedirle que se fuera. Tenía los ojos muy abiertos y animados—. Y no te culpo: lo que hice no tiene excusa, fue imperdonable. Solo te pido que me des una segunda oportunidad. Mira, lo he estado pensando. Tienes razón: podemos empezar de cero. Yo podría volver a ejercer la abogacía. Me he dado cuenta de cuál fue mi error a la hora de montar Génesis.

—¿Y cuál fue?

—Me salí del terreno en el que tenía experiencia —respondió como si lo hubiese deducido él solito—. No sabía lo que estaba haciendo. La idea era buena, pero la ejecución dejaba mucho que desear. Esta vez tengo un plan mucho mejor.

Casi temí preguntar:

—¿Y de qué se trata?

—Voy a abrir mi propio bufete —anunció él.

Yo estaba convencida de que iba a añadir: «¡Tachán!», pero, por suerte, no lo hizo. Tenía claro que Graham era propenso a delirar y, por lo que había investigado por la Red, probablemente padecía psicosis maníaco-depresiva. Preferí no recordarle que podía ir a la cárcel, que estábamos abocados a la bancarrota y que estos dos hechos podían hacer imposible que obtuviésemos un préstamo con el que pagar los gastos iniciales de aquel nuevo proyecto, porque él no era imbécil y debía de tenerlo presente. Si estaba tratando de reconciliarse era porque quería meter mano en un fondo fiduciario del que, a no ser que mi fideicomisario fuese capaz de mantenerlo a salvo de las garras de los abogados del banco, tendríamos que despedirnos también. Me di cuenta de que nuestra situación estaba a punto de entrar en un círculo vicioso interminable y de que no podía permitirlo.

—Tú, si no quieres, ni siquiera tendrías que volver a la aseguradora —me dijo—, porque yo podría mantenernos a los dos.

Reprimí una carcajada.

—Nuestro problema no es el dinero —contesté—. Nunca lo ha sido.

—Lo sé, lo sé. Tenemos que volver al punto en el que estábamos antes de todo esto.

Ahí estaba, por fin, mi oportunidad.

—He pensado algo —dije intentando sonar vacilante.

—¿Qué? —Su expresión y su voz dejaban claro que estaba impaciente.

—¿Qué dirías de volver a escalar el Rainier? —le pregunté.

—¿Cómo? —Él apoyó la espalda en el sofá con gesto perplejo.

La experiencia del monte Rainier había sido algo más que un duro golpe para el ego de Graham: también le había afectado el que yo hubiera hecho cumbre y él no. Podía echar la culpa cuanto quisiera al exceso de celo del guía, pero los dos sabíamos que físicamente había sido incapaz de lograrlo. Yo sí lo había conseguido y, si tengo que ser sincera, he de decir que no me costó tanto como pensaba. Quizá el hecho de haberme criado recorriendo las montañas del Sur de California me había preparado para afrontar aquel reto.

—Nos daría un objetivo en el que centrarnos que no tendría nada que ver con el trabajo y podría ayudarnos a reencaminar nuestra relación. Estoy muy segura de que es eso lo que necesitamos: volver a ser quienes éramos cuando nos conocimos, antes de que nos cambiaran todas estas tensiones. —Lo dije de un modo que hasta me sonó sincero.

—¿Quieres escalar el Rainier? —preguntó él en voz baja y dubitativa.

—¿Te acuerdas de aquella excursión, de lo divertida que fue y lo que nos unió? Tenemos que dar con aficiones que podamos hacer juntos. —Quise añadir: «En vez de acostarnos con compañeras de trabajo», pero me contuve.

—En fin… —me dijo él—. No sé…

—Pues yo creo que esta vez sí que alcanzarás la cumbre —repuse yo para pinchar su ego—. Ahora que el trabajo no te exige tanto, podrías prepararte mejor.

—La otra vez podría haber hecho cumbre —me aseguró y yo no pasé por alto que empezaba a indignarse—. Fue culpa del guía.

—Pues esta es tu oportunidad de demostrar que se equivocaba.

—Los guías siempre se pasan de cautos.

—Por eso no vamos a tener que preocuparnos —le dije yo—, porque he estado hablando con una conocida que ha hecho la ruta del Liberty Ridge y me ha contado que no hace falta guía.

—¿El Liberty Ridge?

—Hay que hacerlo a principios de la temporada, cuando todavía hace frío y la nieve no ha empezado a derretirse. Me ha dicho que no tiene mucha dificultad técnica. Subirlo es una paliza, sin más, pero, si te tomas tu tiempo, no es gran cosa. —Como saltaba a la vista que aún no lo tenía claro, añadí—: No tendrás que preocuparte por que ningún guía vaya a reaccionar de manera desproporcionada.

Su ego le hizo morder el anzuelo.

—Podría haber hecho cumbre la primera vez, pero el guía se pasó de prudente.

—Pues esta vez no habrá nadie que te haga desistir.

—¿No habrá guías? —preguntó pensativo—. ¿Y si pasa algo?

Yo moví los brazos como si tratara de apartar sus temores.

—No va a pasar nada. Las probabilidades, por lo visto, no llegan al cinco por ciento. —Al ver que volvía a dudar, añadí—: Además, tampoco me vendría mal perder unos kilos: ya hace tiempo de sacar el biquini.

Graham sonrió, aún poco convencido.

—Vaya. Quiero decir, que podemos empezar a entrenar y ver cómo va saliendo la cosa.

—Podemos empezar mañana mismo —dije yo, suponiendo que, cuanto antes se comprometiera, menos probable sería que se echara atrás.

Tomó el libro con que había aparecido en casa y lo sostuvo en alto para que pudiese leer la cubierta.

—La de Powell's me ha dicho que es muy bueno. Está convencida de que te va a encantar.

Yo ya lo había leído y, sí, me había gustado, pero mi perspectiva había cambiado mucho desde entonces. La novela va de una infeliz que acaba de divorciarse y todavía no se ha recuperado de la pérdida, una alcohólica que está dispuesta a hacer cualquier cosa por recuperar a un marido al que, en realidad, no vale la pena hacer regresar y a la que no importan las humillaciones que él pueda haberle impuesto.

Yo no podía ya seguir siendo aquella mujer.

CAPÍTULO 13

Tracy sabía que a Kins no le hacía ninguna gracia el tráfico y que, de hecho, con la explosión demográfica que había experimentado Seattle durante la última década y el consiguiente incremento de los problemas de circulación, aquello se había convertido en su principal pesadilla. Solía desahogar con su compañera la frustración que sentía al respecto y el blanco de su ira solían ser «los de Trágico», como los denominaba él. Cuando se ponía a ello, no dudaba en recitar uno tras otro los argumentos que justificaban sus invectivas: el fracaso estrepitoso de proyectos como la construcción de carriles para bicicletas o los sistemas públicos de bicicletas; las vías de peaje, que no habían hecho sino complicar aún más la situación… Ella lo escuchaba, convencida, sin embargo, de que protestar no era más que una forma de derrochar tiempo y energía, como cuando Stan Fields se quejaba del tiempo o Dan le gritaba al televisor cada vez que el árbitro metía la pata. Suponiendo que aquello era algo propio de los hombres, los dejaba desahogarse a fin de evitar enfrentamientos.

Era precisamente por los miedos de Kins por lo que llevaban en el vehículo desde que había rayado el alba. Tracy se había quejado ante su propuesta de salir tan temprano y había señalado que los atascos que se formaban a primera hora en la I-5 se daban en sentido norte, para entrar a Seattle, cuando ellos pretendían salir de la ciudad. A su compañero, no obstante, le había dado igual.

—No quiero encontrarme con los embotellamientos que habrá en Portland por la mañana —había dicho.

Y, aunque no habían conseguido eludir por completo el tráfico de Portland, mientras recorrían el puente de Broadway, estructura de color de herrumbre tendida sobre el Willamette, Kins adoptó el gesto arrogante de quien pide a gritos un cumplido.

—No te cortes —dijo ella.

—¿Cómo? —Él se hizo el tonto, aunque de manera muy poco convincente.

—Que lo sueltes: «Te lo dije». Hemos evitado la hora punta.

—¿Yo he dicho eso?

Tracy puso los ojos en blanco.

—Tenías razón.

—Vamos muy bien de tiempo. Eso sí me lo tendrás que reconocer. Podríamos ir mejor, es verdad, pero…

—Échame a mí la culpa por haberte hecho parar para vaciar la vejiga.

—¿He dicho yo algo? —La sonrisa de Kins se hizo más amplia aún—. Yo diría que no.

—Tampoco ha hecho falta. Sonríes como si le hubieras dado alegría al cuerpo esta mañana.

Él se echó a reír antes de preguntar:

—¿Crees que querrá hablar con nosotros ese fulano?

—Después de lo que me ha hecho madrugar, más le vale.

Tracy había llamado por la tarde a Graham Strickland después de haberse enterado de que, de todos modos, no iban a poder darle la sorpresa gracias a Maria Vanpelt, siempre «destapando la primicia», como gustaba de proclamar. Él le había pedido que hablase con su abogado, Phil Montgomery, y ella se había planteado la posibilidad de presentarse sin más en la residencia de Strickland, ya que no necesitaba la mediación de ningún letrado. Sin embargo, tres horas de viaje eran mucho para hacerlas por nada, conque había decidido ser buena y llamar a Montgomery, quien se había avenido a dejar que entrevistaran a su cliente.

El bufete de Montgomery estaba en un edificio de ladrillo reformado cercano a la Union Station. Pudieron estacionar en la calle. En una zona de carga situada en la entrada del edificio descansaba un Porsche de color rojo cereza. La matrícula personalizada decía: «Génesis». El vehículo, en general, decía: «Ego».

—Espera. —Kins sacó el teléfono y tomó varias fotografías—. Si estuvo cerca del motel de Renton, dudo mucho que los testigos pasaran por alto una cosa así.

En el vestíbulo del edificio, Tracy hizo recuento de no pocas firmas de programación informática, inversión, abogacía y diseño. Tomaron un ascensor hasta la segunda planta y dieron con las oficinas del Grupo Montgomery.

El estilo de la recepción era lo que la inspectora llamaría *moderno*, con muebles de aspecto incómodo, mesas bajas y láminas singulares colgadas sobre paredes de ladrillo. Informó de que tenían una cita con Phil Montgomery y el joven recepcionista, tras llamar por teléfono, los llevó a una sala de reuniones situada en el rincón noroeste del edificio. El letrado los recibió en el pasillo. Tracy calculó que aquel hombre de cabello plateado y gafas de montura gruesa debía de haber mediado los sesenta. Vestido con pantalones de pinzas y un jersey negro, parecía más un contable que un abogado criminalista.

—¿Consideran sospechoso a mi cliente? —quiso saber.

La mayoría de estadounidenses estaban bien al tanto de cuáles eran sus derechos ante una detención por haberlos oído recitar a menudo en los numerosos programas de policía y detectives que inundaban los canales de televisión y, de hecho, eran muy capaces de decirlos de memoria. Lo que no sabía la mayoría era que la Quinta Enmienda garantizaba el derecho a un abogado solo durante un interrogatorio criminal cuando, además, el ciudadano en cuestión estaba bajo custodia policial. Se había formulado con la intención de evitar casos de coacción e intimidación. Menor aún era el número de los que tenían conocimiento de que la Sexta Enmienda incorporaba un segundo derecho constitucional a asistencia letrada cuando el fiscal iniciaba una causa criminal formulando una querella o cuando al acusado lo imputaba un jurado popular. El engaño en que caía la mayor parte de la ciudadanía de Estados Unidos era creer que podía limitarse a gritar: «¡Quiero un abogado!» cuando los abordaba un agente de policía sin que este pudiera hacer nada por hablar con ellos. Ni por asomo. De hecho, en ausencia de una acusación criminal y siempre que no detuviesen a Strickland, Tracy y Kins podían conversar con él hasta que se les secara la boca. Por el momento, sin embargo, la inspectora prefirió contentar a Montgomery.

—De momento, no —respondió—. Solo queremos hacerle unas preguntas sobre su difunta esposa.

—Como les he dicho por teléfono, dejaré que hable con ustedes, pero no pueden grabar la conversación ni permitiré que responda a preguntas relacionadas con la investigación anterior. Creo que coincidiremos en considerar que es agua pasada y que ha afectado mucho a la vida del señor Strickland.

—Esa compuerta no la abrimos nosotros —replicó Kins.

—De ningún modo —dijo el abogado.

—Las condiciones que propone son razonables —aseveró Tracy, que no tenía interés ninguno en andar marcando territorio por el bufete, aunque tampoco estuviese convencida de que el otro asunto fuese agua pasada. Si Strickland se había propuesto despeñar a su mujer desde una montaña, ¿no podría haberla matado de un tiro y arrojar después su cadáver al estrecho de Puget a modo de cebo para cangrejos? Ese, sin embargo, era un argumento que deberían usar otros. Por el momento, ella solo deseaba hablar con el sospechoso y determinar lo que sabía y a qué se enfrentaban.

Entraron tras Montgomery en la sala de reuniones. Graham Strickland aguardaba cerca de dos ventanas en arco que dejaban ver los arces y los edificios de ladrillo del otro lado de la calle. Aquel hombre delgado de no más de un metro setenta parecía afectado. Llevaba el pelo corto por los lados y largo por arriba, barba de un día y un traje plateado que, tal como les había descrito Stan Fields, parecía de una talla menos. Los pantalones eran tan cortos que asomaban los calcetines de color crema.

Se sentaron frente a él y a su abogado a una mesa de madera de cerezo.

—Sentimos la muerte de su esposa —dijo Tracy.

Aquella muestra de solidaridad pareció tomarlo por sorpresa.

—Gracias. —Tenía la voz suave y una octava más alta de lo que había previsto Tracy.

Durante el viaje, Kins y ella habían convenido que sería la inspectora quien llevaría la voz cantante, pues solía tener más tacto y, además, sospechaban, por la descripción que había hecho de él Stan Fields, que iba a mostrarse más inclinado a responder a las preguntas de una mujer.

—¿Cómo se ha enterado? —quiso saber.

—Me llamó una periodista. Fue muy... perturbador.

—¿Maria Vanpelt?

—Sí, así se presentó.

—¿Y qué le dijo?

Strickland se separó de la mesa, aunque siguió en contacto con ella con una mano con cuyo dedo corazón tamborileaba ligeramente en la superficie.

—Me preguntó si sabía que el cadáver que habían encontrado en una trampa para cangrejos hundida en el estrecho de Puget era mi mujer.

—¿Qué le respondió usted?

Él apartó la vista. Si, en otras circunstancias, Tracy habría atribuido tal reacción al malestar emocional, lo cierto es que en aquel caso los movimientos parecían ensayados. Strickland volvió a mirarla para responder:

—Al principio, nada. Estaba desorientado, convencido de que tenía que haberse confundido. Le dije: «Se equivoca: mi mujer murió hace seis semanas en el monte Rainier». También le dejé claro que me parecía una broma de muy mal gusto que no tenía ninguna gracia.

—¿Lo convenció de que era cierto?

—Colgué y me puse a navegar por la Red. Vi la foto de Andrea, la de su permiso de conducir.

—¿Qué sintió entonces?

Él dejó caer el sobrecejo. Tampoco esperaba esta pregunta, de modo que se pensó qué responder, como un actor que todavía no se ha aprendido bien su parte y está decidiendo cómo interpretarla.

—Triste. Confundido. Furioso. Fue una experiencia surrealista. Todo este episodio ha sido surrealista.

—¿Debo entender que no tuvo usted ninguna clase de comunicación con su esposa desde su desaparición?

—Claro —dijo él encrespándose—. Yo pensaba que estaba muerta.

—¿Y no sabía que había obtenido una identidad nueva y se había ido a vivir en Seattle con el nombre de Lynn Hoff?

—No. Imagine mi sorpresa.

—¿La oyó alguna vez expresar algún deseo de cambiar de identidad?

—A mí no me dijo nunca nada de eso.

—¿Y sabe de dónde pudo sacar la de «Lynn Hoff»?

—Ni idea.

—¿No había oído nunca ese nombre?

—No.

—Cuando estaban casados incurrieron en una deuda nada desdeñable.

Strickland no respondió. Como buen abogado, aguardó a que le formulasen una pregunta.

—¿Hablaron Andrea y usted en algún momento, aunque fuese de pasada, de la posibilidad de cambiar de identidad y empezar de cero?

Él miró a Montgomery y este no opuso ninguna objeción.

—No, uno debe pagar sus deudas.

Sonaba a ensayado y probablemente lo fuera.

—Aun así, se declaró insolvente. ¿No es así? —intervino Kins.

—¿Qué relevancia tiene esa pregunta, inspector? —preguntó Montgomery.

—Me gustaría determinar si alguno de sus acreedores pudo haberse hartado de no cobrar —dijo él haciendo cuanto podía por pinchar a Strickland y, de paso, con la esperanza de hacer que estuviera más dispuesto a responder las preguntas de Tracy.

El abogado hizo un gesto de asentimiento a su cliente.

—Sí, me declaré insolvente. No tenía muchas más opciones después de la desaparición de Andrea y de que el *sheriff* del condado de Pierce me pusiera en el punto de mira. Aquello alteró por completo mi vida y mi negocio. Me dejó sin modo alguno de ganarme el sustento.

—¿Llegó a recibir cualquier clase de amenazas de sus acreedores? —preguntó Tracy.

—Todo eso lo dejé en manos de los abogados.

—¿Y no pensó en ningún momento que alguno de ellos podría haberse enfadado lo suficiente como para perseguirlos a usted o a su mujer?

—¿Perseguirnos?

—Para cobrar el dinero.

—No.

—El banco le advirtió que iba a emprender acciones legales contra usted por fraude, ¿no es verdad?

—Yo era consciente de esa amenaza, sí, pero, como le digo, eran mis abogados quienes tenían que lidiar con ello.

—Entonces estaban ustedes pasando graves apuros económicos.

—Sí, lo estábamos pasando mal.

—¿Tomó prestado dinero de alguien a quien pudiese hacer muy poca gracia no recibir lo que se le debía?

Él meneó la cabeza con aire aburrido.

—No.

—¿Estaba usted convencido de que su mujer había muerto? —quiso saber Tracy.

—Claro. Eso fue lo que les dije a los guardabosques y al *sheriff* del condado de Pierce. Allí no había nadie más que yo. Ella había salido de la tienda y no había vuelto. ¿Qué otra cosa podía creer yo?

—¿Y por qué no se levantó con ella aquella noche? —preguntó Kins.

—No —dijo Montgomery acompañando su negativa con un movimiento de cabeza—. No siga por ahí, inspector. El señor Strickland ya ha contestado a todas esas preguntas y ahora son irrelevantes. Le sugiero que hable con la comisaría del *sheriff* del condado de Pierce si tiene alguna duda con respecto a su investigación.

—Solo ahondaba en lo que acaba de decir él —repuso él.

—¿Sabe de alguien que pudiera haber deseado a su mujer, a Andrea, algún mal? —dijo Tracy.

—No, pero…

Strickland se detuvo y Tracy volvió a tener la clara impresión de que lo había hecho a propósito, como el actor que llega a un momento dramático de su interpretación.

—¿Pero qué? —lo aguijó ella.

—Pues que parece que no conocía a mi mujer tan bien como creía, ¿verdad?

—¿Tenían problemas conyugales?

—Les vuelvo a recordar, inspectores, que esa investigación está ya cerrada —insistió Montgomery—. A no ser que consideren a mi cliente sospechoso de la muerte de su esposa, en cuyo caso dejará de responder a sus preguntas.

—No pasa nada, Phil —le dijo Strickland. Tracy ya sabía lo que iba a añadir aun antes de que abriera la boca—. No tengo nada que ocultar, inspectores. Ya le dije al inspector del condado de Pierce que Andrea y yo teníamos problemas por la infidelidad que había cometido yo a comienzos de nuestro matrimonio.

—¿Qué quiere decir cuando habla de «problemas»? —preguntó Tracy.

—No entiendo la pregunta.

—Dice que tenían «problemas». ¿Le pegaba usted?

—Jamás —repuso él—. Yo jamás pegaría a una mujer. Simplemente estábamos tratando de superar una mala racha.

—¿De quién fue la idea de escalar el monte Rainier?

—De Andrea.

—¿No fue suya?

—No. Yo ni siquiera tenía tiempo de pensar en esas cosas. Estábamos tan volcados en hacer que saliera adelante nuestro negocio que habíamos perdido casi el contacto entre nosotros. La presión era descomunal. Teníamos la esperanza de que la escalada, que era una actividad que nos gustaba hacer juntos, nos ayudase a recordar qué era lo que nos había llevado a enamorarnos.

—¿Y lo de contratar un seguro de vida para ella con usted de beneficiario fue también idea de ella? —preguntó Kins.

Strickland lo miró con una sonrisa petulante.

—Sí, inspector.

—¿Y no tenía la menor idea de que su mujer planeaba abandonarlo? —añadió en un tono destinado a sacarlo de sus casillas.

—No. Le he dado muchas vueltas a eso, por supuesto. ¡Muchísimas vueltas!

Tracy se preguntó cómo podía haberle dado tantas vueltas habiéndose enterado la víspera de que su mujer había salido con vida de la montaña.

—¿Y a qué conclusión ha llegado? —quiso saber.

—Está claro que tenía que tenerlo planeado. Como mínimo, tenía que tener otro juego de crampones y ropa extra para salir de allí.

—Así que ella no creía, ni por asomo, que aquella ascensión fuese a arreglar su matrimonio. —Kins no se cansaba de incitarlo.

Montgomery se incorporó en su asiento, listo para responder cada vez que el inspector hiciese una pregunta. Tracy sabía que era ese precisamente el motivo por el que lo hacía: intentaba desviar la atención del abogado e incomodarlo para hacerlo menos propenso a presentar ninguna objeción a las preguntas de su compañera.

—No hará conjeturas sobre lo que pensaba o creía Andrea.

—De todos modos, ahora está muy claro —dijo Kins encogiéndose de hombros y apoyándose en el respaldo.

—¿Tenía familia su esposa? —preguntó Tracy.

Él negó con la cabeza.

—Sus padres habían muerto.

—¿Y algún amigo que la hubiera podido ayudar?

—No tengo claro que no lo hiciese sola.

—Pero de algún modo tuvo que llegar del monte Rainier a Seattle —apuntó la inspectora.

—Sí, pero pudo alquilar un coche y esconderlo donde fuera.

—¿Le dijeron los agentes del condado de Pierce si habían encontrado pruebas de que hubiera hecho algo así?

—No, pero pudo usar su identidad falsa. —Una vez más, Strickland parecía encantado con su propio razonamiento.

Fields no había fallado en su evaluación: el sospechoso se creía más listo que nadie. Aunque consideró muy poca probable la teoría que proponía el marido, Tracy se propuso investigar también esa posibilidad.

—Suponiendo que no lo hiciera, ¿se le ocurre alguien que pudiera haber ayudado a su mujer?

—Andrea era muy introvertida —aseveró él—. Yo era el más sociable.

—¿No tenía amigos? —quiso saber Kins.

—No es eso, sino que la mayoría de sus amigos eran amigos de los dos.

—Así que no tenía a ninguna amiga íntima a la que recurrir —insistió la inspectora, que se preguntaba por qué podía estar mostrándose tan evasivo respecto de Devin Chambers.

—No caigo en nadie capaz de hacer algo así. Se trata de una cosa terrible para hacérsela a alguien.

—¿Se refiere a Andrea o a usted? —preguntó Kins.

—A mí —respondió él—. Tenían que odiarme mucho para hacerme pasar por una experiencia semejante. Podría haberme pasado el resto de mi vida entre rejas.

—¿Ni una tal Devin Chambers? —dijo Tracy.

—Andrea y Devin trabajaban juntas. —Strickland no parecía haberse inmutado.

—¿Eran muy amigas?

—No lo sé. Creo que no era más que una relación laboral.

—¿Habló usted con ella tras la desaparición de su mujer?

—¿Por qué?

—¿Y después de saber que Andrea había salido con vida de la montaña?

—No.

—¿No habló con nadie después de recibir la noticia?

—Con Phil solamente.

—Su mujer tenía un fondo fiduciario, ¿verdad?

—Sí —repuso Strickland.

—De más de medio millón de dólares.

—Correcto.

—¿Recibió usted ese dinero después de la desaparición de su esposa en la montaña?

—No, ni tampoco tengo la menor idea de lo que habrá sido de él.

—¿Ha desaparecido? —preguntó Tracy.

—Eso parece.

—¿Y no sabe dónde está?

—No.

—Ha dicho usted que a los dos les encantaban las actividades al aire libre, ¿verdad?

—Sí —respondió él.

A la inspectora, sin embargo, Strickland no le parecía precisamente de la clase de persona aficionada a tales ejercicios.

—¿Qué hacían además de escalar?

—Salíamos mucho a hacer senderismo y en invierno esquiábamos.

—¿Practicaban esquí acuático?

—A veces.

—¿Sabe usted manejar una embarcación? —preguntó Kins.

Strickland se encogió de hombros y le sostuvo la mirada para dejarle bien claro en aquel breve instante que sabía perfectamente adónde quería llegar y que ya lo había vencido en aquel terreno.

—Como casi todo el mundo —dijo.

Treinta minutos después, Tracy miró a Kins, que respondió encogiéndose ligeramente de hombros. Sabían que no iban a sacar mucha más información de él. Strickland era tan hábil como les había advertido Fields y, además, contaba con la ayuda de las interrupciones que hacía Montgomery en su nombre. La inspectora dio las gracias al abogado y al cliente y les tendió una tarjeta.

—Si recuerdan algo que pueda sernos de ayuda, pueden localizarme en este número.

Mientras dejaban el edificio y cambiaban el frescor del aire acondicionado por un sol que ya empezaba a apretar con fuerza, dijo Tracy:

—Sabías que no tiene barco.

—Pero quería averiguar si sabía manejarlos —respondió Kins.

CAPÍTULO 14

Cuando salí de Tráfico, estuve practicando con el nombre, diciéndolo en voz alta y en frases como: «Hola, soy Lynn Hoff». Me fui a Renton, que está de camino a Portland. La víspera había encontrado un banco en la Red llamado Emerald Credit Union. Paré en una gasolinera y en los servicios me puse rímel, lápiz de ojos y pintalabios. También me cepillé el pelo para dejármelo suelto y me quité la alianza.

En el banco, llegué a la ventanilla y le dije a la señorita que quería abrir una cuenta. Ella me llevó a la parte trasera, donde había cuatro mesas separadas por mamparas. Dos estaban vacías. En la tercera había una mujer de unos treinta y cinco años y, en la cuarta, un joven que parecía de mi edad, con vello encima del labio superior y una placa identificativa en la que se leía: «Director de sucursal». Me acerqué enseguida.

—Hola —dije con una sonrisa de oreja a oreja—. Espero que pueda ayudarme a abrir una cuenta.

Él levantó la vista de su ordenador y sonrió. Me recorrió el cuerpo con la mirada. Después de haber perdido peso y ejercitarme para preparar la escalada al monte Rainier, yo sabía que tenía mejor aspecto que nunca.

—Con mucho gusto —me contestó.

—Acabo de mudarme —señalé yo mientras me sentaba y me acercaba para apoyar un brazo en el borde de su mesa—, así que el permiso de conducir que tengo es provisional.

—No pasa nada —dijo él sin dejar de sonreír. Sus ojos se posaron un instante en el escote de mi blusa antes de volver a clavarse en mis ojos—. ¿Y qué la ha traído a Washington?

—He venido por trabajo. Mi empresa me ha trasladado aquí para abrir una sucursal. —Alargué el brazo para darle la mano—. Lynn Hoff. —Me gustaba sentir aquel nombre rodar por mi lengua.

—Kevin Gonzalez —dijo él—, director de la sucursal. ¿A qué se dedica usted?

—Trabajo en una empresa nueva de ropa para actividades al aire libre.

—¿Cómo se llama? —me preguntó—. A lo mejor he oído hablar de ella.

—Running Free. —Me había inventado el nombre la víspera.

—¡Qué buen nombre! —Abrió los cajones de su escritorio y sacó una serie de papeles—. ¿Qué cantidad va a ingresar hoy con nosotros?

—¿En esa cuenta? —Me detuve—. Unos cientos de dólares solamente: mi empresa me transferirá más fondos cuando le dé el número. Además, haré ingresos en línea con frecuencia, puede que a diario.

—Sin problema —dijo Kevin—. ¿Por qué ha dicho «esa cuenta»? ¿Tiene intención de abrir más?

—Quisiera abrir una personal —contesté—. En ella ingresaré una cantidad considerable, resultado de un acuerdo extrajudicial por un accidente que sufrí hace unos años. Si voy a mudarme aquí, me gustaría transferir los fondos.

—Eso también está hecho —me dijo—. Espero que no fuese nada grave.

—Estuve en el hospital y tuve que hacer rehabilitación.

—Vaya —señaló él poniéndose rojo—, pues la rehabilitaron muy bien, si no le importa que se lo diga, Lynn.

Yo me incliné más sobre la mesa para hacer que se me abriera la camisa una pizca más.

—¡Qué amable de su parte, Kevin! —le dije.

CAPÍTULO 15

El jueves por la mañana, Faz abrió la puerta del coche y se sentó como copiloto después de obtener una orden judicial que conminaba al banco de Lynn Hoff a poner a su disposición la documentación de la víctima. Sus hombros chocaron con los de Del mientras ambos se afanaban en abrocharse los cinturones de seguridad.

Alguien había comentado en cierta ocasión que metidos en el asiento delantero del Ford parecían dos osos pardos embutidos en un coche de circo. Faz se había limitado a soltar una carcajada. Del y él sabían que eran los cómicos de la Sección de Crímenes Violentos y asumían de buen grado el papel. Sus gracias suponían una distracción en una profesión que a menudo resultaba angustiosa y desalentadora. Después de casi veinte años, Faz sabía por experiencia que los inspectores eran testigos de lo peor que podía ofrecer la humanidad, de la carnicería que dejaban a su paso los depravados. A diferencia del resto de los mortales, no podían permitirse el lujo de taparse los ojos y mirar hacia otro lado: tenían que hurgar entre los restos sangrientos en busca del menor detalle y, al acabar, después de meter entre rejas al responsable, volver a hacer lo mismo con el siguiente caso. Nunca dejaría de haber asesinatos, como siempre habría muertes e impuestos, en palabras de la madre de Faz. La gente lleva matando al prójimo desde que Caín acabó con su hermano Abel. Habiendo sido ellos los dos primeros seres humanos nacidos de una mujer —al menos, según el Antiguo Testamento— y habiendo sido Caín el único superviviente del enfrentamiento, Faz suponía que la tendencia al homicidio debía de formar parte del ADN de toda la humanidad.

Cuando sus hijos eran pequeños, no había sabido nunca qué decirles cuando le preguntaban en qué trabajaba, a qué se dedicaba. Había hecho cuanto había estado en su mano por mantenerles oculta la peor parte de su trabajo, pero poco podía hacer por escondérsela a sí mismo. Su cometido consistía en examinar de cerca la mente de los asesinos hasta el punto de penetrar en ella. Había perseguido a psicópatas, a criminales que habían descuartizado a sus víctimas, a maridos celosos y a pandilleros que habían matado a tiros por una dosis de droga, antes de volver a casa para ayudarlos con los deberes escolares y llamarlos a cenar. Algunas noches había detenido el coche a una manzana de su casa para tratar de encontrar sentido a todo aquello. Había quien preguntaba por qué su compañero y él se pasaban el día haciendo chistes, cómo podían bromear con cosas así. Faz no tenía la respuesta; solo sabía que se habría vuelto loco hacía ya mucho si no hubiera dado con una razón para sonreír, con unas risas entre tanto horror. Había días que aquello era lo único que lo hacía sentirse humano.

Del llegó al aparcamiento de un centro comercial que incluía un restaurante de teriyaki, un gimnasio, una sucursal de UPS y el Emerald Credit Union.

—Banca para llevar —comentó—: aquí te permiten comer, hacer ejercicio para bajar el almuerzo y luego ingresar o sacar dinero.

—Servicio completo —concluyó Faz.

El conductor estacionó en una plaza reservada a los clientes del banco y protegida en parte por la sombra que proyectaba la marquesina del edificio. Como aún quedaban diez minutos para la cita que habían concertado, dejó en marcha el motor y el aire acondicionado a toda potencia.

—Me pregunto por qué se molestó en crear una empresa —dijo Del—. ¿Para qué tanto incordio?

La tarde anterior, Faz había rastreado la cuenta que figuraba en el resguardo hallado por Tracy en la basura de la habitación del motel. Por las conversaciones que habían mantenido con el director de la entidad se habían enterado de que Lynn Hoff había abierto una cuenta personal y otra comercial a nombre de una compañía llamada Running Free. Faz había buscado esta última en la página web de la Secretaría de Estado sin tener del todo claro que fuese a encontrar nada. Sin embargo, resultó que Running Free, Inc., sí existía. Se trataba de una sociedad mercantil de régimen fiscal especial creada en Delaware en marzo de 2017, dos meses antes de la última excursión del matrimonio al monte Rainier. La fecha de constitución confirmaba que Andrea Strickland había planeado su desaparición y lo había hecho de un modo muy meticuloso.

—Por poner una cortina más entre ella y quienquiera que la buscase —respondió Faz—. Es posible hacer todas las gestiones en línea y permanecer en el anonimato.

—Cabe suponer que eligió Delaware por el gran número de negocios que hay allí, ¿no?

—Tienen registradas más empresas que en cualquier otra parte del mundo. Basta con que busques un nombre comercial, decidas qué clase de sociedad quieres montar, elijas un representante legal autorizado de la lista que te proporciona el estado de Delaware y, ¡tachán!, ya tienes tu certificado de constitución.

—Y cuantas más compañías haya, más difícil será que den con la tuya.

—Puede ser, aunque ahora, al estar todo informatizado, es más fácil localizarlas. Sospecho que fue por eso por lo que no se puso de directiva ni de accionista.

—¿Crees que los directivos son falsos?

—Claro. Si tienes que firmar un arrendamiento o abrir una cuenta bancaria, solo tienes que decir que te han trasladado y que la empresa te pagará las dietas. De ese modo, no estarán a tu nombre los contratos de alquiler y las facturas por servicios que sirven a la gente emprendedora como tú y como yo para localizar a la gente. Otra vuelta más a la llave de su anonimato. Además, al ver en los papeles el nombre de una empresa, el casero se queda mucho más tranquilo pensando que los pagos están garantizados y más si se trata de un banco local.

Del miró por la ventanilla la puerta de cristal del Emerald Credit Union.

—Será todo lo local que tú quieras, pero yo no había oído nunca hablar de este sitio. Eso también ha sido deliberado, ¿verdad?

—En un banco pequeño siempre es más fácil establecer una relación personal con el director y el cajero.

—¿Pero no se trataba precisamente de no llamar la atención?

—No, lo que hay que evitar es atraer la clase de atención que, por ejemplo, consigue uno si se planta en el control de seguridad de un aeropuerto o una aduana con una bolsa llena de billetes.

—Entonces, opta por meterlo en el banco —dijo Del.

—Sí, aunque no de golpe. La legislación relativa a los bancos está pensada para evitar que puedan ocultarse grandes cantidades de dinero. En el momento en que tu cuenta sube de los diez mil, la entidad tiene que rellenar papeles e informar a los federales.

—Así que nuestra víctima se aseguró de que los ingresos que hacía no llegasen a esa cantidad.

—Pero los federales se encargaron de hacer frente a esa estrategia con la Ley de Secreto Bancario, que exige a las entidades a hacer un informe en caso de que sospechen que alguien está metiendo dinero poco a poco en una cuenta para evitar llamar la atención de las autoridades.

—Lo que me estás diciendo, entonces, es que entró en una oficina pequeña y se atrajo la simpatía de los trabajadores para que no se sintieran tentados de llamar a los federales.

—Seguro que tenía ya preparada una historia para meter el dinero en una cuenta sin que nadie informara del ingreso.

—Y, luego, ¿qué? ¿Va sacando el dinero de la cuenta para depositarlo en la de la empresa?

—Eso mismo. A la vez, saca dinero de la cuenta de la empresa, como si fuese a pagar dietas o cualquier otro gasto del negocio, cuando, en realidad, lo que está haciendo es transferirlo a una cuenta distinta de un banco diferente. Cortina tras cortina, va haciéndolo desaparecer.

—¿Y cómo coño se le ocurre un plan así a una mujer que no ha pasado de la secundaria? —preguntó Del meneando la cabeza.

—¿Estás de broma? Hay libros que explican paso a paso cómo hacerlo.

—Demasiadas molestias, ¿no?

—Es verdad: primero tendrías que aprender a leer.

—Yo solo leo libros de la guerra civil.

Faz sabía que la colección de su compañero haría sonrojar a cualquier bibliotecario.

—Si tuvieran esa categoría en *Jeopardy!* —añadió Del refiriéndose al concurso de televisión—, a estas alturas me tendrías tomando el sol en una playa de Grecia.

—Grecia está arruinada.

—Por eso, allí sería todo un millonario. —Apagó el motor y comprobó el reloj—. Ha llegado la hora de trabajar.

Ya en el interior de la oficina, pasaron ante las tres cajas hasta llegar a una serie de cuatro escritorios. Del se detuvo ante la mesa, de parada obligatoria, que ofrecía café, tazas de corcho blanco y alguna golosina. Tomó un par de galletitas en miniatura con trocitos de chocolate y se metió una en la boca.

En uno de los cuatro escritorios había una empleada atendiendo a un cliente, los otros tres estaban vacíos. Sobre uno de ellos descansaba una placa identificativa extraíble de plástico metida en un soporte en la que se anunciaba: «Director de sucursal».

—¿Por qué la pondrán de quita y pon? —se preguntó Del.

—A lo mejor es el nombre del fulano —repuso el otro—. No me mires así: se ahorraría una pasta en tarjetas de visita.

Faz vio a un joven desgarbado de pie tras las cajas que miraba hacia ellos.

—Apuesto a que ese de ahí tiene que ser Director —dijo.

El joven tomó unos papeles de las cajas y se encaminó al extremo más alejado del cubículo, para aparecer por una puerta trasera y dirigirse a la mesa del director de la sucursal.

—¿Inspectores? —dijo y, sin querer, llamó la atención del empleado que ocupaba la mesa contigua. Bajó la voz, aunque los escritorios estaban tan pegados que para evitar que el resto lo escuchase habría tenido que usar lenguaje de signos—. Soy Kevin Gonzalez, el director.

Parecía estar entre los veinticinco y los treinta, aunque tenía uno de esos rostros pubescentes que aún no se han librado del acné y el bigote ralo propio de un quinceañero. Faz hizo las presentaciones antes de que los tres tomaran asiento.

—Tienen la orden judicial, ¿verdad? —El joven trataba de comportarse del modo más profesional posible, si bien, a continuación, añadió en tono casi culpable—: He llamado a la oficina central y me han dicho que sí disponen de ella.

—¿Dónde está la central? —preguntó Faz con la esperanza de que una pregunta de trámite ayudaría al director a relajarse.

Gonzalez hacía lo posible por mantenerse en su papel, pero le resultaba imposible ocultar por completo el nerviosismo que agitaba sus manos y su voz.

—En Centralia —respondió. Se refería al municipio situado a una hora y media de viaje al sur de Seattle.

—¿Cuánto tiempo lleva abierta esta sucursal?

—Unos cinco años, creo.

—¿Y cuánto lleva usted de director?

—Nueve meses.

—Enhorabuena.

Él se detuvo, como si no supiera bien qué decir, y, a continuación, repuso con una sonrisa:

—Gracias.

—¿Trabajaba aquí antes de que lo hicieran director?

—Estuve dos años de cajero. ¿Quieren tomar café?

—No, gracias.

—A mí, con este tiempo, me hace sudar —añadió Del— y me temo que para eso no necesito ayuda.

Faz tendió la orden judicial a Gonzalez. Aunque dudaba que aquel joven hubiera visto ninguna en su vida, el director se tomó su tiempo para hacer ver que sabía lo que se hacía.

—Nos preocupa mucho la intimidad de nuestros clientes —aseveró.

—No hay por qué preocuparse —aseveró Del—, porque a esta en particular la han asesinado.

—Vaya. —La noticia pareció sorprender y entristecer a partes iguales a Gonzalez.

—¿Conocía a Lynn Hoff? —preguntó Faz.

—Sí —dijo. Por un instante dio la impresión de haber quedado petrificado, hasta que, acto seguido, salió de aquel estado agitando el cuerpo—. ¡Vaya! Lo siento. Fui yo quien se encargó de abrirle las cuentas.

—¿La personal y la comercial?

—Sí.

—Hábleme de la cuenta personal.

—Depositó una cantidad considerable procedente de un acuerdo extrajudicial tras un accidente de tráfico. Más de quinientos mil dólares.

—¿Recuerda usted el día que vino? —quiso saber Faz.

—El 12 de marzo.

—Quiero decir que si se acuerda del momento en que la atendió. —No había pasado por alto que el joven no llevaba alianza y supuso que debía de haberse fijado en una joven atractiva como Andrea Strickland.

—Pues... Sí, diría que sí.

—Cuéntenos lo que recuerda —intervino Del mientras sacaba un cuaderno pequeño de espiral y un bolígrafo.

El director clavó la mirada en aquellos objetos antes de dirigirla de nuevo a Faz.

—Solo que quería abrir dos cuentas porque, según me contó, la había trasladado su empresa.

—¿Le dijo a qué se dedicaba? —preguntó Faz.

—Creo que era un negocio de ropa para actividades al aire libre.

—¿Y le dijo de dónde venía?

—De algún sitio del Sur de California, me parece. Me acuerdo porque bromeó con que aquí, con las lluvias, tenían más clientes.

—¿Qué más recuerda?

Gonzalez apartó la mirada tratando de hacer memoria.

—Me dijo que acababa de divorciarse y que estaba harta de los californianos, que, además, todo aquello le parecía demasiado superficial. Estaba viviendo con una amiga mientras encontraba un piso para ella sola.

Y Faz no albergaba la menor duda de que aquel dato tan oportuno había logrado despertar el interés de Gonzalez tal como había pretendido Andrea Strickland, también conocida como Lynn Hoff. Tal vez no había pasado de la secundaria, pero era una mujer inteligente y sabía desenvolverse como pocos.

—¿La ayudó a abrir las cuentas? —preguntó.

—Sí.

—¿Cuánto ingresó en la cuenta comercial aquel primer día?

El director no miró siquiera las hojas impresas que tenía sobre su escritorio para decir:

—Un par de cientos de dólares solamente.

—¿Hizo algún depósito más en esa cuenta?

—Casi a diario.

Faz notó la mirada de Del. Le encantaba tener razón.

—¿Puedo? —preguntó.

Gonzalez le tendió los folios y Del se inclinó hacia él para ojearlos también. Como había sospechado Faz, Strickland había hecho toda una serie de ingresos y reintegros destinados a no llamar la atención: 1.775 dólares, 1.350, 2.260… Aquellas cantidades modestas habían ido aumentando en el mes y medio que siguió. El total de dinero que había movido a través de aquella cuenta había ascendido a 128.775,42. La cuenta bancaria del Emerald Credit Union no era, a ojos vista, la única que había abierto Andrea Strickland. La pregunta era adónde había transferido el resto y a qué nombre. Faz estaba convencido de que tenía que haberlo enviado al extranjero, a un país en el que las entidades no tuviesen que dar cuentas de la identidad de sus clientes.

El número que le había llamado la atención, sin embargo, estaba en la línea última de la última columna, en la casilla que indicaba el balance de las dos cuentas de Lynn Hoff: 0,00 $.

—Canceló las cuentas —dijo y, a continuación, alzó la mirada hacia Gonzalez—. ¿Canceló las cuentas?

—Eso parece.

—¿No las canceló usted?

—No. No lo hizo en la oficina.

Para abrir una cuenta, el cliente debía personarse en el banco e identificarse con el documento apropiado, requisito que, sin embargo, no era necesario a la hora de operar con ella o cancelarla: ambas gestiones podían hacerse de forma electrónica mediante el número de cuenta y la contraseña de usuario.

Faz miró a Del.

—Canceló la cuenta el 26 de junio —comentó sin molestarse en decir nada más.

Del sabía que aquella era la fecha del lunes que siguió al día en que Kurt Schill había sacado el cadáver de Andrea Strickland de las profundidades del estrecho de Puget.

CAPÍTULO 16

Recuperé mi puesto en la compañía de seguros a las órdenes de Brenda y la primera semana me invitó a almorzar para «ponerme al día». Creo que estaba preocupada por mí y, como buena madre adoptiva, consideraba que era su deber asegurarse de que estaba bien. Yo, por supuesto, no lo estaba. Aunque he tardado, al fin soy consciente por completo de la clase de hombre con la que me casé: manipulador, agresivo, posiblemente psicótico... Sabía que iba a seguir intentando aprovecharse de mí mientras pensara que podía disponer de mi fondo fiduciario. En aquel momento daba la impresión de que no hubiera roto un plato en su vida, no tenía más remedio que comportarse así, porque no tenía adónde ir. Su búsqueda de trabajo no estaba dando frutos. Los responsables de recursos humanos de BSBT, como cabía esperar, no estaban dispuestos a recomendarlo. Si los llamaba alguien que estuviera estudiando la posibilidad de contratarlo, el director de recursos humanos de su antiguo bufete «declinaba hacer ningún comentario», que era el modo de decir en el gremio que un antiguo empleado era incompetente o poco honrado sin arriesgarse a tener que hacer frente a una demanda. En aquel mundillo todos estaban al tanto. Graham siguió dándole la vuelta a la realidad y diciendo que no pensaba trabajar para nadie, que para ganar dinero de verdad «uno tiene que ser su propio jefe». Yo no le hacía caso. Poco después había empezado a hablar con un compañero de piso de la facultad que había montado su propio despacho en una casa y buscaba abogados para asistir en las declaraciones y acudir al juzgado.

Brenda eligió un restaurante llamado The Port House, una cervecería de moda con una decoración muy de Portland, con el suelo de madera, el techo alto con vigas de madera y paredes de ladrillo. Tenía una cita fuera de la oficina y propuso que nos reuniéramos a la una y cuarto, después de que se hubiera ido la mayoría de los clientes de mediodía. Aunque me quité las gafas de sol al entrar, no la vi de inmediato. La camarera me llevó a una mesa de la terraza desde donde podía ver a los viandantes mientras esperaba. Busqué en el móvil mi última novela y me puse a leer cuando me interrumpió una voz masculina.

—Perdona.

Supuse que sería un mendigo que trataba de sacarme el dinero para variar. Sin embargo, me sorprendí al ver que el hombre que me hablaba desde el otro lado de la verja de forja iba trajeado.

—Siento molestarte —dijo sonriendo—. Normalmente no hago estas cosas, pero, si no estás esperando a nadie, me gustaría invitarte a una cerveza.

Me sentí aturdida y sin palabras. Nunca me habían cortejado y, de hecho, ni siquiera estaba segura de que fuera esa la intención de aquel tipo. Ya sé que las apariencias engañan, pero parecía sincero y hasta un poco avergonzado, como si nunca hubiese hecho aquello. Hay gente que transmite buenas vibraciones, ¿sabes?

—Me sabe mal —dije yo y era muy cierto—, pero he quedado para comer con una amiga. De todos modos, te lo agradezco.

Hizo un gesto de asentimiento como si entendiese mi reacción, aunque estoy convencida de que era imposible que se hiciera cargo de mi situación. Quizás eran mis vibraciones. Quizá yo transmitiera tristeza y desesperación.

—No pasa nada —respondió él mientras se apartaba de la verja—. Es solo que te había visto aquí sola y pensé que...

En ese momento apareció la camarera con Brenda.

—En fin —dijo el hombre haciéndonos un gesto a las dos con la cabeza—. Siento haber interrumpido. Que aproveche.

Mi jefa me miró con una ceja levantada en ademán inquisitivo.

—¿Un amigo tuyo?

—No —contesté yo mientras lo observaba alejarse.

Una parte de mí quería seguirlo para decirle que me encantaba la idea de comer con él. ¿Y si nos poníamos a hablar y descubría que era mi media naranja? Sin embargo, sabía que aquello no pasaba de ser un cuento de hadas, viejo como la vida misma, que se había repetido de miles de formas distintas en libros y en películas.

—Solo quería invitarme a una cerveza —expliqué.

Ella sonrió.

—No me extraña: estás espléndida. Has perdido peso y se te ve muy en forma.

Era verdad que volvía a caber en lo que yo llamaba «mi fondo de armario ajustado» y me sentía muy a gusto.

En comparación con su atuendo habitual, Brenda llevaba ropa informal: pantalón, una blusa colorida y una chaqueta marrón que dejó enseguida en el respaldo de su asiento. Para alguien que acababa de tener a su primer hijo, tenía muy buen tipo. Eso sí, estaba obsesionada con hacer ejercicio. Yo sabía que pertenecía a la YMCA y que salía a correr cada vez que hacía buen tiempo. Al parecer, participaba con su marido en competiciones de CrossFit.

Cuando llegó la camarera, Brenda pidió una Mac & Jack's antes de mirarme. Estábamos almorzando y ella era mi jefa, así que dije:

—Para mí, té frío.

—No seas boba —dijo ella—. Tomará lo mismo que yo.

Al irse la joven que nos atendía, comentó:

—El médico dice que la cerveza favorece la producción de leche cuando estás dando el pecho y ¿quién soy yo para llevarle la contraria? Pero, cuéntame, ¿qué has estado haciendo para tener un aspecto tan estupendo?

—Mucho ejercicio —respondí yo, dispuesta a no dejar pasar la ocasión—. Graham quiere que escalemos el Rainier. Dice que necesitamos compartir alguna afición, divertirnos juntos, dice que algo así mejoraría nuestra relación.

—¿Van mejor las cosas?

Cuando le había preguntado si podía recuperar mi puesto de trabajo, le había dicho que habíamos tenido que declararnos en bancarrota y que la situación había hecho mella en nuestro matrimonio.

—Estamos en ello —contesté—. Por cierto, eso me recuerda que tengo que contratar una póliza.

—¿Una póliza?

—Un seguro de defunción. Graham cree que sería lo más prudente teniendo en cuenta que vamos a subir el Rainier. ¿Puedo contar contigo?

—Claro que sí —dijo—. ¿Una para ti y otra para él?

—No, solo para mí.

Ella entornó los ojos.

—¿Para ti solo?

—Sí. Es que no podemos permitirnos dos primas y Graham dice que, en caso de que a él le ocurra algo, yo podré seguir adelante gracias al fondo fiduciario de mis padres.

—Está bien.

Me dio la impresión de que aquello le hizo pensar. En ese momento apareció la camarera con nuestras cervezas. Brenda levantó su vaso y yo tendí el mío para que los entrechocásemos.

—Salud —dijo ella—. Me alegro de tenerte otra vez con nosotros.

Pidió una ensalada César. El simple hecho de pensar en las anchoas, en su olor simplemente, casi me hizo doblarme sobre la verja para vomitar en la acera.

—Yo voy a tomar una ensalada de la casa con el aceite y el vinagre aparte.

—En fin, me alegro de que todo vaya mejor —dijo Brenda cuando se fue la camarera.

Yo desvié la mirada.

—Andrea, va todo mejor, ¿verdad?

—Un poco —respondí yo antes de espetarle sin más—: En realidad, creo que me está engañando otra vez.

Lo más triste fue su reacción, porque no pareció sorprenderse. Dejó el vaso y alargó un brazo para darme la mano. Sus pulseras tintinearon sobre la mesa.

—¿Cuánto tiempo lleva así?

—Pues la primera vez fue antes de que nos casásemos.

—¿Qué?

—Con una compañera de bufete. Había estado viéndose con ella desde antes de conocerme a mí y decía que le había costado romper con ella porque no quería hacerle daño. Soy idiota, ¿verdad?

Al volver la vista atrás, me daba cuenta de que no había hecho caso a ninguna de las señales: las noches en las que llegaba tarde, el aliento a alcohol, la falta de interés en mí salvo cuando a él le convenía… ¡Qué imbécil había sido! Pero aquello se había acabado. Tenía un plan muy diferente y contárselo a Brenda formaba parte de él.

—No —respondió ella mirándome como a un pajarillo con las alas rotas—. No te eches a ti la culpa. ¿Has hablado con él?

Yo negué con la cabeza.

—Diría que no y le daría la vuelta a todo. Diría que no confío en él.

—¿Cómo te enteraste?

—No creas que me puse a espiarlo —le dije—. Ni se me ocurriría.

—Claro que no.

Me separé un poco de la mesa.

—El negocio iba fatal y, como era Graham quien manejaba todos los asuntos económicos, decidí estudiar el extracto de la tarjeta de crédito. No tenía ni idea de adónde iba el dinero ni cómo íbamos a pagar las facturas todos los meses. Los gastos superaban con diferencia lo que estaba generando la tienda.

—¿Encontraste algo en el extracto?

Asentí con la cabeza antes de dar un sorbo a mi vaso.

—Graham viajaba a Seattle, a Vancouver y a Victoria, y pagaba las habitaciones de hotel con las tarjetas de crédito de la empresa. También había cargos de restaurantes y de algún que otro bar.

—¿Y no podían ser viajes de negocios? —preguntó Brenda, aunque sin ninguna convicción real.

—Eso es lo que decía Graham.

—Así que se lo preguntaste.

—No, eso era lo que me decía cuando tenía que salir unos días de la ciudad: que eran viajes de negocios.

—Y no lo eran.

—Llamé a los distribuidores y los dispensarios de Seattle con los que me dijo que se reunía y resultó que ni siquiera lo conocían en persona. No tenían ni idea de lo que les estaba preguntando. Además, la marihuana no era legal en Canadá cuando hizo esos viajes.

Brenda soltó un suspiro.

—¿Y sabes con quién te engaña?

—No —dije yo tomando otro trago de cerveza—. A todo eso, además, súmale la tensión que supone la posibilidad de que lo metan en la cárcel.

Ella dejó su vaso.

—¿Cómo?

—Graham mintió al pedir el préstamo al banco: dijo que lo iban a hacer socio del bufete y le iban a subir el sueldo. Ellos le pidieron una carta de confirmación y él hizo una con el membrete del despacho y falsificó la firma de uno de los socios.

—¿Y el banco se enteró?

Asentí con un movimiento de cabeza.

No pensaban hacerlo socio. De hecho, le habían dado sesenta días para encontrar otro trabajo. He visto la carta de despido. Fue más o menos en la época en la que llegó a casa entusiasmado con la idea de abrir Génesis. Dijo que quería dejar el despacho porque estaba reprimiendo su creatividad y necesitaba ser su propio jefe. Más mentiras.

—Dijo que querían hacerlo socio, pero él estaba harto de trabajar para otro y prefería no tener que dar cuentas a nadie. Nada de eso era verdad.

—No sabes cuánto lo siento, Andrea. —Brenda se reclinó en su asiento y me miró con ese gesto de compasión que había puesto mi tía durante tantos años al contar a otros que mis padres habían muerto—. Ya sé que es demasiado pronto, pero ¿sabes lo que vas a hacer?

—No —contesté.

—¿Por qué no hablas con un abogado?

Yo, que ya había pensado mucho en esa posibilidad, le dije:

—No puedo permitirme un divorcio.

Ella frunció el ceño.

—¿Qué quieres decir? No tiene por qué ser complicado: no tenéis hijos, ni casa propia ni ningún otro bien de peso.

—Graham puso mi firma en los avales al alquilar el local y pedir el préstamo.

—¿Y por qué hizo eso?

—Porque no le hizo ninguna gracia que no le dejara usar el fondo fiduciario de mis padres. Nos vamos a declarar insolventes y tengo mucho miedo de perderlo y quedarme sin nada.

—¿De cuánto estamos hablando?

—El capital principal es de medio millón de dólares —dije.

Ella abrió los ojos de par en par.

—¿Y Graham no puede tocarlo?

—Mientras yo siga con vida, no —respondí antes de soltar una risita—. Y él está que se lo llevan los demonios. Lo que me preocupa es que los acreedores le echen la zarpa diciendo que yo firmé las garantías.

—¿Le has dado los papeles del banco a un abogado para que los estudie?

—No. Ha sido Graham el que se ha hecho cargo y él dice que no hay necesidad de pagar un abogado, porque ya lo tengo a él. Ni siquiera sé cómo voy a mantenerme.

Ella le quitó importancia con un movimiento de la mano.

—Por eso no te preocupes, porque siempre podrás trabajar conmigo.

—Gracias, Brenda. Me sabe muy mal darte la lata con todo esto.

Ella se inclinó hacia mí y volvió a tomarme de la mano.

—Ya verás que todo se arreglará —me dijo—. Voy a buscarte un abogado.

CAPÍTULO 17

Cuando Tracy llamó para concertar la entrevista, Brenda Berg le hizo saber que no estaría en la oficina, porque se llevaba trabajo a casa un par de días a la semana para poder estar con su pequeña. Aun así, no vaciló en ningún momento cuando le comunicó que Kins y ella deseaban hablar con ella de Andrea Strickland. Dijo que había estado pendiente de las noticias relativas a la breve reaparición de la joven y su posterior asesinato.

La inspectora volvió a comunicarse con ella y salió con Kins del bufete de Phil Montgomery. Berg estaba a punto de sacar a su niña a pasear en su cochecito para que durmiese un rato, pero les dijo que, si no les importaba caminar mientras hablaban, podía reunirse con ellos en Waterfront Park, cerca de dos esculturas situadas a la bajada del Puente de Acero, en el centro de Portland.

—Será fácil reconocerme por la ropa deportiva y el cochecito de salir a correr con la cría.

Tracy y Kins llegaron antes que ella. El río Willamette estaba plagado de corredores, personas que caminaban de un lado a otro con ropa de trabajo y algún que otro cochecito de bebé.

—Espero que no sea una de esas atletas que andan más rápido de lo que yo corro —dijo él mientras se colocaba un par de gafas de sol—. Tengo la cadera hecha trizas del rato que llevamos en el coche.

—Con el día tan bueno que hace… A lo mejor un paseo te ayuda a desentumecerla.

—Si pudiéramos pasear en un sitio con aire acondicionado me haría más gracia.

Tracy reparó en una mujer de aspecto esbelto y dinámico vestida con camiseta de tirantes blanca, pantalón corto de atletismo y zapatillas de deporte que se dirigía a ellos mientras empujaba un cochecito azul con una mano. Al acercarse redujo la marcha.

—Hola, ¿es usted la inspectora Crosswhite? —No parecía, ni por asomo, sin aliento.

La inspectora le presentó a su compañero. Los hombros delgados, los músculos gráciles y fibrosos y el tono bronceado de su piel conferían a Berg el aspecto propio de una corredora. Tracy había supuesto que sería más joven, ya que había dicho que acababa de ser madre, pero las arrugas que asomaban a sus ojos indicaban que debía de rondar los cuarenta. Tendría más o menos la misma edad que ella.

—Siento hacerles esto —dijo la recién llegada mientras se inclinaba para mirar a su hija—, pero la chiquitina tiene alterado el ciclo del sueño y esta parece ser la única manera de que eche su siesta por la tarde.

—No pasa nada. —Tracy miró debajo de la capota que daba sombra a la pequeña, envuelta en una mantita rosa y tocada con un gorro azul celeste—. ¿Qué tiempo tiene?

—Ayer cumplió cinco meses.

—Es muy guapa.

—Gracias. Se llama Jessica y es mi angelito.

La inspectora sonrió a la carita diminuta que asomaba bajo el gorro y no pudo evitar que la asaltaran ciertos recuerdos. Siempre había imaginado que tendría hijos, que viviría al lado de Sarah y que criarían juntos a sus pequeños.

—¿Tiene más hijos? —preguntó.

—No —repuso Berg sin dejar de sonreír a la cría—. Me he centrado demasiado en mi trabajo en la aseguradora y en ganarme la vida. Conocí a mi marido hace un par de años y tardamos un poco en decidirnos, pero ahora no sé lo que sería mi vida sin ella. ¿Tiene usted hijos?

—No.

—Se ha casado con su trabajo, imagino.

—Algo así —dijo Tracy. Se había casado más bien con la búsqueda del asesino de su hermana y había tenido que pagar las consecuencias. Había perdido a su marido, había dejado su actividad docente en Cedar Grove para hacerse policía en Seattle y apenas había salido con nadie. Había pasado varios años dedicando las noches a repasar los documentos y las pruebas relativos a la desaparición de Sarah hasta dar con un callejón sin salida y, a regañadientes, guardarlo todo en cajas y meter estas en un armario. Mediados ya los treinta, creyó que sus únicas citas serían con polis y con fiscales y no había estado dispuesta a llevarse más trabajo aún a casa.

—Sé lo que se siente —aseveró Berg.

Jessica, como si esperase el momento preciso, hizo un mohín que llevó a su madre a añadir:

—Mejor empezamos a andar, que parece que es lo único que hace que se quede dormida.

Se pusieron a caminar por la calzada, Tracy al lado de Berg y Kins un paso por detrás de ellas.

—Todavía estoy consternada —dijo Berg—. Ya fue horrible la primera vez, quiero decir, hace dos meses, cuando pensábamos que había muerto, y descubrir de pronto que estaba viva… Ni siquiera sé qué pensar. —Miró a la inspectora—. Entonces, ¿está muerta? ¿Es de verdad la mujer que han encontrado en la trampa para cangrejos?

—Eso parece —respondió Tracy haciéndose a un lado para dejar pasar a dos corredores.

Berg meneó la cabeza.

—Estoy hecha un lío.

—Por su respuesta debo entender que no había vuelto a saber nada de Andrea.

—¡Qué va! Nada.

—¿Cuánto tiempo estuvo trabajando Andrea como su ayudante?

—Dos años o dos años y medio. Lo dejó unos siete meses, cuando su marido y ella abrieron el negocio, y, cuando fracasó, volvió con nosotros.

—¿Su relación era estrictamente profesional? —quiso saber Tracy.

Berg hizo un gesto de asentimiento.

—Andrea era más joven que yo y, además, no dejaba de ser mi empleada, pero de vez en cuando salíamos a almorzar y cosas así. Me daba la impresión de que necesitaba a alguien en quien confiar. Imagino que saben que perdió a sus padres siendo una niña.

—Lo sabemos.

—Toda una tragedia. Andrea no hablaba nunca de aquello, pero el tema salió durante la entrevista de trabajo y busqué información. Sus padres murieron en un accidente de tráfico en Nochebuena por culpa de un conductor borracho. Por lo que sé, Andrea quedó atrapada en el coche. Yo hacía lo que podía por estar a su lado cuando me necesitaba.

—¿Qué clase de persona era? —preguntó Tracy.

—Muy callada, pero tampoco es que fuera tímida. La gente pensaba que lo era porque leía mucho y yo, la verdad, tuve también la misma impresión al principio.

—¿Qué leía?

—Novelas. Tenía libros de bolsillo repartidos por toda la mesa, en el móvil y en su Kindle. Se pasaba todo el tiempo leyendo, pero bastaba conocerla un poco para entender que no era vergonzosa. Simplemente prefería no ser el centro de atención: le gustaba mantenerse en la periferia. ¿Me entiende?

—¿Puede ponerme un ejemplo? —pidió Tracy.

Berg meditó su respuesta.

—Un día celebramos una fiesta en la empresa por el cumpleaños de alguien. La vi sentada al fondo y me di cuenta de que no estaba perdiéndose detalle. ¿Sabe lo que le quiero decir? Quien no la conociera podía tener la impresión de que se estaba aburriendo y no tenía ningún interés, pero cuando una la miraba con atención la veía sonreír levemente, arrugar el entrecejo de un modo casi imperceptible o poner los ojos en blanco. Nunca eran gestos insolentes ni irrespetuosos, sino solo lo bastante marcados como para dejar claro a quien se fijara que estaba pendiente de todo.

—¿Era inteligente?

—Mucho —respondió Berg asintiendo con la cabeza.

—Parece no tener duda.

—No es frecuente que alguien que no ha ido nunca a la universidad asimile todo con la rapidez con que lo hacía ella. No era una ayudante común: a veces le pedía tareas muy difíciles y ella las hacía en un abrir y cerrar de ojos. Creo que era una de esas personas que son listísimas por naturaleza. Tenía mucho talento. Puede ser que también tuvieran algo que ver todas sus lecturas. Nunca había que repetirle nada. La animé a matricularse en la universidad u obtener el título de corredora de seguros.

Estaban llegando a un segundo puente levadizo. Ante ellos pasaban a gran velocidad lanchas motoras con jóvenes de uno y otro sexo en bañador.

—¿Conocía usted a Graham, su marido? —quiso saber Kins.

Berg giró la cabeza hacia él.

—Un poco. De eso tuve yo la culpa sin querer.

—¿Por qué lo dice?

—Como le he dicho, Andrea era una muchacha introvertida. Después de trabajar, siempre prefería volver a casa a leer. Yo me propuse conseguir que tuviera vida social. Celebramos una fiesta en el centro y se podría decir que yo la obligué a asistir. Fue allí donde conoció a Graham. Lo siguiente que supe de ellos era que iban a casarse.

—¿Cuánto tiempo había pasado? —preguntó Tracy.

Ella dejó escapar un suspiro.

—No se lo sabría decir. Desde luego, fue todo muy rápido: un mes o dos, no estoy segura.

—¿Parecía feliz?

—Con Andrea no era fácil saberlo, porque no se abría mucho a los demás, pero yo diría que sí.

—Tenemos entendido que creció en el Sur de California —intervino Kins—. ¿Sabe si sigue teniendo familia allí?

—Una tía, creo, aunque me parece que no tenían mucha relación.

—Después de la boda, ¿llegó a tener trato con Graham?

—No mucho. Andrea mantenía separadas su vida laboral de la personal casi todo el tiempo.

Tracy dedujo por el tono de su respuesta que Berg no había sentido nunca un gran aprecio por Graham Strickland. Simplemente trataba de ser diplomática.

—Pero sí que coincidieron en alguna ocasión, ¿no?

—Un par de veces solo. Vino a un par de nuestros actos y, de vez en cuando, a la oficina para recoger a Andrea.

—¿Cómo era? —preguntó Kins.

El rostro de Berg dibujó una sonrisa que más parecía una mueca de dolor. Daba la sensación de preferir guardarse para sí su opinión.

—Entendemos que no lo conocía bien —terció Tracy—. Lo único que queremos saber es cuál era la impresión general que tenía de él.

—¿Sinceramente? No me caía bien. —Volvió a vacilar—. Era uno de esos tipos que, ¿cómo les diría?, sobreactúan.

—De los que se esfuerzan demasiado en gustar —sentenció Kins.

Berg volvió a mirar sobre su hombro, pero esta vez dejó de caminar.

—Sí, es una forma excelente de expresarlo.

—¿Y en qué se notaba?

—No sé, en todo: su forma de vestir, su pelo, la barba… Todo en él era demasiado… afectado, como si intentase ofrecer una imagen determinada. Eso sin contar con el cochazo. —Sonrió y meneó la cabeza al recordarlo—. Un Porsche Carrera rojo que resultaba casi ofensivo. Además, dudo que el muchacho fuese ninguna lumbrera.

—¿Por qué lo dice? —preguntó Tracy.

—Por cosas que contaba Andrea. Lo del dispensario de marihuana, sin ir más lejos. Ella intentó explicarle que, en su opinión, no era buena idea, pero, al parecer, Graham había investigado y se empeñó en que sería una mina de oro.

La inspectora se secó una gota de sudor que le corría por la mejilla. También sentía mojado el espacio que mediaba entre sus omóplatos por causa del sol que brillaba a su espalda.

—¿Le habló Andrea en algún momento de problemas matrimoniales?

La otra se puso a reflexionar.

—Cuando volvió a la aseguradora, después de que fracasara el negocio, Andrea y yo salimos un día a almorzar y me dijo que Graham la estaba engañando.

—¿Le dijo con quién? —preguntó Tracy.

—No lo sabía, pero al parecer no era la primera vez: ya había tenido algo con una compañera de trabajo.

—¿Y cómo se enteró ella? ¿Se lo dijo?

—Por lo visto, cuando la empresa empezó a irse a pique, ella estuvo examinando los gastos y encontró que se habían cargado en la tarjeta de crédito gastos de hoteles y restaurantes de Seattle. Él dijo que eran cosas del negocio, pero ella llamó a varias empresas y descubrió que no era así.

—Así que era una mujer de recursos —concluyó Kins.

—Cuando hacía falta, sí.

—¿Qué más le dijo durante aquella comida? —quiso saber la inspectora.

Berg movió la cabeza a un lado y a otro.

—Viendo como acabó todo, no puedo dejar de pensar que tenía que haber hecho más por ella.

—¿A qué se refiere?

—Andrea me dijo que, a pesar del mal momento por el que estaba pasando su matrimonio, Graham quería escalar el monte Rainier.

—¿Él? —preguntó Kins.

—Eso me dijo ella. Al parecer, él afirmaba que tener una afición, algo que pudieran hacer juntos, les sería de gran ayuda. También me dijo que Graham quería hacer un seguro de vida, pero solo a nombre de ella.

—¿De ella solo? —La inspectora miró de reojo a su compañero.

—Lo sé. A mí también me pareció raro entonces, pero Andrea decía que no podían permitirse más y Graham sostenía que, si a él le pasaba algo, ella podría mantenerse con el fondo fiduciario. Saben lo del fondo, ¿verdad?

—Sí —dijo Tracy.

—Me resultó extraño en aquel momento, ¿saben?, pero a una no se le ocurre que algo así pueda tener tanta importancia.

—¿Y qué fue lo primero que pensó al saber que Andrea había desaparecido en el Rainier? —preguntó Kins.

Berg vaciló. La cría refunfuñó y ella se tomó un instante para consolarla poniéndole el chupete en la boca. Cuando volvió a ponerse en marcha, repuso:

—Supongo que no me lo creí.

—¿Que no se creyó que hubiera sido un accidente?

Ella hizo un gesto de asentimiento.

—¿Cómo se lo diría? No me sorprendió que sospecharan de Graham y no me habría quedado patidifusa si hubieran llegado a la conclusión de que la había matado él. Fue lo que le dije al otro inspector.

—¿Stan Fields? —dijo Tracy.

—No me acuerdo de cómo se llamaba. Llevaba una coleta gris. Le dije que me parecía demasiada casualidad. Además, Andrea me había dicho algo del fondo fiduciario de sus padres. Por lo visto, Graham quería usar ese dinero para montar el dispensario en lugar de tener que pedir un préstamo al banco, pero ella se opuso, aunque, de todos modos, el fondo tenía cláusulas que lo impedían.

—¿Dijo si era eso lo que estaba provocando la tensión en su matrimonio?

—¿Qué otra cosa iba a ser?

—¿Pero se lo dijo?

—Sí.

—¿Le dijo que no quería darle el dinero a su marido? —insistió Kins, que parecía haber perdido el aliento.

Berg asintió con un gesto.

—Dijo que Graham se enfadó por eso y también que había firmado por ella en los avales que había pedido el banco. Tenía miedo de que el fondo corriese peligro por culpa de su marido. De todos modos, lo que tenía que haberme hecho sospechar fue una cosa que dijo Andrea cuando le pregunté si Graham tenía acceso a aquel dinero.

—¿Qué dijo? —quiso saber Tracy.

—«Mientras yo siga con vida, no.» —Berg meneó la cabeza al recordarlo—. Se rio, pero como con tristeza. ¿Me entiende? Yo sentí lástima por ella. Me daba pena oírle decir algo así.

Pasaron por debajo de otro puente.

—¿Cuándo fue la última vez que vio a Andrea o habló con ella?

—La semana que se fue a escalar.

—¿Cómo la vio de ánimos?

—En el caso de Andrea no siempre era fácil saber cómo estaba. Quiero decir que era una persona muy equilibrada. Supongo que todo el sufrimiento que había conocido siendo joven la había vuelto, no sé, más comedida, como si no esperase ya mucho de la vida.

—Insensibilizada —dijo Kins.

—Podría ser —contestó Berg volviendo la mirada hacia él—. Ni siquiera cuando se casó con Graham me dio la impresión de verla entusiasmada. Como si pensase: «Esto es lo que es y se acabó».

—¿Tenía amigas, gente con la que quedase o saliese después de trabajar?

—La única que se me ocurre es Devin Chambers, que trabajaba en nuestra oficina con uno de mis socios. Parece que las dos se llevaban bien, pero, por lo demás, yo diría que no.

—¿Sigue trabajando en su aseguradora?

—No: se fue más o menos en las mismas fechas en las que murió Andrea o, mejor dicho, cuando pensamos que había muerto, la primera vez.

—¿Lo dejó por eso?

—No lo sé. A mí no me dijo nada. Por lo que sé por mi socio, dijo que se mudaba a algún lugar del este donde creo que tenía familia.

Tracy miró a Kins, quien negó con la cabeza para indicar que no tenía más preguntas.

—Gracias otra vez por su tiempo —le dijo la inspectora—. Ya le dejamos que acabe de hacer kilómetros con su hija. —A continuación, le dio una tarjeta de visita para indicarle—: Si recuerda algo más, no dude en llamarnos.

Mientras volvía a recorrer la orilla del río con su compañero en dirección a las esculturas, comentó:

—¿No te resulta raro que una mujer que cree que su marido la está engañando por segunda vez en un año se avenga a subir con él el monte Rainier?

—Sobre todo si había hablado ya con un abogado matrimonialista —apuntó Kins—. Me da la impresión de que estaba planeando escaparse y empezar de cero.

Tracy se detuvo.

—Puede que, como ha dicho Berg, Andrea Strickland fuese mucho más que lo que daba a entender con una impresión inicial.

—Eso parece —convino Kins—, aunque yo todavía no tengo claro qué quiere decir eso.

—¿Y si se trataba de algo más que desaparecer y empezar de nuevo?

—¿Crees que pretendía desquitarse, de tenderle una trampa al marido para que pareciese que quería matarla?

—Berg dice que Andrea estaba convencida de que la estaba engañando y de que no era la primera vez.

—Entonces, ¿cuál es tu teoría? El marido se da cuenta de que se la ha jugado, le da caza y la mata para resarcirse, ¿no?

—No solo para eso, sino para conseguir lo que buscaba desde el principio.

—El dinero —concluyó Kins.

—Como ya está muerta, él imagina que, si da con ella, encontrará también su dinero. Como ya está muerta, nadie se enterará jamás. Lo único que necesita es buscar un modo de deshacerse del cadáver para que no lo encuentren nunca.

—De acuerdo, pero ¿cómo lo demostramos? —preguntó su compañero.

—Yo diría que hay que encontrar a Devin Chambers. Si Andrea confiaba en alguien, tuvo que ser en ella.

—¿Crees que Chambers dejó la ciudad por eso, por ser la persona que la ayudó?

—El guardabosques Hicks está convencido de que no pudo salir sola de la montaña —dijo Tracy.

—En ese caso, yo también hablaría con su tía. Cuando estás muerto, debes de sentirte muy solo y parece que Andrea no tenía ya más familiares.

De camino a la comisaría central, Tracy llamó a Stan Fields para hablar sobre Devin Chambers y puso el teléfono en manos libres.

—¿Sabías que había salido de la ciudad? —le preguntó.

—No, pero tampoco es ningún delito. ¿Por qué lo dices? ¿Crees que eran tortilleras o algo así?

La inspectora puso los ojos en blanco mientras Kins reprimía una carcajada.

—No, pero, si Andrea confiaba en ella, es posible que siguieran en contacto.

—Me dijo que no sabía apenas nada.

—¿Encontraste alguna prueba de que el marido estuviera teniendo otra aventura?

—La jefa de la mujer dijo algo de eso. Según ella, Andrea estaba convencida de que la estaba engañando, pero no pudo darme más detalles. Hablé con la compañera de bufete a la que se había estado beneficiando y me dijo que no era ella, que la primera vez había sido un error, que lo había hecho sin saber que él estaba casado y que ahora era ella la que tenía marido y había pasado página. Llevaba meses sin verlo ni hablar con él.

—Está bien. Entonces, ¿no has seguido la pista de Devin Chambers?

—Como os dije, no lo creía necesario. Tenía resguardos que demostraban que había estado fuera de la ciudad cuando ellos subieron a la montaña. ¿Habéis encontrado algo que lo desmienta?

—No lo sé —dijo Tracy.

—Acuérdate de que este rodeo es tuyo, inspectora. Si crees que puede aportar información, no dudes en ponerte en contacto con ella.

Tracy colgó.

—¡Qué poco me gusta este hombre!

—Es todo un vaquero —contestó Kins con una sonrisa.

—Es todo un gilipollas. —Tracy dejó pasar unos kilómetros mientras volvía a pensar en Brenda Berg y su cría. Kins tenía tres varones—. ¿Te alegras de haber tenido hijos, Kins?

Él la miró.

—Te ha llegado, ¿verdad? Me lo imaginaba.

—¿Qué? —preguntó ella a la defensiva.

—Berg y tú tenéis más o menos la misma edad y un montón de cosas en común.

—No tantas.

—¿Ah, no?

—¿Pero te alegras? —insistió.

Kins meditó su respuesta.

—Cuando le dan un golpe al coche o me dicen por la noche que tienen que entregar un trabajo a la mañana siguiente, no mucho. —Sonrió—. Pero, si te refieres al otro noventa y nueve por ciento del tiempo, sí: me alegro. ¿Lo dices porque Dan quiere tener hijos?

—Tengo ya cuarenta y tres años —dijo ella, preguntándose si no había esperado demasiado.

—Sé de una mujer que tuvo el primero a los cuarenta y dos y ya va por el segundo.

—¿Y están bien?

—Eso parece. ¿Has hablado de eso con Dan?

—Sí, un poco, pero me pregunto si no se estará mostrando dispuesto porque se lo estoy pidiendo. Ni él ni yo somos ya unos chavales.

Kins arrugó el entrecejo.

—La gente le da mucha importancia a lo de tener hijos siendo joven, pero yo estoy convencido de que eso no siempre es bueno. Yo tengo ahora mucha más paciencia que con veinticinco años y la paciencia es una parte muy importante de la paternidad.

—Siempre creí que sería madre antes de los treinta y ahora echo la vista atrás y pienso que con esa edad seguía siendo una cría. Al menos hasta que murió mi hermana. Aquello cambió todo. En aquel momento no habría sido justo tener hijos: estaba demasiado ocupada tratando de averiguar lo que le había ocurrido. —Miró a Kins, a quien consideraba su mejor amigo, aparte de Dan—. Así que no crees que sea demasiado mayor, ¿verdad? Que vaya a presentarme en el instituto y me confundan con la abuela.

—¿Y eso qué más da?

—Yo tendría más de sesenta cuando mi hijo cumpliera veinte.

—Si te digo la verdad, yo tampoco me muero de ganas por encontrarme el nido vacío a mitad de los cuarenta. No sé qué coño vamos a hacer Shannah y yo cuando pase eso. Mis hijos son lo mejor de mi vida.

—Espero que no se lo hayas dicho a ella.

—Oye, que soy viejo, pero no tonto. Mira, yo lo veo así. Llámalo «Curso básico de Kins». Cuando no teníamos hijos, nos adaptábamos, ¿no es verdad? Cuando los tuvimos, nos adaptamos. Cuando nuestros hijos crezcan y se vayan de casa, también nos adaptaremos. La edad no pinta nada en todo esto. Si quieres a Dan y quieres tener hijos, yo te diría que no lo dudases. Vais a ser mejores padres que el noventa y nueve por ciento de los zopencos que hay por ahí.

Tracy sonrió.

—Abuelita —dijo Kins.

—¡Qué capullo eres! —dijo ella con una carcajada.

Tracy vio a Faz dejar clavado el tenedor en una fiambrera Tupperware que tenía en la mesa y abandonar su asiento, no sin esfuerzo, en cuanto la vio aparecer con Kins. Su compañero solía comportarse como un perro con un hueso en lo que se refería a las sobras de Vera: no renunciaba a ellas si no era por un buen motivo, de modo que su actitud quería decir que debía de tener algo interesante que contarles.

—¿Has hablado con el banco? —dijo ella por encima del sonido de voces imprecisas procedente de los otros tres cubículos. Dejó el bolso en la silla y, advirtiendo el olor a ajo de la comida de Vera, se hizo el ánimo para soportarlo todo el día en la oficina.

—Lynn Hoff le dijo al director que trabajaba en una empresa de ropa para actividades al aire libre y que pensaba hacer ingresos regulares. También abrió una cuenta personal para depositar más de quinientos mil dólares, procedentes, según ella, de una indemnización acordada con la otra parte después de un accidente. Las semanas siguientes estuvo haciendo a diario en su cuenta comercial ingresos y reintegros que encajan con lo que retiraba de su cuenta personal.

Kins sonrió a Tracy.

—Parece que hemos encontrado su fondo de fideicomiso.

—Lo estaba blanqueando —coincidió Faz—, sacándolo del país tal vez.

—El marido sabía que ella tenía ese fondo, ¿no? —dijo Del desde su rincón—. En ese caso, tiene un móvil de tomo y lomo.

—Sin duda —concluyó Kins.

—Sin embargo, esa no es la noticia —dijo Faz con el gesto y la voz de quien está en posesión de un secreto—: la verdadera revelación es que alguien vació las cuentas a primera hora de la mañana del lunes, después de que Schill sacase el cadáver de la nasa.

Kins miró a Tracy antes de volverse de nuevo hacia Faz.

—¿Y eso es posible?

—Para abrir una cuenta tienes que estar presente físicamente —explicó el otro—, pero para cerrarla no. Quien lo hizo, tuvo que hacerlo en línea, pero eso significa que tenía que conocer el banco, los números de cuentas y las contraseñas.

Tracy miró a Kins. Todo empezaba a tomar forma y apuntaba directamente a Graham Strickland.

—¿El marido?

—¿Devin Chambers? —añadió Kins.

—¿Quién es Devin Chambers? —quiso saber Faz.

—La amiga de Andrea Strickland —lo informó Tracy—. Vamos a tener que dar con ella.

—¿Es posible localizar el dinero, saber adónde fue a parar? —preguntó Kins.

—Tengo a la Unidad de Lucha Contra el Fraude buscándolo —dijo Faz—, pero apuesto lo que sea a que quien lo hiciera sacó enseguida el dinero del país para ingresarlo en un banquito pintoresco de los que no piden mucha información.

—Si es que sabía lo que estaban haciendo —añadió Tracy, preguntándose cómo podían demostrar que aquella persona tenía que ser Graham Strickland. ¿Registros informáticos? ¿Telefónicos?

—Basándome en lo que he visto hasta ahora, lo sabía —aseveró Faz—. Ella, por lo menos, lo tenía claro cuando estaba aún viva. Si no hubiera sido por la cronología de los reintegros, yo habría dicho que fue ella quien lo había planeado todo.

—Menos la parte en la que la mataban —dijo Del.

—Es verdad —contestó Faz.

Johnny Nolasco entró entonces en el cubículo. Su aparición tuvo el mismo efecto que la de un padre que se presenta en un cuarto lleno de adolescentes: todos dejaron de hablar. Él miró a Tracy y dijo:

—Todavía no he recibido el informe para los peces gordos ni para relaciones públicas.

187

—Teníamos que entrevistarnos con varios testigos esta mañana en Portland.

—Pues yo podía haberos ahorrado el viaje: el fiscal del condado de Pierce ha reclamado su jurisdicción sobre el caso.

—¿Qué? —dijo. El condado de Pierce se quedaría con la investigación en el momento mismo en que ellos empezaban a avanzar.

—Me han llamado hace una hora más o menos.

—¿Quién lo ha decidido? —preguntó Tracy.

—Alguien que está por encima de mí en la cadena alimentaria.

—¿Y qué motivos han alegado? —terció Kins.

—Que tienen una investigación abierta y han logrado hacer avances.

—Lo que tenían era un caso de desaparición —dijo Tracy— y esto es un homicidio. Somos nosotros quienes tenemos la jurisdicción.

—Ellos no lo ven así. Para ellos, el marido era el principal sospechoso y sigue siéndolo.

—Y no tienen nada para demostrarlo. El cadáver apareció en nuestra jurisdicción. ¿Por qué diablos se lo tenemos que devolver?

—Entre otras cosas, porque tenía un balazo en la nuca y eso quiere decir que pudieron deshacerse del cuerpo. —El capitán se refería a los casos en los que a la víctima la matan en un condado y la encuentran en otro.

La inspectora estaba hecha una furia. Sospechaba que la policía de Seattle —Nolasco— no había hecho nada por defender su jurisdicción. Las autoridades policiales del condado en el que se encontraba un cadáver del que se habían deshecho los autores solían renunciar con mucho gusto a investigar su muerte, sobre todo cuando daba la impresión de que el caso entrañaría cierta dificultad y acabaría en los archivos de homicidios sin resolver.

—¿Eso qué más da? Lo dejaron en nuestra jurisdicción. Lo tenemos nosotros y estamos haciendo nosotros las pesquisas.

—Como mínimo debería ser una investigación conjunta —dijo Kins.

—¡Venga ya, Sparrow! —exclamó Nolasco—. Vivía en Portland y desapareció en el condado de Pierce. La información que pueda haber sobre la víctima estará seguramente en su jurisdicción.

—¡Eso es una chorrada! —repuso Tracy—. No desapareció en el condado de Pierce: la encontraron en el condado de King metida en una nasa para cangrejos.

—¿Quieres contarles eso a los peces gordos?

—¿Por qué no se lo cuenta usted? —le espetó ella sin tratar ya de ocultar su ira—. Ese es su trabajo.

Nolasco entornó los ojos y abrió los orificios nasales.

—Deberías dejar de convertir en algo personal los casos cada vez que asesinan a una joven. ¿No ves que te nublan el juicio?

—Mi juicio está bien, lo que quiero es jurisdicción.

—¡A ver, a ver! —intervino Kins—. Vamos a calmarnos un momento. Creo que lo que intenta decir Tracy, capitán, es que hemos avanzado en la investigación y nos repatea tener que dejarla.

—Pues haz un informe y envíalo al condado de Pierce, Sparrow. A otro con este quebradero de cabeza. Acabad con lo que estéis haciendo y pasadlo. —Nolasco se detuvo y recorrió el cubículo con la mirada—. ¿Ha quedado claro?

—Sí —respondió Kins.

El capitán miró entonces a Del y a Faz, que asintieron a regañadientes con la cabeza, y, a continuación, a Tracy.

—¿Lo has entendido?

—No, no lo he entendido, pero lo he oído.

—Entonces, terminad lo que tengáis pendiente y dejad este caso.

Tracy pasó el resto de la tarde hecha una furia. Dejó la oficina en cuanto acabó el turno y notó que su ira iba en aumento a medida que cruzaba el puente de West Seattle. Encontró a Dan frente a la casa vestido con pantalón corto de atletismo, camiseta y zapatillas de deporte. Llevaba dos correas de perro, Rex y Sherlock brincaban y jugaban. Se alegró de verlo. Él siempre se las arreglaba para hacer que se olvidase del trabajo cuando volvía a casa.

Bajó la ventanilla mientras tomaba el camino de entrada.

—¿Entras o sales?

—¿En serio? ¿Tú crees que estaría así de fresco si viniera de correr? —Dan se acercó por el lado del conductor y la besó—. No te esperaba tan pronto.

—Ya. Yo tampoco.

Él dio un paso atrás.

—¡Ayayay! ¿Qué ha pasado?

—Déjame cinco minutos para que me cambie y te lo contaré por el camino. Necesito desahogar la rabia.

Tracy corrió al interior y dejó sobre la cama toda la ropa que llevaba, se puso la de hacer deporte y salió a la calle como un rayo. Dan estaba haciendo estiramientos y había dejado las correas de los perros atadas a la verja de hierro forjado.

—Lista —anunció ella.

—¿No quieres estirar? —le preguntó él.

La inspectora se hizo con la correa de Sherlock y echó a andar manzana abajo.

—Parece que no —concluyó Dan mientras la alcanzaba.

Descendieron caminando la ladera en dirección a Harbor Way, porque correr cuesta abajo era pedir mucho a los perros y a las rodillas, y, a continuación, se pusieron a trotar hacia el norte siguiendo la playa y pasando ante los restaurantes y los escaparates de los comercios con rumbo a punta Alki. Hacía una tarde espléndida y mucha gente había salido a disfrutar del descenso de la temperatura hasta los treinta grados. Las playas y los restaurantes estaban a rebosar y en la bahía de Elliott abundaban las velas blancas de las embarcaciones.

—Te has tomado en serio lo de liberar tensiones —dijo Dan sin resuello—. Si seguimos a este ritmo, vamos a matar a Rex y a Sherlock.

Tracy miró el reloj. Había estado corriendo a una velocidad de quince kilómetros por hora, cuando desde que había cumplido los cuarenta eran raras las veces que llegaba a los catorce por hora.

—Lo siento —dijo bajando la marcha—. ¿Quieres que paremos?

—No, así estoy bien —aseguró después del cambio—. Llegamos al faro y allí descansamos.

Poco antes de alcanzar dicha construcción se detuvieron para contemplar una vista que Tracy seguía considerando de las más espectaculares que había conocido: el azul vivo de la bahía, el contorno urbano de Seattle centelleando al sol y el paso de los transbordadores. Aquel espectáculo y el ejercicio habían ayudado a mitigar su descontento con Nolasco. Al menos ya no deseaba dejarle la cara hecha un Cristo.

Dan se enjugó el sudor de la cara con la camiseta mientras recobraba el resuello.

—No me has dicho por qué has llegado a casa tan temprano, aunque imagino que el motivo no te ha hecho mucha gracia.

—Hemos perdido el caso de la mujer que apareció en la nasa.

—¿Cómo que lo habéis perdido?

—El condado de Pierce ha reclamado la jurisdicción y lo hemos tenido que poner en sus manos.

—Lo siento —dijo él.

—En realidad, lo que me irrita es que estoy convencida de que Nolasco no ha hecho nada por defendernos ni por quedarse con la investigación.

Dan la dejó desahogarse unos segundos antes de decir:

—¿Sabes? No es normal que podamos disfrutar de una tarde juntos, así que ¿por qué no nos centramos en eso?

—Sí, será lo mejor.

Él la miró fijamente.

—No vas a quedarte tranquila, ¿verdad?

—Me costará un poco.

—Tracy, sé que lo que le ocurrió a Sarah hace que todos estos casos te resulten difíciles…

—Dan, por favor. No es eso. ¿De acuerdo?

—¿No?

—No. —Se puso a caminar de un lado a otro, frustrada y furiosa—. Bueno, quizá lo sea en parte, pero… La víctima tenía trece años cuando murieron sus padres. Luego va y se casa con un fulano que la trata como a un felpudo y que hasta puede que la mate de un tiro en la nuca y la arroje al estrecho de Puget como cebo para cangrejos. Nos ponemos a investigar y, cuando hemos empezado a hacer avances, el condado de Pierce, que por lo que sabemos no hizo nada cuando tenía el caso, aparece de pronto para arrebatárnoslo… ¡y nosotros se lo damos! No es justo.

—No, es verdad, pero a veces hay que dejar que las cosas sigan su curso sin más, Tracy. Mi padre siempre decía que, si te tomas toda esta mierda a pecho, acabarás con el pecho lleno de mierda.

—¡Qué proverbio tan bonito, Dan! Muy poético. —Dejó de andar y miró hacía los rascacielos que se elevaban al otro lado del agua.

Él sonrió.

—Mi padre era un hombre sencillo y se expresaba con palabras sencillas, pero no puedes negarme que tenía razón.

Mientras contemplaba la vista, Tracy volvió a pensar en la idea que había acudido a su cabeza mientras regresaba de la comisaría. Nolasco les había pedido que acabasen con lo que tuvieran entre manos antes de enviar el expediente a los nuevos responsables.

—¿Sigues teniendo que ir a Los Ángeles mañana por la mañana?

—A primera hora.

—Estoy pensando tomarme un día de asuntos propios y acompañarte. Podríamos convertirlo en un fin de semana para los dos.

—Yo, desde luego, voto a favor de la propuesta —repuso Dan—, aunque me voy a tener que pasar la mayor parte del día en los tribunales.

—Por mí no te preocupes, ya encontraré cosas que hacer.

—¿Lo ves? Ya has empezado a poner al mal tiempo buena cara.

—Pareces un personaje de *Annie*. Por favor, no te vayas a poner a cantar «El sol brillará mañana».

Dan se echó a reír y entonó:

—«El sol brillará…»

—¡Que Dios nos ampare! —dijo ella corriendo en sentido opuesto.

En casa, llenaron dos cuencos enormes para Rex y Sherlock, a quienes dieron sendos huesos para caldo que les habían dado en la carnicería a fin de mantenerlos ocupados, y se metieron de un salto en la ducha para echarse a continuación a dormir la siesta.

Cuando, poco después, abrió los ojos, Dan se volvió hacia ella. Tracy había estado despierta todo el rato.

—¿Quieres que salgamos a cenar? —le preguntó él.

Ella seguía dándole vueltas a la conversación que había mantenido con Brenda Berg, quien le había dicho que, después de haberse volcado en su carrera profesional, ahora le era imposible concebir su vida sin su hija. Kins tenía razón. Aquello le había tocado la fibra sensible. Por supuesto. Después de que desapareciese Sarah y tras divorciarse de Benny, se convirtió en policía de homicidios y se volcó en resolver el caso de su hermana. Cuando se quiso dar cuenta, habían pasado los años y tenía ya cuarenta y tres, edad que superaba con creces la recomendada para concebir.

Dio la espalda a Dan para mirar por las puertas correderas de cristal.

—¿Te has sentido alguna vez frustrado por no haber tenido hijos?

Él se aclaró la garganta.

—¿A qué viene eso ahora?

—Hoy he interrogado a una mujer que acaba de tener a su primera hija a los cuarenta años, porque, según me ha dicho, se había centrado en su carrera hasta que encontró su media naranja y ahora no sería capaz de imaginarse sin su pequeña.

Dan apoyó la barbilla en el hombro de Tracy y la envolvió con un brazo.

—No lo sé. La verdad es que siempre había pensado que tendría hijos, conque imagino que la vida que llevo no es exactamente la que había imaginado. ¿Por qué? ¿Tú sí?

—A veces. Sí, a veces me gustaría haberlos tenido.

—¿Y qué vamos a hacer al respecto, señora Crosswhite?

Ella se puso boca arriba para mirarlo.

—No lo sé. Solo estaba pensando que, si quiero tener hijos, voy a tener que decidirme pronto.

—Te ha saltado la alarma del reloj biológico.

—Supongo.

—¿Y tu trabajo?

—Podría aprovechar el permiso por maternidad. Además, creo que ya he trabajado bastante tiempo de sol a sol. Podría hacerlo a jornada parcial o partida.

—Pero, entonces, ¿no tendrías que dejar homicidios?

—Probablemente, pero podría investigar casos antiguos sin resolver. De todas formas, tengo la impresión de que eso es precisamente lo que estoy haciendo últimamente.

—¿Es por lo que te ha pasado hoy, lo del caso que os han quitado?

—No, no: lo venía pensando mientras volvíamos de Portland.

—¿Por esa mujer a la que has conocido?

—En parte.

Guardaron silencio unos instantes, hasta que Dan dijo:

—¿Y has pensado en quién te gustaría que fuese el padre?

Tracy se incorporó para golpearlo con un cojín.

—No, lo estoy pensando ahora.

Él agarró el cojín y la miró con una sonrisa estúpida.

—Sabes que tengo hecha la vasectomía. Acuérdate: mi primera mujer no quería tener hijos y a mí no me gustaba el tacto de los preservativos. Te lo conté.

Ella, aunque vacilante, replicó:

—Tengo entendido que las vasectomías son reversibles.

—Y yo tengo entendido que duele casi tanto como cuando te dan un tijeretazo. Lo que te ponen ahí abajo no son precisamente gomitas.

—Lo sé. Perdona.

Ninguno de ellos abrió la boca en el minuto siguiente. Entonces, Dan dijo:

—Pero, si es lo que quieres, podría pensármelo.

—¿De verdad?

Él asintió con un movimiento de cabeza.

—Sí, pero tengo la impresión de que nos estamos saltando un paso, ¿no? Quiero decir, que Rex y Sherlock ya están bastante confundidos. ¿Cuál es su apellido? ¿O'Leary, Crosswhite, O'Leary-Crosswhite...?

—O'Leary, por supuesto —contestó ella—. Yo soy una mujer chapada a la antigua.

—¿Me está usted proponiendo matrimonio, señora Tracy Crosswhite?

—Ni lo sueñes. Puede que sea una poli de las duras, pero debajo de esta coraza encallecida hay una joven que quiere una declaración de cuento de hadas.

—¿De verdad? Bueno es saberlo. Espero estar a la altura.

Se abrazó a él y sintió el calor que generaban sus cuerpos y la excitación de Dan.

—Sepa, señor O'Leary, que usted ha estado a la altura siempre.

CAPÍTULO 18

Aunque era fácil dar por sentado que aquella mole de Delmo Castigliano no temía a nada, Vic Fazzio sabía cuál era su kriptonita. A Del le daba miedo el agua. Hacía unos años, habían investigado un caso de asesinato en el que el autor, tras desmoronarse, les había confesado que había arrojado el cadáver de su novia al lago Washington. Aquella mañana, de camino al puesto de la patrulla portuaria, Del había guardado un silencio inusitado durante todo el trayecto y, más tarde, Faz se había dado cuenta de que se quedaba atrás mientras se acercaban a una de las embarcaciones de la policía. Se obligó a subirse a bordo, pero no dejó de sudar ni de aferrarse al pasamanos.

Aquel recuerdo lo asaltó mientras se aproximaban a la angosta rampa por la que se accedía al muelle que hacía las veces de acera de algunas de las casas flotantes del lago Union, entre las que se contaba la del buscador de desaparecidos, el investigador privado de personas desaparecidas que habían ido a visitar. Del se paró en seco y se puso pálido sin que aquella reacción tuviese nada que ver con el hecho de seguir trabajando en un caso que les habían ordenado abandonar. Como bien había dicho Tracy, Nolasco les había pedido acabar con lo que tuvieran pendiente y Faz ya se había planteado hacer aquella entrevista.

—¿Estás bien? —preguntó a su compañero.

—Creí que me habías dicho que íbamos a ir a la casa de este tío.

—¿Y adónde crees que vamos?

—Eso no es una casa: es un lago. Cuando me dijiste que vivía en el Union supuse que te referías a las vistas.

—Del, dime la verdad, ¿te da miedo el agua?

Del tragó saliva con dificultad y clavó la mirada en la pasarela. Tenía solo tres metros y apenas unos palmos entre el muelle y la tierra. Sin embargo, él la observaba como si fuera un frágil puente de cuerda tendido sobre un desfiladero del río Colorado.

—No sé nadar —reconoció sin alzar la voz.

—¿Qué quiere decir que no sabes nadar?

—Pues que me hundo —repuso Del en un tono que mezclaba alarma y vergüenza—. Como una piedra: directo al fondo.

—¿No diste clases de niño?

—Mis padres lo intentaron, pero no fueron capaces de hacer que me acercara siquiera al agua.

—¿Te dan miedo los tiburones?

—No: el agua que tienen alrededor.

Faz no tenía ninguna fobia, pero había visto a su madre horrorizarse con solo pensar en serpientes.

—¿Quieres esperarme en el coche?

Del apartó la vista de la pasarela para dirigirla a su compañero. Parecía estar considerando muy en serio la oferta, pero Faz sabía que Del no iba a permitir que hiciese solo una entrevista para la que no habían recibido autorización.

Él respiró hondo antes de responder:

—Dime solo que por dentro parece más una casa que un barco.

—Tal cual: con su suelo, sus paredes y todo lo demás. No vas a tener que acercarte al agua.

—Solo para cruzar este puente y esa acera flotante —dijo Del clavando otra vez la mirada en la pasarela.

—Yo voy primero, ¿te parece? Tú, tómate tu tiempo. —Con esto puso un pie en la rejilla metálica y se dirigió al otro lado. Volvió la vista hacia Del como si quisiera demostrar que la operación no tenía dificultad alguna.

Del arrastró los pies como quien tantea el hielo en un estanque congelado preguntándose si resistirá su peso. Se detuvo al llegar al breve escalón que daba al muelle flotante. Faz tuvo la impresión de que había muchas probabilidades de que se diera media vuelta, pero su compañero reunió el valor necesario para bajar una pierna y luego la otra.

Por fortuna, la casa, hecha de tablas de cedro con vetas oscuras, estaba anclada entre dos atracaderos antes del final del muelle, porque Faz tenía la sospecha de que habría necesitado un remolque para hacerlo avanzar más allá.

En el exterior de la puerta principal había una docena de macetas cuyas plantas parecían haberse marchitado sin remedio ante aquel calor tan extemporáneo. Las casas del lago Union no se parecían a lo que piensa la mayoría al oír hablar de hogares flotantes. Estaban construidas sobre troncos colosales asidos a los embarcaderos y, aunque no eran amplias, ofrecían todas las comodidades propias de una vivienda convencional, en algunos casos con extremos de refinamiento exquisitos. Aun así, su valor real se debía a las espectaculares vistas de Seattle que podían disfrutarse desde allí. Algunas llegaban a venderse por un par de millones de dólares.

—¿Quieres reírte un rato? —preguntó Faz.

—La verdad es que no. —Del tenía la voz ronca y se balanceaba como un borracho que intentara no perder el equilibrio.

Su compañero llamó a la puerta aporreándola con fuerza.

—¡Abra! ¡Policía! —Volvió a dar unos cuantos golpes antes de insistir—. Le habla la policía. ¡Abra la puerta!

Faz oyó pasos sonoros y voces acalladas procedentes del interior. Dio un paso a la derecha para mirar el espacio que mediaba entre esa casa y su vecina flotante. Entonces salió a la terraza de la planta alta, situada a espaldas del edificio, un hombre que lanzaba al lago el contenido de un cubo, probablemente teléfonos de prepago y tarjetas de crédito. Pudo imaginarse a la mujer de Ian Nikolic preparándose para destruir el portátil del matrimonio. Entonces corrió hacia la puerta, volvió a llamar y exclamó:

—¡Era una inocentada!

Segundos más tarde se abrió la puerta y Nikolic los miró con gesto perplejo y, al mismo tiempo, furioso. Estaba descalzo y seguía como lo recordaba Faz, aunque con más años. Delgado como un junco, vestía pantalón corto y una camiseta rasgada. Con el pelo gris de punta, como electrizado, daba la impresión de que lo hubiese alcanzado un rayo.

—¡Coño, Fazzio! ¿Se puede saber cuál es tu problema?

—Depende del tiempo que tengas —repuso él con una carcajada—. No estarías haciendo nada ilegal, ¿verdad, Nik?

El hombre miró a Del con aire receloso.

—Acabo de echar al agua tres teléfonos nuevecitos y Marta estaba a punto de cargarse mi ordenador.

—Te lo puedes permitir.

Nikolic le había contado que, en cierta ocasión, llamó a su puerta la policía después de que alguien le dijera que había ayudado a escapar a un fugitivo. Quien lo conociera habría sabido que se trataba de una treta, porque Nikolic se negaba a trabajar con fugados, miembros del crimen organizado o cualquiera de quien sospechase que podía ser un acosador. Muchos de sus clientes eran famosos y la información que poseía, muy delicada. Disfrutaba de unos ingresos generosos de seis cifras cuyo primer dígito no era nunca un uno.

—También puedo permitirme un Ferrari y eso no quiere decir que esté dispuesto a tirarlo al lago. ¿Qué cojones quieres?

—Necesito hablar contigo de la mujer que sacamos del estrecho de Puget en una nasa para cangrejos.

—No era cliente mía, si es eso lo que quieres saber.

—Eso era lo primero que te iba a preguntar. ¿Has oído algo del caso?

—Pasa. Me has sacado de la cama. Ni siquiera me ha dado tiempo a tomarme un café y yo sin cafeína no puedo pensar. —Volvió a mirar a Del—. ¿Quién es, tu guardaespaldas?

—Mi compañero. Del, te presento a Nik.

Del le tendió la mano con sumo cuidado, como si el menor movimiento fuese a hacer que perdiera el equilibrio. Nikolic se la estrechó antes de dar un paso atrás y dejar la puerta abierta.

—¿Qué le pasa? —preguntó.

—No es muy amante del agua —repuso Faz.

En la planta baja estaba el despacho de Nikolic y, en la alta, su casa. Al llegar al fondo de un pasillo estrecho revestido de madera entraron en una sala con tres escritorios, un buen número de terminales informáticos, impresoras y toda clase de objetos diferentes en desorden. La pared del fondo estaba cubierta de archivadores sobre los que colgaba una lámina a color de un hombre de pie en el umbral de un faro erigido sobre un peñón situado en mitad de un océano proceloso y bajo una ola descomunal que amenazaba con tragárselo. Bajo el faro se leía: «¿Quieres escapar?».

Por la puerta corredera de cristal abierta entraba una brisa agradable que llevaba consigo un leve olor a combustible diésel, el ruido de un motor de barco y el graznido de las gaviotas. Las aspas de un ventilador de techo giraban sobre la cabeza de una mujer descalza que, de pie al lado de la entrada, daba caladas a un cigarrillo y sostenía una taza de café con la inscripción: «¡Te pillé!».

—Siento haberte levantado tan temprano, Marta —se disculpó Faz.

Marta llevaba pantalones cortos y camiseta de tirantes.

—Me alegra ver que sigues siendo igual de gilipollas, Fazzio —dijo.

—Hay cosas que nunca cambian —repuso él.

—¿Ya no te queda ni un mínimo de educación? —La mujer señaló con la barbilla a Del como si fuese el plato especial del menú—. Supongo que debe de ser tu compañero ahora que eres todo un sabueso de homicidios.

—Del, te presento a Marta Nikolic. Ella y su marido son dos de los ciudadanos más respetables de Seattle.

—¿Y trabajas con este tío? —preguntó la anfitriona.

—A veces no es nada fácil —contestó Del.

—En fin, y ¿qué es lo que pueden querer dos inspectores de homicidios de altos vuelos de un matrimonio de ciudadanos observantes de la ley como nosotros? —quiso saber Marta.

Ian Nikolic se sirvió una taza de café de una jarra manchada y le birló un Camel a su mujer.

—Mejor nos sentamos en la terraza.

Por la expresión de Del, se habría dicho que acababan de pedirle que saltase de un avión sin paracaídas.

—Fuera hace mucho calor —dijo Faz—. Ya me conoces: más que tostarme, me chamusco.

Nikolic y Marta habían empezado su trayectoria profesional buscando a personas desaparecidas. Sus clientes les pagaban miles de dólares para que diesen con gente que no quería ser localizada o que se había largado con su dinero. Tal era su pericia que hasta la policía había solicitado sus servicios de cuando en cuando, motivo por el que los había conocido Faz. De hecho, semejante talento los había llevado a ampliar el negocio ocultando a clientes que querían esfumarse: mujeres que sufrían malos tratos, gente que había delatado a su empresa y temía por su seguridad y soplones que no tenían la menor intención de entrar a formar parte del programa federal de protección de testigos y pasar el resto de su vida en un barrio periférico del Medio Oeste como un hijo de vecino más. Aunque no solían meterse en líos, para obtener información necesitaban a menudo grandes dosis de inventiva y actos rayanos en lo ilegal.

Nik puso al corriente a su esposa:

—Quiere saber si hemos oído algo de la mujer que murió en el monte Rainier y apareció en una nasa en el estrecho de Puget.

—Nos preguntábamos si podía estar buscándola alguien — añadió Faz.

—Alguien que busca a una muerta —señaló Nikolic moviendo la cabeza arriba y abajo—. No es mal punto de partida.

Nik y Marta echaron el humo por las comisuras de los labios en dirección a la puerta que habían dejado abierta.

—Si alguien de por aquí le echó una mano —siguió diciendo Nik—, se lo tiene muy callado y no es de extrañar.

—¿Por qué? —preguntó Del.

—No es nada bueno para el negocio que den con uno de tus clientes y mucho menos que lo maten. Además de hundirte la reputación, tendrás que aguantar a la policía y a un montón de gente más llamando todo el día a tu puerta.

—Y de un marido a la caza de su mujer, ¿sabes algo? —Faz se volvió hacia Del—. ¿Cómo se llamaba?

—Graham —respondió el compañero—, Graham Strickland.

—¿Te suena? ¿Has oído rumores de algún fulano que buscase a su media naranja desaparecida? —preguntó el otro.

—No, pero puedo preguntar.

—Te lo agradecería.

—¿Lo bastante como para pagarme por el trabajo?

Faz sonrió.

—A diferencia de otros, yo no puedo permitirme un Ferrari. Todavía estoy pagando las letras de un Subaru de 2010.

Nik meneó la cabeza.

—La mujer estaba usando el seudónimo de Lynn Cora Hoff —dijo Del.

Nikolic encontró un bolígrafo en medio de todo aquel desastre y lo apuntó en una hoja.

—¿Cuál era el primer nombre que habéis dicho?

—Andrea, Andrea Strickland. —Del deletreó esto último—. Su apellido de soltera era Moreland.

—Y, ya que estás en ello —agregó Faz—, pregunta también por una tal Devin Chambers.

—Espera, espera —pidió Nikolic—. Repíteme el último apellido.

—Chambers, Devin Chambers.

—¿Otro seudónimo? —Nikolic volvió a echar humo en dirección a la puerta corredera de cristal.

—No, es el nombre de una amiga que pudo ayudarla a desaparecer. —Faz abrió su maletín—. Esperaba que pudieses echar un ojo a unos documentos y darme tu opinión de experto. —El inspector sabía cómo espolear el ego colosal de Nikolic. Puso el expediente en uno de los escritorios y, después de sacar las fotocopias de la partida de nacimiento y el permiso de conducir de Lynn Hoff que les habían proporcionado en Tráfico, se las tendió a su anfitrión.

Este las estudió entre sorbos de café y caladas de tabaco. Marta apagó la colilla del suyo en un cenicero, soltó una bocanada de humo azulado y fue mirando las fotocopias a medida que las soltaba su marido.

Nik sostuvo la copia certificada de la partida de nacimiento.

—Parece legítimo.

—Esa es la impresión que da —afirmó Faz.

—Entonces es probable que se trate de una persona real. Resulta más fácil que usar el nombre de un muerto, porque ahora comprueban también los certificados de defunción. —Nikolic siguió examinando la copia—. Se trata de una estampa obtenida por huecograbado sobre plancha metálica, una técnica muy frecuente en documentos oficiales, y el sello parece bueno. Al ser fotocopias no puedo decir gran cosa del papel. —Dejó la taza y se dirigió a una de las mesas, que tenía una lámpara con lupa montada sobre un brazo articulado. Encendió la luz y examinó el documento.

»De todos modos, yo diría que es papel sellado. Si alguien hubiese borrado o cambiado algo del original, sería posible distinguirlo en estas fotocopias.

—¿Quieres decir que es una partida de nacimiento auténtica?

—Eso parece, sí.

—Pero no hemos encontrado a ninguna Lynn Cora Hoff entre los difuntos.

—Porque podría estar viva o tal vez haber muerto sin que nadie haya informado de su defunción. —El experto fue a confirmar las sospechas de Faz.

—Entonces, ¿robaron la partida? —preguntó Del.

—La robaron, la compraron o la obtuvieron a cambio de algún favor —repuso Nikolic.

—¿Qué clase de favor?

—El privilegio de conservar todos tus dedos. En el crimen organizado se hace mucho. Recurren a alguien a quien tienen en un puño porque les debe dinero, por ejemplo, y le quitan los papeles a cambio de no cortarle un dedo. Entonces venden sus documentos de identidad para saldar la deuda.

—¿Y por qué iban a usar una partida de nacimiento de California?

—Porque es un estado grande, con mucha gente —dijo Nik—. Si quien obtiene los papeles falsos no hace nada ilegal, la Lynn Cora Hoff real puede no enterarse nunca de que alguien está usando su identidad. —Dejó los documentos que tenía en la mano y lanzó la colilla aún encendida por la puerta de la terraza—. Puedo preguntar por ahí, pero, si averiguo algo, ni se os ocurra decir que lo habéis sabido por mí.

—Si ni siquiera te conozco —dijo Faz.

—No sabes cuánto me gustaría que fuese verdad —dijo el otro.

—Me echarías de menos —aseveró el inspector.

—Tanto como a una mala gripe. De todos modos, preguntaré. Con la fama que está ganando este caso, es probable que haya alguien fanfarroneando por ahí.

CAPÍTULO 19

Tracy aparcó en la acera del Tribunal Metropolitano del centro de Los Ángeles.

—¿Y qué plan tienes para hoy? —le preguntó Dan en un tono que dejaba claro que había imaginado que no pensaba pasar el día en un museo.

—Quiero hablar con alguien.

—Mejor no pregunto con quién, ¿verdad?

—Con la tía de la mujer que apareció en la nasa.

—Te refieres, claro, al caso en el que ya no tienes jurisdicción.

—Podría ser.

—¿Y cómo piensas justificarlo?

—Como una investigación policial bien hecha —dijo ella y, al ver que no lo convencía, añadió—: Nolasco nos dijo que acabásemos con lo que tuviéramos entre manos y lo que yo tenía entre manos era verme con la tía de la víctima, conque voy a hablar con ella, haré un informe y lo enviaré a Tacoma.

—¿Y crees que, si se entera, le valdrá esa explicación?

—Espero no tener que recurrir a ella. De todos modos, siempre puedo decir que estaba en Los Ángeles por placer y no hablé con Patricia Orr como inspectora de la policía de Seattle.

—Esperemos que tampoco tengas que usar ese argumento —señaló Dan.

Ella sonrió.

—Tengo la intención de estar de vuelta a las cuatro.

Dan le dio un beso.

—Deséame suerte.

—Soy yo la que la necesita para conducir por Los Ángeles.

Se dirigió a la I-10 en sentido este y se unió al flujo constante del tráfico. Seattle se había convertido en la ciudad de crecimiento más rápido de toda la nación y el tráfico era ya también una de las señas de identidad del Noroeste, pero hacía diez años la habría abrumado semejante aglomeración de vehículos. La sequía sí la abrumó: después de azotar toda la costa occidental y ensañarse con el Sur de California durante la reciente ola de calor, los montes habían adoptado un tono pardo terroso y el cielo presentaba una neblina de color óxido. Tracy no pudo menos de recordar las imágenes granulosas que había transmitido a la Tierra el vehículo de exploración de Marte. Daba la impresión de que cualquier chispa podía hacer que todo aquello acabara envuelto en llamas.

Llevaba algo menos de una hora conduciendo cuando tomó la I-215 en sentido norte, hacia San Bernardino, una de las poblaciones en expansión de aquella región, que había conocido en 2012 el discutible honor de convertirse en la primera de Estados Unidos en declararse en bancarrota y en 2015 el de ser el escenario de la matanza de catorce inocentes por obra de dos desgraciados de ideología islamista.

Dejó aquella carretera al llegar a East Orange Show Road y giró a la derecha hacia South Waterman Avenue. Su GPS la llevó a la Calle Tercera, donde redujo la velocidad cuando la voz le anunció que su destino, un bloque de apartamentos de muros enlucidos de color beis, se encontraba a su derecha. Entró en el estacionamiento y aparcó en una plaza contigua a la verja de hierro forjado que rodeaba una piscina con forma de riñón a la que apenas ofrecían sombra las dos palmeras que descollaban sobre ella.

Se puso las gafas de sol y salió del coche. Mientras ascendía por las escaleras exteriores que daban al primer piso y recorría la galería, oyó música tradicional mexicana saliendo por la ventana abierta de una de las viviendas. Al llegar a la segunda puerta del fondo, llamó. En el interior, oyó el sonido de un televisor que se apagaba y de unos pasos que se acercaban a la puerta, así como el característico de una cadena al descorrerse y una cerradura.

Respondió una mujer.

—¿Señora Orr? —preguntó Tracy.

—Usted debe de ser la inspectora de Seattle. Por favor, llámeme Penny.

La recién llegada se presentó. Calculó que Orr debía de haber cumplido los cincuenta no hacía mucho. Aunque estaba en forma, era delgada y tenía brazos musculosos, percibió en ella la pesadez que asociaba a quien ha conocido una vida difícil y acusaba su carga. Tenía la pigmentación propia del llamado «irlandés moreno»: piel blanca con pecas y cabello oscuro que, en su caso, mostraba apenas algún que otro mechón gris.

—Pase, por favor. Llega usted muy puntual —dijo la mujer—. Se ve que no hay demasiado tráfico.

—Solo un poco —respondió Tracy. Había llamado la noche anterior para anunciarle el motivo de su visita.

Entró al apartamento, amueblado de forma modesta pero inmaculado: tapicería de piel de color crema, unas cuantas esculturas de bronce y láminas enmarcadas de gran tamaño. En una de estas, tres Elvis Presley vestidos de vaquero apuntaban con sendos revólveres a la sala de estar. En otra, diversas imágenes coloreadas de una Marilyn Monroe siempre joven guiñaban con gesto seductor tras las hojas de un helecho que crecía en una maceta.

—Andy Warhol —anunció la inspectora—. Ese Elvis es uno de mis cuadros favoritos.

—¿Es usted aficionada? —preguntó Patricia Orr.

—A disparar. Mi hermana y yo participábamos en competiciones de tiro por todo el Pacífico Noroeste.

—¿Ya no?

—Yo, de vez en cuando. Mi hermana murió hace mucho.

—Lo siento. Siéntese, por favor. —La anfitriona señaló un sofá en ángulo situado ante un televisor de pantalla plana de gran tamaño. A la derecha, una puerta corredera de cristal permitía contemplar las laderas que se cocían al sol. Tendió el brazo para tomar la jarra que descansaba sobre la mesilla—. ¿Puedo servirle té frío?

—Perfecto, gracias.

Charlaron un rato antes de entrar en materia.

—Siento mucho la muerte de su sobrina —dijo Tracy.

—Cuando llamó anoche, ni siquiera sabía cómo sentirme: ya había llorado una vez la muerte de Andrea. De pronto, resulta que había estado viva todo este tiempo… —Meneó la cabeza con gesto confundido—. Y ahora vuelve a estar muerta. Es doloroso pensar que pueda haber gente tan cruel. Espero que, al menos, no sufriera.

—Tranquila, al parecer no sufrió —repuso Tracy sin saber muy bien si era cierto, aunque segura de que era eso lo que quería oír Orr. La autopsia no había revelado signos evidentes de tortura ni maltrato y el disparo en la nuca debió de matar a Andrea Strickland de forma instantánea.

—¿Saben qué fue lo que ocurrió? —quiso saber la tía.

—Estamos intentando averiguarlo. Parece evidente que no murió en la montaña. De un modo u otro, se las ingenió para salir de allí, pero lo que pasó después es aún una incógnita.

—¿Y por qué iba a hacer Andrea una cosa así?

—Tenemos pruebas de que estaban atravesando un mal momento. Su marido había metido a los dos en un gravísimo problema económico y hay indicios de que le era infiel.

—Pero no la maltrataba, ¿verdad?

—No nos consta que lo hiciera —contestó Tracy, aunque Brenda Berg aseveraba que Andrea Strickland había insinuado lo contrario.

—El otro inspector dijo que sospechaban del marido. ¿Siguen pensando que lo hizo él?

—¿Cuándo fue eso?

—Cuando llamó. Hace ya mucho, un mes quizá, cuando todavía pensaban que Andrea había muerto en el monte Rainier.

—¿No ha vuelto a hablar con ese inspector desde entonces?

—No.

Aquello venía a confirmarle que Fields no había profundizado en la investigación.

—Estamos estudiando varias posibilidades —aseveró—. Me gustaría saber más del pasado de su sobrina. Tengo entendido que estuvo viviendo con usted cuando tenía trece años.

Orr dejó su té en un posavasos.

—Poco antes de cumplir los catorce.

—Su hermana y su cuñado murieron en un accidente de tráfico.

—Sí, en Nochebuena. Fue una tragedia.

—¿Andrea estaba también en el coche?

La mujer asintió con la cabeza.

—Era de noche, en una carretera poco transitada. Andrea iba en el asiento trasero y casi no sufrió heridas, pero mi hermana y su marido murieron en el choque. El agente de la patrulla de tráfico dijo que había visto pocas cosas tan escalofriantes en veinte años de servicio.

—Lo siento. ¿Cuánto tiempo estuvo ella atrapada en el coche?

—Casi dos horas —respondió Orr con voz suave—. No quiero ni imaginarme lo que tuvo que ser.

—¿Cómo era Andrea emocionalmente cuando la acogió?

La tía de la víctima reflexionó antes de contestar:

—Callada, reservada. Tenía muchas pesadillas.

—¿Vivía usted aquí, en San Bernardino?

—No en este apartamento, sino en una casa al pie de los montes, hasta que me divorcié. —Tomó el vaso y dio un sorbo evitando mirar a los ojos a la inspectora.

—¿Recibió Andrea tratamiento psiquiátrico?

Orr se reclinó en su asiento con el té en la mano. Parecía haber cambiado de actitud para volverse más cauta y suspicaz.

—Sí.

—¿Con un médico de por aquí?

—A unos pocos kilómetros.

—¿Me podría decir su nombre?

—Townsend. Alan Townsend.

—¿Sabe si sigue en activo?

—Creo que sí, pero no estoy segura.

—¿La ayudó el tratamiento?

Orr clavó en el suelo la mirada y cerró los ojos, pero no logró evitar que le corriese lenta una lágrima por la mejilla. Tracy le concedió unos segundos antes de decir:

—Siento que esto sea tan doloroso, Penny.

Ella asintió con un movimiento de cabeza, aunque sin dejar de llorar. Entonces le tembló el pecho.

—Andrea había sufrido tanto… —dijo—. Yo pensaba que las pesadillas eran por el accidente. No sabía…

La inspectora no necesitó mucho más: el divorcio, la renuencia a hablar del tratamiento de la joven…

—¿Su marido? —preguntó. Por desgracia, casos así resultaban demasiado frecuentes.

—Estaba abusando de Andrea. Salió a relucir durante las sesiones. Él lo negó, dijo que se lo estaba inventando, que vivía en un mundo de fantasía.

—¿Y qué dijo el psiquiatra?

—Pensaba que la niña decía la verdad. Tuvo que llamar a los Servicios de Protección del Menor y nos quitaron a Andrea. Yo me mudé porque era más rápido que esperar a que el divorcio fuera definitivo y me fui a vivir sola a un municipio pequeño. A ella la mandaron a otro hogar hasta que, al final, pudo volver conmigo.

—¿Llegó a saber quién decía la verdad? —preguntó Tracy.

—Andrea.

—Lo siento. Entonces, la nombraron a usted tutora legal de su sobrina, ¿no?

—Sí. Mi hermana y mi cuñado lo habían dispuesto así en el testamento, el tribunal de sucesiones celebró una vista y el juez me nombró a mí.

—En tal caso, podría autorizar la consulta del historial psiquiátrico de Andrea.

—Sí —dijo Orr—, pero ¿de qué les iba a servir?

—Estamos estudiando todos los motivos posibles que pudieron llevar a Andrea a salir de aquella montaña sin decir nada. Queremos entender qué fue lo que ocurrió y su historial podría ayudarnos. ¿Cómo se encontraba, desde un punto de vista psicológico, cuando volvió con usted?

—Peor: mucho más introvertida y muy nerviosa. No paraba de pellizcarse la piel ni de morderse las uñas, a veces hasta que le salía sangre. Además, leía a todas horas, cualquier cosa que cayera en sus manos.

—¿Novelas? —preguntó Tracy—. ¿Le gustaba algún género en particular?

—No, leía todo. Le daba igual que fuesen novelas del oeste, románticas, de ciencia ficción, fantásticas, de misterio o de detectives. Todo. Yo llevaba cada mes cajas enteras de libros a la librería de viejo y los cambiaba por otros.

—¿Qué decía su psiquiatra de esa pasión tan desaforada por la lectura?

—Según él, Andrea había preferido apartarse del mundo real porque lo consideraba demasiado doloroso. Decía que los libros le daban consuelo.

—¿Hizo avances?

—¿En la terapia? Algunos, aunque, al cumplir los dieciocho, dejó San Bernardino. Un día volví del trabajo y se había ido. Dejó una nota de agradecimiento en la que me decía que necesitaba cambiar de aires.

—¿Ni siquiera le dijo que se iba?

Orr negó con la cabeza.

—Lo entendí —dijo en tono suave—. Andrea tenía que llevar su propia vida, fuera la que fuese. Tenía que salir de aquí, alejarse de sus recuerdos. Claro que lo entendí.

—¿Le dijo adónde iba?

—Dijo que quería vivir en Portland o en Seattle, porque allí llovía siempre y podía leer. Dijo que se pondría en contacto conmigo cuando se hubiera instalado.

—¿Habló con ella después de que se fuera?

—Sí. Cumplió su palabra, me dijo que estaba viviendo en Portland y me aseguró que estaba bien. Después de aquello llamó un par de veces, pero poco más. —Orr guardó silencio—. Créame que intenté hacer lo que pensé que sería mejor para ella, lo que habría querido mi hermana.

—No me cabe duda.

—Cuando supe que mi marido había estado abusando de ella, tuve la impresión de haberlas defraudado a las dos. Supongo que Andrea tenía cicatrices emocionales demasiado profundas y que vivir aquí hacía que las tuviera siempre presentes. Yo formaba parte de sus malos recuerdos, de modo que imagino que necesitaba escapar de aquí.

—Estoy convencida de que hizo usted cuanto pudo —aseveró Tracy.

—Lo intenté —dijo la tía.

—¿Pudo disponer Andrea de su fondo fiduciario cuando cumplió los dieciocho?

—No. A los veintiuno se le permitió usar como quisiera los intereses. Mi hermana y mi cuñado lo crearon para pagarle la universidad. Al morir ellos, quedaron incluidos en el fondo todos sus bienes, pero tenía restricciones. Solo podía usarse para velar por el bienestar de Andrea.

—¿Era usted su fideicomisaria?

—No: se nombró a un profesional. Era muy complicado. Cuando mi sobrina vivía conmigo, pedí al fideicomisario que sumara al fondo los intereses que iba generando. Nunca toqué un centavo: quería que fuera suyo en su totalidad, para que, al menos, sacase algo de toda aquella tragedia. ¿Sabe qué ha sido de él?

—Esa es una de las cosas que queremos averiguar. Todo apunta a que Andrea se había propuesto esconderlo.

—¿De quién?

—De su marido, creemos. Parece ser que las tensiones de su matrimonio se debieron en parte a ese dinero. Él, por lo visto, quería pagar con él las deudas de su negocio y ella se negó.

—Las condiciones del fondo no lo habrían permitido —apuntó Orr.

—Creo que fue precisamente ese el motivo de las tensiones.

—¿Y piensan que él pudo matarla para disponer del dinero?

—No lo sabemos. —Tracy optó por cambiar de tema—. Penny, ¿le suena el nombre de Lynn Hoff?

Orr bajó las cejas tratando de recordar.

—No. ¿Quién es?

—Parece que era la identidad falsa que usó Andrea para esconderse. En esos casos hay quien busca un nombre que le resulte familiar, como el de un amigo fallecido o un pariente.

—Pues ese no me suena. ¿Puede que fuera un personaje de algún libro?

—A lo mejor. ¿Tenía alguna amiga íntima Andrea cuando vivía con usted? Amigos de instituto…

La mujer hizo un gesto de negación.

—No. —Se encogió de hombros—. Al menos, que yo sepa. No le gustaba el instituto. No es que fuese tonta, no me malinterprete: tenía el intelecto de su padre y era muy curiosa. Creo que por eso le encantaba estar a todas horas entre libros. Retenía todo lo que leía sobre un tema cualquiera. Todos sus profesores decían lo mismo cuando teníamos tutoría: era una niña inteligentísima, mucho más de lo normal en ciertas materias, pero no se aplicaba. —Volvió a levantar los hombros—. ¿Qué iba a hacer yo? ¿Castigarla? —Se secó las lágrimas e indicó con un gesto que tal cosa le parecía absurda—. Ya la había castigado bastante la vida.

Tracy le dio unos instantes para que se serenara y, a continuación, dijo:

—Doy por sentado que no tenía novio.

—En efecto.

—¿Y enemigos?

—Si los tenía, nunca dijo nada. Se lo guardaba todo.

—¿No sabía usted que se había casado?

Orr arrugó el entrecejo.

—No.

—¿No llegó a conocer a su marido?

—No, pero no da la impresión de que fuese un buen hombre.

—¿Le habló Andrea alguna vez de Devin Chambers?

—¿Devin Chambers? No. ¿Quién es? ¿Un amigo suyo?

—Amiga, en realidad. De Portland. Parece que las dos se llevaban bien.

Orr sonrió con tristeza.

—Me alegro de que al menos tuviese una amiga. Había demasiada tristeza en su vida, demasiado dolor.

216

Tracy pensaba a menudo en Sarah, en lo que debió de sufrir los últimos días de su vida, sometida a la mente perturbada de un psicópata. La idea seguía provocándole una reacción visceral y la envolvía en una nube negra de amargura y de rabia, pero en aquel momento estaba empezando a notar algo más, algo que no había sentido en ninguna otra de sus investigaciones: estaba empezando a tomar conciencia de que aquel caso no era personal por las similitudes que pudiese guardar Andrea Strickland con Sarah, sino por las que guardaba con ella misma. Tracy también había conocido una existencia maravillosa destrozada por la tragedia. Ella también había sido la hija de un médico y había vivido en una casa de ensueño con su madre y una hermana a la que quería a rabiar, hasta que, de súbito, secuestraron a su hermana y su padre se suicidó de un disparo poco después. Su marido la dejó y todo lo que pensó que habría sido su vida cambió para siempre. Aunque durante años había luchado contra la depresión haciendo ejercicio y practicando su puntería, de cuando en cuando se sentaba abatida en su apartamento para preguntarse por qué la había jodido el mundo de esa manera.

—¿Conocía su exmarido la existencia del fondo fiduciario de Andrea?

—Sí, pero él ya no vive, inspectora. Falleció hace tres años de cáncer de colon.

—¿Y qué me puede decir de su fideicomisario? ¿Qué clase de persona es?

—Es un hombre maravilloso. Si hubiese querido aprovecharse de Andrea, lo habría tenido muy fácil.

—¿Se le ocurre alguien más que tuviera conocimiento de la existencia de ese dinero?

Orr meditó unos instantes.

—No, a no ser que Andrea se lo contara a alguien.

El comentario la llevó a pensar en Brenda Berg, Devin Chambers y el psiquiatra de Andrea.

—Me gustaría tener acceso al historial médico de su sobrina —dijo—. Para eso necesito una carta firmada que lo autorice. ¿Puedo contar con usted?

—Por supuesto —repuso la tía—, pero con una condición.

—Dígame.

—No quiero que se haga público su contenido. A Andrea le hicieron demasiado daño en vida y no veo ningún motivo para que se lo hagan después de muerta.

Tracy asintió. Orr llamó a la consulta de Alan Townsend y dejó un mensaje. La inspectora y ella estaban ya despidiéndose cuando el médico se puso en contacto con ella y convino en reunirse con Tracy en su despacho. Acordaron una hora y Orr firmó una carta por la que autorizaba la entrega del historial de su sobrina.

Le dio las gracias por el tiempo que le había dedicado y, mientras su anfitriona la acompañaba a la puerta, le entregó una tarjeta de visita.

—¿Sabe a quién puedo llamar para recuperar el cuerpo? —dijo ella—. Me gustaría enterrarla con sus padres.

Tracy le apuntó el teléfono del médico forense del condado de King en el reverso de la tarjeta.

—A estas alturas no debería haber problema alguno para entregárselo —le aseguró.

Cuando abrió la puerta del coche al llegar al estacionamiento del edificio de apartamentos, salió a recibirla una vaharada abrasadora de calor. Esperó un momento antes de introducir solo medio cuerpo para encender el motor y dejar que el aire acondicionado empezara a refrescar el interior antes de meterse. Mientras aguardaba a que el horno se convirtiera de nuevo en un vehículo, volvió a pensar en Andrea Strickland y en su tío. ¿Qué clase de hombre podía ver en una chiquilla que ha quedado huérfana por un espantoso accidente una ocasión para satisfacer sus deseos sexuales enfermizos y desviados? Aquel caso ponía de relieve, una vez más, que los psicópatas del mundo no siempre son los monstruos estereotipados que torturaban gatos en su juventud y vivían solos.

Después de que se refrescara el coche, se colocó detrás del volante, salió del aparcamiento y tomó North Waterman Avenue, una vía de cuatro carriles salpicada de palmeras a la vuelta de la esquina del Saint Bernardine Medical Center. Igual que había podido comprobar en la mayor parte del Sur de California, la avenida presentaba una mezcla extraña de casas unifamiliares, bloques de apartamentos, centros comerciales y otros establecimientos, como si los urbanistas no hubieran prestado ninguna atención a la distribución por zonas.

Dejó el vehículo en la calle y se acercó a un edificio de dos plantas de estuco color arena. La consulta de Alan Townsend estaba en el piso de arriba, al que se accedía por una escalera exterior. El interior parecía un apartamento pequeño, de dos dormitorios, de los cuales uno de ellos se había convertido en sala de espera y en el otro se había destinado a atender a los pacientes. La decoración —alfombras de pelo largo, muebles de formica y láminas anodinas— acusaba el paso de los años. Tras un mostrador vacío había dos puertas cerradas con sendas placas. En la de la derecha no ponía nada y en la de la izquierda se leía: «A. Townsend».

Tracy golpeó la campanilla de recepción, que emitió un tintineo desagradable. Segundos después se abrió la puerta de la izquierda y apareció un hombre de mediana edad y cabello plateado vestido con pantalones cortos dotados de numerosos bolsillos, camiseta y chanclas. Por el cutis, más anaranjado que moreno, parecía el actor George Hamilton. Bienvenida a Los Ángeles.

—¿Doctor Townsend? —preguntó ella.

El psiquiatra le tendió una mano y le mostró una sonrisa tan radiante que a punto estuvo de arrepentirse de haberse quitado las gafas de sol.

—Usted debe de ser la inspectora de Seattle. Pase. —Le dio la espalda y se metió en su oficina—. Como no suelo trabajar los viernes, estoy sin recepcionista. Disculpe si todo esto parece algo desorganizado.

—Siento importunarlo en su día libre.

—No es ninguna molestia —repuso él—. Comprendo las circunstancias. Además, ya he tenido mi rato de descanso. Los viernes por la mañana salgo a surfear y hago un poco de meditación. Tenía intención aprovechar el aire acondicionado de la consulta para quitarme trabajo mientras pasa el calor. Por la noche tengo partido de tenis.

—¿Surfea por aquí?

—La playa está a hora y media. Por eso no voy más que una vez a la semana y temprano. Sienta muy bien.

—Parece que no le ha ido mal el día.

—Cada día en que seguimos adelante es un buen día —repuso.

Aquel tipo hacía que los actores de *Barrio Sésamo* parecieran deprimidos.

La pared del fondo era un ventanal que daba a las colinas que se extendían al este de San Bernardino. La que caía a la izquierda de Tracy era el muro del ego, lleno de diplomas y menciones enmarcados, algunos tapados parcialmente por las hojas de un surtido de helechos, cactus, palmeras y una flor de la paz. El modesto escritorio de Townsend se hallaba debajo de los marcos. Él ocupó un sillón de piel e invitó a la inspectora a tomar asiento en un sofá de dos plazas. En la pared contigua al ventanal había una cita enmarcada:

Quien mira al exterior, sueña.
Quien mira al interior, despierta.

Carl Jung

La sala olía a incienso.

Tracy entregó al médico la autorización que le había firmado Patricia Orr para que él pudiera poner a su disposición el historial psiquiátrico de Andrea, un documento que tenía validez por haber recibido ella su terapia siendo menor.

—Me gustaría conocer su impresión sobre el caso.

—Pues, en primer lugar, debo decir que no me sorprendió oír que Andrea había muerto en un accidente en el monte Rainier.

Al parecer, Townsend ignoraba que la víctima no había fallecido allí. De cualquier modo, Tracy decidió explorar su opinión al respecto.

—¿No? ¿Y por qué?

—Porque nunca llegué a creer que fuera un accidente.

—¿Pensó que la había matado el marido?

—No, estaba convencido de que se había quitado la vida.

—¿Y qué lo llevó a esa conclusión?

—Los tres años de terapia. Se trata de la clase de gesto ostentoso que suponía que habría elegido Andrea para dejar este mundo: un modo de anunciar a los cuatro vientos que había estado entre nosotros.

—¿Ostentoso? La señora Orr me ha dado a entender que era una muchacha introvertida que evitaba el contacto con los demás.

—Ese era el mecanismo que empleaba para enfrentarse a su situación, el mecanismo que eligió para huir de sus problemas, para ocultarlos en el armario, por expresarlo de algún modo, pero su verdadero yo no era ese.

Tracy conocía bien ese mecanismo: se había obsesionado tanto con encontrar al asesino de Sarah que, cuando al fin se había visto obligada a dejar a un lado cuanto había investigado, había tenido que meter las cajas con la documentación del caso en el armario de su dormitorio a fin de poder seguir adelante con su vida.

—¿Cómo la describiría?

—Antes del accidente que acabó con la vida de sus padres y de los abusos sexuales que sufrió a manos de su tío, sus profesores y sus orientadores la describían como una joven brillante, equilibrada y traviesa.

—¿Traviesa?

—Se divertía gastando bromas a sus compañeros de clase y sus amigos.

—¿Qué clase de bromas?

—Les escondía la merienda, les doblaba las sábanas para que solo les cupiese medio cuerpo en la cama cuando dormían en casa de alguna amiga, les agujereaba los cartones de leche para que, al beber, se les derramara por la barbilla...

La hermana de Tracy también había sido aficionada a esa clase de diabluras, como la de esconderse y aparecer de pronto cuando menos se lo esperaban ella y sus amigos.

—Chiquilladas inofensivas —dijo.

—En la mayoría de los casos.

—¿Hubo otras no tan inofensivas?

Townsend asintió con un movimiento de cabeza.

—Parece ser que unas cuantas.

—Como, por ejemplo...

—Le cortó la válvula de la rueda a la bicicleta de un compañero de clase del que sospechaba que le había hecho una trastada a una amiga suya.

Tracy reflexionó al respecto.

—¿Y puede ser que fuera aumentando el grado de ensañamiento de esas bromas?

—Sí, yo creo que sí.

—¿Cuál es su diagnóstico respecto de Andrea?

—Cuando se fue tenía dieciocho años, así que no puedo afirmar nada.

—Sí, pero...

222

—En mi opinión, las experiencias traumáticas del accidente y los abusos la habían hecho propensa a sufrir un trastorno disociativo.

—¿Qué quiere decir eso?

—Puede significar varias cosas. En el caso de Andrea, podría haberse manifestado en una huida involuntaria y enfermiza de la realidad.

—Como su excesiva pasión por la lectura.

—En efecto. Es un mecanismo empleado para mantener a raya los recuerdos traumáticos. La persona puede tener pérdidas de memoria y no recordar lo que hizo o qué función tienen en su vida determinadas personas o puede adoptar otras identidades.

—¿Personalidad múltiple?

—En cierto sentido, sí. La persona cambia de identidad. Quien sufre un trastorno disociativo dirá que siente la presencia de personas que le hablan o que viven en su cabeza y que no puede controlar lo que hacen o dicen esas personas.

—Ha dicho «propensa». ¿Eso quiere decir que no puede estar seguro de si lo padecía?

—Con total certeza, no. Lo normal es que se manifiesten poco después de cumplir los veinte y a esa edad ya había dejado la terapia.

—En caso de que hubiese tenido un trastorno disociativo, ¿cómo lo habría exteriorizado?

—De formas diversas. De entrada, puede ser proclive a cambios de humor y a un comportamiento impulsivo.

—¿Como, por ejemplo, casarse tras unas semanas de noviazgo?

—Podría ser.

—¿Y esas personas son capaces de cometer actos dañinos?

—Son frecuentes los intentos de suicidio.

—Me refiero a dañar a otros.

—Claro.

—¿Y qué puede desencadenarlos?

—También pueden ser muchas cosas: otro hecho traumático, maltrato o abandono, una traición o, simplemente, desesperación.

Tracy no necesitaba que Townsend le explicase que, en esas categorías, Andrea Strickland se llevaba la palma.

—Doctor, ¿sabía usted que Andrea tenía un fondo fiduciario?

—Me lo dijo ella —respondió él antes de vacilar y añadir— o quizá fuera su tía, de pasada. —Se detuvo—. Creo que fue su tía. Me dijo que se alegraba de que, por lo menos, su sobrina no fuera a tener nunca problemas económicos. Yo, francamente, no tenía claro que aquello fuese positivo.

—¿Por qué lo dice?

—Dado el precario equilibrio mental de Andrea, con el tiempo, el fondo podría haberla llevado a vivir sin empleo y adoptar un estilo de vida poco saludable.

—¿Está hablando de drogas? —preguntó pensando en la tienda de marihuana, Génesis.

—Podría ser.

—Además, tal cantidad de dinero podía llevarla a temer que otros se aprovechasen de ella y a volverse recelosa, ¿no es así?

—Sí, es posible. Siempre que supieran de su existencia, claro.

—Claro.

CAPÍTULO 20

Un viernes, Devin me convenció para que saliese con ella después del trabajo. Cometí el error de decirle que Graham se había ido de fin de semana a Las Vegas para celebrar una despedida de soltero, de modo que no podía usarlo de excusa para quedarme en casa. Como él estaba en paro, se pasaba en casa casi todo el día y la mayoría de las noches. Mi vuelta al trabajo había sido todo un alivio para mí, porque me ahorraba tener que pasar más tiempo con él. Me iba temprano a trabajar y no volvía hasta tarde. Muchas veces me llevaba la novela que estuviera leyendo en ese momento y el portátil a una cafetería con wifi. Si me quedaba hasta tarde, podía volver a casa y encontrar a Graham ya sin conocimiento, evitar las conversaciones superficiales y meterme en la cama dejándolo a él en el sofá.

No veía la hora de ir al Rainier.

Con Graham en Las Vegas, tenía el ático para mí sola durante todo el fin de semana, así que lo que de veras me habría gustado era volver a casa y seguir planeando sin tener que esconderme de él, pero decidí que Devin merecía que pasara unas horas con ella. Le había contado todos mis problemas personales y ella siempre había estado dispuesta a escucharme. Además, era la única amiga de verdad que tenía en Portland y no tardaría en irme de allí.

Eligió un bar deportivo que caía cerca de la oficina y tenía un montón de pantallas de televisión. Las paredes y el techo estaban llenos de objetos relacionados con el tema. Supuse que el local debía de ser muy conocido, porque las mesas no estaban nunca vacías. Vimos a una pareja que dejaba una mesa alta con dos asientos a una distancia prudencial de los televisores y corrimos a ocuparla. La camarera, vestida con camiseta blanca y negra de árbitro y pantalones negros muy cortos y ajustados, llegó enseguida para tomar nota del pedido. Nos puso servilletas de cóctel y nos anunció que las bebidas estaban a mitad de precio a esa hora. Los aperitivos apenas costaban unos dólares. Devin pidió *hummus* con pan de *pita* y un plato de aceitunas, pero a mí se me revolvía el estómago solo de pensar en comida.

—Dos *lemon drops* —pidió ella levantando la voz para hacerse oír por encima del ruido del local.

—Para mí no, gracias —le dije yo meneando la cabeza—. Prefiero agua.

—Venga, mujer, que estamos de celebración. —Agarró la carta de bebidas y se la dio a la camarera.

—¿Y qué estamos celebrando si se puede saber?

—Tu vuelta al trabajo.

—Pero si he vuelto porque hemos tenido que declararnos en bancarrota.

—Ya, pero me alegro de tenerte otra vez en la oficina. Sin ti no era lo mismo. No sé cómo he podido sobrevivir a tanto aburrimiento.

—Oye —le dije yo—, te agradezco que estés siempre dispuesta a escuchar todos mis problemas.

Ella le restó importancia agitando el brazo.

—No es nada.

—Sí que lo es. Para mí significa mucho. Siento no haberte llamado después de irme. Eres la única amiga de verdad que tengo aquí.

—Eso no es verdad.

—Lo es: tú eres la única persona con la que siempre puedo contar.

—Pues yo he echado de menos tenerte por allí —me dijo.

Yo sonreí al oírlo.

—¿Te refieres a la joven que se va a casa todas las noches para meter las narices en un libro?

Ella soltó una carcajada.

—En fin, cuéntame, ¿te han dicho algo de tu fideicomiso los abogados? ¿Van a poder echarle mano los abogados?

No sé por qué lo hice. Quizá fue solo por la necesidad de contárselo a alguien, porque el secreto me estaba consumiendo. El caso es que le dije:

—No pienso esperar a los abogados.

—¿Qué?

—No puedo arriesgarme a perder mi fondo fiduciario, Devin.

—¿Qué quieres decir?

—Lo he escondido.

—¿Cómo?

—Abriendo un par de cuentas bancarias con otro nombre.

—¿Y cómo has hecho eso?

—No te lo puedo decir. Lo siento, pero no puedo.

—Está bien. ¡Vaya! Entonces ¿crees que el dinero está a salvo?

—Debería. Todavía me falta rematar un par de cosas.

—¿Y quién te ha enseñado?

Dejé escapar una risita.

—¿Tú qué crees? Un libro.

—Así que te has inventado un nombre.

—No exactamente. Qué va.

—¿Entonces? ¿Te has buscado una identidad falsa?

—Algo así.

—¿Y tienes permiso de conducir? —preguntó Devin animándose.

—Lo necesitaba para abrir las cuentas.

Ella se inclinó hacia mí con los ojos como platos.

—¿Has usado el nombre de un famoso?

—No. De hecho, resulta un poco soso.

En ese momento se acercaron a nuestra mesa dos jóvenes vestidos de ejecutivo, con las corbatas aflojadas y los botones del cuello desabrochados, y Devin se reclinó en su asiento. No estaban nada mal. Uno tenía el pelo rubio tirando a castaño y la sonrisa tímida y el otro lucía una de esas barbitas de dos días tan de moda y muchos humos, como Graham cuando lo conocí. Se acercaba el verano y las empresas empezaban a contratar a becarios de universidad. Aquellos dos no parecían ser mucho más maduros.

—Mi amigo y yo hemos hecho una apuesta y creemos que podéis ayudarnos a decidir quién gana —dijo el de la barbita.

Devin me miró de reojo y puso los ojos en blanco.

—¿De qué va? —dijo siguiéndoles el juego.

—Yo digo que habéis venido a la ciudad para participar en los juegos de CrossFit que organiza Nike y él —añadió señalando con el pulgar al que le daba un aire a Brad Pitt—, que sois de aquí y habéis salido a tomar una copa.

—¿Y si habéis acertado los dos? —preguntó ella.

—Entonces nos toca invitaros a los dos —repuso él sonriendo.

El rubio me miró con una sonrisita azorada.

—¿Tú eres la que participa en los juegos de CrossFit?

—¿Yo? —contesté con la esperanza de no estar poniéndome colorada—. ¡No, qué va!

—Pues podrías perfectamente —dijo mientras me atravesaba con una sonrisa infantil.

La camarera trajo nuestros *lemon drops* y Devin dijo:

—Resulta que ya tenemos bebida y, además, llevamos mucho tiempo sin vernos y nos estamos poniendo al día, pero gracias de todos modos.

A mí me sorprendió que los despachase de ese modo. No era su estilo: a diferencia de mí, a Devin le encantaba ser el centro de atención y, además, no estaba casada. De hecho, me daba la sensación de que le había fastidiado que me confundiesen a mí y no a ella con la atleta de CrossFit. Es verdad que yo estaba en forma, nunca había estado mejor. No podía permitirme no estarlo.

—Entonces, señoritas, que pasen una buena noche —respondió el señor Nomeafeito.

Los dos se dieron la vuelta para marcharse, aunque el rubio todavía se giró para regalarme otra sonrisa.

Devin se echó a reír, aunque de un modo un poco forzado.

—¿Tú te has visto? —me dijo—. ¡Si te has llevado todo el protagonismo!

—Pues yo creo que tenían más interés en ti —le aseguré intentado ser diplomática.

—¡Y una mierda! Ese se ha quedado prendado y no me extraña, porque estás espectacular, Andrea. —Este último cumplido lo hizo como de pasada.

—En fin, es lo que tiene hacer ejercicio cinco días a la semana y vivir en tensión continua.

—Así que sigue en pie lo del Rainier.

—Sí —contesté con una punzada de culpa.

Ella alzó su copa.

—Por los jóvenes que nos tiran los tejos en un bar.

Yo levanté la mía para brindar y fingí beber, pero me limité a probar el azúcar del borde. Luego dejó la copa en la mesa y preguntó:

—¿Eso quiere decir que vais a seguir juntos Graham y tú?

—No lo sé —le dije.

—¿Puedo serte sincera?

—Claro —respondí, aunque sabía que Devin no tenía precisamente pelos en la lengua.

Se volvió y miró a los dos que nos acababan de abordar.

—Eso es todo lo que te vas a encontrar por aquí: mocosos demasiado jóvenes que buscan acostarse contigo o divorciados demasiado viejos que buscan acostarse contigo. Ya sé que Graham y tú habéis tenido vuestros problemas, pero, si él está dispuesto a intentar que vuestro matrimonio funcione, deberías pensártelo. Por lo menos, vete con él de escalada para ver cómo sale la cosa y, en caso de que no vaya bien, te lo planteas.

Casi no tuve tiempo de reflexionar sobre su consejo, porque en ese momento llegó la camarera con los aperitivos y otra ronda de *lemon drops*.

—No hemos pedido más —dijo Devin.

La muchacha señaló con la cabeza la mesa que compartían nuestros dos admiradores.

—De parte de aquellos dos.

El rubio y su amigo levantaron sus vasos de cerveza mientras nos sonreían y mi amiga dijo:

—¿Qué opinas? ¿Deberíamos invitarlos a sentarse con nosotras?

—Claro. ¿Por qué no? —le dije al ver que estaba deseando coquetear con ellos.

Resultó que estaban haciendo prácticas en una sociedad de inversión. Los dos estaban en una escuela de posgrado, uno en Tulane y el otro en Dartmouth. Un par de sabelotodos, según Devin. Estaba claro que el rubio me había elegido a mí, así que, por el bien de ella, estuve dándole conversación el tiempo suficiente para que su amigo no perdiera el interés. En determinado momento, Devin se dio cuenta de que no me había bebido la primera copa y se la acabó. También hizo lo mismo con la segunda, conque llevaba ya cuatro *lemon drops*.

Serían ya las once cuando el joven que estaba con ella propuso que se marcharan y ella aceptó. Yo le dije a su amigo que me iba a casa y él no hizo nada por impedirlo. Había visto mi alianza. Me dijo que había sido un placer hablar conmigo y volvió a la mesa con sus otros amigos.

Devin le dijo al suyo que la esperase y, cuando él regresó también a su mesa, me miró sonriente.

—¿Podrás llegar a casa sin problemas? —Se le trababa tanto la lengua que saltaba a la vista que estaba muy perjudicada.

—Claro —le dije—. ¿Seguro que estás bien?

—Seguro. El sexo es mucho mejor cuando estás borracha.

—Ten cuidado.

—¿Cuidado? Voy a echar un polvo, pero primero tengo que mear. —Tomó el bolso del respaldo de su asiento y lo dejó en la mesa junto al móvil—. ¿Me vigilas las cosas?

—Claro.

—Vuelvo enseguida. —Se dejó caer de la silla y tropezó al poner los pies en el suelo, pero consiguió mantenerse erguida—. ¡Vaya! Creo que no tenía que haberme tomado el tercer *lemon drop*.

«El cuarto», pensé yo sin decir nada.

—¿Seguro que estás bien? —le volví a preguntar.

Tras guiñarme un ojo, se abrió camino entre las mesas y la multitud y me dejó sola. Estuve tentada de sacar la novela que llevaba en el bolso, pero sabía que iba a dar una imagen lamentable. Observé a la concurrencia, recorriendo con la mirada las mesas de parejas hasta fijarla en el grupo de hombres congregados alrededor de la mesa alta entre risas y cervezas. El joven de la barbita observaba a Devin a lo lejos, con gesto que no supe bien si considerar nervioso o alterado. Entonces clavé los ojos en Brad Pitt. En mi imaginación, me miró y yo no aparté la vista. En mi imaginación, metí un dedo en mi copa para remover suavemente el contenido antes de llevármelo a los labios con gesto seductor y darle un mordisquito.

En ese momento se puso a sonar el teléfono de Devin.

Bajé la mirada y vi que el móvil que había sobre la mesa no se había encendido ni vibraba. Necesité un segundo para darme cuenta de que el ruido venía de dentro del bolso, abierto. Confundida, miré en el interior y vi otro teléfono con la pantalla iluminada con una luz verde azulada. Aunque no aparecía el nombre de quien estaba haciendo la llamada, yo no lo necesitaba.

Porque reconocí el número.

La ansiedad que me invadió fue tan violenta que hasta sentí que temblaban las patas de mi asiento. Sentí las mismas náuseas que si me hubieran dado un puñetazo en el vientre y tuve que hacer un esfuerzo para no vomitar.

Volví a mirar.

Graham.

¿Qué coño…?

¿Por qué diablos podía querer llamar Graham a Devin? Si, que yo supiera, casi ni se conocían. ¿Y para qué iba ella a tener otro teléfono? Hice lo que pude por dominar mi respiración, por recobrar la calma o algo semejante y analizar la situación, la gravedad y la verosimilitud de todo aquello. Pensé en los cargos de hoteles y restaurantes de Seattle que se habían hecho en la tarjeta de crédito cuando Graham decía que había estado de viaje de negocios. ¿Podía ser que hubiese estado con Devin? ¿Era ella la mujer con quien estaba teniendo una aventura? El extracto de la tarjeta incluía las fechas de las ausencias de Graham y la factura de su móvil reflejaría qué llamadas había hecho y cuándo. Sin embargo, yo no sabía el número del teléfono que tenía Devin en el bolso.

Tampoco iba a ser muy difícil averiguarlo.

Miré por encima de mi hombro y, al no ver a Devin, metí la mano en el bolso. La pantalla del teléfono indicaba que había recibido un buen número de mensajes de texto del mismo teléfono. El de Graham. En los avisos solo aparecían fragmentos:

Hola, espero que…

Solo tengo que…

¿Has hablado con…

Para leerlos enteros tenía que desbloquearlo y no tenía la contraseña. Tampoco podía estar segura de cuál era el número del que se estaban enviando, aunque no me hacía falta.

Miré por encima del hombro hacia el pasillo que se abría al fondo y vi salir a Devin, que a renglón seguido echó a andar hacia la mesa. Dejé caer el teléfono al interior del bolso, me bajé del asiento y me puse la chaqueta.

—¿Ya te vas? —me preguntó ella mientras recuperaba su bolso y su chaqueta.

—Sí. Estoy cansada.

Al ir a cerrar el bolso, se detuvo, sin duda al ver la última llamada que había quedado registrada en el teléfono. Haciendo lo posible por no inmutarse, guardó con calma el otro móvil y cerró el bolso. Entonces tendió los brazos para darme un estrujón afectuoso. Yo sentí que se me tensaban todos los músculos.

—No me lo digas: te vas a casa para meter las narices en un libro.

—¡Cómo me conoces! —le respondí.

—Es que eres como un libro abierto —repuso ella riéndose antes de dar media vuelta y dirigirse a la mesa en la que la esperaba aquel tío.

—Pues yo creo que estás leyendo el libro que no es —dije a sus espaldas. Por supuesto, ya no pensaba ir a casa, sino a la oficina, a meter las narices en el ordenador de Devin Chambers.

CAPÍTULO 21

Al principio, Vic Fazzio pensó que estaba teniendo una de esas pesadillas en las que todo parece poco natural y aumentado, que soñaba con un insecto insoportable que giraba en torno a su cabeza zumbando con gran estrépito y, por más que lo intentase, no lograba matarlo ni espantarlo. Entonces, su subconsciente cedió el paso a los instintos que había ido puliendo con los años a medida que se convertía en un policía acostumbrado a que lo despertasen a las horas más peregrinas. El insecto no era otra cosa que su teléfono móvil, al que bajaba el volumen por la noche para no despertar a Vera, de sueño ligero, y que no dejaba de zumbar y vibrar sobre la mesilla de noche.

No tuvo que abrir los ojos para saber que aún faltaba mucho para que amaneciese. Se lo decía su reloj interno, al que la experiencia de ser padre de dos chicos había dotado de una gran precisión. Notó que Vera, acostumbrada a la vida de esposa de un inspector de homicidios, se daba la vuelta para apartarse de él y dejarlo salir de la cama. Sin embargo, en ese momento empezó a reparar en algo más: Del y él no eran el equipo de homicidios de guardia. Habían estado trabajando en el asesinato de Andrea Strickland, pero los habían retirado del caso aquel mismo jueves.

Alargó una mano a ciegas y dio con el teléfono al segundo intento. Se lo puso delante de la cara. Aunque veía los números borrosos sin las gafas, logró distinguir el 206 del prefijo de Seattle. Pulsó el botón verde.

—¿Sí? —La voz le salió como si hablase a través de una cañería llena de gravilla y agua. Se aclaró la garganta—. ¿Diga?

—Hola, Faz, ¿cómo va eso?

—¿Qué? —preguntó confundido.

—Que cómo va eso.

—¿Quién coño es?

—¿Quién es? —preguntó Vera volviéndose hacia él antes de incorporarse—. No les habrá pasado nada a los niños…

—Soy Nik —anunció la voz del otro lado—, tu buscador de personas desaparecidas favorito.

Faz hizo lo posible por enderezarse. Su mujer encendió la luz de su lado de la cama y los dos entornaron los ojos para protegerse de la claridad.

—¿Nik? —preguntó Faz mirando la hora en el despertador de la mesilla.

—¿Quién es Nik? —quiso saber Vera.

—¿Qué hora es? —dijo él.

—Las tres y treinta y dos.

—¿De la madrugada?

Nik se echó a reír.

—¡Era una inocentada, Fazzio!

—Hijo de puta —soltó Faz entre dientes—. ¿Se puede saber qué mosca te ha picado? A mi mujer se le ha salido el corazón por la boca pensando que podía haberles pasado algo a mis chavales.

—Ya, y la mía sigue sin hablarme por haberle tirado los dichosos móviles al lago. ¿Qué te parece si nos damos una tregua?

Faz dejó escapar un suspiro sonoro y, mirando a Vera, le dijo:

—Lo siento. Es del trabajo.

—¿A estas horas?

Sabía que se lo había ganado.

—¿Por eso has llamado? —preguntó volviendo a ponerse al teléfono—. ¿Para desquitarte?

—Vamos, Faz, soy un poco mamón, pero no tanto. Tengo información sobre ese trabajito que me encargaste... por la cara.

—¿Sobre Strickland?

—Eso es.

—De acuerdo. —El inspector alcanzó sus gafas de lectura y el bolígrafo y el cuaderno que tenía también sobre la mesita de noche—. Dispara.

—Joder, Fazzio, que son las tres y media de la mañana. Llámame más tarde y concretamos un sitio y una hora para hablar.

—Espera. ¿Me estás diciendo que has llamado solo para despertarme?

—Eso es propio de gente muy vengativa, Faz. —Nik guardó silencio antes de añadir—: Por si se te ocurre ponerte otra vez gracioso, recuerda que soy ave nocturna. —Y, con esto colgó.

—¿Quién era? —preguntó Vera con gesto aún preocupado.

—¿No me estás diciendo siempre que no soy tan gracioso como me creo?

—Sí.

—Pues tienes razón.

Cuando lo llamó más tarde, ya de día, Ian Nikolic le propuso que almorzaran juntos en el Duke's Chowder House, un local situado en el extremo de uno de los embarcaderos del lago Union.

—¿Ese colega tuyo no sabe hacer nada si no está rodeado de agua? —preguntó Del mientras cruzaban el restaurante en dirección a la terraza del fondo acompañados por una camarera.

Nik estaba sentado al resguardo de las sombrillas blancas, hablando por teléfono. Los comensales que ocupaban el resto de las mesas, ataviados con camisas frescas y vestidos de verano, disfrutaban de la brisa del lago, que hacía tolerable el calor, aunque Faz había empezado ya a notar hilos de sudor que le corrían por debajo de la camisa.

—Voy a tener que llamarte luego —dijo Nikolic con el móvil aún en la oreja mientras se incorporaba para tender una mano a Faz—. Acaban de llegar mis invitados. Sí, sí. Hoy, sí, como te dije. Hoy lo tienes. —Colgó y le estrechó la mano—. ¡Fazzio, muchacho! Te veo cansado. No me digas que no has dormido bien.

Del soltó una risotada y se quitó la chaqueta.

—Sí, de acuerdo: me la has devuelto bien devuelta. Ahora estamos en paz. Vera casi me echa a patadas de la cama por el susto.

Tomaron asiento. Aunque tres de las sillas daban a las aguas de un azul deslumbrante repletas de botes y yates que entraban y salían del puerto deportivo, Del puso su chaqueta en el respaldo de la cuarta.

—¿Tienes algo en contra de la belleza natural? —le preguntó Nik.

—Eso mismo le preguntó el médico a su madre cuando nació —dijo Faz.

—Aquí estoy bien —contestó Del.

En ese momento apareció el camarero con la carta. Faz pidió un té frío.

—El mío, que sea con limonada —dijo Del.

—Pedid la sopa de marisco —les recomendó Nik sin molestarse siquiera en abrir su carta—. Es una apuesta segura.

Faz y él pidieron dicho plato.

—Y una barra de pan —añadió el inspector—, que me encanta mojar sopas.

—Ravioli de vieiras —dijo Del estudiando la carta—. Mira esto, Faz: tienen marisco para italianos. —Levantó la vista para mirar al camarero—. ¿Están buenos?

El camarero le aseguró que valían la pena.

Cuando se fue, Faz bebió agua antes de preguntar:

—Entonces, ¿qué tienes para mí, Nik?

—Había alguien buscando a la mujer sobre la que me pediste información.

—¿A Andrea Strickland?

—No, a Lynn Hoff.

—No me digas. —Faz miró a Del. Solo quien estuviera al corriente de que Andrea Strickland se había agenciado una identidad falsa podía querer indagar algo acerca Lynn Hoff—. ¿Sabemos quién era?

—No y, además, el fulano que me informó está cagado de miedo por lo que le ha pasado a ella. Me dijo que me lo contaría todo siempre que no lo nombrara a él.

—Eso va a depender de lo que te haya contado, Nik. Sabes que no puedo prometerte eso.

—Yo sí, pero él no lo sabe. Yo le dije eso mismo, pero también le aseguré que haría lo posible por dejarlo al margen y hacer de intermediario. Este es uno de esos casos en los que la información es más valiosa que la fuente. ¿Me equivoco?

—¿Y qué te dijo? —preguntó Del.

—Por lo visto, usó una cuenta de Guerrilla Mail para contactar con él. Normalmente él no se aviene a trabajar en semejantes condiciones.

—¿Qué es Guerrilla Mail?

—Un portal que proporciona cuentas de correo electrónico desechables —dijo Faz—, como un móvil de usar y tirar. La gente recurre a eso cuando no quiere dar su nombre o su dirección reales. Cada vez que alguien se conecta, la página crea una dirección aleatoria que se borra automáticamente una hora después. —Entonces, volviéndose a Nikolic, preguntó—: ¿Qué quería de tu amigo?

Nik se encogió de hombros.

—Que encontrase a una mujer llamada Lynn Hoff. Dijo que eran parientes y la estaba buscando.

—Así que no sabemos el sexo de quien hizo la solicitud —concluyó Del.

Nik negó con la cabeza.

—No hay modo de saberlo.

—¿Y cómo recibe la información quien la pide de ese modo si la cuenta se borra a la hora?

—Fijando un plazo para volver a ponerse en contacto con el otro. El cliente le dijo a mi fuente que le enviaría otro correo cuando pasaran setenta y dos horas para que le respondiera si obtenía alguna información. Yo, personalmente, prefiero saber con quién trato y no trabajo así, pero no todo el mundo actúa con tanta integridad como yo —aseveró Nik con una sonrisa.

—¿Y qué averiguó tu amigo? —inquirió Faz.

—Buscó el nombre en los canales habituales y encontró el mismo permiso de conducir del estado de Washington con que disteis vosotros. También consiguió su historial crediticio y averiguó que el nombre estaba asociado a un bloque de apartamentos de Oklahoma, los recibos de los suministros de agua, luz y demás y una petición de instalación de un teléfono a ese nombre y con esa dirección.

—Supongo que todo eso sería una pista falsa, ¿no?

—Eso resultó ser.

—Así que sabía lo que se hacía —preguntó Del.

—Joder, ahora todo está en los libros o en YouTube —se quejó Nikolic—. Internet acabará dejándonos a todos sin trabajo. Los ordenadores se van a hacer con el mundo. Pero sí: estaba claro que se había informado o sabía bien lo que se hacía.

—¿El buscador de personas desaparecidas le dio al cliente lo que había encontrado? —quiso saber Faz.

—Sí. El cliente le dijo entonces que podía ser que estuviese usando una segunda identidad falsa. —Nikolic consultó las notas que había recogido en un cuaderno de espiral—. Devin Chambers.

Le dijo a mi amigo que podía empezar buscando en Portland, Oregón.

—¿Devin Chambers? —dijo Del.

—Ese fue el nombre que le dio el cliente.

—¿No es la amiga de Strickland? —preguntó Del a su compañero.

—¿Qué averiguó? —dijo Faz a Nik.

—Buscó el nombre en las bases de datos y encontró un permiso de conducir y un apartamento de Portland. Se presentó allí y estuvo hablando con los vecinos. Resulta que había vivido allí, pero llevaban semanas sin verla. Dos sostenían que les había dicho que se iba un tiempo de viaje fuera del país.

—¿Y dejó el alquiler?

—Como era mensual, al ver que no pagaba, el casero hizo las gestiones necesarias y la desahució.

—¿Qué hizo con todas sus cosas?

—Las guardó en un almacén, pero ella nunca fue a recogerlas.

—Así que le daban igual.

—Eso parece.

Faz reflexionó unos instantes y preguntó a continuación:

—¿Le dijo Chambers a alguno de sus vecinos adónde iba?

—Uno de ellos creía recordar que había hablado de Europa y de una excursión que hacía tiempo que quería hacer de mochilera. Por lo visto, le pidió a una de las vecinas que le recogiera el correo mientras estaba fuera. La mujer todavía guarda un montón enorme de cartas.

—¿No le pidió que se las enviara a ningún lado?

—No.

Faz miró a Del.

—Tiene toda la pinta de que no pensaba volver, pero tampoco quería que lo pareciese.

—Está claro —repuso su compañero.

Nikolic volvió a mirar su cuaderno.

—El buscapersonas encontró a un familiar suyo en Nueva Jersey, una hermana casada llamada Allison McCabe. —Deletreó el apellido—. La llamó, se hizo pasar por el encargado del edificio y le dijo que tenía los muebles, las pertenencias y un montón de correo de Devin Chambers y no sabía adónde enviarlo todo.

—¿Qué le dijo la hermana?

Nik sonrió.

—Que llevaba años sin hablar con ella y que no sabía qué podía hacer al respecto. No quería nada con ella. Él consiguió tirarle de la lengua y supo que Devin Chambers sentía cierta debilidad por los fármacos y tenía problemas económicos debido a aquella afición. Por lo visto le había pedido prestado dinero hacía un tiempo y no se lo había devuelto. Su hermana se cansó y acabó por no querer saber de ella. Según mi amigo, buena parte del correo que le había guardado el vecino eran cartas de acreedores y de empresas de cobros.

—Desaparecer cuesta dinero —dijo Faz.

Del miró a su compañero.

—El fondo fiduciario.

—Eso era lo que estaba pensando. Lo que no sé es si lo sabía el buscador de desaparecidos. Si Chambers y Andrea eran amigas, puede ser que Andrea le estuviese echando una mano.

Del meneó la cabeza.

—Pero, entonces, ¿por qué no se limitó a darle el dinero que necesitaba para saldar las deudas? Esa solución parece mucho más sencilla que la de una doble huida.

—Andrea sí necesitaba desaparecer —replicó Faz— y que la dieran por muerta.

—Pues da la impresión de que Chambers también tuviese motivos para esfumarse —dijo Del.

—A lo mejor hicieron un trato. —Faz miró a Nikolic—. ¿Encontró tu amigo algo más?

—Hizo que una empleada de su despacho llamase al último lugar donde había trabajado y preguntara por el responsable de nóminas. La mujer se hizo pasar por Chambers y dijo que no había recibido todavía el último cheque y solo quería confirmar que tenían la dirección correcta.

—¿La tenían?

El otro asintió con un gesto.

—Un apartado de correos de una farmacia Bartell's de Renton, en Washington, pero el nombre que figuraba en él no era el de Devin Chambers —y con otra sonrisa de oreja a oreja soltó— sino el de Lynn Hoff.

—¡No jodas! —exclamó Faz.

—No jodo. Mi amigo hizo que la misma mujer llamase a la farmacia haciéndose pasar por Lynn Hoff y preguntase si tenían los datos de su seguro médico. El farmacéutico le da el mismo apartado de correos. La mujer pregunta si tienen la última prescripción de su médico y él le dice que no les ha llegado nada desde la receta de oxicodona de la semana anterior.

—Lo que confirma que Lynn Hoff seguía por allí. ¿Y tu amigo le pasó toda esta información al cliente de la cuenta de Guerrilla Mail? —preguntó Faz.

—Sí.

—Si la persona a la que buscaba tenía adicción al medicamento, bastaba con apostarse frente a ese local de Bartell's y esperar a que entrasen Devin Chambers o Andrea Strickland para después seguirlas y averiguar su domicilio.

Nikolic se reclinó en su asiento y dio un sorbo a su bebida antes de decir:

—Eso es lo que habría hecho yo.

Tracy y Kins estaban en el coche cuando llamaron Del y Faz para anunciar que tenían información, pero no querían dársela en la comisaría. La inspectora quedó con ellos en la zona de restaurantes de la plaza del Bank of America, situada en la Quinta Avenida.

Mientras tomaban café, Faz y Del los pusieron al corriente de lo que les había revelado Nikolic.

—Mucha coincidencia, que Devin Chambers aparezca en la misma ciudad de Washington a la que ha ido Andrea Strickland a cambiarse la cara y hacer sus operaciones bancarias —concluyó Faz.

—Demasiada —convino Tracy.

—Eran amigas —dijo Kins—, conque Chambers tuvo que ser la persona que la ayudó a salir del Rainier y quizá la que la cuidó después de la operación.

—Y, además, Strickland tuvo que necesitar analgésicos —añadió Faz.

—O puede que Chambers le hubiera echado el ojo al dinero del fondo fiduciario —dijo Tracy.

Todos la miraron.

—Según la hermana —se explicó ella—, Devin Chambers tenía problemas de adicciones y de dinero, ¿no?

—Eso dijo —repuso Faz.

—Así que puede ser que pretendiera resolverlos todos a la vez. Y si Devin Chambers estaba ayudando a Andrea Strickland, debía de conocer tanto su identidad falsa como el banco en el que tenía las cuentas, además, quizá, del número de estas y de las contraseñas.

—¿Crees que pudo ser ella la asesina? —preguntó Kins—. ¿Que la mató y después traspasó el dinero?

La inspectora se encogió de hombros.

—Strickland ya estaba muerta y puede que Chambers también lo supiera. Era el crimen perfecto, siempre que nadie encontrase nunca el cadáver.

—En ese caso, deberíamos estar buscando a Devin Chambers —dijo Faz.

—Si no nos hubiesen quitado la investigación... —observó Kins mientras apuraba el café.

Tracy no les había dicho nada de su visita a San Bernardino ni de lo que había averiguado por Penny Orr y por el psiquiatra, Alan Townsend. Si su superior se enteraba de que había seguido adelante con el caso, deberían poder decir que no sabían nada de lo que estaba haciendo ella.

—Voy a llamar a Stan Fields para decirle que teníamos un par de cosas pendientes cuando nos quitaron el caso, que acabamos de recibir la información y que se la vamos a hacer llegar.

—Nik no va a delatar a su fuente —advirtió Faz.

—Ese no es nuestro problema —dijo Kins—. Que se las arregle Fields si es que decide ahondar.

Tracy dudaba que Fields fuera a insistir mucho.

CAPÍTULO 22

Tracy llamó a Stan Fields aquella misma tarde y le dijo que le interesaría reunirse con ella. Propuso reunirse el 5 de julio, viernes, su día libre. Cuando Fields le preguntó qué podría ser tan importante, Tracy no quiso precisar nada, aunque le aseguró que valdría la pena el viaje hasta Seattle. Le dijo que podían quedar en el Cactus, un restaurante de la playa de Alki, porque, si en algún momento tenía que dar cuentas de aquella reunión, le iba a resultar más fácil justificar una comida en su día libre y cerca de su casa que tratar de explicar por qué se había desplazado nada menos que hasta Tacoma por una investigación en la que, en teoría, no trabajaba ya.

Aquel viernes, poco después del mediodía, se sentó bajo los toldos verdes y rojos de la terraza del Cactus a comer patatas fritas con salsa y beber té frío mientras esperaba. Al otro lado de la calle se había congregado tal gentío tanto en la playa como en el paseo entablado que quienes habían salido a correr se veían obligados a meterse en la calzada para esquivarlo. A juzgar por lo denso del tráfico, todavía quedaban muchos por llegar para disfrutar de la arena y el agua o comer con las impagables vistas que ofrecían aquellos restaurantes. Los turistas se arremolinaban en torno al obelisco de hormigón que conmemoraba lo que supuestamente constituía la cuna de Seattle o, cuando menos, el lugar en el que desembarcaron los colonos de la expedición de Arthur A. Denny durante el otoño de 1851 para crear el primer asentamiento. Lo más probable es que los nativos dudaran que la región necesitara ser descubierta.

Tracy vio llegar a Fields por la Avenida Sesenta y Tres, perpendicular a la Alki Avenue. Iba dando caladas a un cigarrillo sin salirse de su aspecto setentero: chaqueta gris de raya diplomática, camisa abierta por el cuello, cadena de oro y gafas de sol de aviador. Ella, más informal, llevaba pantalón corto, camiseta azul de tirantes y camisa blanca.

Fields apuró el pitillo antes de dejarlo caer al suelo y aplastarlo con el pie. Entró al restaurante y la saludó:

—El tráfico es brutal por aquí. Suerte que me has dicho dónde dejar el coche.

Ella, que vivía cerca, conocía bien los recovecos en los que estacionar, como era el caso del aparcamiento subterráneo contiguo al edificio.

—¿Y toda esta gente? ¿No trabaja? —preguntó él contemplando a la multitud que caminaba por el paseo entablado del otro lado de la calzada.

—Es la hora de comer —dijo ella—. Quienes vivimos en el noroeste tenemos que aprovechar el sol, el otoño y el invierno se hacen muy largos.

Fields se quitó la chaqueta y retiró la silla para sentarse. Olía a humo de tabaco.

—En Arizona te escondes en verano y solo te atreves a salir en otoño y en invierno.

Se quitó también las gafas de aviador y las dobló para guardárselas en el bolsillo de la camisa. Cuando se acercó la camarera, le pidió:

—Tráeme una Corona con lima, guapa.

Tracy tuvo que hacer un esfuerzo para morderse la lengua.

—En fin —dijo él centrando su atención en la inspectora—, cuéntame a qué viene tanto secretismo.

—No hay secretismo alguno. Simplemente tenía que darte cierta información del caso de Andrea Strickland, un par de cosas en las que estábamos trabajando cuando nos quitaron la jurisdicción.

—¿Que no hay secretismo? —repuso Fields con una sonrisa idiota que le levantó los extremos del bigote—. A juzgar por la pinta que llevas, hoy no trabajas. Tienes información que no incluisteis en el expediente que nos habéis enviado y que tampoco has querido contarme por teléfono y, encima, me pides que venga a verte. ¡Mujer, que yo también llevo un tiempecito en este trabajo!

—Ya lo sé: no es tu primer rodeo —señaló Tracy—. Entonces, ¿tienes el expediente?

Fields asintió.

—Y he vuelto a tener una charla con Graham Strickland o, mejor dicho, lo he intentado.

—¿Se te ha interpuesto el señor letrado?

Él torció el bigote.

—Todo tiene que ir a través de su abogado. Le dije que los íbamos a acusar a él y a su cliente de obstrucción a la justicia.

Tracy prefería no imaginar adónde habría llevado a Fields aquella táctica.

—Me dijo que podía aceptar sus condiciones o largarme por donde había venido —siguió diciendo—. Al final llegamos a un acuerdo y me va a dejar que interrogue a Strickland. —Fields se arrellanó para observar a dos muchachas en pantalón corto que pasaban en ese momento delante de la terraza antes de volver a dirigirse a Tracy—. Dudo que sirva de mucho, ya que no podemos determinar la hora exacta del asesinato y, por cómo ha afectado el agua salada al cadáver y la nasa, tampoco tenemos pruebas forenses. Aunque encontrásemos el arma, cosa que dudo mucho, no tenemos siquiera la bala. Estamos intentando hacernos con el extracto de la tarjeta de crédito de Strickland y con el listado de las llamadas de su teléfono, por si alquiló una embarcación cangrejera, pero no parece probable. —Fields tomó una patata, la mojó en la salsa y se la llevó a la boca—. Así que lo que tenemos es circunstancial y ese mamoncete lo sabe.

La camarera llegó entonces con la cerveza de Fields, a la que habían insertado en el cuello de la botella media rodaja de lima.

—¿Saben ya lo que van a pedir? —preguntó.

—Yo, un plato de rosbif de esos —dijo él—. ¿Cómo lo llaman en español? *Carne asada*, ¿verdad?

La joven sonrió.

—¿Cómo le gusta?

—Rojo sangre. Dile al cocinero que quiero que muja cuando le clave el tenedor. Y que eche también a la parrilla un par de pimientos verdes de los grandes.

Tracy pidió una tostada mexicana.

—Pero sin crema agria ni guacamole —añadió.

Fields acabó de meter la rodaja de lima en la botella.

—¿Nos estamos cuidando el tipo? —Tomó un sorbo de cerveza—. Bueno, dime: ¿qué querías contarme?

Tracy mojó una patata y se la metió en la boca.

—Fui a hablar con la tía de Andrea Strickland, que vive en San Bernardino.

—¿En serio? —preguntó él, a un tiempo sorprendido e irritado—. ¿Qué me vas a decir, que estabas allí por casualidad, que tenías el día libre y te apeteció dedicárselo a un caso que ya no era tuyo? ¿No tienen trabajo para entreteneros aquí, en Seattle? —preguntó contrayendo el entrecejo.

—También estuve charlando con su terapeuta —añadió Tracy sin hacerle caso.

—¿El de Strickland o el de la tía?

—El de Strickland. La tía la llevó a un psiquiatra después del accidente en que murieron sus padres y aumentó el número de sesiones al saber que su marido estaba abusando de Andrea.

—¡No jodas! —exclamó él, tan alto que hizo volver la cabeza a los de las mesas contiguas.

Ella dio un sorbo a su té frío.

—La cría pierde a sus padres de forma trágica y, por si fuera poco, tiene que aguantar una porquería así.

—Está claro que no todas las familias son como *La tribu de los Brady* —dijo Fields antes de otro trago de cerveza.

—Y que lo digas.

—Así que estaba bien jodida.

—El psiquiatra llamó a los Servicios de Protección del Menor y la sacaron de allí hasta que la tía se mudó a otro sitio.

—¿Se presentaron cargos?

—No he seguido investigando.

—¿Y cómo acabó ella?

—El psiquiatra no está del todo seguro, pero dice que es muy posible que desarrollase lo que él llamó un trastorno disociativo, que adoptara diversas personalidades para evitar el mundo real.

—¿Como lo que pasa en la peli esa de *Sybil*?

—Ni idea.

—¿Y te dijo el nombre de alguna de esas otras personalidades?

—¿Quieres decir si había una Lynn Hoff? No dijo nada, pero sí que Andrea leía de manera obsesiva y pudo haber asumido el papel de los personajes de sus novelas.

—Esperemos que no leyese *Carrie*. Con todo lo que cuentas, desde luego, era de esperar que pasara algo.

—Puede ser. También me dijo que podía ser propensa a cometer actos de violencia.

—¿Y él fue testigo de alguno?

Tracy negó con un movimiento de cabeza.

—Andrea se fue de casa al cumplir los dieciocho y él dice que, si llegaban a aflorar los síntomas, lo más seguro es que lo hiciesen poco después de que ella cumpliera los veinte.

—Es decir, que era como una bomba de relojería esperando el momento de estallar. ¿Dijo si había algo concreto que pudiera haberla hecho saltar?

—Mencionó algunas posibilidades: otra experiencia traumática, malos tratos, abandono o desesperación.

En ese momento llegó la camarera con la tostada de Tracy y la carne asada de Fields, quien clavó enseguida el tenedor en su plato y dijo:

—No la oigo mugir. —Y al ver la expresión preocupada de la joven añadió—: Tranquila, guapa, que estaba de broma. Tráeme otra Corona, ¿quieres?

La camarera retiró la botella vacía. Fields tomó el cuchillo, cortó un trozo de carne, se lo metió en la boca y siguió hablando mientras masticaba.

—¿Puede que se sintiera abandonada al enterarse de que su marido la estaba engañando o tenía planes de matarla?

—Quizá.

—Bueno... ¿y todo eso adónde me lleva?

Tracy extendió una porción de salsa en su tostada.

—De entrada, podría explicar cómo escapó de la montaña una joven en apariencia introvertida y llegó al extremo de tender una trampa a su marido y hacer ver que la había asesinado.

Fields bajó el cuchillo y el tenedor.

—¿Una trampa? ¿A qué te refieres?

—Según tu informe, el marido no sabía que ella tenía un seguro de vida que lo nombraba beneficiario.

—Eso es lo que dijo él, pero tú y yo sabemos que lo más seguro es que sea mentira.

—Puede que no. Tampoco tenemos nada que confirme la existencia de la supuesta amante con la que según ella se estaba acostando su marido. Lo que sí sabemos es que salió con vida de la montaña después de haber dejado restos de ropa y de equipo, lo que quiere decir que debió de llevar otro juego para el descenso. Está claro que no cargó con todo eso porque sí y también está claro que, después, consiguió un permiso de conducir falso. Todo apunta a que hubo premeditación.

—¿Me estás diciendo que contrató la póliza de seguros para que pareciese que la quería matar el marido?

—También podría ser que él quisiera matarla y que ella se diese cuenta. Pero sí: el seguro, las consultas a un abogado experto en divorcios, decirle a su jefa que sospechaba que el marido le estaba siendo infiel otra vez… Todo eso podía formar parte de un plan pensado para incriminarlo a él.

—Dudo que fuese tan lista, sobre todo si estaba tan chalada como dice el loquero.

—Ted Bundy estaba chalado. —Tracy dejó unos instantes para que asimilara la idea—. Según su jefa, Andrea era una joven muy inteligente.

Fields dejó el cuchillo y el tenedor y se limpió con la servilleta la comisura de los labios.

—Está bien, pero lo que hay que averiguar es quién la ha matado ahora. Además, si tienes razón con todo eso, con lo de que averiguó que el marido pensaba matarla y le tendió una trampa, él tenía más motivos aún para buscarla y acabar con ella, así que volvemos a tenerlo a él de sospechoso número uno.

—Puede ser, aunque yo sigo pensando que el móvil más probable es la intención de él de echarle mano al fondo fiduciario. Que lo consiguiera o no, me lleva a lo siguiente que quería comentarte. Sabemos que había alguien buscando a Lynn Hoff y a Devin Chambers.

—¿Y cómo lo habéis averiguado?

—Le pedí a un amigo que se gana la vida localizando gente que preguntase y me avisara si sabía de alguien que estuviera tras la pista de Lynn Hoff y resultó que sí.

—¿Quién?

—No lo sabe. Su cliente usó una cuenta de correo electrónico desechable para mantenerse en el anonimato.

—Así que por ahí no podemos seguir.

—Quizá sí.

En ese momento llegó la camarera con la segunda cerveza y rellenó el vaso de té frío de Tracy, quien esperó a que se hubiera marchado para proseguir.

—Por lo visto, nuestro desconocido encargó al investigador privado que se dedica a buscar personas desaparecidas que diese con Lynn Hoff, pero solo encontró el mismo permiso de conducir que nosotros.

Fields estrujó la lima sobre su bistec antes de meterla en la botella.

—Es decir, que solo nos sirve para saber que había alguien buscándola.

—Y que, fuera quien fuese, sabía que Andrea había cambiado de identidad para convertirse en Lynn Hoff —dijo Tracy, con la sensación de estar dándoselo todo hecho a Fields y entendiendo por qué no habían dado resultados las pesquisas iniciales—. Además, cuando el experto en desaparecidos le dijo que por los canales usuales no averiguaba nada de la tal Hoff, el cliente nombró a Devin Chambers.

—Es decir, que también la conocía.

—Eso parece.

—Además, Devin Chambers desapareció más o menos a la vez que Andrea Strickland —señaló Fields—. Eso fue lo que dijo la jefa, ¿no?

Tracy había incluido estos datos en su informe de la entrevista con Brenda Berg.

—Chambers les dijo a los vecinos que se iba de viaje a Europa. Le pidió a uno que le recogiera el correo, pero nunca fue a buscarlo, tampoco sus efectos personales. Al parecer, tiene una hermana en Nueva Jersey que dice que es incapaz de administrarse posiblemente por su adicción a los fármacos.

—¿Crees que podría estar intentando quedarse con el dinero de Andrea?

—El investigador encontró un apartado de correos dentro de una farmacia de Renton registrado a nombre de Lynn Hoff. En el establecimiento, además, tenían constancia de al menos una receta anterior expedida a ese nombre. En Renton fue donde Andrea Strickland usó el nombre de Lynn Hoff para cambiarse la cara y donde hizo todas las gestiones bancarias.

—¿Crees que Chambers y Strickland trabajaban juntas?

—Esa es una posibilidad, aunque puede haber otras. El guardabosques con el que hablé estaba convencido de que Strickland tuvo que recibir ayuda para salir de la montaña con vida y fugarse. Además, dos días después de que Kurt Schill sacase el cadáver de la nasa, alguien vació las cuentas de Lynn Hoff, lo que significa que tenía que conocer el banco y el número y la contraseña de las cuentas.

—Entonces crees que esa tal Devin Chambers la ayudó a salir de la montaña y colaboró con ella o la engañó y luego la mató.

Tracy no pensaba ir tan lejos: no iba a sacar conclusiones de pruebas que, en teoría, no había conseguido para una investigación que ya no dirigía.

—De entrada, creo que deberías hablar con ella para ver si debes ponerla en la lista de sospechosos.

Fields tomó la botella de cerveza y se reclinó en la silla para dar un sorbo.

—¿Y por qué en tus informes no se recoge nada de esto?

Tracy se encogió de hombros.

—Como te he dicho, cuando los redactamos, todavía no teníamos estos datos. Acabamos de averiguarlos.

—En tu expediente no se dice nada de la tía ni del psiquiatra, tampoco de que hubieseis preguntado si había alguien buscando a Lynn Hoff. No aparece mención alguna de ello.

—Nos pidieron que acabásemos el informe y os lo enviásemos y que después completáramos cualquier tarea que tuviéramos pendiente. ¿Qué diferencia hay? Ahora ya tienes todo lo que hemos averiguado.

Fields dejó la cerveza en la mesa y, a pesar de no haber acabado todavía, tomó la servilleta del regazo y la puso en el plato. Saltaba a la vista que no le hacía gracia que Tracy hubiese seguido adelante con la investigación que le habían asignado a él. A la inspectora le daba igual: los sentimientos de Fields le traían sin cuidado. Lo que quería era encontrar al asesino.

Él vio a la camarera y, tras atraer su atención, pidió la cuenta con un gesto antes de volver a mirar a Tracy y decir:

—Gracias por la información y por la comida.

Tracy, sin embargo, negó con la cabeza antes de decir:

—Ahora es tu rodeo, así que saca la tarjeta de crédito.

Cuando llegó a casa después de almorzar con Stan Fields, Dan estaba sentado en uno de los divanes de la terraza, pero, lejos de estar achicharrándose bajo aquel sol implacable, se había apostado cómodamente bajo la amplia sombra de una sombrilla. Cuando Tracy salió a saludarlo, él dejó un documento de alegaciones que había ensangrentado con enmiendas con el bolígrafo rojo que tenía en la mano. Rex y Sherlock, que daban la impresión de haber hallado en aquella misma sombra el paraíso después de morir, la vieron acercarse, pero el segundo fue el único que se puso en pie para saludarla fustigando el aire con la cola. Tracy entendió perfectamente a Rex, que se limitó a alzar una ceja con gesto avergonzado.

Dan levantó la vista para mirarla a través de unas gafas redondas de montura metálica que, aunque le conferían un aspecto muy profesional, hacía tiempo que habían quedado asociadas para siempre a Harry Potter. Había ido temprano a su despacho para poner al día el papeleo y asegurarse de que no había nada urgente que requiriese su atención a fin de poder pasar la tarde juntos.

—¿Y esto? —preguntó Tracy.

La sombrilla no solo era enorme, sino de un color teja espantoso, pero Tracy se contuvo de dar su opinión.

—¿A que te gusta? La he comprado de camino. Con el día tan bueno que hace, me ha parecido una lástima desperdiciarlo encerrándome bajo techo para trabajar. Además, tú deberías apartarte del sol.

—Lo que debería es llevar protección solar —dijo ella—. Nunca pensé que llegaría el día en que tendríamos que comprar en Seattle parasoles en vez de paraguas.

—Es lo que tiene el calentamiento global: glaciares que se derriten, el nivel del mar cada vez más alto, sequías y hambruna, perros y gatos viviendo juntos...

—¿A quién tenemos de hombre del tiempo, a Bill Murray? —preguntó, convencida de haber oído la última parte en una de sus películas.

—¿Dónde estabas? ¿Has salido a pasear?

Ella tomó el vaso de agua con hielo que se había preparado él y le dio un sorbo.

—No, tenía que hablar con alguien.

—¿En tu día libre?

Tracy se sentó en el borde del otro diván mirando hacia él.

—Me he reunido con el inspector del condado de Pierce que lleva ahora la investigación de la mujer de la nasa.

—¿En tu día libre? —insistió él—. Creí que no soportabas a ese tío.

Tracy contempló las vistas mientras respondía:

—Tenía que darle cierta información extraoficial.

—¿En tu día libre?

—¿Vas a volver a contarme que estoy obsesionada con resolver todos los asesinatos de mujeres jóvenes por lo que le pasó a mi hermana?

—No.

—Entonces, ¿por qué no dejas de preguntarme lo mismo? —dijo ella exasperada.

Dan dejó el documento que tenía en la mano e inspiró hondo.

—Decías que a esa muchacha la había tratado el destino con la punta del pie, que había pasado de ser hija de médico a convertirse en una huérfana de la que abusaba su tío y a mujer de un marido que la maltrataba.

—Eso es verdad.

—Entonces, no te extrañará que me pregunte si tu viaje a San Bernardino no tendrá algo que ver con que sientas algún vínculo con ella.

—¿Por qué? No tendrás intención de maltratarme...

—Me preocupo por ti y lo sabes. —Sonrió a fin de calmar los ánimos—. Mira, lo único que digo es que los dos sabemos que la vida tampoco ha sido precisamente justa contigo, Tracy. Tu padre también era médico y lo perdiste poco después de perder a tu hermana.

—No pienso compadecerme de mí misma, Dan.

—Ni yo te estoy diciendo que debas hacerlo.

—Me interesaba especialmente este caso —repuso pensando en Nolasco—. Era mi investigación y, sí, a veces me las tomo muy a pecho. ¿Para ti unos casos no son más personales que otros?

—Claro, pero ¿en qué porcentaje de los que tú conviertes en algo personal resulta que la víctima es una muchacha joven?

—En un alto porcentaje —reconoció ella—, porque muchas de las personas a las que secuestran para matarlas resultan ser mujeres jóvenes. No sé qué quieres que haga al respecto.

—Cuando el caso es tuyo, no creo que tengas que hacer nada. De hecho, estoy convencido de que eso te motiva a la hora de hacer bien tu trabajo. Sin embargo, cuando el caso no es tuyo y tomas decisiones poco acertadas, deberías preguntarte por qué lo haces.

—Lo único que he hecho ha sido seguir algunas pistas que habíamos dejado a medias. ¿Qué tiene eso de poco acertado?

—Fuiste a San Bernardino sin autorización.

—No se trataba de un viaje de trabajo.

—¿De verdad?

—Hablé con la tía de la víctima mientras tú estabas en el juzgado y ya le he dado la información al inspector que se ha encargado de la investigación. Ahora es cosa suya. Él será quien se lleve el mérito por una labor policial bien hecha. No sé qué puede tener eso de decisión poco acertada.

—Así que vas a dejar que el caso siga su curso por donde deba.

—No tengo más remedio, ¿no?

Los dos estuvieron un rato sentados en silencio hasta que él se puso en pie.

—Tengo que hacer unos recados —anunció.

Tracy sabía que se había puesto a la defensiva y que Dan solo quería mirar por ella. También era consciente de que le estaba costando olvidar el caso. Dejó también su asiento y lo abrazó.

—Perdona. No quiero discutir por esto. Es verdad que siento algo por esa mujer y que quería acabar la investigación. Tienes razón: está claro que tenemos cierta afinidad y que me fastidia que nos lo hayan quitado y siento mucho estar pagándolo contigo.

—No te preocupes por mí: ya soy mayorcito. Escucha: voy a tener que pasarme casi toda la tarde fuera acabando un par de cosas, pero cuando refresque podríamos sacar a los perros.

—Claro —dijo ella—. Me gusta la idea.

Él se disponía a entrar en la casa cuando se dio la vuelta.

—¡Ah! He estado hablando con el médico sobre la cuestión de la que hablamos el otro día después de correr.

—¿Lo de la vasectomía?

—Dice que puede revertirse.

Sabía que era pedir mucho a Dan, no solo por la operación, que podía suponer un día o dos de dolor, sino por el compromiso de por vida que suponía la paternidad. No quería que se sintiera presionado por la angustia que la había acometido a ella de repente ante la posibilidad de no ser nunca madre.

—Sácame un momento a mí de la ecuación —le pidió—. ¿Seguirías queriendo tener hijos?

—No puedo sacarte de la ecuación. Estoy enamorado de ti. No lo haría por nadie más. Así que, en realidad, eres tú quien tiene que responder a esa pregunta. Siento sonar machista, pero, puesto que Dios no me ha dotado a mí de útero ni, ya puestos, de mamas, la mayor parte del peso va a recaer sobre tus hombros, al menos durante el primer año. ¿Estás segura de que lo has pensado bien?

—Yo siempre me había imaginado con hijos —dijo ella.

—Lo sé. Y que vivirías en Cedar Grove, al lado de Sarah, y que nos reuniríamos todos para hacer barbacoas los domingos y nuestros hijos irían juntos al colegio.

Ella sonrió, aunque por la comisura de los párpados se le escapó una lágrima.

—¿Tú también lo has pensado?

—Éramos amigos íntimos —contestó él abrazándola— y ese era nuestro mundo. Son buenos recuerdos, Tracy. No tienen por qué ser malos. Ahora tenemos la oportunidad de crear juntos los nuestros propios.

—No sé si merezco esa oportunidad.

Él se echó hacia atrás para mirarla.

—¿Por qué dices eso? ¿Por Sarah?

Ella contuvo las lágrimas.

—Sarah nunca va a poder enamorarse, Dan, ni casarse ni tener hijos.

—Lo que le pasó no fue culpa tuya, Tracy, y lo sabes.

Sí, lo sabía, pero eso no hacía que se sintiera mejor. En lo más hondo de su ser, siempre tenía presente a Sarah.

—Todavía pienso mucho en ella, en que no tenía que haberla dejado volver sola a casa.

—¿Qué crees que habría deseado ella para ti?

Tracy se limpió las lágrimas, pero no tardaron en seguirlas otras.

—Sé que habría querido que fuese feliz.

—Por supuesto.

Tracy lloró con la cabeza apoyada en el pecho de Dan. Cuando se serenó, se apartó un tanto de él para decir:

—Creo que lo que dijiste el otro día es muy cierto: antes de dar el segundo paso, deberíamos dar el primero.

Dan le soltó la mano.

—Otra vez estamos con eso. —Puso cara de bobo y se lanzó a imitarla—: Ya sé que soy más macho que tú, pero quiero una declaración de cuento de hadas.

Tracy se echó a reír y le dio una palmada en el pecho con aire juguetón.

—Está bien —añadió Dan—. Iremos paso a paso. —Miró la hora en el reloj de dentro—. Todavía me quedan unas horas de trabajo y algunos recados, pero, cuando vuelva, podemos llevar a Rex y Sherlock a la playa. ¿Te parece bien?

—Me parece perfecto.

Poco después de las siete, con una temperatura agradable y una brisa suave procedente del norte, Dan cargó a los perros en la parte trasera de su todoterreno.

—¿No íbamos a salir a andar? —preguntó Tracy.

—Creo que estos dos todavía se resienten de la carrera del otro día. De hecho, yo tiemblo de recordarla.

—Pues yo no los veo muy cansados.

Sherlock y Rex brincaban nerviosos, gimoteando y con la lengua fuera.

—Son capaces de correr hasta caer rendidos —dijo Dan—. Podemos acercarnos en coche y luego pasear por la playa. Me apetece ir al faro.

—Está bien —dijo Tracy antes de ocupar el sillón del pasajero.

Dan descendió la colina y dobló la curva. Por lo general, las dificultades que se daban para estacionar en verano los llevaban a dejar el vehículo en el aparcamiento habilitado en la mediana, pero aquel día el conductor rebasó los escaparates y los restaurantes y siguió adelante en dirección al faro.

—¿Pero vamos a sacarlos a pasear o a que den una vuelta en coche? —quiso saber Tracy.

Dan giró hacia la derecha poco después del bloque de apartamentos en forma de *V* que desembocaba en el faro de punta Alki. Una verja de malla metálica con ruedas y una señal enorme que advertía que el paso estaba restringido y que los intrusos habrían de atenerse a las consecuencias impedían la entrada.

—Está cerrado —dijo ella sin saber muy bien qué otra cosa podía esperar Dan a aquellas horas.

—¡Bah! Vamos a ver si podemos llegar hasta el agua.

—¿Cuál es el plan, ver si conseguimos que nos arresten para darle emoción al paseo?

En el estacionamiento había señales que recordaban que esas plazas estaban reservadas a los residentes y que se avisaría a la grúa si aparcaban vehículos de no residentes.

—Nunca he estado aquí —dijo Dan— y me apetece echar un vistazo. Lo peor que van a hacernos es pedirnos que nos vayamos. —Salió del todoterreno y abrió el portón trasero.

Rex y Sherlock se apearon de un salto y lo siguieron hasta la verja. Dan la empujó y la hizo rodar hacia la izquierda.

—Está abierta —anunció.

—Pero estaba cerrada —repuso ella sin desabrocharse el cinturón— hasta que la has abierto tú.

—Anda, vayamos a echar un ojo. Si quisieran que no entrase nadie, la habrían cerrado.

—No te quedarás tranquilo hasta que nos detengan, ¿verdad?

—No seas miedica.

—¿No me acabas de soltar un sermón sobre cómo evitar meterme en líos?

—Eso es distinto, porque podrías perder tu trabajo, pero ¿qué pueden hacernos por mirar?

—Arrestarnos, acusarnos de terrorismo, mandarnos a Guantánamo, torturarnos para hacernos cantar…

—Venga, mujer —dijo Dan mientras se alejaba calle abajo.

—Está bien —repuso Tracy abriendo la puerta para salir del coche—. Me temo que, de todos modos, lo vamos a hacer.

Cerró la verja tras ella y apretó el paso para alcanzar a Dan. La calzada se prolongaba hasta dos casas más allá. Los edificios, blancos con porche y el tejado rojo, le parecieron sacados de una película de los cincuenta. *The Seattle Times* había publicado hacía poco un artículo conmemorativo del primer centenario del faro en el que se señalaba que las dos viviendas situadas en primera línea de playa alojaban en aquel momento a sendos oficiales superiores de la guarda costera. Más adelante dieron con una serie de edificios de mantenimiento también blancos con techos rojos y con un camino de grava que llevaba al faro, que marcaba la punta de la entrada meridional y el paso del estrecho de Puget a la bahía de Elliott.

Tracy siguió a Dan por el camino, medio temerosa de que aparecieran en cualquier momento guardias armados y les ordenasen que se echaran al suelo. La puerta del faro estaba abierta y Dan entró seguido de Tracy. La sala de la planta baja consistía en un museo con fotografías y piezas destinadas a representar la historia del edificio. Dan no se detuvo y enfiló una escalera estrecha y sinuosa. Tracy lo siguió a la siguiente planta, pensando que preso por uno, preso por ciento. Una escalerilla metálica ascendía a la sala que albergaba la linterna. Iban a necesitar una grúa si querían subir a Rex y a Sherlock.

—Aquí —les ordenó su dueño.

Dicho esto, se encaramó en los peldaños. Tracy lo siguió, Rex gimió desde el suelo y Dan siseó para acallarlo.

La inspectora no alcanzaba a ver lo que tenía sobre ella, porque Dan bloqueaba la entrada, pero cuando él llegó arriba y se apartó de la escalera, notó un resplandor dorado parpadeante. Llegó al último peldaño y Dan tendió una mano para ayudarla a acceder a la angosta sala octogonal en la que se alojaba el fanal, pero la luz no procedía de este, sino de una docena de velas encendidas que arrojaban sombras sobre un conjunto de rojas rosas. Al otro lado de las ventanas, el sol poniente hacía brillar la superficie del agua como si esparciese sobre ella centenares de diamantes.

Tracy sintió que se le llenaban los ojos de lágrimas y le fallaban las piernas. Dan, sin soltar su mano en ningún momento, hincó una rodilla en tierra y sacó de uno de los bolsillos de sus pantalones cortos una cajita negra.

—¡Oh, Dios mío! —dijo ella abrumada y al borde de las lágrimas.

—Tracy Anne Crosswhite —dijo Dan abriendo la caja para mostrar un enorme brillante.

El pecho de Tracy se agitó mientras se le detenía el aliento en la garganta. Se cubrió la boca con una mano.

—¿Quieres ser mi esposa? —preguntó él.

Se sentaron a la mesa en su restaurante italiano favorito, al sur mismo de la punta de Beach Drive. Por la ventana veían la luz del sol morir tras las islas y los distantes montes Olímpicos. Las rosas rojas, dispuestas ya en un jarrón, descansaban ante ellos, aunque a Tracy le resultaba imposible apartar la vista del anillo que adornaba su mano izquierda y del hombre que se lo había puesto.

—Es precioso —le dijo—. Todo ha sido precioso. ¿Cómo te las has arreglado?

—Aunque suponga no haber empezado esta relación con total sinceridad, te tengo que confesar que esta mañana no he ido al despacho.

—Eso me lo he imaginado, pero ¿cómo has logrado que te dejaran usar el faro?

—Tengo un amigo que trabaja con la guardia costera y se lleva muy bien con el comandante. Hizo que uno de los guardias cerrase la verja sin echar la llave y acudió después del cierre a colocar las flores. En el momento indicado, lo llamé para que encendiese las velas. Les debo a todos unas cuantas botellas de vino del bueno. Entonces, ¿lo he hecho bien?

Desde luego, la había deslumbrado. Tracy había supuesto que se casarían, pero pensaba que sería una decisión que tomarían juntos poco antes de presentarse en el juzgado: jamás habría esperado que Dan se declarase ni que se tomara tantas molestias para sorprenderla… ¡tantísimo! No podía dejar de sonreír. De hecho, ni siquiera recordaba la última vez que le había dolido la cara de tanto sonreír.

—Lo has hecho muy bien —aseveró.

Giró el anillo a la luz cada vez más tenue que entraba por los cristales para ver centellear los brillantes que rodeaban al del centro, mayor que ellos. Fuera, se formaban suaves olas en el estrecho de Puget, donde barloventeaban los veleros. Todo era perfecto. La noche entera era perfecta, hasta que cayó en la cuenta de que la vista que estaba contemplando se encontraba casi alineada con el lugar en que Kurt Schill había sacado del agua la nasa en que estaba atrapado el cadáver de Andrea Strickland.

CAPÍTULO 23

La mañana del jueves, Tracy llegó a comisaría cansada después de pasar en blanco buena parte de la noche. Después de cenar, Dan y ella habían vuelto a casa para hacer el amor y, si bien no le había resultado difícil conciliar el sueño, se había despertado poco después de las tres, sin aliento y con el camisón empapado en sudor, igual que le ocurría antaño cuando soñaba con Sarah. En esta ocasión, sin embargo, la pesadilla no tenía nada que ver con su hermana. En esta ocasión, Tracy aparecía sentada a bordo de la embarcación de Kurt Schill en las aguas del estrecho de Puget y se afanaba en izar la nasa, tensando los músculos de sus brazos para halar el cabo que corría por el motón del pescante. Tenía la sensación de haber estado tirando eternamente, adujando una braza tras otra en un círculo perfecto en torno a sus pies hasta que, por fin, veía aflorar a la superficie la trampa para cangrejos. Entonces afirmaba el cabo y se deslizaba en el banco mientras sentía que el bote escoraba peligrosamente. Con cuidado, tendía el brazo. La embarcación se inclinaba hacia la superficie del agua. Ella se estiraba más para alcanzar la nasa y tensaba los dedos, a unos centímetros del metal. Entonces, de entre los barrotes salía una mano de uñas azules bien cuidadas que se aferraba a su brazo y la arrojaba con fuerza a las oscuras aguas.

Tracy se había pasado el resto de la noche tumbada en la cama sin poder volver a dormirse ni hacer otra cosa que dar vueltas a las pruebas del caso de Andrea Strickland. Había algo en aquel sueño que no dejaba de afligirla, pero no sabía qué era con exactitud. Estuvo leyendo en su Kindle hasta que, a las seis, se levantó para preparar el desayuno y llevárselo a Dan a la cama, un detalle que le parecía irrisorio comparado con las atenciones que le había brindado él la víspera. Después, se había dirigido a la comisaría.

Salió del ascensor, sin ninguna prisa después de que el condado de Pierce se hubiera encargado del único asesinato que estaban investigando. El equipo A había vuelto a su horario habitual: dos meses de turnos de día y, a continuación, uno haciendo noches. Tracy se encargaría de los preparativos del resto de casos de crímenes violentos y de tener listos para llevar ante los tribunales aquellos cuyos autores no se habían declarado culpables. Mientras recorría el pasillo, su sección iba cobrando vida. Sintió el olor agridulce del café y oyó las voces de sus colegas y de los presentadores de los noticiarios matinales que poblaban la pantalla del televisor. Se estaba haciendo a la idea de una mañana relajada cuando entró en el cubículo de su equipo y vio la nota adhesiva de color amarillo que había en su monitor:

¡Ven a verme
a la sala de reuniones
en cuanto llegues!

Conociendo a Nolasco, ahora que no tenía la bandeja de entrada ocupada con el caso Strickland, sospechaba que el capitán tenía la intención de encomendarle cualquier chorrada administrativa, una labor tediosa como la de examinar cajas y más cajas de expedientes antiguos que había estado evitando antes de que, de pronto, se volviesen prioritarios.

Las persianas de la sala estaban echadas y le impedían ver lo que había en su interior. Llegó a la puerta y estaba a punto de llamar cuando vio a otras personas sentadas alrededor de la mesa. Lo primero que pensó fue que se había confundido de reunión. En el extremo más alejado de la mesa se hallaba Nolasco al lado de Stephen Martinez, superior inmediato del capitán en lo tocante a investigaciones criminales. Frente a ellos, en el lado de la mesa más cercano a la puerta, Stan Fields y un oficial que Tracy supuso, sin gran temor a equivocarse, que debía de ser el capitán de Fields: un hombre rollizo de piel pálida y aspecto de metomentodo por cuya expresión debía de llevar unos pantalones cortos demasiado estrechos y con la cintura más subida de la cuenta.

También podía hacerse una idea de lo que hacían reunidos: Fields debía de haberse ido de la lengua.

—Entre, inspectora Crosswhite —dijo Martinez con voz adusta mientras señalaba con la mano abierta la silla situada en la cabecera de la mesa.

Al parecer, no tenía que elegir bando: tenía a Nolasco y Martinez a la derecha y a Fields y su capitán a la izquierda. Faz había descrito en cierta ocasión al jefe segundo de crímenes violentos como un pit bull por sus piernas cortas y su complexión recia. El pelo entrecano cortado al rape acentuaba su mentón prominente y el conjunto se completaba con unos ojos celestes de mirada intensa. Martinez llevaba uniforme a todas horas, lo que acentuaba aún más su imagen de policía juicioso.

No era difícil percibir la tensión que reinaba en la sala, como si hubiera una fuga de gas capaz de causar una explosión con la chispa más leve. Aunque Fields apenas se había limitado a alzar la vista al oírla entrar, Tracy no dudó en clavar en él su mirada. Llevaba una camisa de vestir gris bajo una chaqueta marrón de ante. Estaba claro que en cuestión de moda se había quedado unas cuantas décadas atrás.

Cuando se sentó, Martinez hizo una señal a Nolasco inclinando la cabeza. El capitán se ajustó en su asiento e hizo crujir el cuero de la tapicería.

—Inspectora Crosswhite, voy a ir al grano. Hemos recibido una queja del capitán Jessup, de la Unidad de Delitos Violentos del condado de Pierce, por haber interferido en su investigación de lo ocurrido a Andrea Strickland. ¿Tiene algo que decir al respecto?

Tracy hizo lo posible por evitar ser la chispa que hiciera volar por los aires la sala. En parte, estaba furiosa con Nolasco, que podía haber llevado el asunto de forma interna en lugar de montar aquel espectáculo, probablemente en honor a Martinez. Clavó la mirada en Stan Fields, sin intención alguna de dejar que se escudase tras su capitán. La expresión facial del inspector quedaba oculta en gran medida tras el bigote espeso y gris, pero sus ojos tenían el brillo confundido del colegial que sabe que ha metido la pata y da con un modo de culpar a otro. La evaluación inicial que había hecho de él solo era correcta en parte. Es cierto que era vago y sexista, pero, además, se le acababa de revelar como un gilipollas inseguro y vengativo demasiado estúpido o arrogante para darse cuenta de que le había dado información que podía ayudarlo a resolver el caso sin importarle que se atribuyera todo el mérito en caso de que diera sus frutos. En vez de eso, había querido que todos centrasen la atención en Tracy, incapaz, al parecer, de advertir que con ello estaba poniendo de relieve su propia incompetencia. Pues que así fuera: si Fields quería ponerla en evidencia delante de Nolasco, a Tracy no le importaba, en absoluto, hacer entender al otro capitán que su inspector no era capaz de ver tres en un burro.

—Es que no sé nada al respecto —contestó—. Lo único que le puedo decir es que ayer almorcé con el inspector Fields para darle más información relativa a la investigación.

—¿Qué información, exactamente? —preguntó su superior.

Nolasco ya sabía cuál era la respuesta a esa pregunta, porque Fields había acudido corriendo a su capitán para contárselo en cuanto había vuelto a Tacoma y, evidentemente, Jessup, había llamado a la policía de Seattle.

—Lo puse al corriente de la conversación que mantuve con la tía de Andrea Strickland y con su terapeuta, así como de la información que nos proporcionó un buscador de personas desaparecidas al que había pedido que averiguase si había habido alguien interesado en encontrar a una tal Lynn Hoff. —Tracy se volvió hacia Jessup para hablarle como si fuese un tanto corto de entendederas—. Si desea que le explique quiénes son esas personas, ya que no figuran en el expediente de su inspector, estaré encantada de ponerlo al día.

Las mejillas de Jessup se encendieron al mismo tiempo que se agudizaba el aire desconcertado de los ojos de Fields.

—¿Cuándo llevó a cabo las entrevistas de la tía y del terapeuta? —quiso saber Nolasco.

—El viernes pasado —repuso ella volviéndose de nuevo hacia él.

—O sea, después de que el condado de Pierce hubiese reclamado su jurisdicción —dijo Jessup a Nolasco por si había alguien en la sala demasiado estúpido para darse cuenta por sí solo.

—Sí —dijo Tracy.

—Es decir, que viajó usted a Los Ángeles en calidad de agente de la policía de Seattle después de que este departamento dejase de tener la jurisdicción del caso —concluyó Nolasco.

—No: viajé a Los Ángeles a título personal y hablé con la tía de la víctima en mi día libre. No sabía nada del psiquiatra hasta que ella me lo dijo y gracias a ella pude hablar también con él y conseguir el historial de Andrea Strickland. Así se lleva a cabo una investigación policial —añadió con la vista puesta una vez más en los dos de Tacoma—. Después puse toda esa información en manos del inspector Fields.

—¿En su día libre? —repitió Jessup sin hacer nada por disimular su escepticismo.

—Eso es: fui a Los Ángeles para pasar un fin de semana largo con mi novio. Pagué de mi bolsillo el vuelo, el hotel y todas las comidas. —Miró a Nolasco—. Aproveché para mantener la conversación que había concertado ya con la tía, como usted nos ordenó.

El capitán entornó los ojos con gesto preocupado.

—¿Como ordené yo?

—Sí, capitán. Nos dijo que acabásemos con lo que tuviéramos entre manos y elaborásemos los informes necesarios para que los del condado de Pierce pudieran tener el expediente lo más completo posible y empezar a trabajar sobre una base. Yo había concertado ya una conversación telefónica con la tía y, dado que iba a viajar a Los Ángeles, pensé que sería mejor mantenerla en persona.

Martinez se aclaró la garganta.

—Sea como fuere —dijo con una voz tan profunda y grave como la del malo de un cómic—, la conversación que tuvo con la tía estaba vinculada a la desaparición de la víctima, ¿no es cierto?

—No, estaba vinculada al asesinato de la víctima —respondió ella en tono desapasionado y profesional—. El condado de Pierce se estaba encargando de investigar su desaparición y a nosotros nos correspondía resolver su asesinato.

—Pero la conversación —insistió Martinez— se produjo después de que la policía de Seattle hubiese cedido su jurisdicción

—¿Mi conversación con la tía? En rigor, sí.

—Es decir, que no actuar en condición oficial de agente de la policía de Seattle es una cuestión de rigor semántico.

—Entiendo que pueda verse así, pero no.

—¿Y cómo hay que verlo según usted, inspectora? —preguntó el capitán de Tacoma, a ojos vista afanándose en mantener la calma.

Tracy ya había llegado a la conclusión de que Jessup le caía tan bien como Fields. Aunque, al no ser su superior, no tenía por qué responderle, tampoco quiso dejar pasar la ocasión de criticar al segundo.

—Yo diría que como el trabajo de una policía entregada que se ha propuesto completar su informe, por cumplir las órdenes de su capitán y hacer lo posible por entregar el mayor número posible de datos a la jurisdicción competente con el objetivo común de atrapar al asesino, señor.

Jessup le dedicó una sonrisa sarcástica.

—Así que piensa usted que deberíamos decirle: «Muchas gracias».

—No hay de qué.

El de Tacoma volvió a ruborizarse y miró a Nolasco y Martinez, que daban la impresión de estar conteniendo la risa.

—¿Por qué no le diste, sin más, la información al condado de Pierce y dejaste que siguieran con la investigación? —preguntó Nolasco.

—Porque ya me había puesto en contacto con la tía y pensé que sería poco profesional pasar de ella —y, mirando a Fields, añadió—, y porque en el condado de Pierce habían dedicado seis semanas a la investigación y todavía no habían hablado con la tía.

—Era un caso distinto —se defendió el inspector—: se trataba de encontrar a una persona desaparecida.

—Entonces, ¿por qué me dijiste que estabas seguro desde el principio de que la había matado el marido?

—No teníamos ninguna certeza de que a Andrea Strickland la hubiesen asesinado —replicó alzando la voz.

—Sin embargo, os pusisteis a seguir de inmediato esa línea de investigación y la estrechasteis tanto que ni siquiera llegasteis a hablar con la mejor amiga de Strickland ni con su tía, ni a saber que tenía un historial psiquiátrico ni tampoco que su amiga había desaparecido en las mismas fechas en las que ella estaba en el monte Rainier. Si hubierais hecho vuestro trabajo, habríais encontrado indicios que habrían llevado vuestra investigación por otro derrotero: el de que Andrea Strickland no fue asesinada entonces, sino que escapó de aquella montaña y seguía viva. Y a lo mejor entonces habríais conseguido evitar que...

271

Fields estampó la palma de su mano contra la mesa y se levantó de la silla.

—¡Claro que sí! Cuando le has visto los andares, es muy fácil decir de qué pie cojea, Crosswhite.

—No es eso y lo sabes —dijo ella, poniéndose de pie también y alzando la voz para dejarse oír por encima del resto de los que se habían lanzado entonces a la palestra—. Si hubieses hecho lo que tenías que hacer, el siguiente paso lógico habría sido el de buscar a Lynn Hoff.

—¡Esa es tu opinión! —le espetó Fields.

—No, ese es el trabajo que habría hecho un investigador concienzudo.

—No es cosa suya determinar cómo lleva sus pesquisas otro organismo —terció Jessup dejando a su vez su asiento y con el rostro convertido en una luz de semáforo en rojo—, ni tampoco lo es criticar a mi departamento ni interferir cuando lo considere oportuno. No tenía que haber hablado con la tía.

—¿Y me puede precisar por qué dice que he interferido yo en *su* investigación? —preguntó Tracy.

Jessup quedó petrificado un instante y, al verse sin respuesta, recurrió al equivalente a un «¡Es mío!» de colegiales:

—Porque ya no es su investigación.

Tracy miró a Martinez.

—En ningún momento he ocultado que hablase con nadie. De hecho, llamé al inspector Fields en mi día libre y lo invité a reunirse conmigo para ponerlo al corriente de inmediato. Tampoco le he dicho en ningún momento lo que debía hacer con la información.

—Yo ya tenía pensado hablar con la tía y con la amiga.

—Pero si ni siquiera sabías cómo se llamaba su compañera. En tu expediente no se mencionaba a ninguna de las dos.

—Ya basta —ordenó Martinez, tranquilo, pero tajante—. ¿Ha dejado por escrito los informes de sus conversaciones con la tía y el psiquiatra?

—Sí, los iba a enviar esta misma mañana.

—También queremos la información del buscador de personas desaparecidas —dijo Fields.

Martinez miró a Tracy.

—Puedo dar la información que reveló esa persona —dijo ella—, pero no su nombre.

—¿No puede o no quiere? —preguntó Jessup.

Aquella pregunta la ponía en una situación muy difícil. Si decía que no podía, era probable que acabara saliendo a la luz que era Faz quien había hablado con el investigador privado.

—Nuestro informante apeló al secreto profesional. Su identidad es irrelevante: lo que importa son los datos que puso a nuestra disposición.

—Lo que es relevante o no lo tenemos que decidir nosotros —replicó Jessup, quien, mirando a Martinez, insistió—: Queremos saber su nombre.

Tracy esperaba poder contar con la ayuda de Martinez, que tenía fama de haber sido un buen policía y de proteger a quienes trabajaban a sus órdenes.

—No me gustaría —alegó— tener que privarme de una buena fuente por una investigación que, al fin y al cabo, ya no es nuestra.

—Ya hablaremos de eso —aseveró Martinez—. ¿Alguien tiene algo más que decir? —preguntó poniéndose en pie—. En ese caso, señores, nos van a tener que perdonar.

Jessup y Fields se levantaron y tendieron sus manos hacia el otro lado de la mesa para estrechar las de Nolasco y Martinez. Los dos primeros miraron con ira a Tracy al marcharse. Nolasco y Martinez volvieron a sentarse.

—Quiero los dos informes en la mesa del capitán a mediodía —dijo el superior— y quiero que el informe del buscador de personas desaparecidas incluya un nombre. Nosotros decidiremos si debe o no revelarse. Usted, despreocúpese.

—Voy a poner a disposición de los agentes de Tacoma cuanto tengo, señor, pero no puedo darles el nombre de nuestro confidente.

—No es un ruego, inspectora, sino una orden. También quiero que ofrezca al capitán Nolasco un informe completo, incluyendo fechas, horarios y nombres, de cuantas acciones ha llevado a cabo desde que el condado de Pierce reclamó la jurisdicción del caso.

—¿Voy a tener que recurrir al abogado del sindicato? —preguntó ella.

Martinez se encogió de hombros.

—Eso debe decidirlo usted. —Retiró su asiento y se puso en pie—. Personalmente, pienso que ha hecho un buen trabajo policial, cosa con la que siempre estaré de acuerdo. —Volvió a dejar ver un atisbo de sonrisa que borró enseguida antes de dejar la sala.

Nolasco no se levantó.

—No puedes evitar pisar mierda, ¿verdad?

—Con el debido respeto, señor: a veces, para hacer lo correcto, hay que pisar mierda.

Su jefe sonrió con suficiencia.

—Pues parece que se le da muy bien. —Se puso las gafas de lectura y, bolígrafo en mano, fijó la mirada en el cuaderno que tenía sobre la mesa—. ¿Quién más sabía que no habías dejado la investigación?

Tracy meneó la cabeza.

—Nadie.

—¿Nadie? —repitió él mirando por encima de las gafas.

—Lo hice en mi día libre y no suelo comentarles a los miembros de mi equipo lo que hago en mis días libres. Sinceramente, dudo que pueda interesarle a nadie.

—Eso es algo que tendrá que decidir la Oficina de Responsabilidad Profesional. ¿Y lo del buscador de personas desaparecidas?

—¿Qué le pasa?

—Pues que suena a que sea más cosa de Faz que tuya.

Ella se encogió de hombros.

—Esta vez no. La investigación era mía y fui yo quien llamó.

—Necesito su nombre.

—Y yo no pienso revelarlo si no se me garantiza que los agentes del condado de Pierce no lo van a publicar y dejarnos sin una fuente de calidad por culpa de su incompetencia.

—Eso no está en tu mano. —Nolasco soltó el bolígrafo y se irguió en su asiento—. ¿Puedo preguntarte algo, de manera confidencial?

Ella hizo un gesto de indiferencia con los hombros.

—¿Por qué lo has hecho?

Tracy pensó en lo que le había dicho Penny Orr.

—Porque me importa Andrea Strickland y porque el que el mundo la tratase a patadas en vida no nos da derecho a portarnos con ella igual estando muerta. Alguien la mató y metió su cadáver en una trampa para cangrejos y los dos payasos que acaban de salir de aquí no lo averiguarán ni en cien años.

—¿Quieres saber lo que opino yo?

—La verdad es que no.

—Entonces —repuso él con una sonrisa—, te daré mi consejo profesional como capitán, porque lo voy a poner en el informe que voy a presentar a la Oficina de Responsabilidad Profesional. —Se detuvo unos instantes—. Este trabajo es ya demasiado duro sin llevarlo al terreno de lo personal. Si te lo tomas tan a pecho, hará mella no solo en ti, sino a todos los que te rodean. ¿Por qué crees que me he divorciado dos veces?

Lo que siempre se había preguntado ella era cómo diablos había podido nadie querer casarse con él.

—¿Por qué crees que hay tanta gente divorciada en esta profesión? No creas que no he tenido en mi carrera casos que llevar al terreno de lo personal y que no he pagado un precio muy alto con mis matrimonios y la relación con mis hijos. Aunque no te lo creas, no eres la única que se preocupa, pero los demás hemos encontrado el modo de desvincularnos. Si no aprendes a hacerlo, al final te harás daño y se lo harás a los que tienes a tu alrededor.

Tracy tardó en contestar porque, por una vez, lo que Nolasco le decía tenía sentido; por una vez, no podía rebatir lo que estaba diciendo. Pensó en Dan y en el anillo que llevaba en el dedo. Pensó en una criatura, quizá niña, en un cochecito de bebé. Entonces respondió con voz suave:

—Entiendo que mis casos son responsabilidad mía.

—Pero este no lo era —replicó él, también en tono comedido—. Ya no.

—Sí que lo era y tenía que haber seguido siendo nuestro: el cadáver apareció en nuestro condado, en nuestra jurisdicción. No deberíamos haber renunciado a él.

—Sé que piensas que no di la cara por vosotros y no voy a perder el tiempo intentando convencerte de lo contrario. La decisión no está en tu mano ni en la mía. A veces tenemos que limitarnos a mordernos la lengua y acatar órdenes.

—¿Por qué cree usted que se ha esforzado tanto el condado de Pierce por recuperar este caso?

La pregunta dejó confundido a Nolasco.

—Supongo que porque era suyo en un primer momento y habían invertido tiempo y personal en su investigación.

—O porque se han dado cuenta de que seguirá generando un gran interés y puede dar a todo su departamento la publicidad positiva que tanto necesita.

La falta de expresión del rostro del capitán le dio a entender que no se había parado a considerar tal aspecto y que en aquel instante se arrepentía de no haberlo hecho.

—Pero eso ya da igual —concluyó ella—, porque son ellos quienes tienen ahora la pelota.

Cuando volvió a su cubículo después de brindar a Nolasco toda la información que había pedido Martinez, saltaba a la vista que por toda la sección había corrido la voz de que ocurría algo. Tracy aseguró que la reunión había tenido por objeto garantizar que la investigación se transfería del mejor modo posible al condado de Pierce y, aunque nadie se lo creyó, la mayoría sospechó que no iba a decir nada más.

A Kins, a Faz y a Del, en cambio, les propuso salir a dar un paseo. Dobló con ellos la esquina del edificio hasta llegar a un patio protegido a medias del sol por una cornisa y con una fuente que dejaba caer un chorro de agua sobre una estructura de mármol situada a distintos niveles, como si fuera un río, y allí los puso al corriente de cuanto se había dicho en la sala de reuniones.

—No me hace ninguna gracia que asumas la responsabilidad de una cosa que he hecho yo —dijo Faz.

—¡Oye, que yo también estaba! —se sumó Del.

—Pero fui yo quien os lo pidió.

—¡No digas gilipolleces! —replicó Faz—. Yo no hago nada que no quiera hacer.

—Ya somos mayorcitos —dijo Del— y, además, llevamos en esto más tiempo que tú. No nos pueden suspender a todos.

—Os agradezco el apoyo, pero fui yo quien decidió ir a hablar con la tía y tenía claras cuáles podían ser las consecuencias.

—¿Y qué coño le pasa a Fields? —preguntó Kins.

—Os dije que no me hacía ninguna gracia ese tiparraco —recordó Tracy.

—Voy a llamar a Nik para explicarle la situación y pedirle el nombre del investigador con el que habló —anunció Faz—. No querrás meterte en un lío por no cumplir una orden de un superior, ¿verdad? Te acusarían de insubordinación y sabes que esas cosas se las toman muy en serio. Lo otro es todo mentira: la Oficina de Responsabilidad Profesional te hará una amonestación menor y se olvidará de todo, si es que llega a enterarse, cosa que dudo.

—Gracias, Faz —dijo ella.

—¿Qué coño...? —dijo Kins acercándose a su compañera—. ¿Eso que llevas en el dedo es un anillo? —Le tomó la mano y aseveró—: ¡Un brillante!

Tracy levantó la mano.

—Dan se me declaró anoche.

—¡Ya era hora! —exclamó Del.

—Y esta mañana te ha tocado lidiar con esta mierda —dijo Kins.

—Así son las cosas —repuso ella, sorprendida ante la sensación de calma que tenía ante aquella situación, incluso ante Fields.

Tal vez fuese, sin más, el buen sabor que le había dejado la mejor noche de su vida o la idea de que Dan y ella iban a casarse. O quizá lo que había dicho la última persona de la que habría podido esperar un buen consejo. Quizá Nolasco tuviera razón por una vez en su vida. Tal vez estuviera siendo egoísta. Ya no se trataba de ella sola: en adelante, sus decisiones podían afectar a Dan y, algún día, quizá también a sus hijos.

Tracy estuvo trabajando en un caso de asalto con agresión y en otros delitos hasta que acabó su turno. A continuación, apagó el ordenador y retiró su silla.

—¿Ya te vas? —preguntó Kins.

—Sí, había pensado prepararle la cena a Dan para variar.

—Se lo he contado a Shannah y quiere que vengáis a casa a celebrarlo.

—A mí se me ha ocurrido algo mejor —dijo Faz mientras se levantaba de su asiento y se colocaba la americana—. Una cena en casa de un servidor y con la comida de la mejor cocinera italiana que ha conocido el mundo: mi mujer.

—Me apunto —aseveró Del sin vacilar—. ¿Cocina Vera? ¡Apártate, Fazzio, que voy!

—Me parece espléndido —dijo Tracy—, pero deberías hablar con ella.

—¿Bromeas? Si hay algo que le gusta más a Vera que hacer comida es compartirla con los amigos. ¿Qué os parece mañana por la noche?

—Yo libro, pero tengo que preguntarle a Dan.

—Yo puedo mañana —dijo Kins.

—Pues yo estoy libre cualquier noche que cocine Vera —declaró Del.

—Entonces, no hay más que hablar: mañana por la noche —zanjó Faz—. Yo le pregunto a Vera y tú a Dan.

Tracy dio un rodeo para llegar a casa. Quería fotografiar el faro de punta Alki y el restaurante para poder recordar aquella memorable velada. La noche de la declaración de Dan, convencida de que iban a salir a pasear con los perros, había salido sin el teléfono.

Paró en el restaurante para tomar imágenes del exterior desde la acera y, al dar la vuelta para meterse de nuevo en la cabina de su camioneta, vio una barca de aluminio surcando el agua y pensó de nuevo en Kurt Schill. El chaval se había llevado un susto de muerte al sacar la nasa y topar con una mano en el interior.

Aquello la llevó a acordarse del sueño.

En ese instante cayó en lo que la había inquietado, como quien recibe un dardo entre los ojos.

CAPÍTULO 24

El equipo A se reunió la noche siguiente en casa de Faz, en Green Lake, un barrio de clase media situado poco más al norte del centro de Seattle que debía su nombre al lago natural que tenía en el centro. Según le había contado a Tracy hacía un tiempo, en los setenta Vera y él habían dado la entrada de aquella casa de dos plantas y ciento ochenta metros cuadrados de estilo Arts and Crafts gracias a los treinta mil dólares que les habían prestado sus suegros y habían estado a punto de arruinarse cuando, en los ochenta, se pusieron por las nubes los tipos de interés. En el presente, dado que en el sector inmobiliario de la ciudad volvían a darse precios exorbitados, Faz contaba con ella para su jubilación.

La otra pasión de Vera, además de la cocina, era la jardinería. Había cultivado en el terreno que tenían delante de la casa y en el patio trasero un jardín de estilo campestre inglés, con caminos hechos de piedras, rosales dispersos, trepadoras y docenas de plantas perennes, que bien podría haber dejado impresionada a la Reina de Inglaterra. Tracy no lo había visto nunca, pero Faz ya le había hablado de él.

—Me gusta —había comentado— porque no tengo que cortar el césped.

Vera había cedido a las súplicas de Del y había hecho su célebre lasaña. Los siete comensales —Del estaba divorciado— se habían congregado en torno a una mesa sencilla de comedor bajo la tenue iluminación de la araña que pendía del techo de vigas cruzadas. A Tracy le había preocupado que Dan pudiera sentirse fuera de lugar con un puñado de polis y sus mujeres, pero apenas tocaron temas de trabajo durante la conversación. Habían corrido con generosidad el Chianti y el *merlot* y el comedor de paredes de madera oscura y cortinas de color granate había llevado a Tracy a sentirse transportada a una vivienda de la Italia rural. Había imaginado que Vera los atendería agotada y tuvo la ocasión de sorprenderse al ver que era Faz quien se ocupaba de sacar los platos y rellenar las copas, siempre con un paño de cocina blanco pendiente del hombro derecho. Saltaba a la vista que estaba orgulloso de su mujer y su hogar y la inspectora no pudo menos de considerar especial aquella ocasión que los había reunido a todos.

Todos tenían ya su porción generosa de lasaña, su ensalada y su pan de ajo y Faz seguía de pie.

—¿Quieres sentarte ya, Fazzio? —le dijo Del—. Estoy como un perro con un hueso delante y la correa demasiado corta.

—Espera, espera, que Vera y yo queremos hacer una cosa. —Antes de proseguir, se volvió hacia Tracy y Dan—. Cuando nos casamos, su padre nos dio su bendición y nosotros queremos transmitírosla ahora a vosotros.

Vera tomó una cesta en la que había un pan casero de los suyos envuelto, un tarro de vidrio con sal y una botella de vino y se la tendió a Tracy.

—El pan es para que no sepas nunca lo que es el hambre —le dijo—; la sal, para que a tu matrimonio no le falte nunca sabor, y el vino, para que tengáis siempre algo que celebrar.

Faz alzó su copa con ojos llorosos.

—Que viváis juntos muchos años y que Dios os bendiga con felicidad y prosperidad. *Salute!*

Todos levantaron la suya y bebieron. Kins también tuvo que secarse los ojos con la servilleta.

—¡Vaya panda de inspectores de homicidios hechos y derechos! ¡Todos llorando! —exclamó Shannah mientras se enjugaba el rabillo de los ojos.

Tracy retiró su silla para ponerse en pie.

—Aun a riesgo de matar a Del... —dijo.

—No te cortes —repuso el aludido con una sonrisa.

Tomó aire tratando de contener la emoción que habían puesto a prueba los acontecimientos de los dos últimos días.

—Todos sabéis que perdí a mi familia siendo muy joven y que he vivido sola buena parte de mi vida. A veces, de hecho, me sentí muy sola... hasta que llegué a la séptima planta. Vosotros habéis sido desde entonces mi familia y me habéis tratado como si formara parte de la vuestra. No sé ni qué sería ahora de mi vida si no os tuviese, así que quiero brindar por todos y deciros: gracias.

Todos guardaron silencio un instante. Vera levantó entonces su copa y dijo:

—*Salute*.

—*Salute!* —respondieron todos.

—¿Se puede comer ya? —preguntó Del y todos se echaron a reír.

Acabaron con todo lo que pusieron Vera y Faz en la mesa, que no fue poco. Cuando llegaron al postre, *cannoli* caseros, Tracy no podía comer más.

—Voy a probar el de Dan solamente —dijo cuando el anfitrión hizo ademán de ponerle el plato.

—Ve acostumbrándote, Dan —advirtió Faz—, a que te diga que está llena y se coma tu postre.

—¿Cuándo me he comido yo el tuyo? —preguntó Vera.

—¿Estás de broma? ¿Cuántas veces he oído «Solo voy a probar un bocado» y, a renglón seguido, me he encontrado limpio el plato? La semana pasada pedí tiramisú y casi ni lo probé.

—Es que el tiramisú es mi perdición —dijo ella guiñando un ojo a Dan—. ¿Quién quiere café?

—Yo te ayudo a retirar los platos —se ofreció Shannah.

—Yo también —dijo Tracy, pero Dan se levantó primero.

—Quédate hablando con tus amigos, que yo recojo.

Vera lanzó algo semejante a un aullido suave.

—Me gusta este hombre, Tracy. Los que ayudan en la cocina suelen ser mejores todavía en la cama.

El comentario provocó más risas. Cuando quedaron solos los cuatro, Tracy dijo:

—Siento aguaros la fiesta con cosas del trabajo, pero tengo que contaros algo.

—Te vas, ¿verdad? —supuso Kins.

Ella lo miró como si estuviera loco.

—No. ¿Por qué dices eso?

—No sé, pero Dan tiene un buen sueldo y tú no tienes por qué aguantar más sandeces.

—No me voy a ninguna parte. Se trata de Andrea Strickland.

—¿Qué pasa? —quiso saber Faz.

—Me parece que no es la de la nasa.

Faz bajó su copa de oporto.

—¿Qué quieres decir con eso?

—Que creo que no es la que apareció en la trampa para cangrejos.

Los otros tres estaban boquiabiertos.

—¿Por qué no? —preguntó Kins—. ¿Quién coño iba a ser si no?

—Cuando llegué a la playa tras el aviso, el chaval que sacó la nasa...

—Kurt Schill.

—Ese. Me dijo que pensaba que era una mujer, aunque solo había conseguido vislumbrar la mano antes de llevar la nasa a la orilla. Le pregunté por qué y me dijo que tenía las uñas pintadas.

—De azul intenso —dijo Kins.

—En efecto, pero la tía de Andrea Strickland me dijo que su sobrina se mordía las uñas hasta hacerlas sangrar.

—Podían ser postizas —argumentó Faz— o a lo mejor ya había superado esa manía.

Tracy negó con la cabeza.

—Se lo pregunté a Funk y me dijo que eran reales. Además, si conoces a alguien que se muerda las uñas de manera compulsiva, sabrás que es tan difícil superarlo como dejar de fumar.

—Yo tenía una tía con esa manía —dijo Del—. Con los años, se le acabó partiendo una paleta.

Todos se reclinaron en sus sillas y guardaron silencio mientras meditaban, hasta que Kins dijo:

—Y si no es Strickland, ¿quién crees que es?

—Creo que podría ser la amiga, Devin Chambers. Desapareció a la vez que ella y pesaba y medía más o menos lo mismo, además de tener el pelo de un color parecido.

—Mierda —dijo Del—. Eso complica mucho las cosas.

—Todavía no lo sabemos —aseveró Faz—. Entonces, ¿qué fue lo que pasó? ¿Andrea Strickland está muerta en algún lugar de esa montaña?

—No lo sé —respondió Tracy.

—¿Crees que fue el marido quien mató a Chambers? —preguntó Del.

—Es muy pronto para suponer nada. Lo que sabemos es que la mujer de la nasa estaba cambiando de aspecto y lo más probable es que estuviera gastándose el dinero para ello. Si Chambers sabía lo del fondo fiduciario, es fácil entender por qué quería cambiar su apariencia.

—¿Y, luego, qué? ¿El marido y Chambers estaban conchabados y él la traiciona y la mata?

—Es una posibilidad. Puede que recurriera al investigador privado para dar con ella. Eso explicaría que le diese el nombre de Devin Chambers y le pidiera que la buscara, también explicaría que ella estuviese cambiando de aspecto y huyendo.

—Le había echado el ojo al dinero —dijo Del.

—Pero para eso no necesitaba huir —replicó Tracy—. Si es ella la mujer de la nasa, está claro que tenía que saber lo de la identidad falsa de Lynn Hoff, estar enterada de que las cuentas estaban a ese nombre y conocer las contraseñas. Debía de estar huyendo por otro motivo.

—Porque creía que el marido tenía intenciones de matarla —dijo Faz—. No puede ser otra cosa.

Tracy asintió con un gesto.

—Puede ser, pero no olvidéis que Andrea Strickland le dijo a la jefa que sospechaba que su marido estaba teniendo otra aventura. ¿Y si le estaba siendo infiel precisamente con Devin Chambers?

—Creí que eran amigas —dijo Kins.

—Exacto. ¿Y si Andrea Strickland se enteró de que su mejor amiga se estaba acostando con su marido? El psiquiatra con el que hablé me dijo que Andrea podía volverse muy vengativa, incluso violenta. ¿Y si la víctima no es tan víctima? ¿Y si es, en realidad, la asesina?

Todos volvieron a reflexionar sobre las repercusiones de lo que les estaba contando Tracy.

—El caso ya no es nuestro —recordó Faz al fin.

—Y si llamo a Fields, sobre todo si no tenemos nada más, irá corriendo a decirle a su jefe que le he vuelto a quitar los juguetes del arenero —concluyó ella.

—Así que tenemos que estar seguros —dijo Kins.

—Funk tomó muestras de ADN del cadáver y Melton las cotejó con las del CODIS —recordó Tracy. Se refería a Mike Melton, director del laboratorio criminalista de la policía estatal de Washington. La víspera había estado preguntándose cómo podían estar tan seguros.

—Así que tienen el perfil en el sistema —dijo Faz.

—Y Strickland tiene una tía en San Bernardino —apuntó Tracy.

—Y Chambers, una hermana en algún lugar de Nueva Jersey. —Faz se irguió en su asiento y comenzó a entusiasmarse—. Joder, eso sí podemos hacerlo. ¿Estaría dispuesto Melton a comprobar el ADN?

—Si conseguimos muestras de la tía y de la hermana, podríamos enviarlas a un laboratorio privado.

—Yo tengo un tío que trabajó durante cuarenta y cinco años en el cuerpo en Trenton. Podría pedirle un favor.

—Y yo conozco a la tía.

—Sí, pero también habrá que conseguir que Mike envíe el perfil de la víctima al laboratorio privado —intervino Del.

Tracy negó con la cabeza.

—No: bastará con que me lo envíe a mí y yo se lo haga llegar al laboratorio.

—¿Y, luego, qué? —preguntó Kins—. Supongamos que conseguimos que analicen todo y demostramos que no es Strickland, sino Chambers. ¿Qué hacemos luego?

—Si conseguimos los análisis y demuestran que la muerta es Chambers en lugar de Strickland, iré a contárselo a Martinez y a Nolasco.

—No te ofendas, Profe —replicó Faz usando el apodo de Tracy—, pero eso no sirvió de mucho la última vez.

—Si la mujer de la nasa resulta no ser Andrea Strickland, este caso generará más atención de la que ha recibido ya por parte de la prensa. Será noticia en toda la nación y dudo que los peces gordos quieran arriesgarse a dejar pasar la publicidad que pueden darles los medios nacionales al hablar de inspectores dedicados que trabajan para resolver un crimen horrible y ponernos de ejemplo.

—Sobre todo si tenemos razón —dijo Kins—. Los agentes responsables de las relaciones públicas se van a volver locos.

—Además —añadió Tracy, incapaz de reprimir una sonrisa al ir mirándolos uno a uno—, si la mujer de la nasa no es Andrea Strickland, el condado de Pierce deja de tener jurisdicción sobre el caso.

Kins se recostó en su asiento mientras movía lentamente la cabeza y soltaba una risita. Faz y Del no tardaron en unirse a él en una sonora carcajada.

—Eres increíble, ¿lo sabes? —aseveró Kins—. ¿Cuándo te has dado cuenta?

—Anoche.

Faz alzó su copa de oporto.

—¿Vamos a por ello?

Del hizo otro tanto.

—Claro, coño. Contad conmigo.

—Y conmigo —dijo Kins uniendo su copa a la de los otros dos—. Si van a repartir publicidad positiva, un servidor se apunta.

Tracy los miró sin levantar su copa. No quería verlos metidos en un lío por algo que había hecho ella.

—Faz, a ti te queda poco para jubilarte. Del, tú tienes que pagarle la pensión a tu exmujer, y Kins, tú tienes tres hijos.

—¿No has dicho que somos una familia? —preguntó el primero—. Pues eso es lo que hacen las familias: ponerse de mierda hasta el cuello, pero siempre en compañía.

CAPÍTULO 25

Conseguir las muestras de ADN no resultó tan sencillo como había supuesto Tracy. Cuando llamó a Penny Orr al día siguiente, sábado, la mujer respondió con cautela al oír su nombre.

Tracy había pensado mucho en cómo abordar el tema antes de llamar, pues no podía contarle sin más por teléfono que la sobrina que creía muerta, no una vez, sino dos, podría seguir aún con vida: no se dan esperanzas así sin tener la total certidumbre. Ella misma había albergado la ilusión, contra todo pronóstico, de que encontrarían a Sarah con vida algún día. Aun después de hacerse inspectora de homicidios y saber que las probabilidades eran poco menos que inexistentes, se había aferrado tanto a la posibilidad de un milagro que, cuando, al fin, encontraron los restos mortales de su hermana, el hallazgo la había devastado.

Hizo saber a Penny Orr que querían confirmar la identificación a través del ADN y le explicó que para ello necesitaban una muestra suya. Su renuencia le resultó sorprendente.

—¿Qué tendría que hacer? —preguntó.

—Se trata de un procedimiento no invasivo —le aseguró Tracy por si había pensado que debían extraerle médula o sangre—. Haré que le envíen un kit de ADN con instrucciones muy sencillas. Con el kit le llegará una etiqueta de retorno para que pueda mandármelo a mí directamente. —Iría, claro, al apartado de correos al que hacía que le remitiesen toda su correspondencia.

Orr dejó escapar un suspiro, aún sin demasiada convicción. Tracy seguía sin entender a qué venía aquella actitud.

—Me preocupa —dijo— volver a encontrarme, en caso de no ser ella, con la duda de qué fue lo que le ocurrió. No me veo capaz de volver a pasar por todo eso.

—Entiendo que ha sido durísimo —repuso la inspectora—, pero piense que, si no es Andrea, posiblemente haya otra familia preguntándose lo mismo: qué le habrá ocurrido a su hija. Y ellos también merecen poner fin a su incertidumbre.

La tía se tomó unos instantes para considerar aquel argumento y, tras una pausa prolongada, contestó:

—De acuerdo, envíemelo.

La hermana de Devin Chambers, Alison McCabe, también tardó en dar su consentimiento, pero, al final, acabó por ceder. Tracy sospechaba que, por más que hubiera podido echarse a perder la relación entre ambas, la sangre seguía siendo sangre.

La semana siguiente llegaron las muestras de ADN de ambas mujeres y, una vez que las tuvo en su poder, Tracy se dirigió al edificio achaparrado de hormigón de Airport Way South que albergaba el laboratorio criminalista de la policía estatal de Washington. Las instalaciones, situadas en una zona industrial que se extendía al sur del centro de Seattle, parecían más un almacén de procesado de alimentos que el centro de tecnología punta encargado de analizar las pruebas destinadas a condenar a asesinos, violadores y otros malhechores.

Mike Melton estaba sentado en su despacho, esta vez sin la guitarra y en silencio. Cuando llamó a la puerta, lo encontró mordiendo un bocadillo casero que le recordó a los de queso que les hacía su madre a su hermana y a ella: dos rebanadas de pan blanco, mayonesa y una loncha de Velveeta. Sobre la mesa descansaban una manzana, una botella de agua sin tapón y una bolsa marrón abierta.

—Perdón, te pillo en mal momento —dijo Tracy desde el umbral.

Melton le indicó con la mano que pasase mientras masticaba y tragaba, ayudándose con un sorbo de la botella.

—Es que no he podido almorzar antes. He estado en los juzgados, rematando los preparativos para el proceso de Lipinsky.

—Kins me ha dicho que podría ser que empezase la semana que viene.

—Eso nos han dicho. —Melton se limpió con la servilleta las comisuras de los labios o lo que asomaba de ellos bajo una espesa barba de color castaño rojizo que con los años había quedado salpicada de tonos grises. Tracy había oído comparar a los hombres corpulentos con osos, pero, en su caso, la analogía no podía ser más acertada, y no solo por el tamaño, ya que, además de la barba, que parecía más larga y poblada cada vez que iba a verlo, Melton llevaba el pelo echado hacia atrás y los rizos le llegaban al cuello de la camisa. Tenía la constitución de un leñador, con antebrazos rollizos y unas manos que parecían capaces de partir una guía telefónica por la mitad, aunque sus manos eran lo bastante ágiles para pulsar las cuerdas de una guitarra. Los inspectores lo llamaban Grizzly Adams por el asombroso parecido que guardaba con el personaje que interpretaba Dan Haggerty en los setenta.

—Entra y siéntate. —Melton se dirigió al lado del escritorio que quedaba más cerca de Tracy y retiró la bolsa de cuero que descansaba sobre una de las dos sillas. La otra estaba cargada de libros técnicos.

—Un poco de lectura ligera para relajarte, ¿no?

—Hay que estar al día de todo.

Tracy tomó asiento y él, en lugar de volver a su lado de la mesa, se apoyó en el tablero.

—Tengo entendido que el condado de Pierce se ha quedado con el caso de la nasa.

Melton no era tonto ni se chupaba el dedo. Era el principal científico del laboratorio criminalista y le sobraban títulos. Con todo, no tenía ninguno en las paredes de su despacho, en las que, en lugar de diplomas, exhibía recuerdos de casos interesantes en los que había trabajado: un martillo, una sierra, un bate de béisbol... También sabía que cuando los inspectores se presentaban de manera inesperada a la puerta de su oficina era porque querían algo de él.

—Vaya... —repuso ella— y me han dejado con un par de cabos sueltos que estoy intentando atar.

—¿Como cuál? —Melton volvió a su sillón para recuperar su bocadillo de queso.

—El ADN, por ejemplo. Dadas las condiciones en las que se encontraba el cadáver, ese es el único modo posible de identificarlo sin temor a equivocaciones.

—Pero la víctima era huérfana y no tenía hermanos, ¿no? —preguntó él dando otro bocado.

—He encontrado a una tía suya en San Bernardino. La hermana de la madre.

—Ah. —Él dejó el bocadillo y dio un sorbo de agua.

Tracy no encontró modo alguno de suavizar la pregunta.

—Quería que me dieses el perfil de la víctima para poder enviarlo a un laboratorio externo y que los cotejen.

Melton se reclinó en su asiento.

—¿No te gusta cómo trabajamos aquí?

—En este momento es más prudente dejarlo en manos de un laboratorio externo.

—¿Y qué van a pensar de ello Martinez y Nolasco? —repuso él esbozando una discreta sonrisa con las comisuras de los labios.

—¿Te has enterado?

—Me entero de todo y lo sabes.

Ella sonrió levemente.

—Lo más seguro es que aún les disguste más que la ocurrencia que tuve de ir a hablar con la tía.

Melton reflexionó unos instantes sobre aquel comentario.

—En fin, lo de mandar fuera los perfiles cuando estamos atascados o saturados de trabajo es algo que hacemos un día sí y otro no. De hecho, ahora que nos tiene absorbidos lo de Lipinsky, estaba pensando hacerlo con ese para acelerar un poco las cosas.

La sonrisa de Tracy se ensanchó de manera perceptible.

—Gracias, Mike.

—No hay de qué: solo estoy haciendo mi trabajo. También será mejor que no te pregunte por qué vas a recurrir a un laboratorio externo, ¿verdad?

—Probablemente.

Melton asintió con un movimiento de cabeza.

—Sospechas que no es ella, ¿me equivoco? Que no es la mujer que todos dicen que escapó del Rainier.

—Como te he dicho, tiene una tía en el Sur de California deseosa de poner punto final al asunto.

—En ese caso, averiguarlo es fácil.

—Muy fácil —coincidió ella.

Melton volvió a guardar silencio. Desde luego, no podían acusarlo de irreflexivo.

—Al fin y al cabo —concluyó—, nuestro trabajo es precisamente ese, ¿no? Determinar la identidad sin que haya lugar a dudas para que las familias de las víctimas puedan poner fin al duelo.

—Yo siempre lo he visto así.

—Y si te hago un perfil de ADN, estaré ayudando a aumentar la certidumbre.

—Sí, si todavía fuera nuestro caso.

—Puede que ya no sea tuyo, pero sigue siendo mío. La unidad la dirijo yo —aseveró Melton. Quería decir que se hallaba al frente de todos los laboratorios criminalistas del estado, incluido el de Tacoma, que daba asistencia al condado de Pierce.

—He acabado compitiendo con el condado de Pierce para ver quién mea más lejos.

—Eso he oído.

—No les hará ninguna gracia nada que pueda hacer por resolver el caso, conque más te vale apartarte de la línea de fuego.

Él soltó una risotada burlona.

—¿Qué van a hacer? ¿Echarme? —Todos los inspectores sabían que, con su experiencia, Melton podía conseguir cuando quisiera un puesto mucho mejor remunerado en cualquier laboratorio privado, pero el sentido del deber para con las familias de las víctimas lo llevaba a seguir en el laboratorio de criminalista.

—No quiero ser la responsable de que tomes una decisión tan importante, Mike.

—¿Qué laboratorio habías elegido?

—ALS —repuso Tracy.

Él asintió con la cabeza.

—Buen equipo. Conozco a Tim Lane, que lleva años intentando contratarme. Lo llamaré para que te trate bien y se dé prisa.

Tracy se levantó de la silla y le tendió la mano.

—Como te he dicho, te estoy muy agradecida, Mike.

—Lo sé —respondió él estrechándosela—. Sé que lo aprecias y por eso estoy encantado de hacerlo.

Kins, Faz y Del, o cualquier combinación imaginable de los tres, se pasaron lo que quedaba de semana mirándola cada vez que aparecía por el cubículo como tres futuros padres que ven llegar al ginecólogo a la sala de espera de maternidad. Tracy negaba con la cabeza para indicarles que aún no sabía nada del laboratorio. Aquel viernes, mientras investigaba el apuñalamiento de un indigente, sonó su teléfono móvil. La pantalla no identificaba a quien llamaba, pero el prefijo era de un número de Seattle.

—¿Inspectora Crosswhite? —La pregunta hizo que se le formara un nudo en el estómago.

—Al habla.

—Mike Melton me ha pedido que la trate bien y, dadas sus dimensiones, prefiero no enfadarlo.

Los laboratorios ALS tenían una sucursal en Burien, bastante cerca de la academia de policía de Seattle y a una media hora en coche de la comisaría central. Aunque Tim Lane se ofreció a enviarle los resultados por correo electrónico y evitarle así el paseo, Tracy prefería no dejar ningún rastro en su ordenador, razón por la que le dijo que tenía que hablar con un testigo en las inmediaciones y aprovecharía para recogerlos en persona. Por extraño que pudiera parecer, tampoco deseaba oír por teléfono lo que tuviera que decirle. Lane no hizo más preguntas. Debió de haber sospechado ya que ocurría algo al ver que no estaba llamando a la comisaría, sino a un teléfono privado.

Tracy y Kins acudieron en el BMW del inspector en lugar de tomar un vehículo de la comisaría. Era cierto que tenían que hablar con un testigo en Des Moines, al lado mismo de Burien, de modo que nadie podía acusarlos de estar usando el dinero del contribuyente para seguir las pistas de un caso que ya no les pertenecía.

Las instalaciones de ALS se encontraban en un parque empresarial que incluía una cervecera, un gimnasio y, al parecer, un club de baloncesto. El número de laboratorios privados había crecido de forma vertiginosa con los avances recientes en análisis de ADN y el deseo de la ciudadanía de averiguar su genealogía, su constitución genética y su propensión a sufrir en el futuro enfermedades mortales en potencia.

—¿Tú lo has hecho ya? —preguntó Kins a su compañera mientras dejaba el coche en una plaza de aparcamiento que, según se anunciaba con mayúsculas blancas, estaba reservado a los visitantes del laboratorio.

—¿Qué? ¿Pedir mi perfil de ADN? No, ¿y tú?

—¡Qué va! ¿Para qué quiero saberlo? —repuso saliendo del vehículo mientras Tracy se apeaba por el otro lado—. Mi abuelo paterno tenía Alzheimer, ya me preocupo bastante por ello sin que me lo tenga que decir nadie. Cuando me cuenten que han encontrado la manera de curarlo, sí seré todo oídos.

Se reunieron de nuevo al llegar a la marquesina para dirigirse a la entrada.

—¿Y qué me dices de tus antepasados o tu legado? ¿No sientes curiosidad?

—He crecido pensando que soy de ascendencia inglesa y que, por tanto, tengo que soportar el té, la comida insulsa y el tiempo frío y la niebla. ¿Qué haré si me entero de que soy italoamericano y podría haberme pasado la vida comiendo como Fazzio? Además, de todos modos, si retrocedes lo suficiente, todos venimos del mismo sitio. Todo tuvo que empezar con dos, ¿verdad?

—¡Dios! ¿Eso significa que somos parientes de Nolasco? —dijo Tracy mientras empujaba la puerta de cristal.

—Yo tengo claro que Nolasco es un reptil.

Tracy informó en recepción de que tenían cita con Tim Lane antes de sentarse con Kins en una sala de espera con un falso techo bajo, luces fluorescentes y paredes de color azul vivo decoradas con carteles en los que se detallaban los distintos servicios que ofrecía el laboratorio.

—Este sitio se parece a la guardería a la que llevábamos a los críos Shannah y yo —observó él.

Había allí dos parejas más. Tracy también había leído que los futuros padres también llevaban a analizar su ADN antes de tener hijos con la intención de determinar si su descendencia corría el riesgo de sufrir alteraciones genéticas como anemia de células falciformes o síndrome de Down. A sus cuarenta y tres años, Tracy tenía más probabilidades de transmitir algo así a su hijo que las madres más jóvenes.

En uno de los rincones de la sala se abrió una puerta para dar paso a un hombre rubio que había empezado a perder el cabello y llevaba una bata blanca sobre una camisa de vestir rosa y una corbata roja.

—Inspectores —dijo regalándoles una sonrisa de cien vatios—, soy Tim Lane. —Les estrechó la mano—. Síganme.

Los condujo por un pasillo con moqueta hasta una sala de reuniones insulsa con vistas a una modesta extensión de césped que había perdido su color verde por varias partes. Lane caminó hacia el extremo de la mesa más alejado de la puerta, donde había dejado dos carpetas.

—Mike quiere que los trate como a mis mejores clientes —aseveró con voz profunda y sonora.

—Tengo entendido que ha intentado contratarlo. Le advierto que eso provocaría un motín entre los inspectores —dijo Tracy.

—Trabajamos juntos en el laboratorio criminalista hace muchísimo tiempo. Bueno, yo solo estuve allí cinco años.

—¿Y cómo acabó en el sector privado?

—Yo me gradué en química y volví a la universidad a hacer un máster. Siempre he tenido espíritu emprendedor y quería dirigir mi propio negocio. Los adelantos que se estaban dando en el terreno del ADN y el trabajo atrasado que tenía la mayoría de los laboratorios criminalistas más importantes de la ciudad me hicieron ver que había una oportunidad y decidí aprovecharla. El nuestro fue uno de los primeros laboratorios privados. Hoy en día, busca uno en Google «prueba privada ADN» y obtiene unos doscientos mil resultados.

—¿Qué proporción de su trabajo hacen para el público general? —preguntó Kins.

—Ahora, un sesenta por ciento más o menos. Cuando abrimos éramos sobre todo como un anexo de los laboratorios criminalistas. Hacíamos un montón de pruebas de paternidad. Sin embargo, con los avances en análisis de ADN y en la tecnología necesaria para efectuarlos, los laboratorios públicos pueden afrontar todo eso con mucha más rapidez que cuando yo trabajaba allí y no dependen tanto de colaboradores externos. Con el tiempo no nos necesitarán para nada: obtendrán el perfil de ADN del malo, lo subirán a una nube para contrastarlo con las bases de datos más relevantes y obtener los resultados en cuestión de minutos.

Se sentó ante las dos carpetas y Tracy y Kins ocuparon dos asientos situados al otro lado de la mesa.

—Mike también me ha dicho que están hechos a todo esto, así que, si no les importa, iré al grano.

—Perfecto —aseveró ella.

Lane abrió la primera carpeta.

—Hemos usado el perfil que nos envió Mike como referencia para cotejarlo con los dos que nos proporcionaron ustedes. En el primer caso se nos pidió que determinásemos si el donante puede ser la tía de la víctima.

—Correcto.

—Podemos determinar con un grado aceptable de certidumbre si dos personas están emparentadas —aseveró Lane accediendo a un terreno en el que se encontraba cómodo.

Aunque ambos inspectores habían tenido ocasión de adquirir ciertos conocimientos relativos al análisis de ADN por la labor que habían llevado a cabo en varios procesos, Tracy lo dejó seguir. Cuando la había llevado a comprar su primer revólver, su padre, que había echado los dientes disparando, había escuchado con paciencia la explicación que les había dado el vendedor de todos y cada uno de los aspectos del arma antes de agradecerle su minuciosidad. Al salir de la tienda, ella le había preguntado por qué había soportado toda aquella conferencia.

—Interrumpir a una persona cuando habla de su trabajo es como decirle que lo que está contando no es importante. Además, cuando hablas, nunca aprendes nada.

Lane siguió diciendo:

—No obstante, sin el ADN de al menos uno de sus padres no podemos estar del todo seguros.

—Sus padres murieron —anunció Tracy.

Kins preguntó por su parte:

—¿Qué han averiguado en este caso?

—En este caso, hemos llevado a cabo un análisis estadístico basado en los puntos de coincidencia que cabría esperar de una tía y su sobrina. Esto nos proporciona lo que llamamos un «índice de parentesco». Si las dos están biológicamente emparentadas, este suele ser mayor de uno y, en caso de no estarlo, menor. Cuanto más se acerque su valor a uno o más se aleje de él, mayor o menor será la probabilidad de que sean parientes.

—¿Y qué ocurre en este caso? —preguntó la inspectora.

—En este caso, el valor del índice de parentesco es muy inferior a la unidad.

Tracy hizo cuanto pudo por atemperar su reacción pese a la descarga de adrenalina.

—Así que no son familia.

Lane hizo un movimiento de negación con la cabeza.

—Lo más probable estadísticamente es que no sean parientes.

—¿Cómo que «estadísticamente»? —quiso saber Kins—. ¿De qué porcentajes estamos hablando?

—La probabilidad de que lo sean es insignificante. Si lo quiere en porcentajes, le diría que tengo una seguridad del noventa y nueve con noventa y cinco por ciento de que no son parientes.

Kins miró a su compañera, pero no dijo nada. Tracy lo conocía bien y sabía que las ruedas dentadas de su cerebro habían empezado también a girar.

—¿Y qué me dice de la prueba de las hermanas? —preguntó la inspectora.

Lane cerró la carpeta y se la tendió haciéndola deslizarse por la superficie de la mesa antes de abrir la segunda.

—De nuevo, el método recomendado para determinar si dos individuos dados son hermanos biológicos consiste en hacer la prueba a los padres. Las pruebas de maternidad y paternidad siempre dan resultados concluyentes. Como en este caso tampoco tenemos esa opción, tenemos que volver a conformarnos con probabilidades. Basándonos en el material genético heredado por cada hermana, hemos determinado lo que se llama «índice de hermandad».

—¿Y a qué conclusión han llegado?

—Superaba con creces la unidad. La estadística apunta de forma clara a que las dos mujeres de los perfiles genéticos que hemos comparado son hermanas.

Tracy y Kins salieron del laboratorio. Ella llevaba los resultados de las dos pruebas. Su compañero se puso las gafas para protegerse de la claridad.

—No voy a mentirte: una parte de mí esperaba obtener el resultado contrario.

—Desde luego, todo habría sido mucho más fácil —reconoció Tracy.

—Pero bastante más aburrido —repuso él—. Además, *fácil* no es una palabra que haya asociado nunca contigo.

Tracy se detuvo ante la puerta del copiloto y levantó una mano para protegerse del sol.

—¿Cómo tengo que entender eso?

Kins usó el mando a distancia y las puertas se desbloquearon con un silbido.

—No te pongas a la defensiva. Lo único que digo es que, últimamente, parece que en nuestros casos se tuerce todo lo que pude torcerse. No estaría mal que de vez en cuando nos tocara una bola rasa.

Abrieron las puertas del BMW y se metieron en el coche. Kins arrancó el motor para poner en marcha el aire acondicionado, aunque no dio la impresión de tener prisa por salir.

—¿Cuál es tu teoría sobre lo que pudo pasar?

—Lo que creo es que cometemos un error si nos ponemos a conjeturar. En este momento, lo que hay que determinar es qué nos dicen las pruebas.

—Yo, en este momento, me conformo con cualquier cosa que tenga sentido —dijo él.

—Lo que sabemos con certeza es que la mujer de la nasa no es Andrea Strickland, sino Devin Chambers.

—De eso no hay duda.

—Sabemos que Andrea y Graham Strickland tenían problemas matrimoniales y económicos. El negocio era una ruina y el banco, el casero y otros acreedores estaban aporreando su puerta. También sabemos que Andrea estaba sentada sobre una montaña de dinero que no pensaba dejar que tocase su marido ni los acreedores.

—Todo eso es verdad —convino Kins.

—También sabemos que él la había engañado con otra y, si hay que creer lo que dijo Andrea a su jefa, seguía engañándola, puede que con su mejor amiga.

—¿Seguro? ¿No puede ser que ella quisiese que los demás creyeran eso porque encaja con el perfil de un hombre que tiene motivos para matar a su mujer? Eso explicaría también el seguro de vida del que él dice no saber nada.

—Vamos a suponer que sí le estaba siendo infiel —propuso Tracy—. ¿Y si la persona con quien la engañaba era Devin Chambers? Eso le da a él un móvil para matar a Chambers.

—Eso también le da a Andrea motivos para matar a Chambers… si Andrea sigue con vida, cosa que estoy empezando a sospechar, porque alguien tuvo que mover ese dinero. —Salió del aparcamiento—. Vamos a comer algo, a ver si así conseguimos pensar con más claridad.

—Te puedo llevar a un sitio al que iba con mi clase cuando estaba en la academia.

Lo guio hasta el Tin Room Bar, situado en Ciento Cincuenta y Dos Suroeste del centro de Burien. Aquella antigua hojalatería de los tiempos en los que la calle había sido un hervidero de locales industriales había sido adquirida por un empresario de la zona que había convertido la mitad del edificio en cine y la otra mitad en un bar con restaurante de aire ecléctico, con herramientas expuestas en las paredes y bancos de trabajo convertidos en mesas. Aquella renovación había sido el pistoletazo de salida de la recuperación de aquella calle, que incluía ya media docena más de establecimientos similares.

Tracy y Kins ocuparon una mesa situada bajo un retrato impresionista de Mick Jagger, el cantante de los Rolling Stones. Ella pidió tacos de pescado y té frío y él, una hamburguesa y Coca-Cola Light. «Modern Love», una de las canciones más célebres del gran David Bowie, fallecido hacía poco más de un año, se filtraba por los altavoces que tenían sobre sus cabezas y en la barra había hombres y mujeres que veían en las pantallas planas un partido de los Seattle Mariners.

—Hemos vuelto al principio, ¿no? —señaló Kins—. Estamos barajando tres posibilidades: la de que Strickland matase a su mujer y lo presentara como un accidente; la de que Andrea muriera de verdad en un accidente estando en la montaña, y la de que ella fuese más lista que el marido, escapara de la montaña y tratara de hacer que lo encerrasen por haberla matado mientras ella sigue con vida.

—Vamos a empezar por la primera opción —propuso Tracy. Tras dar un sorbo a su té, lo dejó a un lado y usó una servilleta de papel y un bolígrafo para plasmar sus pensamientos—. Él, al borde del desastre financiero, arroja a su mujer montaña abajo pensando que así cobrará el dinero del seguro y accederá al fondo fiduciario que ella le ha negado. Sin embargo, el fiscal del distrito del condado de Pierce lo incluye entre sus sospechosos, la aseguradora se niega a pagar y el fondo de la mujer desaparece. En este caso, parece obvio que el dinero tuvo que quedárselo Devin Chambers, ¿no?

—Eso diría yo: pagó en metálico una reconstrucción facial y adoptó la identidad falsa de Strickland.

—Entonces, el marido contrató al investigador privado, que encontró a Devin Chambers. El marido la sigue, la mata y vacía la cuenta del banco.

—Hasta aquí, coincido contigo —dijo Kins.

—Segunda posibilidad: él planea matar a Andrea, o quizá no lo planeara, pero ella muere en un accidente.

—Yo creo que ese es la menos probable de las tres hipótesis, aunque hay que tenerla en cuenta. En este caso, todo lo demás permanecería igual.

—De acuerdo —convino Tracy—. Queda la tercera opción.

—En la que es ella quien lo engaña a él. Descubre que su marido quiere deshacerse de ella en el Rainier, simula su propia muerte, sale de la montaña, recupera su fondo fiduciario y sigue viva en algún lugar, pero ¿cuándo se da cuenta él de que su mujer le ha tendido una trampa, cuando se despierta en la tienda a la mañana siguiente?

—Puede ser, aunque parece más probable que se enterase cuando fue a verlo Fields y se puso a hacer preguntas sobre un seguro de vida del que él, pese a ser el beneficiario, no sabe nada y lo informó de que su mujer se había puesto en contacto con un abogado matrimonialista y había ido diciendo por ahí que él había vuelto a serle infiel.

En ese momento regresó la camarera con los tacos de Tracy y la hamburguesa de Kins y la inspectora apartó la servilleta para hacerle hueco. Su compañero se hizo con la botella de kétchup y dejó bien coloreado su plato.

—Entonces, él ahora tiene un par de problemas peliagudos —dijo Kins mientras golpeaba el fondo de la botella—, porque la investigación está impidiendo que le paguen el seguro y el fondo de fideicomiso de Andrea se ha esfumado, como también se ha esfumado su amante, pero los acreedores siguen aporreando su puerta y puede perderlo todo.

—Se pregunta si la desaparición del dinero y la desaparición de Chambers están relacionadas. —Tracy tomó de manera subrepticia una patata frita del plato de Kins—. Así que usa una cuenta de correo electrónico desechable para buscarla.

—El buscador de personas desaparecidas dijo que primero le pidió que diese con Lynn Hoff. ¿Cómo pudo saber el marido que existía esa identidad falsa?

—Quizá gracias a Devin Chambers —repuso Tracy—, siempre que Graham Strickland y ella estuvieran conchabados desde el principio.

—¿Y si no?

—Ni idea. A lo mejor encontró algo en la casa que se lo reveló.

Kins dio un bocado a la hamburguesa y se limpió las manos con la servilleta de tela del regazo.

—¿Crees que Andrea pudo confiar en Devin Chambers?

—Es posible. La jefa decía que estaban muy unidas, que, de hecho, Chambers quizá fuera la única amiga de Andrea.

—Pero, entonces, cuando descubre que su mejor amiga se acuesta con su marido, ¿por qué no deja, sin más, a su marido? ¿Por qué sube a la montaña y hace todo lo demás?

—Se me ocurren dos motivos —repuso ella—. El primero, que le hubiese hablado a Devin del plan que había tramado con el nombre de Lynn Hoff. En ese caso, la amiga sabría cómo localizar tanto a ella como su dinero.

Kins mojó una patata en kétchup y se la metió en la boca.

—Bien. ¿Y el segundo?

—El psiquiatra dijo que es posible que los años de abusos acabaran por provocarle un trastorno disociativo y que Andrea podría volverse inestable en caso de sufrir un trauma agudo o sentirse abandonada o desesperada.

—Algo como enterarte de que tu única amiga se acuesta con tu marido y está intentando dejarte sin todo tu dinero —concluyó Kins.

—Con lo que huir sin más no iba a evitar que la persiguiesen ni huyendo iba a desquitarse de ninguno de ellos.

—Es decir, que, en ese caso, Andrea Strickland tenía que hacer ver que su marido la había matado en el monte Rainier y que Chambers estaba implicada —dijo él tomando otro bocado.

—Contrata el seguro de vida, consulta al abogado matrimonialista y deja caer que su marido ha vuelto a engañarla. Entonces usa al buscador de desaparecidos para encontrar a Devin Chambers. Esta desaparece y todos piensan que ha sido el marido.

—¿Y por qué huía Chambers?

—Supongo que vio la ocasión de empezar una vida nueva con un millón en efectivo —respondió Tracy.

—Puede ser, pero ¿no crees que es más probable que el marido matase a Chambers y Andrea Strickland cambiase de sitio el dinero antes de que él pudiera echarle la garra?

—No lo sé.

—Yo creo que todavía sigue viva —aseveró Kins.

—Tenemos que encontrar al buscador de personas desaparecidas. A lo mejor hay algún modo de determinar de dónde salieron esos correos electrónicos, porque, si conseguimos concretar la ciudad de origen, quizá seamos capaces de descubrir si los mandó el marido o fue cosa de ella.

Kins dejó la hamburguesa en el plato y siguió comiendo patatas fritas.

—Pensaba que me habías dicho que esos correos eran anónimos.

—No hay nada del todo anónimo. ¿Te acuerdas del estudiante de Harvard que anunció una amenaza de bomba por librarse de los exámenes finales?

—No mucho.

—Yo lo estuve buscando la otra noche. Usó una cuenta de correo electrónico desechable y un servidor anónimo, pero el FBI descubrió que se había conectado a la red wifi de la universidad. Quizá no necesitemos vincular los mensajes a un ordenador concreto y nos basta con demostrar que proceden de un lugar como un Starbucks que esté cerca de la casa de Graham Strickland o de cualquier otro lugar en el que pueda estar escondida Andrea. —Tracy dio unos golpecitos a las carpetas de ALS—. De todos modos, lo primero que hay que hacer es llevarles todo esto a Nolasco y a Martinez para informarlos de que el cadáver de la nasa no es de Andrea Strickland, lo que significa que el condado de Pierce no puede reclamar jurisdicción sobre el caso al no haber ya conexión entre nuestro asesinato y su investigación, que vuelve a ser de una persona desaparecida.

CAPÍTULO 26

Tracy y Kins se reunieron con Del y Faz durante el fin de semana para hablar de los resultados de las pruebas de ADN y de cómo debían presentar la información a Nolasco y a Martinez. Todos estuvieron de acuerdo en que, dado que la relación entre ella y el capitán no era precisamente amistosa, era preferible que fuese Kins quien se adelantara a exponer lo que habían averiguado y las posibles repercusiones de ello. Por supuesto, ninguno creía que sus superiores no fuesen a ver de inmediato cuáles eran sus intenciones, pero contaban con dos factores que, cuando menos, podían hacer que las pasaran por alto. El primero de ellos lo había insinuado ya Tracy la última vez que había estado en el despacho de Nolasco: el caso no había dejado de generar publicidad. Las cadenas nacionales habían acabado por interesarse en él y estaba claro que la atención de la prensa se intensificaría cuando se supiera que la mujer de la nasa no era Andrea Strickland, sino su amiga Devin Chambers. En cuanto al segundo, Nolasco y Martinez no podrían negar que el condado de Pierce se había quedado sin justificación alguna para reclamar que el mismo pertenecía a su jurisdicción.

Los cuatro solicitaron una reunión con el capitán y su superior y el lunes por la tarde entraron en bloque a la sala de reuniones. Nolasco y Martinez aparecieron unos minutos después, lo que fue a confirmar que se habían visto antes de la hora convenida, tal vez para tratar de dilucidar el propósito de los inspectores. Estos no se habían sentado juntos en un lado de la mesa, como una banda que trazase una línea en la arena frente a sus rivales: Del había ocupado la cabecera; Tracy, el extremo opuesto, y Faz y Kins, los asientos situados en frente mismo de sus superiores.

Nolasco mostró cierta sorpresa al ver que era Kins, y no Tracy, quien les tendía sendas copias del primer informe de ALS y les explicaba por qué lo habían solicitado. El capitán se colocó las gafas de leer para estudiar el documento a la vez que, de cuando en cuando, miraba por encima de la montura al inspector que estaba hablando. Martinez se mantuvo encorvado sobre el informe con los fornidos antebrazos apoyados con fuerza en la mesa.

—Durante una de las reuniones con que acabamos la jornada, Tracy estaba repasando lo que había averiguado hablando con Penny Orr, la tía de Andrea Strickland —aseveró Kins—. Le dijo que Andrea era una muchacha retraída y propensa a la ansiedad y que se mordía las uñas, a veces hasta hacerse sangre.

—Eso me hizo pensar en las fotografías de la autopsia —dijo Faz, según habían dispuesto, aunque no sonó a ensayado— y, en particular, en la de las manos de la víctima, que tenían las uñas cuidadas y pintadas de azul.

—¿Eso lo pensaste tú? —preguntó Nolasco.

—Sí —dijo Faz con cierto tono de indignación en la voz que confirió autenticidad a su declaración—. Se me había ocurrido que, si se las había pintado hacía poco, tal vez podía ser un indicio de que tenía una cita y le preocupaba su aspecto, pensé por ello que quizá conociera a su asesino. Sin embargo, cuando Tracy mencionó lo que había dicho la tía, pensé: «¡Coño!», y caí en la foto.

—Funk confirmó que las uñas no son postizas —dijo Kins— y eso nos llevó a pensar que el cadáver de la nasa podía no ser de Andrea Strickland. —Dirigió este último comentario a Martinez, que seguía en silencio y con gesto inexpresivo.

—¿Por qué no está incluida esta revelación en el informe que enviamos a los del condado de Pierce? —quiso saber Nolasco.

—Por lo que estoy a punto de contarle. —Kins sacó de la carpeta un documento grapado—. Lo que tienen delante es un perfil de ADN de Penny Orr, la tía de Andrea Strickland. Lo hemos comparado con el que hizo de la víctima el laboratorio criminalista y parece ser que hay un noventa y nueve con noventa y cinco por ciento de probabilidades de que las dos mujeres no estén emparentadas.

Martinez levantó la mirada del informe.

—¿Que la muerta no es Strickland?

—Eso mismo.

—Así que metisteis la pata —dijo Nolasco mirando a Tracy.

—No —replicó Kins—. Teníamos razón: la mujer de la nasa usó el nombre de Lynn Hoff para hacerse una reconstrucción facial. Lynn Hoff es la identidad falsa que usó Andrea Strickland cuando se escondió. La fotografía del permiso de conducir es la suya.

—¿Y cómo puede ser que no sea la mujer de la nasa? —preguntó el capitán.

—Ahora se lo explico. —Kins les entregó el segundo informe—. Este es el perfil de ADN de una mujer llamada Alison McCabe.

—¿Quién es esa?

—La hermana de Devin Chambers. Devin Chambers era la mejor amiga de Andrea.

—Así que la muerta es esa tal Chambers —concluyó Martinez. Corrió a mirar la última página del documento para leer la conclusión—. ¿Y cómo diablos acabó en una trampa para cangrejos?

—Eso es lo que esperamos averiguar, señor.

—¿Cómo que esperan averiguarlo *ustedes*? —dijo Nolasco sin saber bien a cuál de los cuatro mirar.

Martinez levantó una mano y se separó de la mesa para mirarlos como un abuelo que observa divertido a sus nietos. Todos los miembros del departamento sabían que aquel hombre era más policía que burócrata. El hecho de que vistiera a diario de uniforme dejaba claro cómo se veía y cómo quería que lo viesen. Tracy contaba con aquella percepción y con que Martinez entendiese que un buen agente quería resolver los casos que se le habían encomendado, no por sumarse puntos, sino por considerar que era su obligación para con los familiares de las víctimas.

—Lo que quieren decir sus inspectores, capitán, es que, si la mujer de la nasa no es Andrea Strickland, el condado de Pierce no tiene jurisdicción en este asunto, porque la que desapareció allí no es la misma que encontramos aquí muerta. Por tanto, no tienen justificación alguna para proseguir ellos con la investigación. ¿Me equivoco, inspectora Crosswhite?

—Creo que no, señor —respondió ella.

—¿Inspector Rowe?

—Yo pienso lo mismo.

—¿Y podéis explicar cómo habéis conseguido los perfiles de ADN de estas dos personas —preguntó Nolasco con ambos documentos en alto— cuando ya no teníais jurisdicción en este caso?

Martinez volvió a levantar una mano.

—Sospecho que sus inspectores les hicieron llegar kits de ADN y tuvieron que esperar un tiempo a recibirlos de nuevo. ¿Estoy en lo cierto?

—Sí, señor —aseveró Kins.

—Está claro que quieren seguir con este caso —dijo mirándolos a todos.

—Es que es nuestro —dijo Tracy.

—Entienden lo que eso comporta y son conscientes de que todo el mundo va a estar más pendiente aún de la investigación cuando revelemos a la prensa que el cadáver no pertenece a Andrea Strickland.

—Sí —asintió Kins.

—Y que nos van a presionar más todavía para que lo resolvamos.

—Entendido.

—Bien, porque después de dar la cara por ustedes para que nos devuelvan el caso, no esperaré menos. —Dicho esto se volvió hacia Nolasco—. Capitán, sus inspectores quieren investigar este caso. Vamos a ocuparnos de que así sea.

Tracy siguió a los otros tres miembros del equipo desde la sala de reuniones hasta el cubículo. Ninguno hacía gestos de victoria como entrechocar las manos o el pecho. Por el contrario, Faz, Kins y Del parecían recién salidos de un campo de minas en el que, milagrosamente, no hubieran dado un paso en falso, más por suerte que por maña.

A continuación, no tenían más remedio que esperar. Hasta que les devolvieran oficialmente el caso que se había llevado el condado de Pierce, si es que eso llegaba a ocurrir, no podían seguir con la investigación. Aun así, todos coincidieron en que tenían el deber moral de anunciar a Penny Orr que la mujer de la nasa no era su sobrina y, por doloroso que resultara, a Alison McCabe que habían encontrado sin vida a su hermana. Lo primero podían hacerlo por teléfono; lo segundo, no.

—Nadie debería enterarse de algo así por teléfono —dijo Tracy recordando el momento en que la llamaron de la oficina del médico forense del condado de King para ponerla en conocimiento de que dos cazadores habían topado con unos restos humanos en las colinas que rodeaban Cedar Grove, la ciudad de su infancia.

—Le diré a mi tío que le haga una visita para comunicárselo en persona —se ofreció Faz—. Dios sabe que lo ha tenido que hacer un montón de veces estando en activo.

Tracy se encargaría de llamar a Penny Orr.

—Vamos a volver a reunirnos dentro de una hora para repasar qué necesitaremos y qué querremos de aquí en adelante.

Penny Orr reaccionó con mesura a la noticia y Tracy, desde luego, no podía tildarla de insensible: a esas alturas había soportado el duelo dos veces, posiblemente sin necesidad alguna, y la inspectora era incapaz de asegurarle con un mínimo de convicción si Andrea estaba o no viva. Acabó la conversación con la promesa de ofrecerle pronto una mejor respuesta.

Aquella tarde, el equipo A volvió a reunirse en la mesa del centro de su cubículo con la relación de tareas pendientes. Necesitaban analizar el ordenador del buscador de personas desaparecidas. Si lograban determinar la ubicación de quien había enviado los correos anónimos, les sería posible concluir si había sido Graham Strickland, Andrea Strickland u otra persona totalmente distinta, lo cual también era posible, aunque muy poco probable. Decidieron recurrir al FBI para llevar a cabo tal labor y Tracy encargó a Faz que lo averiguase.

Faz y Del tendrían también que volver a sondear los edificios y los puertos deportivos de los alrededores, esta vez con una fotografía de Devin Chambers.

—Ya que estáis —añadió la inspectora—, llevádsela también al doctor Wu y confirmad que su paciente era Chambers.

Tracy y Kins trabajarían con el condado de Pierce, cuyas autoridades, según Fields, habían obtenido una orden judicial para hacerse con los registros de llamadas del teléfono de Graham Strickland y el extracto de los movimientos de su tarjeta de crédito y sus cuentas. Se trataba de buscar pistas que lo vinculasen a Devin Chambers. La Unidad de Lucha Contra el Fraude seguiría tratando de encontrar el fondo fiduciario.

—También habría que pedir una orden de registro para la casa del marido —dijo Kins—. Yo puedo ponerme en contacto con Jonathan Zhu, un buen tío de la policía de Portland con el que colaboré en un caso el año pasado. Con su ayuda será más fácil conseguir la orden de un juez de allí. ¿Cuándo quieres que hablemos con el marido? Lo digo por llamar a Zhu y coordinarnos para hacer las dos cosas a la vez.

—Vamos a esperar al menos hasta que el condado de Pierce nos envíe sus extractos bancarios —dijo Tracy—. Dudo que vayamos a tener otra oportunidad.

—¿Y qué hacemos con Andrea Strickland? —preguntó Faz.

Tracy meditó al respecto. Ya habían enviado por error su fotografía a todas las agencias de noticias y los cuerpos de seguridad locales y nacionales. Oficialmente seguía muerta y la inspectora tenía la esperanza de hablar con Graham Strickland antes de que este supiera nada más.

—Por el momento, dejaremos eso como está —dijo en consecuencia.

Aquella misma tarde apareció Nolasco en el cubículo, sin corbata y con los puños de la camisa remangados.

—Tenéis jurisdicción sobre el caso —anunció—. El condado de Pierce nos está enviando el expediente.

—¿Se han cabreado mucho? —preguntó Del.

—Eso es decirlo con suavidad. —El recién llegado miró a Faz—. Querían saber cómo conseguisteis los perfiles de ADN y ni se te ocurra pensar que me he tragado esa mierda de que te acordaste de la foto de la autopsia, Fazzio.

—Me subestima usted, capitán —respondió él.

—Claro. —Nolasco centró entonces la atención en Tracy—. Tampoco pienso creerme que enviaste los kits de ADN antes de que nos quitaran la jurisdicción, pero me han pedido que lo deje correr y eso haré. Eso sí: escuchadme bien porque os lo voy a dejar muy claro. Si metéis la pata, os vais a arrepentir los cuatro. Es lo que dice Martinez: queríais el caso y ya lo tenéis, ahora, resolvedlo. —Estaba saliendo del cubículo cuando se detuvo y giró sobre sus talones—. ¡Ah! Y no olvidéis mantener al condado de Pierce informado de todo lo que averigüéis.

—¿Qué? —dijo Tracy, a quien no le hacía ninguna gracia la idea de compartir información con Stan Fields—. ¿Por qué?

—Porque ese es el acuerdo al que hemos llegado. Tenéis que hacerles llegar copias de vuestros informes, interrogatorios y todo lo que tenga que ver con Andrea Strickland. Supongo que no hay nada que objetar, ¿verdad?

Nadie respondió.

—Perfecto. —Y, con esto, se marchó.

—Oye —dijo Faz—, que hemos conseguido una victoria. ¿Vamos a dejar que lo estropee?

Bennett Lee llamó a Tracy poco después de que saliera Nolasco para leerle la declaración que pretendía hacer la policía de Seattle durante una rueda de prensa vespertina. Aseguró que había intentado hacerla lo más sencilla posible, que solo iba a decir que los análisis de ADN habían permitido determinar que la mujer de la nasa no era Andrea Strickland, la ciudadana de Portland que se había dado por desaparecida en el monte Rainier. Tracy le preguntó por qué había que revelar nada y Lee respondió que los peces gordos no querían ocultar el hecho de que la víctima no era quien habían pensado. Convino en no hacer pública la identidad de la mujer de la trampa para cangrejos antes de que se notificara su muerte al familiar más cercano. Eso significaba que Tracy debía acelerar el interrogatorio de Graham Strickland. Lee informaría también a los medios de que, al haberse hallado el cadáver en Seattle, la oficina del *sheriff* del condado de Pierce había accedido voluntariamente a ceder la jurisdicción y volver a poner la investigación en manos de la policía de Seattle, pero que las dos entidades seguirían colaborando.

—¿Que ha accedido voluntariamente a ceder la jurisdicción? —dijo ella—. ¿Te lo has inventado?

—Así es como quieren que lo exprese —respondió él—. Si te interesa, a las cinco tengo una rueda de prensa.

Cuando Tracy entró en la cocina al acabar su jornada, Dan la recibió con un beso. Había triturado carne para hamburguesas y estaba preparando una ensalada. Rex y Sherlock la saludaron con indiferencia y volvieron enseguida al lado de su dueño con el hocico levantado en dirección a la encimera y los ojos clavados en el plato de ternera.

—Basta que haya carne cruda por delante para que nos hagan el mismo caso que a dos coles de Bruselas —apuntó él—. Has llegado a la hora prevista.

—Es una de las ventajas de trabajar hasta tarde, que no hay tráfico. Nos han dado otra vez el caso de la nasa.

—Lo he visto en las noticias. —Dan sacó el plato de las hamburguesas a la barbacoa de la terraza—. Vanpelt no se ha guardado ni media.

—Por eso la queremos tanto todos.

La noticia había provocado entre los periodistas toda clase de conjeturas sobre la identidad de la víctima y lo que comportaba que no fuese Andrea Strickland. ¿Qué había ocurrido con ella? ¿Estaría viva, muerta en la montaña o muerta en cualquier otra parte? El aluvión de hipótesis había animado la rueda de prensa de Lee, que había sido muy concurrida y había acaparado buena parte de las noticias locales de aquella tarde. Los cuatro inspectores la habían visto juntos en el cubículo del equipo B junto con media docena de compañeros de su sección y de la de robos, situada en la misma planta.

Dan tomó el plato de las hamburguesas.

—¿Las pongo ya al fuego o prefieres relajarte primero?

—No, vamos a cenar ya, me muero de hambre.

—¿Quieres la tuya con pan?

—Mejor no —respondió siguiendo a Dan y a los perros a la terraza—. Si quiero caber en algo parecido a un vestido de novia, más me vale ir reduciendo los hidratos de carbono.

—¿Ya has pensado en eso? —Dan puso en la parrilla, ya caliente, la carne, que chisporroteó y provocó una llama diminuta.

—Pensaba darte una sorpresa.

Él asintió sin palabras con la paleta en la mano, pero ella lo conocía y sabía que tenía algo más en la cabeza.

—¿No te gustan las sorpresas? —preguntó ella.

—No me estaba quejando. ¿Quieres queso?

—Oye, si vamos a casarnos, deberíamos esforzarnos un poco más en ser sinceros.

Dan le dedicó un esbozo de sonrisa.

—Creo que deberías llevar vestido de novia.

Era lo último que había esperado de él, de modo que balbució a la hora de responder:

—¿Te refieres a un vestido de novia de los de verdad, con velo y cola y corsé con realce?

—Lo del corsé con realce, sobre todo —dijo él mientras cerraba la tapa de la barbacoa, haciendo salir volutas de humo por la parte de atrás—. Y creo que deberías pedirle a Kins que te acompañase al altar.

Tracy soltó una risita al pensarlo, hasta que reparó en que hablaba en serio.

—¿Estás hablando de una boda tradicional, Dan O'Leary?

—Claro.

—Pero eres consciente de que los dos hemos estado ya casados, ¿no?

—Sí, pero tú nunca has celebrado una boda.

Dan volvió la espalda a la barbacoa para mirarla con gesto serio. Ella le había contado que Ben y ella se prometieron la noche que desapareció Sarah y que nunca había tenido ocasión de planear la boda que había imaginado y, por temor a perder a Ben, celebraron una boda civil a la que solo asistieron ellos dos y los dos empleados del juzgado que hicieron de testigos. La decisión resultó ser un error, pues ella dedicó todos sus pensamientos y sus actos a averiguar lo que había ocurrido a Sarah y Ben había acabado por pasar página al ver que ella era incapaz de hacerlo. Los papeles del divorcio llegaron por correo.

Tracy no tenía palabras, asombrada y conmovida a partes iguales al ver que Dan se había acordado de aquello.

—No necesito nada extraordinario, Dan.

—No se trata de lo que necesitas, sino de lo que mereces.

Ella volvió a afanarse en dar con las palabras adecuadas. Quería una boda tradicional. Eso era lo que había imaginado siempre, pero siempre había creído que sería imposible.

—Y mereces tener la boda que habías soñado —siguió diciendo él—. Sé que fue un mal momento y que nunca reconocerás que te sentiste decepcionada cuando tu compromiso y tu boda quedaron sepultados por la desaparición de Sarah, pero también sé que hay una parte de ti que sigue preguntándose cómo habría sido un día así.

—En la vida pasan cosas que cambian nuestros sueños —repuso ella con voz tenue antes de acercarse a él y envolverle la cintura con los brazos—. Yo soy feliz con tener al hombre de mis sueños.

—Y yo con la mujer de los míos, pero no hay motivo alguno por el que no puedas tener también la boda de cuento de hadas que habías soñado.

Ella se llenó de aire los pulmones.

—Lo has pensado mucho, ¿verdad?

Él asintió con un gesto.

—No sabes cuánto. Mira, sé que no te gusta precisamente que te traten con compasión, pero la verdad es que me sabe muy mal por ti. Me sabe mal que hayas tenido que soportar todo lo que has soportado, que pasara todo la noche en que te prometiste y que nunca tuvieses la boda de tus sueños.

Aquel comentario volvió a hacerla pensar en Andrea Strickland y, con independencia de que estuviera viva o muerta, lo horrible que había sido su existencia. Tracy sabía mejor que muchos que en esta vida no había nada garantizado: nadie podía dar por seguro lo que iba a ocurrir mañana.

Lo besó.

—¿Eso explica lo del faro y lo del restaurante? ¿Mi cuento de hadas?

Él se encogió de hombros y sonrió con los labios juntos.

—Porque es verdad que tú eres mi príncipe.

—Pero un príncipe masculino, ¿verdad? No de los que cantan y bailan enfundados en unas mallas.

Ella se echó a reír.

—Sí, sí, un príncipe de los masculinos. Puedes estar seguro. Pero, si vamos a hacer realidad todo el sueño, tengo que pedirte algo.

—Dispara, Cenicienta.

—¿Cuánta influencia tienes con ese comandante de la guarda costera?

—¿Quieres que nos casemos en el faro?

—A no ser que tengas acceso a un castillo...

—Me parece perfecto —dijo Dan—. Y resulta que, por lo que tengo entendido, permiten celebrar bodas.

Tracy soltó una risita.

—¡Ya te has informado!

Él no se dio por enterado.

—Como te he dicho, mereces una boda de cuento de hadas.

Lo besó con ternura, una vez más, y sintió que sus cuerpos se distendían el uno al contacto del otro.

—Dan.

—Dime.

—Apaga la parrilla, no vaya a ser que se quemen las hamburguesas.

—Creí que estabas muerta de hambre.

—Sí, pero ahora tengo hambre de algo mucho mejor que la ternera.

CAPÍTULO 27

A la mañana siguiente, Tracy y Kins volvieron a dirigirse al sur por la I-5 en dirección a Portland. La víspera habían estado hasta última hora en una declaración jurada de causa probable para poder registrar el ático de Pearl District en que había vivido Strickland con Andrea y en el que, al parecer, aún vivía él. Kins había enviado el documento al inspector Jonathan Zhu, de Portland. Después de hablar con Strickland, tenían la intención de acompañar a Zhu a un juzgado local para que el magistrado les expidiera una orden judicial. No tenían la menor idea de lo que iban a poder encontrar en el apartamento, si es que daban con algo, pero cosas más raras habían pasado y aquella era una piedra que nadie quería dejar pasar sin mirar si tenía algo debajo.

Kins también había pedido a Zhu que buscase a Devin Chambers en las bases de datos de Portland. Zhu le había enviado un correo electrónico con documentos adjuntos que Tracy fue revisando en las tres horas que duraba el viaje.

—La habían detenido dos veces en Nueva Jersey cuando tenía algo más de veinte años, una por un fraude con cheques bancarios y otra por conseguir recetas médicas mediante engaños. En los dos casos la dejaron en libertad.

—Su hermana tenía claro de qué pie cojeaba —comentó Kins.

Chambers había pasado treinta días en un centro de rehabilitación y se le había exigido que asistiera a reuniones de Alcohólicos Anónimos. Como había cumplido, se había borrado su expediente. En sus extractos bancarios y en los registros de llamadas de su teléfono no había nada que hiciera pensar que había recibido dinero recientemente o que estuviera preparándose para huir del país. De hecho, carecía de ahorros y tenía una suma muy modesta en la cuenta corriente, insuficiente a ojos vista para saldar la deuda considerable que acumulaba en su tarjeta de crédito. Todo esto coincidía también con la descripción que había hecho su hermana.

Esta vez, Tracy y Kins no llamaron con antelación para pedir permiso a Phil Montgomery para hablar con Strickland. En lugar de eso, Tracy llamó al bufete que había contratado al sospechoso y se hizo pasar por una potencial cliente que deseaba concertar una cita. Su secretaria la informó de que el abogado tenía toda la mañana ocupada y una reunión de trabajo fuera del despacho a la hora de comer, pero podía verla a las tres de la tarde. Tracy le aseguró que se volvería a poner en contacto con ella y colgó.

Aunque con los teléfonos móviles era aún posible que Strickland llamase a su abogado para dejarlos con dos palmos de narices mientras él se limitaba a guardar silencio, Tracy tenía la sensación de que no iba a ser así, porque se había formado la misma opinión del sospechoso que Stan Fields: Strickland se creía más listo que nadie y estaba convencido de que podía jugar con ellos cuanto quisiera. Contaba con aquella arrogancia.

El bufete en el que trabajaba estaba en una casa de una planta reconvertida situada en un barrio mitad residencial, mitad comercial cuyos edificios, en su mayoría, tenían rejas en las ventanas y verjas en las puertas.

—¡Cuánto hemos caído! —comentó Kins.

—Quizá no tanto. —Ella señaló el Porsche de color rojo cereza de Strickland, aparcado en la entrada de la casa.

—¿Por qué no le pone en el parabrisas un cartel que diga «Robadme», y se acabó?

El inspector estacionó en la acera de enfrente, en un lugar desde el que podrían ver el vehículo. Aunque seguía haciendo algo más de treinta grados, el cielo había empezado a cubrirse de nubes y a oscurecerse y se había levantado una brisa que movía ligeramente los árboles de la manzana.

—¿Ya habéis hecho planes para la boda? —preguntó Kins mientras se acomodaba para esperar.

—Anoche estuvimos hablando de eso. Él quiere una cosa tradicional.

Kins hizo un mohín.

—¿Con su cura, su iglesia y toda la pompa y el boato?

—Más o menos, aunque yo le he dicho que quiero casarme en el faro de punta Alki.

—¿Se puede?

—Por lo visto sí. Allí es donde me propuso matrimonio.

—¡Qué bonito! —aseveró—. Sabes que ese novio tuyo nos está haciendo quedar fatal a todos, ¿no? Ni se te ocurra contárselo a Shannah.

—Tarde. ¿Por qué lo dices? ¿Cómo te declaraste tú?

—En el último partido que jugué en la liga universitaria me acerqué a las gradas y, en vez de besarla, me hinqué de rodillas.

—No me digas que llevabas el anillo en los pantalones.

—Los de fútbol americano no tienen bolsillos.

—Lo sé.

Kins se echó a reír.

—No, me lo guardaba su hermana.

—¿Y qué tiene de malo esa proposición?

—Eso pensaba yo, pero Shannah sigue convencida de que lo hice porque, con sesenta mil espectadores, ella no podía decir que no.

Tracy soltó una carcajada.

—Dan quiere que me ponga un vestido de novia y que me lleven al altar.

Él asintió con la cabeza, meditando a todas luces lo que le acababa de decir.

—¿Y lo has pensado?

—Un poco. Quiero preguntarte una cosa.

—Dispara —dijo él, ya sonriente.

—¿Crees que Faz estaría dispuesto?

—Vete a la mierda, Crosswhite —le espetó Kins con una risotada antes de erguirse de pronto y poner en marcha el coche—. Ahí está nuestro hombre.

Strickland bajó a saltitos dos escalones de madera vestido con pantalones vaqueros de pernera recta y una moderna camisa de manga larga con los puños remangados y el faldón por fuera. Se metió en el Porsche, hizo rugir el motor y chirriar las ruedas al dejar el camino de entrada y tomar la calzada, como si tuviera prisa.

—Este tío es todo fachada, ¿verdad? —dijo Kins mientras lo seguía a una distancia prudente.

Strickland se dirigió al oeste, giró un par de veces y cruzó el puente de Ross Island.

—¿Crees que va a su casa?

—No lo sé, aunque la dirección que ha tomado es esa. ¿Te ha dicho la recepcionista que tenía una reunión?

—Sí.

Strickland dejó la autovía en cuanto cruzó el puente. Tomó una serie de calles paralelas al Willamette y, de pronto, aparcó en la acera. Kins se ocultó tras otro vehículo estacionado y los dos inspectores lo observaron salir del Porsche y caminar hacia el río.

—Espero que no sea de esos que se dedican a andar durante la hora del almuerzo —dijo Kins.

—Con esos zapatos, no —lo tranquilizó Tracy.

Strickland desapareció bajo un toldo marrón para entrar en un restaurante llamado Tres Grados.

—¿Tienes hambre? —preguntó ella a su compañero.

—Me ha entrado de pronto —respondió él apeándose del coche.

Eludieron a la joven jefa de sala diciendo que habían quedado con alguien para comer y encontraron a Strickland sentado bajo una sombrilla en una de las mesas de la terraza. Tenía la cabeza gacha y movía los dedos con rapidez en el teclado de su teléfono. El abogado levantó la vista con gesto expectante cuando Tracy retiró la silla que tenía a su derecha. Su sonrisa se esfumó enseguida para adoptar un aire confuso y, a continuación, preocupado.

—¿Qué están haciendo aquí ustedes? —preguntó haciendo saltar su mirada de uno a otro con las mejillas encendidas.

La inspectora tomó asiento.

—Le traemos buenas noticias, señor Strickland. La mujer de la nasa no es su esposa.

—Eso ya lo sé —dijo él—. La prensa no habla de otra cosa y mi abogado, además, me ha llamado para contármelo.

Kins miró a Tracy encogiéndose de hombros.

—Así que hemos hecho el viaje para nada.

—Me había imaginado que la noticia lo alegraría —aseveró Tracy.

—No mucho —repuso él—. Todavía sigue desaparecida, ¿no?

—También es verdad —dijo Kins.

—Ya he hablado con ustedes de esto —declaró Strickland antes de volver a centrar la atención en su teléfono.

—Es que no hemos venido a hablar de su mujer —le comunicó Tracy sin dejar el tono informal— sino a hacerle unas preguntas sobre Devin Chambers.

Sus dedos dejaron de teclear al oír el nombre.

—La conoce, ¿verdad?

A lo lejos se oyó un trueno.

Strickland alzó la vista.

—Claro que la conozco —respondió con calma—: era amiga de Andrea.

—¿Eran muy amigas? —Tracy había decidido jugar con él un ratito.

Él se incorporó en su asiento, cruzó las piernas y dejó el teléfono sobre la mesa. La lona de la sombrilla tembló ante la brisa como una vela que se hinchara al viento.

—No lo sé. Trabajaban juntas.

—¿Y cuánto tiempo pasaban juntas fuera del trabajo?

—Tampoco sabría decirlo con exactitud. Andrea no salía mucho. Era bastante introvertida.

—¿Qué hacía en su tiempo libre?

—Leer. Se pasaba el día leyendo.

—¿Qué relación tenía usted con Devin Chambers?

—Ninguna —contestó él con gesto aún relajado.

En ese momento se iluminó a lo lejos un rayo de color blanco azulado que parecía una bifurcación de carreteras y, segundos después, volvió a estallar un trueno.

La camarera volvió para preguntarles:

—¿Prefieren que les prepare una mesa dentro?

Strickland negó con un movimiento de cabeza.

—Aquí se está bien —repuso, casi como si estuviera jugando con Tracy y Kins a conducir sus vehículos en sentidos opuestos y ver quién se apartaba antes.

La joven miró la silla vacía.

—¿Esperan a alguien más?

—Sí —dijo él.

Tracy prosiguió cuando se fue la camarera:

—¿Tenía usted una aventura con Devin Chambers?

—¿Qué? —él puso cara de quien acaba de oír una pregunta ridícula—. No, claro que no.

—El adulterio no es delito, señor Strickland —terció Kins.

—Eso ya lo sé, inspector.

—Su mujer le dijo a su jefa que tenía usted una aventura.

—Mi mujer hacía y decía un montón de disparates, entre los que se incluye el de fingir su propia muerte. No actuaba precisamente de una manera racional.

Aquel era un buen argumento. Strickland y su abogado se habrían encargado de subrayarlo sin duda en caso de haber tenido que demostrar que su mujer había organizado todo para que pareciese que él había intentado matarla.

—Entonces no tuvieron ustedes ninguna aventura —insistió Tracy.

—Ya se lo dije al otro inspector y, como les dejó claro mi abogado la otra vez que hablamos, todo eso es agua pasada de la que pensamos olvidarnos.

Un rayo volvió a atravesar la capa nubosa por encima del puente.

—¿Cuándo fue la última vez que vio usted a Devin Chambers? —quiso saber Tracy.

Esta vez el trueno estalló encima de sus cabezas, con tanta fuerza que hizo temblar las ventanas del restaurante. Strickland movió la cabeza como si aquello no fuera en absoluto con él.

—No lo sé. Hace meses.

—¿Y no ha vuelto a verla desde la desaparición de su mujer?

—No.

—¿Tampoco la buscó para preguntarle si sabía algo?

—No, porque, como ya he dicho, en aquel momento yo pensaba que mi mujer había muerto en un accidente. ¿Qué querían que le preguntara exactamente a Devin Chambers?

—Si sabía algo del seguro de vida que había contratado y del que era usted beneficiario o por qué se había puesto en contacto con un abogado matrimonialista y le había dicho a su jefa que estaba usted siéndole infiel otra vez —dijo Kins.

—Yo estaba sometido a una tensión increíble en aquellas fechas, inspectores. Acababa de perder a mi mujer y, de pronto, se pusieron a interrogarme como si sospecharan que la había matado.

—Lo que sí es cierto es que tuvo usted una aventura. Lo reconoció usted mismo.

—Aquello fue un error, ¿de acuerdo? Ya lo he dicho. Había estado con esa mujer antes de conocer a Andrea. Tenía que haberle puesto fin a la relación, pero no lo hice. Además, como ya me han recordado ustedes, no es ningún delito.

Sobre el cemento de la terraza y la lona del parasol comenzaron a caer las primeras gotas de lluvia, pero Strickland fingió no darse cuenta.

—¿Tiene idea de dónde podemos encontrar a Devin Chambers? —inquirió Tracy.

—Supongo que estará trabajando o en su casa.

La inspectora escrutó su gesto en busca de una señal de que sabía que Chambers había huido, pero él no abandonó en ningún momento su expresión tranquila ni apartó sus ojos de los de ella.

—¿Sabía que Devin Chambers dijo a su jefa y a algunos de los vecinos de su bloque de apartamentos que tenía intención de volver a Nueva Jersey?

—No. De lo contrario, esa habría sido mi respuesta a su última pregunta. —Volvió la cabeza y miró al interior del restaurante, presumiblemente para buscar a quienquiera que hubiese quedado con él para almorzar.

Por los laterales de la sombrilla empezó a gotear agua. Kins tuvo que arrimar su silla a la mesa para evitar mojarse.

—¿No se lo comunicó a usted? —dijo.

—Ya les he dicho que llevo meses sin ver a Devin Chambers ni hablar con ella. Tengo la impresión de que estamos dando vueltas a lo mismo sin llegar a ninguna parte. —Strickland descruzó las piernas y volvió a mirar hacia la entrada del restaurante.

—Entonces acaba de enterarse, ¿no? —preguntó Tracy.

—Sí.

—¿Le suena el nombre de Lynn Hoff? —dijo Kins.

—La primera vez que lo oí fue cuando me llamó mi abogado para decirme que habían encontrado ustedes el cadáver de Andrea y que había estado usando ese nombre.

—¿No lo había oído antes?

—Nunca.

—¿Y no se le ocurre de dónde pudo sacar esa identidad falsa?

—Ni idea. De todos modos, al parecer mi mujer era una caja de sorpresas, ¿verdad?

—¿Contrató usted a un investigador privado para buscar a Lynn Hoff? —preguntó Kins.

—¿Y por qué iba a recurrir a un investigador para buscar a alguien a quien no conocía?

—Porque pensaba que alguien llamado así había robado el dinero de su mujer.

Strickland soltó una risotada burlona.

—¿Y por qué iba yo a pensar eso?

—Porque su mujer tenía casi medio millón de dólares que, al parecer, se acaban de esfumar. ¿O acaso eso no le preocupaba?

—Como le he dicho, en aquellas fechas tenía otras preocupaciones, inspector.

—Así que no hizo nada por encontrar el dinero. —Kins no se molestó en disimular su escepticismo.

—No. ¿Por qué lo pregunta? ¿Lo han encontrado?

—Ni tiene la menor idea de quién podría habérselo llevado.

—No.

En ese momento se dirigió a su mesa una mujer asiática de al menos un metro ochenta de estatura —toda piernas enfundadas en unos vaqueros azules ajustadísimos, tacón alto y una blusa fina cuyo primer botón abrochado alcanzaba casi a la altura del ombligo— y sonrió con gesto dubitativo. Strickland corrió a retirar su silla para interceptarla.

—¿Nos dan un minuto solamente? —Se apartó de la mesa y dejó que el agua del parasol corriera por su espalda para acompañar a la recién llegada al interior del restaurante, aunque en todo momento a la vista de Tracy.

—¿Crees que va a echar a correr? —preguntó Kins sin quitarle ojo.

—Podría ser.

—Miente.

—Seguro —convino Tracy—, pero todavía no sé muy bien sobre qué.

La desconocida se marchó transcurrido un minuto y Strickland volvió a unirse a ellos tras protegerse de nuevo bajo la sombrilla. Se reclinó en su asiento y bebió de un vaso de agua.

—A nosotros nos da igual con quién se estuviera acostando, señor Strickland —le aseguró Kins—. No es de nuestra incumbencia.

—¿Y qué están haciendo aquí?

—Buscando a Devin Chambers —dijo Tracy.

—¿Le ha pasado algo? —preguntó—. Pensaba que habían dicho que ha salido del estado.

—Eso es lo que ella dijo, pero, según su hermana, no es verdad.

—¿Y creen que yo tengo algo que ver con su desaparición?

—¿Sabe si Devin Chambers y su esposa hablaron alguna vez de los asuntos en los que andaba usted metido? —prosiguió Tracy.

—No sé de qué podían hablar.

—¿Sabe si Devin Chambers tenía noticia del dinero que poseía su esposa?

—Lo dudo. Ni siquiera yo lo sabía.

—¿Cuándo se enteró?

—Andrea lo mencionó cuando fuimos a pedir un préstamo para abrir el negocio.

—¿Y no le preguntó por qué no se lo había dicho nunca?

—Claro.

—¿Qué le dijo?

—Que sus padres se lo habían dejado en un fondo fiduciario y que no había podido disponer del mismo hasta hacía poco.

—¿Le pidió usted que lo usara entonces?

—No.

—¿No? —intervino Kins.

—No —insistió Strickland agitando la cabeza—. Ella dejó claro que no se podía utilizar para emprender un negocio y yo lo respeté.

—¿No se sintió contrariado? —insistió el inspector.

El otro se encogió de hombros.

—Puede que un poco al principio, pero luego hablamos y entendí la situación.

—¿Y no tiene la menor idea de lo que fue de ese dinero? —Kins no tenía intención de ceder.

—Ya le he dicho que no. Si sigue viva, imagino que lo tendrá ella y, si no, alguien lo habrá robado. ¿Puedo hacerles una pregunta, inspectores?

—Por supuesto —repuso Tracy.

—¿Han averiguado quién puede ser la mujer de la nasa?

—Estamos en ello.

En aquella ocasión fue muy cierto el dicho que afirma que cielo que truena agua lleva: la tormenta de verano no se fue como había llegado, sino que fue anuncio de una lluvia continua y un descenso brusco de las temperaturas. Sin paraguas, Tracy y Kins echaron a correr como locos hacia su vehículo, aunque cuando entraron estaban calados hasta los huesos.

—Menuda pieza de hombre, ¿verdad? —Kins arrancó y encendió la calefacción.

Tracy movió las rejillas de los ventiladores para evitar el aire frío que salía por ellas.

—Si las mató, no será fácil que lo condenen, porque todo parece estar muy bien meditado. De hecho, fue una suerte de que Schill se tropezara con la nasa. —Miró el reloj— ¿A qué hora hemos quedado con tu amigo de Portland?

—A las tres —contestó su compañero—. Voy a llamarlo para ver si todavía estamos a tiempo o si puede cambiar la hora.

—Yo voy a llamar a Faz.

Faz le dijo que había hablado con el FBI para informarse de si había habido avances en su análisis del ordenador del buscador de personas desaparecidas. Hasta entonces, todo apuntaba a que su cliente se había conectado a un servidor desde un lugar público y los expertos veían con optimismo la posibilidad de determinar con precisión dónde había sido.

—Del y yo estamos a punto de salir para los apartamentos y los puertos deportivos con la fotografía de Chambers. También tenemos intención de hacerle una visita al doctor Wu.

La conversación de Kins con el inspector de Portland fue mucho más corta.

—¿No puede haber nada fácil en este caso? —exclamó al colgar.

—¿Qué ha pasado? —preguntó tras despedirse de Faz.

—Ha habido un tiroteo en una universidad y mi contacto estará todo el día fuera.

—¿Y no puede encargarse nadie más de la orden de registro?

Kins negó con un movimiento de cabeza.

—Ya sabes cómo van estas cosas. Como muy temprano, la tendremos mañana por la mañana.

La tensión de aquellas jornadas laborales inacabables y la falta de sueño habían hecho mella en Tracy, que, además, estaba chorreando de agua y se sentía incómoda y frustrada.

—Pues no tiene ningún sentido que volvamos a Seattle para tener que venir otra vez mañana —dijo—. Tendremos que buscar un hotel.

—Me encanta llevar la misma ropa interior dos días...

Almorzaron y buscaron dos habitaciones contiguas en un hotel Courtyard de la cadena Marriott situado cerca de la ribera. Tracy hizo unas llamadas y puso su correo al día mientras observaba la tormenta a través de su ventana. El cielo se había transformado en un mar agitado de furiosas nubes negras y la lluvia caía en tromba. Habló con Dan para anunciarle que no volvería a casa y, a continuación, llamó a la oficina. Faz y Del habían vuelto a la comisaría después de recorrer puertos y apartamentos con la fotografía de Devin Chambers.

—Nadie recuerda haberla visto —dijo Faz—. El único que la ha identificado ha sido el doctor Wu, pero eso ya lo esperábamos.

—¿Ha hablado tu tío con la hermana de Chambers?

—Se puso en contacto con ella esta tarde. Dice que fue todo lo bien que pueden ir estas cosas. Parece ser que la hermana se lo tomó con estoicismo y le dio las gracias.

—¿Viven sus padres? —preguntó Tracy.

—Murieron.

—¿Y tiene más hermanos?

—Parece que no. ¿Qué os ha dicho el maridito?

—No sabe *niente de niente* —dijo usando una de las expresiones de Faz.

—¿Tenéis la orden de registro?

—No. Les ha entrado un aviso por un homicidio en la universidad y el amigo de Kins estará fuera hasta mañana por la mañana.

En ese momento llamaron a la puerta. El reloj de la mesilla marcaba las cinco y media y Kins y ella habían quedado a las seis.

—Voy a abrir la puerta. Te llamo luego —dijo antes de colgar.

Kins la esperaba en el pasillo con gesto frustrado.

—No nos van a dar la orden judicial —anunció.

CAPÍTULO 28

La cuestión jurisdiccional se había enredado muchísimo. La policía de Portland estaba ejerciendo, legítimamente, su autoridad sobre el ático que tenía Strickland en Pearl District, convertido ya en lugar del delito de un posible homicidio. La calle del edificio de ladrillo de tres plantas estaba atestada de vehículos policiales y de emergencias: unidades de intervención del cuerpo de bomberos, coches patrulla azules y blancos, vehículos de policía sin identificar como tales, un furgón de la policía científica y otro del médico forense de Portland. Como ocurría siempre, resultaba imposible que tanta agitación pasara inadvertida a la población. Después de la tormenta, el sol volvía a brillar con fuerza y, tras las vallas que impedían el acceso, se había congregado una multitud. Kins redujo la marcha al acercarse al grupo de agentes uniformados que estaba desviando el tráfico y, tras bajar la ventanilla, le enseñó la placa a uno.

—¿Seattle? —preguntó este.

—Estamos investigando un caso ocurrido en nuestro estado.

—Si encuentran un sitio para aparcar… —El agente movió una de las vallas para dejar pasar el vehículo.

Kins estacionó detrás de un Ford sin distintivos en medio de la angosta calle. A su alrededor se alzaban bloques de tres y cuatro plantas que parecían haberse construido en su origen con propósitos industriales para terminar siendo rehabilitados, protegidos contra los terremotos y sometidos sin duda a innumerables inspecciones para que cumpliesen con las normativas de edificación antes de convertirlas en estructuras de uso mixto. La zona llevó a Tracy a recordar la de Pioneer Square, barrio de Seattle que, tras una renovación urbanística, se había transformado en hogar de galerías de arte, empresas de Internet, cafeterías, bares deportivos y clubes nocturnos.

La planta baja de los edificios de Pearl District albergaba comercios minoristas: cafés, restaurantes y lo que parecían tiendas exclusivas de ropa y de decoración. El primer piso y los siguientes, por lo que alcanzaba a ver la inspectora a través de las ventanas que daban a la calle, estaban destinadas a un uso residencial. De los tejados sobresalían añadidos metálicos que debían de ser áticos multimillonarios.

—Un sitio animado —aseveró mirando a su alrededor—. Esto está lleno de gente.

Los agentes que habían respondido a la llamada de emergencias habían dispuesto un segundo perímetro en una verja de hierro forjado tendida entre dos pilares de hormigón con un camino que daba a una de las entradas laterales del edificio.

—Busco al inspector Zhu —dijo Kins sacando de nuevo la placa y su identificación.

—Está en la tercera planta.

—¿En qué número?

—Solo hay un apartamento por piso. Es un ático.

Al final del camino de cemento en pendiente, llegaron a una puerta de cristal situada bajo un toldo de color verde bosque en el que se veían la dirección del edificio y su emblema, semejante al signo &. Tras atravesar el vestíbulo, de suelos de madera y muebles tapizados en piel, llegaron a un ascensor antiguo y unas escaleras amplias.

—Vamos andando —propuso Kins—. Esos trastos me ponen los pelos de punta.

—¿Y tu cadera?

—Prefiero aguantar el dolor a subirme a ese trasto y que se caiga.

—Te veo un poco paranoico.

—Yo me considero más bien práctico.

Mientras se acercaban a la escalera, Tracy reparó en tres peldaños que descendían hasta una puerta exterior. Los salvó y empujó la hoja, que se abrió con un resorte para dar paso a un aparcamiento situado en la parte trasera del edificio. Salió por ella y dejó que se cerrara a sus espaldas y, cuando intentó accionar la manivela, descubrió que estaba cerrada con llave. En el muro había un teclado numérico. Estudió las farolas y las esquinas de los bloques de alrededor, pero no vio cámaras de vigilancia. Del segundo y el tercer piso sobresalían voladizos de metal de aspecto moderno, sostenidos por vigas de metal y pernos de gran tamaño que probablemente impedían a los habitantes del edificio ver el aparcamiento y quien pudiera dirigirse hacia aquella puerta.

Kins la abrió desde el interior y los dos subieron la escalera hasta el rellano del tercer piso. Allí encontraron el otro perímetro y a un agente con el registro de entrada delante de la puerta del ático. Kins firmó por los dos y volvió a preguntar por Zhu.

—Espere —dijo el agente, que entró a la vivienda—. ¿Inspector Zhu? Tiene visita.

Tracy observó la puerta del ático, mayor de lo habitual, de aspecto sólido y con remaches metálicos. Vio que tenía también un teclado para abrir con clave. Ni en la puerta ni en la jamba vio signos de que hubieran forzado la entrada.

En ese momento salió al recibidor un hombre asiático de rasgos juveniles. Kins estrechó la mano a Jonathan Zhu antes de presentarle a su compañera.

—Al final ha habido que registrar el apartamento —anunció Zhu—. ¿A qué hora habéis hablado con él?

—Justo a mediodía —dijo Kins.

—¿Dónde?

—Nos presentamos en un local llamado Tercer Grado.

—¿Tres Grados? —lo corrigió Zhu—. En el río, ¿no?

—Sí, eso es. Iba a reunirse con alguien para almorzar.

—¿Con una mujer?

—Sí —dijo Kins.

—¿Y apareció?

—Vino y se fue.

—¿La visteis bien?

—¡Como para no verla! Alta, asiática, muy atractiva.

—Entrad.

El interior del ático consistía en un espacio diáfano interrumpido solo por rollizos de madera labrada a mano que se apoyaban en una estructura triangular de vigas con que se sostenía el techo a seis metros del suelo. A la izquierda de la entrada, Tracy vio un banco en el que poder sentarse y descalzarse y, sobre él, una serie de ganchos de metal de los que pendían abrigos y chaquetas. Uno de los primeros parecía el de la mujer asiática del restaurante. Los agentes de Seattle siguieron a Zhu hasta una zona de estar dotada de sofás de cuero, una mesilla de cristal y un televisor de pantalla plana. Caía la tarde y el sol se colaba por las ventanas rematadas en arco. Al fondo había una cocina y unas escaleras de metal por las que se accedía a una entreplanta. Subieron por ellas. Un tabique les impedía ver lo que ocurría en la pieza en la que se centraba la mayor parte de la actividad. Al doblarlo, Tracy topó con un equipo de personas del despacho del médico forense que se afanaban en torno a una cama empapada de sangre que había manchado las sábanas y las colchas blancas de un rojo carmesí intenso.

—¿Es la mujer que visteis con él esta tarde? —preguntó Zhu.

Volvieron a la estancia principal del ático. El sol que entraba por entre las persianas de las ventanas cortaba tajos de luz en el suelo. De la calle llegaban los ruidos de Pearl District: el tráfico rodado y otros sonidos propios de una ciudad. La escena que se ofrecía dentro del apartamento era espeluznante: una joven tendida boca abajo sobre la cama, tapada con las sábanas hasta la cintura de tal modo que quedaban al descubierto los hombros y la espalda desnudos, el cabello negro y la sangre que formaba una aureola en torno a su cabeza.

—¿Quién es? —preguntó Tracy.

—Según su permiso de conducir, se trata de Megan Chen —repuso Zhu—. Tiene veinticuatro años y comparte piso en el centro del distrito noroeste con dos compañeras.

—¿Quién la ha encontrado? ¿Quién ha llamado a emergencias? —quiso saber Kins.

—La mujer de la limpieza. Está histérica, la pobre. Una de nuestras inspectoras está hablando con ella en comisaría.

—¿Habéis calculado la hora de la muerte? —dijo Tracy.

—El forense dice que no hace más de dos horas.

«A Strickland le ha dado tiempo de sobra a salir del restaurante y llegar a casa», pensó ella.

—¿Han encontrado el arma?

Zhu asintió.

—Una nueve milímetros.

Posiblemente el mismo calibre empleado para matar a Devin Chambers.

Kins se apoyó en un pie y luego en el otro como solía hacer cuando se sentía molesto o frustrado.

—¿Sabéis algo del paradero de Strickland?

—Hemos enviado a un par de inspectores al bufete en el que trabaja. Su secretaria dice que tenía una cita a las tres de la tarde, pero no se ha presentado.

—La tenía conmigo —anunció Tracy—. Llamé ayer para averiguar si estaba por aquí, para no hacer el viaje en balde.

—La secretaria lo llamó al móvil, pero le saltó el buzón de voz. Parece que en casa no tiene teléfono.

—¿Habéis rastreado el móvil? —preguntó Kins.

—Estamos en ello. Lo tiene apagado. También estamos intentando conseguir una orden judicial para rastrear en tiempo real sus tarjetas de crédito y las operaciones que efectúe en cajeros automáticos. —En ese momento se puso a sonar su teléfono—. Con suerte, será el juez. —Se apartó para responder.

—No tiene sentido —aseveró Tracy.

—¿Qué? —dijo Kins.

—Que alguien que, por lo que suponíamos, se había esforzado tanto en planear la muerte y la desaparición de dos mujeres mate de un disparo a una tercera y la deje en su propia cama.

—¿Hay algo que tenga sentido en este caso?

Zhu bajó el teléfono que tenía en la mano y miró a Tracy para anunciar:

—El abogado de Graham Strickland ha llamado a la comisaría. Dice que su cliente lo ha llamado alterado hace veinte minutos para contarle que tenía una muerta en su ático y que había alguien que está intentando arruinarle la vida. Está dispuesto a entregarse.

—Una noticia excelente —dijo la inspectora.

—Sí, pero primero quiere hablar contigo.

CAPÍTULO 29

A Zhu no le hizo ninguna gracia acceder a que Graham Strickland hablara con Tracy antes de entregarse. En su opinión, era sospechoso de un asesinato brutal y, de haber sido por él, no habría dudado en tomar por asalto el bufete de Phil Montgomery con un equipo del SWAT, esposar a Strickland y arrastrarlo al centro de la ciudad para meterlo en una sala de interrogatorios de la comisaría.

A Tracy tampoco le gustaba seguirle el juego a Strickland, pero su objetivo era distinto: quería averiguar cuanto supiera de la desaparición de Andrea Strickland y Devin Chambers y lo más seguro era que no se le fuese a presentar una ocasión mejor, porque el sospechoso no contaba ya con ninguna ventaja y debía de estar asustado. Lo más probable era que aquella combinación le borrase la expresión engreída de la cara y lo empujara a decir la verdad, al menos, en parte.

—Si quiere hablar, dejémosle que hable —argumentó ante Zhu—. Puede que sea nuestra única oportunidad de sacarle información antes de que su abogado lo convenza de que es mejor que cierre el pico. Después de hablar conmigo, será todo tuyo para que lo arrestes.

—No me gusta tener la sensación de que están jugando conmigo —replicó él.

—¡Bienvenido al club! —dijo Kins—. ¡Menudo mal bicho está hecho ese fulano!

—Es verdad —convino Tracy fulminándolo con mirada para hacerle ver que no estaba siendo de ninguna ayuda—, pero el panorama ha cambiado mucho. Ahora es sospechoso de tres muertes y tengo curiosidad por saber cómo va a explicarlo todo.

Zhu y su superior cedieron y Kins llevó a Tracy al despacho de Phil Montgomery. Kins la esperó con los demás en el vestíbulo del edificio mientras ella subía en el ascensor. Montgomery la recibió ante la puerta del bufete. Parecía extenuado, como si acabara de pasar toda una jornada ante los tribunales. Llevaba todavía la camisa de vestir y la corbata, aunque se había aflojado el nudo y subido las mangas. Bajo las axilas llevaba dos manchas de sudor con forma de media luna.

—Se encuentra muy mal —advirtió Montgomery.

A Tracy le importaba un bledo, pero deseaba oír lo que pudiera querer decirle y, por tanto, hasta el momento en que sospechase que estaba intentando manipularla, pensaba ser amable con él.

—¿Cree que puede tener tendencias suicidas? —le preguntó.

—Quizá sí. La verdad es que no ha hablado mucho.

—¿Se ha asegurado de que no tiene un arma?

—Por supuesto. Coincidiremos en considerar esto como equivalente a un interrogatorio a un detenido.

—Perfecto —dijo Tracy levantando su teléfono—. Entonces, grabaré la conversación y le leeré sus derechos.

—En ese caso, para que conste, yo le aconsejaré que no diga nada.

—Entiendo.

Montgomery abrió la puerta y la dejó pasar al vestíbulo. Pasaron ante la mesa de recepción.

—Nos espera en la sala de reuniones. —El abogado giró a la izquierda y siguió caminando hasta rebasar un cubículo vacío y un despacho a oscuras. Se detuvo al llegar a una puerta cerrada y volvió la cabeza hacia ella como para ver si estaba lista.

A continuación, la abrió.

Graham Strickland, sentado al fondo de la sala, levantó la mirada. Tenía los antebrazos apoyados en la mesa y abrazaba con las manos una taza. Por los ventanales que tenía a su espalda y que ocupaban todo el paño, desde el suelo hasta el techo, se veía el centro de Portland y cuanto mediaba entre él y las laderas verdes que se alzaban a lo lejos. Aunque llevaba el mismo atuendo que aquella misma tarde, Strickland no parecía ya tan pulcro ni compuesto ni lucía la sonrisa arrogante y la actitud altiva de hacía unas horas. Tenía los hombros caídos, los ojos hundidos y la mirada distante y desenfocada: el mismo aire abatido del chiquillo al que han pescado haciendo una barrabasada y sabe que va a recibir un castigo severo.

El abogado rodeó la mesa para tomar asiento al lado de su cliente y se puso delante su cuaderno de notas y su bolígrafo. Tracy se colocó en el otro lado de la mesa y retiró la silla que había justo delante de Strickland.

—Le he dicho a la inspectora Crosswhite —dijo Montgomery después de estar todos sentados— que considero esta conversación el interrogatorio formal de un detenido, Graham, razón por la que a continuación te leerá tus derechos.

—Y grabaré nuestra charla —añadió ella colocando el teléfono entre Strickland y ella pulsando el botón correspondiente.

Él asintió sin palabras.

—Señor Strickland, nos encontramos en la sala de reuniones del bufete de su abogado —dijo— y procedo a leer sus derechos. Tiene derecho a permanecer en silencio. Cualquier cosa que diga puede ser usada contra usted en un tribunal. Tiene derecho a un abogado… —Cuando acabó, quiso saber—: ¿Entiende los derechos que acabo de leerle?

El interpelado asintió con la cabeza de forma imperceptible.

—Tienes que responder en voz alta —le advirtió Montgomery. Estaba sentado en una esquina de la mesa, mirando a Strickland y a Tracy y con el bolígrafo en la mano.

—Sí, los entiendo —respondió con poco más que un susurro.

La inspectora dijo entonces:

—Tengo entendido que ha pedido hablar conmigo.

Él volvió a hacer un gesto afirmativo.

—En voz alta —insistió su abogado.

—Sí.

Strickland se reclinó en su asiento y se llenó los pulmones de aire. El pecho le tembló y se tomó unos instantes para dominar sus emociones. Tracy aguardó. Ya había interrogado a varios sociópatas y el sospechoso que tenía delante tenía el sello característico de aquel colectivo, personas a menudo inteligentes que podían dominar el arte de la manipulación y capaces de interpretar el papel que les viniera en gana con la maestría de un profesional salido de la Escuela Juilliard de Nueva York. No había pasado por alto que Strickland había pedido hablar precisamente con ella, que era mujer, y estaba prevenida por si tenía la intención de manejarla o hacerse con las riendas del proceso judicial que iba a seguir de manera inevitable a su detención.

—Yo no he matado a Megan —aseveró.

Tracy no respondió.

—Tampoco maté a Devin Chambers ni a mi mujer. Ya sé que piensa que fui yo, pero no es así.

—¿Qué le dijo a Megan Chen a medio día, en el restaurante? —preguntó Tracy.

—Que había una urgencia relacionada con uno de los casos que estaba llevando y que podríamos vernos en mi apartamento cuando hubiese acabado.

—¿Tenía pensado volver a su apartamento?

—Eso era lo que pretendía —repuso él.

—¿Cómo iba a entrar ella?

—Sabía la clave.

—¿Tenían una relación?

—Habíamos salido un par de veces.

—Dígame qué pasó cuando mi compañero y yo dejamos el restaurante.

—Me quedé allí unos minutos más, leyendo el correo electrónico y respondiendo algunos mensajes, antes de llamar a mi bufete para decirles que tardaría un poco más en almorzar, pero volvería a tiempo para una cita que tenía a las tres. —Volvió a respirar hondo y se llevó la taza a los labios con manos temblorosas para beber té. Tras dejarla sobre la mesa, prosiguió—: Hice un par de llamadas más y volví a casa.

—¿La llamó para decírselo?

—No.

—¿Por qué no?

—A Megan le gustaba sorprenderme.

—¿Cómo?

—Si me deja acabar, creo que se lo aclararé.

—Adelante.

—Dejé el coche en el aparcamiento que tengo detrás del edificio. El de Megan estaba en una de las plazas reservadas a las visitas.

—¿Qué vehículo era?

—¿El suyo? Un Toyota Camry azul. Tomé el ascensor del garaje a mi puerta.

—He visto que hace falta un código para entrar en el edificio y en el apartamento. ¿También lo necesita para llegar a su apartamento desde el ascensor del garaje?

—Sí —respondió él.

—¿Megan lo conocía?

Strickland asintió con la cabeza.

—Es el mismo de la puerta principal. —Tomó aire y lo expulsó—. Cuando entré, la llamé y vi que no contestaba. La llamé un par de veces más y, al ver que seguía sin responder, sospeché que estaría duchándose arriba o escondida.

—¿Notó algo fuera de lo común, algo que estuviese fuera de lugar o que lo alarmase de algún modo?

—No.

—¿Por qué pensó que podía estar escondida, porque le gustaban las sorpresas?

—Sí. Aparecía de pronto con un salto o salía de debajo de la colcha.

—¿Lo había hecho antes?

—Sí.

—¿Adónde fue al llegar a casa?

—Subí las escaleras. —La mirada de Strickland seguía perdida—. Delante del dormitorio hay una pared que impide ver nada. Volví a llamarla mientras daba la vuelta a esa pared, convencido de que quería darme un susto… y entonces la vi y vi la sangre.

—¿Dónde estaba ella? —quiso saber Tracy.

Él levantó la mirada como si no hubiera oído la pregunta.

—¿Qué?

—¿Dónde la encontró?

—En la cama. La encontré en la cama.

—¿En qué posición?

—No sé qué quiere decir.

—¿Sentada, tumbada…?

—Tendida boca abajo con el brazo izquierdo como rodeándole la cabeza. —Alzó un brazo y lo dobló sobre la suya—. Como si hubiese estado durmiendo.

Fue lo mismo que pensó Tracy al ver el cadáver. No había nada que indicase que Megan Chen hubiese intentado echar a correr o escapar a su asesino, lo que quería decir que lo conocía o que la había sorprendido. Ninguna de esas dos opciones dejaba libre de sospecha a Strickland.

—Y dice usted que lo había hecho ya antes. Quiero decir, darle un susto de ese modo.

—Sí.

—¿En qué posición se ponía?

—Se escondía debajo de la colcha y, al entrar yo, se incorporaba de golpe gritando: «¡Sorpresa!» —respondió él sin entusiasmo.

—¿Se le ocurre alguna explicación de por qué podía estar hoy boca abajo?

Se encogió de hombros.

—Como ya le he dicho, daba la impresión de haberse quedado dormida.

—¿Qué hizo a continuación?

Strickland meneó la cabeza.

—Vi la pistola al lado de la cama y me alejé. Me di un golpe con la barandilla de la escalera y eso me alteró. No sé, me di la vuelta y eché a correr sin más. Lo único que quería era salir de allí.

—¿La tocó?

Él agitó la cabeza con decisión.

—No. Había sangre y… —Cerró los ojos.

—¿No tocó el arma?

—No —dijo sin alzar la voz.

—¿Y adónde fue después de salir de su apartamento?

—No sabía adónde ir. —Strickland soltó aire como si estuviera a punto de vomitar. Si estaba fingiendo, la actuación que estaba ofreciendo era para quitarse el sombrero—. No sabía qué hacer. Me puse a dar vueltas con el coche e intenté hablar con Phil, pero estaba en el juzgado. Cuando, al final, lo localicé, me dijo que viniera.

—¿Por qué no llamó a la policía?

—¿Y qué quería que les contase? —Levantó el tono con aire desafiante, aunque solo por un instante, antes de dejar escapar un suspiro y retirarse de la mesa—. ¿Qué iba a decir, que tenía a una mujer muerta en la cama? El fiscal del distrito me consideraba ya sospechoso de la desaparición de Andrea y ya sé que ustedes piensan que también tengo algo que ver con la desaparición de Devin. ¿Quién me iba a creer?

—¿Qué quiere decir con eso?

—Estaba en mi ático, ¡encima de mi cama! Ustedes me habían visto con ella hacía un par de horas. Soy abogado y sé lo que parece.

Eso era precisamente lo que escamaba a Tracy: lo que parecía. Demasiado sencillo. Sin embargo, una vez más, cabía la posibilidad de que Strickland tuviese la intención de presentarlo de ese modo para que ella pensara, de entrada, que no podía ser él.

—¿La pistola es suya?

—Yo no tengo pistola.

—¿Y Megan Chen?

—Tampoco, que yo sepa.

—¿Por qué ha pedido hablar conmigo, señor Strickland?

Él abrió los ojos de par en par y sus pupilas se dilataron. Ante una amenaza, se huye o se lucha. Strickland había huido y en aquel momento parecía resuelto a luchar.

—Porque hay alguien que ha decidido arruinarme la vida.

—¿Y por qué iba a querer nadie arruinarle la vida?

Strickland se balanceó en su asiento y clavó la mirada en un rincón del techo. De su mejilla corrió una lágrima.

—Por lo de Andrea.

—¿A qué se refiere?

Se secó la cara antes de volver a centrar su atención en la inspectora. Después de un instante que no pareció tan breve, respondió:

—Mire, sí es verdad que quise matar a Andrea.

Volvió a callar. Phil Montgomery no movió un músculo. Tracy aguardó.

—Ella quería escalar el Rainier. Yo no quería. Esa es la verdad. No había hecho cumbre la primera vez y no quería volver a intentarlo. Tuve mal de altura y no pensaba subir otra vez. Sin embargo… —Tragó saliva y volvió a enjugarse las lágrimas—. Luego lo pensé mejor.

Tracy miró su teléfono para comprobar que seguía grabando antes de decir con voz suave y deliberada:

—Y le pareció una oportunidad perfecta para matar a su mujer.

—Eso no lo ha dicho él —declaró Montgomery.

La inspectora no le hizo caso. Strickland cerró los ojos sin dejar de balancearse en su asiento.

—Sí —respondió, aunque de un modo casi inaudible.

—¿Ha dicho «Sí»? —inquirió Tracy.

—Sí.

—¿La mató usted?

—No.

—No lo entiendo.

—Pensaba lanzarla al vacío en la montaña, pero —añadió enseguida— no lo hice. No lo hice. Cuando le dije a aquel inspector que se había levantado para ir a orinar estaba diciendo la verdad. Yo no lo hice.

—Entonces, cuénteme qué le pasó.

Strickland tomó aire un par de veces más. Montgomery tenía la barbilla apoyada en una mano y el codo apoyado en la mesa. No había escrito ni una sola nota.

—Mi negocio se estaba desmoronando. Había invertido todo lo que teníamos e iba a perderlo todo. Todo. Había falsificado la firma de uno de los socios en una carta en la que decía que me iban a hacer socio en breve e iba a ganar más dinero y el banco había dado a entender que me iban a llevar a los tribunales si no encontraba un modo de devolver lo que me habían prestado. Le rogué a Andrea que me prestara parte de su fondo fiduciario, pero ella no quiso, así que le confesé que había falsificado su firma en los avales que le había dado al banco y al arrendador y que, si no me daba dinero para pagar a nuestros acreedores, ella también lo perdería todo.

—¿Cómo reaccionó ella?

—Se puso hecha una furia. Nos peleamos.

—¿Físicamente?

—Yo también estaba furioso. Había estado bebiendo. La agarré y ella me dio una patada. Entonces le di una bofetada. No estoy orgulloso de ello, pero le di una bofetada. Entonces me fui.

—¿Le había pegado antes?

—No. Fue solo aquella vez.

Tracy lo dudaba mucho.

—Era —prosiguió él— como si todo se estuviera desmoronando a mi alrededor y ella no pensara hacer nada por ayudarme.

Aunque era incapaz de sentir ninguna compasión por él, decidió seguir la conversación por el derrotero que había tomado él.

—¿Adónde fue?

—A un bar. Me fui a un local que había cerca de nuestro ático y me puse a pensar en qué podría hacer para salir de aquello, en cómo conseguir el dinero.

—Se puso a pensar en formas de matarla.

—Eso no lo ha dicho él —intervino Montgomery, que le lanzó una segunda mirada fugaz.

—¿Estaba pensando en cómo matar a Andrea para conseguir así el dinero?

—No. Todavía no —repuso Strickland—. A esas alturas ni siquiera había pensado en el monte Rainier. Andrea sacó el tema cuando volví al apartamento dos días más tarde, pero eso no es lo que quería contarle. Lo que quería contarle es esto: aquella noche, en el bar, oí que me llamaban por mi nombre y al levantar la mirada me encontré con Devin Chambers.

—¿Devin Chambers estaba en el bar? —preguntó ella con aire escéptico.

—Sí.

—Así que la conocía.

—Nos habíamos visto un par de veces, no puedo decir que la conociese.

—¿Le preguntó qué hacía allí?

—No.

—¿Había ido usted más veces a aquel local?

—Ya lo creo. Muchas.

—¿Y la había visto antes allí?

—No.

—Sin embargo, no le preguntó qué estaba haciendo allí.

—No. Oí decir: «Graham», y me volví.

—¿Estaba sola?

—No: había más gente con ella. Ya se iban cuando ella me vio y se acercó a saludar. Imagino que debía de tener un aspecto terrible, porque quiso saber qué me pasaba.

—¿Y qué le dijo?

—Todo: que había bebido demasiado, que estaba enfadado con Andrea y que nos habíamos peleado. Quería poner en mal lugar a Andrea, presentarla como una persona egoísta, así que se lo conté todo.

—¿Le habló del fondo fiduciario?

—Sí. Le dije que tenía todo ese dinero y que no quería usarlo para que saliéramos del bache.

—¿Cómo reaccionó ella?

—Me dijo que si ella tuviese el dinero y yo fuera su marido, no dudaría en dármelo.

—¿Eso dijo?

Él asintió sin palabras.

—¿La acompañó a su casa aquella noche?

Strickland volvió a mover la cabeza en gesto afirmativo.

—Sí.

—¿Y se acostó con ella?

—Sí. Estaba muy enfadado con Andrea —añadió enseguida, como si tal cosa justificara su infidelidad con la mejor amiga de su mujer.

—¿Siguieron viéndose después de aquella noche?

Él humilló la cabeza.

—Sí.

—¿Formaba Devin parte de su plan de matar a Andrea?

—Como le he dicho, en aquel momento ni siquiera se me había ocurrido. Solo quería hacer daño a Andrea, ¿sabe?

—Y pensó que acostarse con su amiga sería una buena manera de hacerlo.

Strickland asintió con la cabeza antes de mirar al teléfono que hacía las veces de grabadora y responder:

—Exacto.

—Entonces, ¿por qué siguieron viéndose?

—No lo sé.

—¿Le reveló en algún momento a Andrea que tenía una aventura con Devin?

—No.

—¿Y pudo enterarse por Devin?

—No lo sé. Lo dudo. ¿Para qué iba a decírselo?

—Entonces, ¿planeó usted matar a Andrea en el monte Rainier?

Montgomery fue a decir algo, pero se contuvo.

—Como le he dicho, cuando volvía al ático el domingo por la noche me disculpé con Andrea —siguió refiriendo Strickland—. Le hice un par de regalos, un libro y un ramo de flores, y le pedí perdón.

—¿De verdad estaba arrepentido o solo se lo hizo creer?

—Las dos cosas, quizá. No tenía adónde ir. Hablamos de las tensiones que nos estaba provocando el negocio y de cómo nos estábamos distanciando y fue entonces cuando ella propuso subir al Rainier.

—¿Así, sin venir a cuento?

—Sí.

Tracy no tenía claro que pudiese confiar en su palabra.

—Me sorprendió —prosiguió Strickland— porque pensaba que a ella no le había gustado la primera vez. Dijo que nos vendría bien hacer juntos algo así, que seguro que eso salvaba nuestro matrimonio.

—Y a usted no le pareció buena idea.

—Al principio no, pero, por no empezar otra discusión, le dije que lo pensaría.

—¿Cuándo empezó a pensar en la posibilidad de deshacerse de Andrea en la montaña?

Montgomery volvió a guardar silencio.

—La ruta que Andrea quería hacer no era muy popular, justo era la ruta de mayor número de accidentes mortales… y yo empecé a pensar que podía funcionar.

—¿Qué era lo que podía funcionar? —Tracy quería que Strickland lo dijese en voz alta.

—Fue más bien una idea, ¿sabe? Me preguntaba: «¿Y si se cayera durante la ascensión?».

—¿Cuándo empezó a pensarlo más en serio?

—Cuando lo propuso Devin.

La inspectora hizo lo posible por no dar tiempo a Montgomery a interrumpir.

—¿Devin habló de matar a Andrea?

—Una noche que estábamos en la cama me dijo: «Sabes que todos tus problemas se resolverían si consiguieras acceder al fondo fiduciario, ¿verdad?».

—¿Cuándo fue eso?

—Un tiempo después. Un mes, quizá.

—¿Dónde estaban?

—En un hotel de Seattle. Nos habíamos ido de viaje para que no nos vieran.

—¿Qué fue lo que le dijo exactamente?

—Lo que le acabo de decir, que el banco no emprendería acciones legales contra mí si devolvía el préstamo, que lo único que quería el banco era el dinero. Yo eso ya lo sabía, así que le dije:

»—Muy bien, pero Andrea no me lo dejará.

»Y ella me respondió:

»—¿Qué pasa con ese dinero si le ocurre algo a Andrea?

—¿Usted lo sabía? —le preguntó Tracy.

—No, no había visto nunca los documentos del fondo de fideicomiso, pero sabía que Andrea no tenía familia y que en Oregón se aplica el régimen de bienes gananciales.

—¿Qué pasó después?

—Encontré una copia de los documentos en casa y, por lo que entendí, si le ocurría algo a ella, como parte de los bienes gananciales, el dinero iría a parar a mí, a no ser que ella hubiera hecho testamento, cosa que yo no sabía, aunque dudaba mucho.

—¿Le contó a Devin lo que había descubierto?

—Sí.

—¿Y qué respondió ella?

—Me dijo: «¿Y si Andrea no volviese de la montaña?».

—¿Fue entonces cuando se le ocurrió el plan para despeñarla?

Strickland asintió.

—Estuve investigando. —Se detuvo—. ¿Puedo tomar agua?

Montgomery tomó la jarra y le llenó un vaso. Strickland tomó un gran sorbo antes de decir:

—Decidí hacerlo la mañana que teníamos que salir de Thumb Rock para hacer cumbre. Es el lugar donde menos probabilidades habría de dar con el cadáver y, en caso de que lo encontraran, no sería difícil convencer a todos de que se había caído.

—¿Cuáles eran exactamente sus intenciones, señor Strickland?

Él tragó saliva con dificultad.

—Pensaba empujarla cuando nos acercásemos a una zona que llaman la pared de Willis, una caída de trescientos metros.

—¿Y qué fue lo que ocurrió?

—Lo que le dije al otro inspector: aquella noche, cuando nos acostamos, recuerdo que estaba agotado. Me costaba hasta levantar la cabeza, como si estuviera drogado.

Tracy no había olvidado que, según les había dicho el guarda-bosques, los montañeros estaban nerviosos la noche que precedía al último tramo de la ascensión y apenas lograban dormir.

—¿Y sabe por qué?

Él agitó la cabeza.

—Ni idea. Imagino que sería la altitud, pero no lo sé.

—¿Hicieron algo antes de acostarse?

Strickland se encogió de hombros.

—No: cenamos la comida que llevábamos preparada y toma-mos té.

—¿Quién hizo la cena y el té?

—Andrea.

—¿Y luego?

—Nos metimos en los sacos y me dormí. Recuerdo vagamente que ella se levantó y me dijo que iba a orinar.

—¿Le dijo usted algo?

El interrogado negó con un movimiento de cabeza.

—Yo estaba aletargado, como si no estuviera allí. Hasta me pes-aba la cabeza. Así que me volví a dormir.

Ella volvió a pensar en los comentarios del guardabosques.

—¿Estaba planeando usted matar a su mujer y se echó a dormir otra vez?

Strickland cabeceó de nuevo.

—Ya sé que no parece creíble, pero eso fue lo que pasó. Puede ser que me entrase de nuevo mal de altura. Le estoy diciendo la verdad.

—¿Puso el despertador?

—Eso creía.

—Lo comprobó al despertarse.

—No me acuerdo. Sí recuerdo que me desperté atontado, como con resaca, y entonces me di cuenta de que Andrea no estaba en su saco de dormir.

—¿La buscó?

—Claro. La llamé y, al ver que no respondía, me vestí y salí a buscarla. Intenté encontrar algún rastro, pero había nevado por la mañana y no vi nada.

—¿Cuánto tiempo la estuvo buscando?

—No me acuerdo.

—¿Qué pensó que le había pasado?

—No lo tenía claro, pero imagino que debí de pensar que se había perdido y que quizá hubiera caído al vacío.

—¿Cómo se sintió?

—En realidad, no sentí ni pensé en nada más que en cómo salir de allí y en lo que diría una vez abajo.

—¿Y qué hizo? —quiso saber Tracy. Había leído los informes de lo que había contado Strickland a Glenn Hicks y a Stan Fields y decidió formularle de nuevo las mismas preguntas por si detectaba alguna contradicción.

—Cerré la mochila, bajé al puesto forestal y conté lo que había ocurrido.

—¿Qué le dijo al guardabosques?

—Lo que acabo de contar.

Tracy se tomó unos instantes y decidió cambiar de táctica.

—¿Se puso en contacto con Devin Chambers al volver a casa?

—Tardé un poco.

—¿Por qué?

—No lo sé. Solo puedo decir que tardé. Estaba muy confundido. No sabía qué pensar y la policía me tenía bastante ocupado con sus preguntas y sus registros al ático.

—¿Le preocupaba la conclusión a la que podían llegar si había una investigación y el registro de llamadas de su teléfono revelaba que lo primero que había hecho había sido llamar a la mujer con la que estaba teniendo una aventura?

—Sí, eso también me pasó por la cabeza.

—¿Llegó a hablar con ella?

—No —dijo él moviendo la cabeza—. Cuando lo intenté, me encontré con que se había ido.

—¿Qué quiere decir con que se había ido?

—La llamé.

—¿Cuándo?

—No me acuerdo, pero no contestó al teléfono. Entonces fui a su apartamento y llamé a la puerta. Tampoco respondió y el coche no estaba allí. Al día siguiente me planté delante del edificio en el que trabajaba y la esperé, pero no la vi. Al final, llamé a la oficina y, cuando pregunté por ella, me dijeron que ya no trabajaba allí.

—¿Y se le ocurre algún motivo por el que pudiese haberlo dejado?

—Pues al principio no estaba seguro, pero luego, cuando el inspector empezó a preguntarme por el seguro de vida del que me había hecho beneficiario y me dijo que la jefa de Andrea le había dicho que la estaba engañando, lo primero que pensé fue que Devin y mi mujer me habían tendido una trampa para que pareciese que había matado a Andrea y luego habían conseguido el dinero y se habían largado adonde fuera.

—¿Sabía usted lo de la póliza?

—Sí, pero había sido idea de Andrea. Mi mujer dijo que no necesitaba ninguna porque ella tenía el fondo fiduciario.

—¿Sabía que su mujer se había puesto en contacto con un abogado experto en divorcios?

—Me enteré más tarde.

—¿Cuándo se dio cuenta de que el dinero de Andrea también se había esfumado?

—Cuando me enteré de que había desaparecido Devin. —Strickland miró a su abogado—. Phil fue el que me dijo lo del dinero.

—¿Y sospechó que se lo había llevado Devin?

—Sí. —Se encogió de hombros—. ¿Y qué podría haber hecho yo? El otro inspector me preguntaba por qué no hice nada por encontrar el dinero. ¿A quién podía recurrir yo? ¿Qué iba a decirle?

«Eso mismo: a quién», pensó Tracy.

—¿Y a Devin? ¿Intentó encontrarla?

—No —aseveró agitando la cabeza con energía—. A esas alturas ya había contratado a Phil y sabía que era sospechoso de la muerte de Andrea. Lo decían los periódicos y las noticias de televisión. Tenía la puerta de la casa llena de periodistas que tampoco dejaban de llamarme por teléfono y de seguirme. Lo último que me hacía falta era ponerme a buscar a la mujer con la que había tenido una aventura y que había robado el dinero de Andrea.

—¿Tampoco contrató a un buscador de personas desaparecidas para que la encontrase?

—¿Un qué? Ni siquiera sé qué es eso exactamente.

—Un investigador privado.

—Qué va.

—¿Y lo de ahora, Graham? ¿También cree que es un montaje de Devin y Andrea?

—No tengo ni idea —repuso él—, pero yo no he matado a nadie y esa es la verdad.

—¿Quién más sabía la clave de su bloque y su apartamento? ¿Y la del ascensor?

Strickland la miró y, por primera vez en toda la conversación, pareció enfocar la mirada.

—Andrea solamente —dijo.

Cuando acabó de interrogar a Graham Strickland eran casi las ocho y media. Llevaban casi tres horas hablando. En el vestíbulo se reunió con Zhu y le dijo que podía subir. Él esposó al sospechoso y lo acompañó hasta el asiento trasero del vehículo policial que habría de llevarlo al centro de detención del condado de Multnomah. Allí lo ficharían como sospechoso del asesinato de Megan Chen. Por la mañana formularían contra él cargos formales y él tomaría como base lo que había revelado a Tracy para declararse inocente. Entonces se pondrían en marcha las ruedas de la justicia, pero sin prisa alguna. Aún quedaba por determinar si el fiscal del condado de King iba a acusarlo del asesinato de Devin Chambers y Tracy daba por supuesto que para ello harían falta todavía muchas horas.

Aunque habían logrado vincular a Chambers y Graham Strickland, las pruebas de que disponían para demostrar que la había matado seguían siendo vagas y en su mayoría circunstanciales. Si un jurado lo condenaba por la muerte de Chen, las autoridades de Seattle podían llegar a la conclusión de que no había motivos para gastar el dinero del contribuyente en juzgarlo por la de Chambers. En cuanto a Andrea Strickland, en ausencia del cadáver, el suyo seguía siendo un caso de desaparición y, además, no tenía familiares decididos a presionar para que siguiera investigándose.

Tracy pasó otras dos horas en la comisaría central de la policía de Portland informando a Zhu y a su compañero sobre la conversación que había mantenido con Strickland. Uno de los informáticos transfirió la grabación del interrogatorio de su teléfono a la base de datos del cuerpo. Al final, extenuada y frustrada, volvió con Kins al hotel. El restaurante del vestíbulo seguía abierto, de modo que no dudaron en ocupar una mesa situada en un rincón, ninguno había comido nada desde el almuerzo.

—¿Ha cerrado ya la cocina? —preguntó Kins al camarero.

—Déjeme mirar. Probablemente puedan pedir algo todavía. ¿Tienen alguna idea de lo que desean?

—Yo, una hamburguesa gigante. ¿Y tú, Tracy?

—¿Qué? —El cansancio le impedía centrarse. Su cuerpo había estado bombeando adrenalina durante todo el interrogatorio, casi tres horas pendiente de cada uno de los detalles de las respuestas de Strickland y de su actitud para tratar de determinar si mentía.

—¿Quieres pedir algo de la cocina? —repitió Kins.

—¿Qué vas a tomar tú?

—Una hamburguesa.

No le apetecía algo tan pesado.

—¿Una ensalada César? —tanteó.

—Lo pido enseguida. ¿Algo del bar?

—Un Jack Daniel's con Coca-Cola —dijo Tracy.

—Que sean dos —añadió Kins.

—No quiero creer al fulano ese —comentó la inspectora a su compañero—, pero tampoco quiero no creerlo solo por los sentimientos personales que me despierta.

—Y, aun así, no te acabas de tragar lo que cuenta, ¿verdad?

—Tengo serias dudas.

—No parece que haya desvelado nada que no hubiera dicho ya o que no hubiésemos sospechado nosotros, Tracy. Piénsalo. En resumidas cuentas, no ha reconocido haber matado a nadie.

—Pero sí que quiso matar a Andrea y que tenía una aventura con Devin Chambers.

—Todo eso es circunstancial y, él, como abogado, lo sabe mejor que nadie. Además, lo asesora un abogado penalista. Los dos saben que no se le puede condenar por pensar en cometer un crimen.

—De todos modos, nos ha acercado un paso más a la verdad sobre su mujer y sobre Chambers.

—Aunque los dos somos conscientes de que quizá nunca lo juzguen por eso si lo declaran culpable de la muerte de Chen.

—Pero él no tiene por qué saberlo.

—Eso no nos lleva a ninguna parte —dijo Kins meneando la cabeza—. Si no encontramos más pruebas que lo relacionen con la muerte…

—Tenemos también un arma del mismo calibre.

—Pero sin la bala que mató a Chambers no hay manera de vincularla al asesinato ni tampoco a él.

—¿Y por qué ha matado a Megan Chen? Podemos dar con un móvil para asesinar a Andrea Strickland y a Devin Chambers, pero ¿qué puede haberlo llevado a matar a Chen?

—A lo mejor le confesó algo de lo que había hecho y, cuando lo llamamos para hablar con él, tuvo miedo de que se fuera de la lengua.

—¿Y la mata en su propia cama? Eso no tiene ningún sentido.

—Puede que, como tú has dicho, quiera hacer que parezca tan obvio que lleguemos a la conclusión de que no ha podido ser él.

En ese instante llegó el camarero con sus Jack Daniel's con Coca-Cola.

—La cena estará enseguida.

Tracy dio un trago de aquel combinado dulce en el que, sin embargo, era posible distinguir la punzada del *whisky*. Dejó el vaso en la mesa, no quería beber más con el estómago vacío.

—Eso es demasiado arriesgarse para un tío que, hasta ahora, ha demostrado mucha cautela, Kins.

—Tanta como para hacer desaparecer en circunstancias misteriosas a una tercera mujer relacionada contigo. Por el humo, al final, se acaba llegando al fuego. —Kins dejó su vaso a mano y se reclinó en el asiento corrido.

—¿Te ha dicho Zhu si hay algún vecino del edificio que haya visto u oído algo?

Él negó con la cabeza.

—Todavía no había llegado nadie más al bloque.

—¿Y de los establecimientos de la planta baja?

—A esos se entra por otra parte. Según Zhu, nadie oyó ningún disparo. Parece ser que el asesino usó una almohada para amortiguar el sonido.

—Eso requiere ciertos conocimientos —aseveró ella.

—O haber visto la tele.

—¿Había cámaras de seguridad?

—Una en el garaje, pero no hay ninguna en el ascensor ni en el vestíbulo. En la única grabación disponible se ve a Megan Chen entrar con el coche y salir de él en dirección al ascensor. Media hora después llega Strickland.

—¿No hay más vehículos?

—No.

—El asesino tuvo que saber cuál era la clave para entrar en el edificio y en el ático.

—Exacto —dijo Kins— y Chen no intentó huir ni defenderse, lo que hace pensar a todas luces que conocía a su asesino.

Tracy se recostó en el respaldo e intentó obligar a su cerebro exhausto a centrarse.

—Entonces, ¿qué hacía boca abajo?

—A lo mejor se había escondido bajo las colchas, como dices que hacía.

—¿Boca abajo?

—Puede ser que él la colocase así.

—Imposible: en ese caso, lo sabríamos por la mancha de sangre.

Kins se encogió de hombros.

—Quizá se quedó durmiendo mientras lo esperaba.

—Dice que la llamó antes de llegar.

—Lo que no tiene por qué ser verdad —repuso él—. Puede ser que tuviese la intención de pillarla por sorpresa y, además, ella pudo haber bebido antes de lo que suponía que sería una tarde de retozo. A ver qué dicen los de toxicología...

Volvieron a guardar silencio. Kins alzó la mirada para fijarla en la pantalla plana, que tenía sincronizada la cadena deportiva ESPN, según podía inferir Tracy por la melodía distintiva que solo escuchaba en casa cuando iba a verla Dan. El camarero volvió con la comida.

El inspector tomó el cuchillo y se lanzó a cortar por la mitad su hamburguesa.

—No es mi intención citar por citar a Johnny Nolasco —dijo—, pero quizá no debiéramos complicar este asunto. A veces, estas cosas son, ni más ni menos, lo que parecen.

—Ese es el problema —replicó Tracy atacando su ensalada—: parece un asesinato sencillo en el que, hasta ahora, no ha habido nada sencillo. Todo parece demasiado obvio, Kins, como si alguien lo hubiera hecho precisamente con esa intención.

CAPÍTULO 30

Las ruedas de la justicia estuvieron girando las dos semanas siguientes sin que Tracy pudiera quitarse de la cabeza la idea de que el caso de la muerte de Megan Chen era demasiado sencillo, tanto como condenar a Graham Strickland por ello. Además, a medida que avanzaba la causa, se hacía más patente que el asesinato de Devin Chambers y la desaparición de Andrea Strickland —y de su dinero— estaban quedando relegados a un segundo plano. Ojos que no ven, corazón que no siente.

Nolasco fue a confirmar su preocupación cuando entró en su cubículo un miércoles por la tarde para comunicarles que «personas que cobran mucho más que yo» habían decidido mantener abierto el caso de Devin Chambers con la única intención de no perderlo de vista mientras se desarrollaba el de Megan Chen. Dicho de otro modo, el fiscal del distrito del condado de King se aprovecharía del esfuerzo de Portland. Las pruebas que apuntaban a que Strickland había matado a Chen, cada vez más numerosas, habían llevado al fiscal del distrito de Oregón a acusarlo de homicidio intencionado, lo que quería decir que podía enfrentarse a la pena capital. Ante tal posibilidad, era probable que convencieran al reo a tratar de llegar a un acuerdo y reconocer haber matado a Devin Chambers —y quizá también a su esposa— a cambio de una cadena perpetua, lo que ahorraría a los contribuyentes del condado de King millones de dólares en costas por un juicio de asesinato por todo lo alto. Si Strickland no se declaraba culpable del asesinato de Chambers, las autoridades volverían a evaluar si los gastos previstos justificaban la celebración de otro proceso. Solo se puede matar una vez a una misma persona, aunque Andrea Strickland parecía una excepción.

Además, Tracy sospechaba que ya sabía la respuesta: sin pruebas que vinculasen a Graham Strickland con el investigador privado que localizó a Chambers o con el dinero desaparecido o que demostrasen que el arma empleada para quitarle la vida a Chen había sido la misma que mató a Chambers, el fiscal del distrito no seguiría adelante.

Aún no se había completado el análisis del ordenador del sospechoso y la auditoría forense no había hecho sino confirmar lo que ya sabían, es decir, que alguien había vaciado las cuentas de Lynn Hoff después de la muerte de Devin Chambers. Por lo que se había podido averiguar hasta el momento, el dinero había salido del país y se había transferido a una cuenta en Luxemburgo, un país donde se protegía a capa y espada la intimidad de los clientes bancarios. Tampoco importaba mucho, pues era poco probable que hubiera permanecido mucho tiempo ingresado o que el autor hubiese usado un nombre que pudieran reconocer. Lo más seguro era que se hubiese servido de un nombre comercial para desviar a continuación el capital. Dar con su paradero final supondría una inversión muy superior de tiempo y de dinero sin que tamaño esfuerzo garantizara de manera alguna que el resultado fuese a proporcionar las pruebas necesarias para asegurar una condena.

—¿Y qué hay de Andrea Strickland? —preguntó Tracy.

El capitán se encogió de hombros, con lo que dejó claro que ya habían empezado a olvidarse de ella.

—A no ser que el marido confiese que la mató o que aparezca su cadáver en el glaciar, sigue estando desaparecida y, por tanto, es problema del condado de Pierce, no nuestro.

Ni Andrea Strickland ni Devin Chambers contaban con familiares dispuestos a presionar para obtener respuestas o protestar por la escasa atención que estaba recibiendo la investigación sobre su muerte y su desaparición. Dicho de otro modo, si no se oían chirridos, nadie iba a molestarse en engrasar las ruedas.

—Ya sabemos quién las mató —aseveró Nolasco como si quisiera justificar la decisión, si bien solo logró que Tracy sintiera un escalofrío por la espalda—, aunque puede ser que no podamos demostrarlo nunca. A veces pasan cosas así, lo sabéis todos. Lo importante es que Strickland acabará entre rejas para el resto de sus días.

Mientras tanto, Tracy y Kins tendrían que brindar a la policía de Portland toda la ayuda necesaria para investigar y encausar al reo.

La inspectora se ocupó en estudiar otros casos, pero no acababa de concentrarse y por un motivo que jamás habría imaginado: por más que intentase hacer caso omiso de cuanto decía Nolasco, había apuntado algo a comienzos de la investigación que Kins había repetido y que no dejaba de asaltarle el cerebro como uno de los insistentes mensajes de las vallas publicitarias de Times Square. Dudaba mucho que Nolasco lo hubiera dicho como un principio de sabiduría. De hecho, lo más probable era que no pretendiese otra cosa que denigrar a Tracy, pero, aun así, no se lo sacaba de la cabeza. «A veces —había aseverado—, estas cosas son, ni más ni menos, lo que parecen.»

El caso de Megan Chen, desde luego, daba la impresión de ajustarse a la perfección a aquel principio. Sin embargo, Tracy no dejaba de relacionarlo con Devin Chambers y Andrea Strickland. ¿Podía ser que ella misma hubiese complicado demasiado aquellas investigaciones? Los datos eran complejos, sin lugar a duda, pero ¿y el elemento humano, la motivación? Había llegado a la conclusión de que, si Andrea Strickland seguía con vida, tenía que haber actuado por venganza, en tanto que los actos de Chambers se habían visto impulsados por su adicción y su codicia.

Después de que el resto del equipo A hubiese dado por concluida su jornada, extendió el contenido del expediente de aquel caso sobre la mesa del centro del cubículo. En los años que llevaba trabajando en la Sección de Crímenes Violentos, había desarrollado aquel método cuando se veía atascada en una investigación. Se trataba de algo más visual que analítico, pero lo cierto era que al desplegar todas las pruebas de que disponía le resultaba más fácil relacionar unas con otras. Tenía la intención de hacer lo que le había recomendado Nolasco y reducir el caso a sus preguntas más sencillas para tratar de dar con alguna respuesta.

La primera que escribió en su libreta fue la que había formulado Graham Strickland: «¿Quién tenía el código de acceso del ascensor y la puerta principal?». Debajo escribió con letras de molde el nombre del principal sospechoso y, bajo él: «Andrea Strickland, Megan Chen, mujer de la limpieza, casero, ¿otro?». Después trazó un círculo alrededor de Graham Strickland y escribió: «Caso cerrado».

¿Y si no había sido Strickland quien había entrado con el código? ¿Y si decía la verdad y no había matado a Megan Chen? Trazó una segunda línea, que remató con una punta de flecha para escribir a continuación: «No ha sido Strickland». Tachó el nombre de Megan Chen y también el de la mujer de la limpieza, con lo que le quedaron Andrea Strickland, el casero y «otro». De los dos primeros, Andrea Strickland era mucho más sospechosa que el arrendador. Los asesinatos aleatorios no eran frecuentes salvo en el caso de los psicópatas y dudaba mucho que el casero lo fuese.

Acto seguido repasó la conversación que había mantenido con Graham Strickland. Se sentó, se puso los auriculares, cerró los ojos y escuchó la grabación para analizar las respuestas del detenido sin la tensión del momento. Durante la entrevista había extremado la cautela, porque sabía que los sociópatas salpicaban sus relaciones con mentiras y verdades a medias para intentar dar al traste con el interrogatorio, sembrar confusión o crear una base sobre la que argumentar la existencia de una duda razonable si llegaban a enjuiciarlos.

¿Cuáles eran las mentiras y las verdades a medias que había mezclado Strickland con los hechos? ¿Había pretendido matar a su mujer o había llevado a cabo de veras su plan?

Strickland decía que no había sido capaz, pero no por haber cambiado de opinión, sino porque se lo impedía su estado físico: se sentía como drogado, letárgico, y ni siquiera había logrado despertarse. Tracy escribió: «¿Drogado?», y lo rodeó. Entonces la asaltó una idea y añadió debajo: «¿Inventario de Génesis?».

Si era cierto que la idea de escalar el Rainier había sido de Andrea y que había planeado tender una trampa a su marido para que lo acusaran de su asesinato, la primera dificultad a la que se habría enfrentado era salir de la montaña sin que su marido se enterase y eso le habría resultado difícil y más teniendo en cuenta que, según Hicks, el guardabosques, los montañeros apenas podían conciliar el sueño antes de la ascensión por la adrenalina y los nervios, a lo que había que sumar que hasta un sociópata como Graham Strickland debía de haber experimentado cierto desasosiego frente a lo que pensaba hacer. De modo que, para salir de la montaña sin ser notada, Andrea Strickland habría necesitado dejar fuera de combate a su marido. Y lo cierto era que tenía las drogas necesarias para lograrlo.

Impulsó la silla hacia atrás y llegó rodando a su rincón, encendió el ordenador, accedió a Internet y tecleó: «Génesis», «Portland» y «marihuana». La página del establecimiento seguía activa. Accedió al menú y se desplazó hasta «Flores y comestibles». Se detuvo al llegar a los concentrados y supo así que la marihuana podía ingerirse en forma de té o de otra clase de bebida y recordó la conversación con Strickland, que seguía sonando en sus auriculares:

—¿Hicieron algo antes de acostarse?

—No: cenamos la comida que llevábamos preparada y tomamos té.

—¿Quién hizo la cena y el té?

—Andrea.

Salió de la página web y buscó en Google «THC líquido». Visitó algunos de los miles de resultados hasta dar con uno en el que se describían los efectos físicos. Supo así que aquel compuesto podía provocar sopor y afectar a la capacidad de concentración, a la coordinación y a la percepción sensorial y temporal.

Se reclinó en su asiento. Podía ser que lo hubiesen drogado.

De ser así, la siguiente pregunta era cómo pudo salir Andrea Strickland de la montaña. Por lo que le había dicho Glen Hicks, quien debía de saberlo mejor que nadie, era muy poco probable que hubiera actuado sola. Tracy volvió a la mesa y escribió la siguiente cuestión: «¿Quién pudo ayudarla?».

La respuesta más evidente habría sido Devin Chambers, aunque, según Graham, había sido ella quien le había hecho ver que podía hacerse con el dinero del fondo fiduciario si mataba a Andrea. Además, según Fields, Chambers tenía resguardos que demostraban que había estado fuera aquel fin de semana. Podía ser que se tratara de una de las mentiras de Strickland, destinada a facilitar el camino a su defensa. Como había dicho Kins, Strickland podía alegar que había sido sincero, pero haber reconocido su adulterio no lo convertía en asesino.

Con todo, Tracy tenía para sí que era verdad. El motivo era el mismo que había expuesto a Kins: al admitir que había tenido una aventura con Devin Chambers estaba creando un lazo con esta que de otro modo no habría existido, razón por la que no tenía mucho sentido mentir al respecto. Alison McCabe, además, había presentado a su hermana como una estafadora adicta a fármacos y el extracto de su tarjeta de crédito así parecía confirmarlo. Aquella prueba apoyaba, al menos en cierto sentido, la afirmación de Graham Strickland de que había sido Devin quien le había dado a entender que podía resolver sus problemas matando a su esposa.

Si eso era cierto, a Chambers no le habría interesado, por supuesto, ayudar a Andrea a salir de la montaña: para ella habría sido mucho mejor dejar que Graham la matase y facilitar así su acceso sin restricciones a su dinero. Muerta Andrea, Graham Strickland no estaría en posición de acudir a la policía diciendo: «Creo que la mejor amiga de mi mujer me ha robado el dinero con el que pensaba quedarme yo cuando la maté». De hecho, el propio detenido había reconocido durante el interrogatorio que cualquier intento de dirigir la atención hacia Chambers tenía todas las probabilidades de volverse contra él como un bumerán para golpearle el trasero. Con todas las demás pruebas circunstanciales apuntándolo, lo último que necesitaba era que una timadora confesara que había estado acostándose con él y quizás hasta que él le había revelado que tenía la intención de matar a su mujer lanzándola al vacío.

Adiós, Graham, el dinero es mío.

Por tanto, la respuesta más sencilla era que Chambers no debía de estar confabulada con Graham ni ser la persona que ayudó a Andrea Strickland a bajar de la montaña.

¿Y Brenda Berg? Era posible, pero Tracy lo dudaba. De entrada, Berg tenía que pensar en su hija recién nacida. ¿Por qué iba a asumir semejante riesgo? La jefa de Andrea había confirmado que, tal como había dicho su marido, la desaparecida no tenía más amistades. Solo quedaba pensar en algún familiar o algún extraño.

Alan Townsend, el psiquiatra, tenía conocimiento de la existencia del fondo de fideicomiso. Tracy escribió su nombre y lo rodeó. Andrea no tenía hermanos y sus padres habían muerto. Solo quedaba su tía. «Penny Orr», anotó la inspectora.

Orr decía que casi no había tenido contacto con su sobrina desde que Andrea se mudó de San Bernardino a Portland y que ni siquiera sabía que se hubiera casado.

Aquello era, al menos, lo que le había dicho cuando habló con ella. Por lo que sabía del expediente del condado de Pierce, nadie se había molestado en averiguar si eso era cierto. Nadie había consultado el registro de llamadas de Andrea ni su correo electrónico, sobre todo porque Stan Fields seguía pensando que no podía estar viva. Fields estaba convencido de que la había matado Graham. Con todo, si seguía con vida y era responsable de la desaparición de su dinero, resultaba muy poco probable que hubiera usado para ello su número de teléfono o su dirección.

Tracy se apoyó en el respaldo mientras pensaba en Andrea Strickland y Penny Orr. En cierto sentido, las dos habían sufrido abandono en circunstancias traumáticas y, tal como había deducido en el caso de Devin Chambers y su hermana, los lazos de sangre no eran fáciles de obviar ni de romper. Por disparatado que pudiera parecer sospechar de la tía, no podía descartarla. En primer lugar, porque no había muchas más posibilidades. ¿Quién quedaba? ¿Una persona cualquiera a la que hubiese pagado Andrea? Demasiado arriesgado: siempre podía acudir a la prensa a la primera de cambio para alcanzar sus quince minutos de fama. ¿Alan Townsend? Quizá.

Durante la conversación que había mantenido con ella, Orr le había confesado que se sentía culpable por lo que había ocurrido a su sobrina mientras se encontraba bajo su techo. Quizás ayudarla a empezar una vida nueva había sido un modo de redimirse del pecado que creía haber cometido.

¿Qué sabía ella en realidad de Penny Orr? Nada.

Volvió a su rincón y pulsó la barra espaciadora del teclado para hacer revivir el monitor. Se conectó a Internet, abrió la página que usaban para consultar LexisNexis y buscó lo que pudiera haber de Orr en la base de datos: trabajos anteriores, direcciones antiguas, familiares y antecedentes penales.

El historial de la tía de Andrea no era muy extenso: se había mudado dos veces, de San Bernardino a una casa adosada y de ahí al bloque de apartamentos; tenía una hermana, ya fallecida; carecía de antecedentes, y había trabajado siempre en la misma entidad.

A Tracy se le encogió el estómago: Penny Orr había trabajado treinta años en el registro de la propiedad del condado de San Bernardino. Una corazonada la llevó a abrir otra página y buscar el portal del mismo. Navegó entre sus páginas hasta dar con una que anunciaba que, con efecto del 3 de enero de 2011, las oficinas del registro civil y de la propiedad se habían fundido en una. A la izquierda de dicha notificación había un menú desplegable de color azul celeste en que se relacionaban los distintos servicios de estos departamentos y se incluía un enlace para solicitar copias certificadas de partidas de nacimiento.

CAPÍTULO 31

A la mañana siguiente, Tracy se preparó para hacer frente al escepticismo con que sabía que la iba a recibir Nolasco. Había hablado por teléfono con Kins ya tarde para contarle lo que había descubierto y él había estado de acuerdo con ella en que se trataba de una pista que valía la pena investigar. Sin embargo, por desgracia, se encontraba en el proceso de Lipinsky, cuyo comienzo se había retrasado, y estaría en los tribunales lo que quedaba de semana y quizá más.

—Su tía habría tenido acceso a copias certificadas de partidas de nacimiento —explicó a Nolasco mientras presentaba sus argumentos en el despacho de su superior. Le tendió una expedida a nombre de Lynn Hoff, nacida en San Bernardino el mismo año que Andrea Strickland—. Sabemos que Andrea usó una copia certificada de la partida de nacimiento de Lynn Hoff para conseguir un permiso de conducir del estado de Washington y poder así abrir cuentas bancarias a su nombre. Y ahora sabemos que fue así como lo consiguió.

—Entonces, ¿quién es Lynn Hoff? —preguntó el capitán.

—No lo sé y poco importa. Andrea y su tía no tenían intención de suplantarla ni robarle dinero: se limitaron a tomar prestada su identidad para obtener el permiso de conducir, esconder el dinero y, por último, desaparecer. Lynn Hoff jamás se habría enterado.

—¿Hay constancia de que alguien solicitara la partida de nacimiento de Lynn Hoff?

—Ahí es donde quería llegar: la tía no necesitaba solicitarla, porque era precisamente una de las personas que recibían y tramitaban esas solicitudes. Encontró la partida de una mujer que había nacido el mismo año que su sobrina y la certificó. Y, si hizo eso, tuvo que ser también probablemente la persona que la ayudó a salir de la montaña. Tuvo que ser ella: no hay nadie más.

—Suena demasiado sencillo.

—Exacto. Me dijo usted que no complicase las cosas, que a veces estos casos no son tan enrevesados como los queremos hacer —dijo regalándole el oído a su ego—. La teoría es sencilla, pero tiene sentido y responde varias preguntas.

—Pero, suponiendo que tengas razón y que Andrea Strickland siga con vida, el caso no es nuestro, sino del condado de Pierce. Envíales la información para que sigan investigando.

—Sin embargo, esta explicación la vincula a Devin Chambers y ese sí es nuestro caso.

—No veo cómo.

La inspectora sabía que era aquí donde se enfrentaba su argumento a una prueba de fuego. Llevaba buena parte de la noche pensando en ello. No era perfecto, pero sí plausible.

—La tía la ayuda a crearse una identidad nueva y a desaparecer. Tenemos que suponer que también a esconder el dinero, pero, de todos modos, aunque no fuera así, sabemos que Devin Chambers lo usó para costearse la cirugía y el motel. Los pagó en metálico, pese a estar sin blanca. Creía que Andrea había muerto. Si Andrea seguía con vida y podía consultar sus cuentas, tuvo que ver las transacciones y darse cuenta de que Devin Chambers estaba sacando su dinero. El problema es que no sabe dónde está Devin Chambers, de modo que contrata a un investigador privado para dar con ella.

—¿Y por qué la mato cuando podía sacar el dinero y volver a esconderlo sin más?

—Porque, de haberlo hecho, la otra habría averiguado que seguía viva. Además, Devin Chambers se estaba acostando con Graham Strickland.

—Así que crees que fue ella quien mató a Devin Chambers.

—El terapeuta de Andrea dice que podría terminar siendo violenta si se veía desesperada. Devin Chambers, a quien consideraba su amiga, se acostaba con su marido, había planeado su muerte y tenía acceso a lo único que le quedaba: el fondo fiduciario. Se trata de una pista que vale la pena seguir —aseveró—. Y vale la pena hablar de eso con su tía. Si Andrea Strickland está viva, es ella quien más probabilidades tiene de conocer su paradero. Mírelo de este modo, capitán. —Este era el argumento que, a su entender, podía resultar más persuasivo, pues la posición de Nolasco seguía siendo precaria después del reciente rapapolvo que había recibido de la Oficina de Responsabilidad Profesional por las técnicas de investigación nada ortodoxas que habían empleado su compañero Floyd Hattie y él siendo inspectores de homicidios—. Portland no tiene ningún interés en estos dos casos y al fiscal del distrito no le va a hacer gracia gastar el dinero del contribuyente en encausar a Strickland si lo condenan por la muerte de Chen. Los dos sabemos que a los de arriba y sus contables solo les interesa el balance de cuentas. Tenemos dos casos abiertos que nos han venido sin comerlo ni beberlo y lo que le propongo podría llevarnos a resolver los dos: dónde está Andrea Strickland y quién mató a Devin Chambers.

Nolasco guardó silencio mientras reflexionaba al respecto.

—¿Cómo encaja Megan Chen en todo esto?

—No lo sé —repuso ella—. Podría ser que no tuviese nada que ver, pero, como ha dicho usted, por el momento, es problema de Portland.

El capitán se balanceó en su asiento y, tras unos instantes, dijo:

—Deja que haga unas llamadas. Para esto necesitaré autorización.

—Una cosa más.

—¿Qué?

—Han transferido el dinero. Andrea Strickland no debe de estar lejos de esa transacción.

La respuesta de Nolasco llegó entrada la tarde en forma de correo electrónico con las clásicas dos noticias, una buena y otra mala:

> Tiene autorización para entrevistarse con la tía de Andrea Strickland para ver qué sabe de la copia certificada de la partida de nacimiento a nombre de Lynn Hoff. El condado de Pierce quiere seguir teniendo participación plena en el caso. Póngase en contacto con Stan Fields para coordinar el viaje y el interrogatorio.

Tracy soltó un gruñido. Viajar con Fields ya sería todo un suplicio.

Aun así, ni siquiera la idea de tener que pasar más tiempo con él logró mitigar su entusiasmo, la sensación que la invadía cuando creía estar acercándose a la resolución de una de sus investigaciones. Corrió a reservar en línea un vuelo directo que salía de Seattle a las seis menos cinco de la mañana siguiente y llegaba al aeropuerto de Ontario, en California, a las ocho y media. Tendrían que alquilar un coche, pero así podrían llegar al apartamento de Penny Orr antes de las diez.

Llamó a Orr.

—Tenemos novedades en el caso de Andrea —le anunció con deliberada imprecisión—. ¿Estará en casa mañana a las diez para que podamos hablar?

—¿Novedades? ¿De qué se trata?

—Mañana tendré más datos. ¿Estará disponible?

—Sí —dijo Orr.

A Tracy no le gustaba faltar a la verdad, pero tampoco quería volar hasta San Bernardino para no encontrar a Orr en casa o descubrir que se había largado de la ciudad.

CAPÍTULO 32

Había conseguido reservar dos asientos de pasillo, uno en la parte delantera del aparato y otro al fondo, para no tener que hablar con Stan Fields durante el vuelo. Aquel tipo le había puesto la carne de gallina antes incluso de la discusión que habían tenido en la sala de reuniones de la comisaría por la jurisdicción del caso. Por suerte, el avión iba lleno, de manera que sus intenciones no habían quedado del todo evidentes, aunque ella sospechaba que hasta él tenía que haberse dado cuenta. Por supuesto, eso a ella le importaba bien poco.

Había mantenido una breve conversación telefónica con Fields la tarde de la víspera para darle la información del vuelo antes de volver a casa. Ninguno había mencionado su enfrentamiento, lo que significaba que ninguno lo había olvidado, pero ambos estaban dispuestos a soportar una situación que distaba mucho de ser ideal.

Tracy llegó a la puerta de embarque cuando acababan de dar las cinco de la mañana y, al ver que el reloj marcaba las cinco y veinte y que los pasajeros empezaban a embarcar, la asaltó la esperanza de que Fields perdiera el vuelo, pero no tuvo esa suerte: lo vio apretar el paso por la terminal con una bolsa de McDonald's en una mano y una maleta con ruedas a la rastra en la otra. Llevaba un atuendo informal conformado por un polo, vaqueros, zapatillas de deporte y lo que parecía una chaqueta de la marca Members Only, tan exitosa en los ochenta.

—¿Con maleta? —le dijo al verlo acercarse.

—Si tienes razón y ha sido la tía y si sabe dónde está Strickland, uno de nosotros tendrá que quedarse allí un día o dos mientras se tramita la orden de detención.

Si encontraban con vida a Andrea Strickland, tendrían que pedir a la policía de la ciudad que la arrestara mientras conseguían que el tribunal les concediera la orden que les permitiría extraditarla. Tracy no había dicho nada, pero sabía que Fields insistiría en ser quien escoltara a Strickland hasta Washington, si es que seguía con vida, para que el condado de Pierce se llevara el mérito. A ella le daban igual las medallas que pudieran llevarse y, al tratarse de un caso de personas desaparecidas, lo cierto era que Fields estaba en su derecho.

El sobrecargo anunció el turno de los pasajeros de la zona uno.

—Esa soy yo —dijo ella mientras giraba en dirección a la puerta.

—Espero que no sea una búsqueda imposible.

Tracy ni siquiera se molestó en volverse.

—Pronto lo sabremos —aseveró por encima del hombro.

Mientras esperaba en la terminal a que desembarcase su compañero de viaje, leyó los mensajes que le habían dejado en el teléfono. Kins le había enviado uno para pedirle que lo informase sobre el resultado de su conversación con Penny Orr. Cuando Fields salió del avión, ambos se encaminaron al autobús lanzadera que los llevaría al mostrador de la compañía de alquiler de vehículos, desde donde emprenderían lo que su GPS aseguraba que sería un trayecto de treinta minutos, si bien el tráfico del Sur de California era siempre una incógnita. Suponía que Fields le insistiría para que le diera más información, pero no fue así. Mejor: cuanto menos supiese, esperaba, menos probable sería que sintiera la necesidad de interrumpir su interrogatorio.

Aunque denso, el tráfico de las nueve y media avanzaba a buen paso. Llegaron al bloque de apartamentos de Penny Orr cuando acababan de dar las diez. Tracy condujo a Fields a la segunda planta y llamó con tres golpes a la puerta. Cuando abrió, Orr tenía expresión de curiosidad y no de sorpresa, lo que significaba que los había visto ya por la mirilla.

—¿Inspectora? Cuando me llamó anoche pensé que se refería a hablar por teléfono.

—Siento presentarme de forma inesperada —dijo ella antes de volverse para presentar a su acompañante—. Le presento a Stan Fields, inspector de la comisaría del *sheriff* del condado de Pierce, que es a quien corresponde la jurisdicción original sobre la desaparición de Andrea.

Él le tendió una mano y ella respondió con aire aturdido:

—Lo siento, pero estoy un poco indispuesta.

—¿Podemos pasar? Solo será un minuto —aseveró Tracy.

Ella, tras vacilar un instante, abrió la puerta y dio un paso atrás.

—No tengo mucho tiempo. Estoy preparándome para salir de viaje.

La inspectora reparó en las dos maletas enormes que había en el pasillo de entrada.

—Intentaremos no entretenerla demasiado —dijo—. ¿Se va en avión?

—¿Qué? —Tras detenerse, añadió—: ¡Ah, sí! De aquí a unas horas.

—¿Adónde va? —preguntó Fields.

—A Florida —fue la respuesta—, a ver a una amiga.

—Pues ha puesto usted mucha ropa. Casi todo el mundo que conozco allí viste pantalones cortos y camiseta de tirantes.

Por toda respuesta, Orr se limitó a sonreír. El apartamento tenía el olor a frescura de limón de un desinfectante y, de hecho, daba la impresión de haber sido sometido recientemente a una limpieza industrial. Orr tomó el mando a distancia de la mesa baja y apagó el televisor, donde estaban dando las noticias locales.

—¿Les puedo ofrecer algo de beber?

—No, gracias —repuso Tracy.

—Yo ya he tomado bastante café en el avión —dijo Fields.

Se dirigieron a los sofás. Orr se sentó en el mismo lugar que había ocupado durante la visita anterior de Tracy, quien se instaló en el asiento contiguo con Fields a la derecha.

—Me dijo que tenía novedades. Deben de ser importantes para que hayan venido hasta aquí.

El motivo más lógico que podía llevar a un agente a viajar de un estado a otro para hablar con el familiar de una supuesta víctima era el de comunicarle que habían confirmado su muerte. Sin embargo, aunque Orr parecía nerviosa, no daba la impresión de estar esperando una noticia devastadora.

—Eso creemos —repuso Tracy. Quería abordar con cautela lo que le había ido a decir y no preguntarle por la partida de nacimiento hasta haberla colocado en una posición en que le fuera imposible negar su participación.

—Hemos hablado con el guardabosques al mando del equipo de rescate que se encargó de buscar a Andrea en el monte Rainier y está convencido de que su sobrina no murió allí.

—¿De verdad?

—Sí. En su opinión es muy raro que encontraran tantas cosas suyas y no dieran con ella.

—¿Y qué cree que le pudo pasar?

En ese momento llamó la atención de Tracy hacia la puerta corredera de cristal de la terraza, abierta unos centímetros, el ruido sordo, metálico y rítmico de la maquinaria que se oía en el solar de al lado. Las obras que poblaban el centro de Seattle la llevaron a reconocer el sonido de un martinete neumático que hincaba un pilote en la tierra.

—Lo siento —dijo la anfitriona—. Están construyendo otro bloque.

—No pasa nada. Como le decía, el guardabosques cree que es mucho más probable que bajase de la montaña por la mañana temprano.

Orr no respondió de inmediato. Una vez más, Tracy habría esperado de un familiar cierta reacción ante la noticia: euforia, esperanza, preocupación...

—¿Pero no saben qué fue lo que le pasó? —dijo al fin

—Lo que más trabajo le está costando averiguar al guardabosques es cómo pudo salir Andrea de la montaña sin ayuda.

—¿Y eso qué quiere decir?

—Que, aunque cree muy posible que descendiera sola de la montaña, piensa que, en tal caso, habría necesitado alguna clase de transporte para salir de allí.

—Pero eso son conjeturas, ¿verdad? En realidad, no lo sabe...

—Quizá lo sean, pero está muy seguro de que salió de la montaña.

—En ese caso, puede ser que alquilase un coche y lo dejara en algún lugar —dijo Orr.

—Eso no es muy probable —replicó Fields—, porque sería fácil rastrear la operación de alquiler. Sin embargo, hemos buscado en las bases de datos el nombre de Andrea y el de Lynn Hoff y no hemos obtenido ningún resultado.

Al oír este último, que Tracy no había querido mencionar sino más adelante, la inspectora tuvo la impresión de notar un destello de reconocimiento en la mirada de Orr, aunque bien podría ser que lo recordase de la conversación que habían mantenido hacía unos días. Con la intención de retomar las riendas de la conversación, intervino diciendo:

—¿Había oído antes ese nombre? Lynn Hoff.

—No, creo que no. ¿Quién es?

—El guardabosques cree que, para salir de la montaña, Andrea debió de necesitar la ayuda de alguien que la esperase con un coche.

—Y creen que fue esa tal Lynn Hoff —dijo Orr.

—No —contestó Tracy—. Lynn Hoff es la identidad falsa que usó Andrea.

—¿Identidad falsa? ¿Para qué?

—Para conseguir un permiso de conducir de Washington y poder abrir allí varias cuentas bancarias.

—En ese caso, podría ser que la ayudase una amiga. —Orr tenía las manos en el regazo y se pellizcaba una uña.

—Lo hemos pensado, pero Andrea no tenía amigos. En realidad, según las personas con las que he hablado, incluida usted, solo tenía una amiga: una mujer llamada Devin Chambers.

—¿Y han hablado con ella? —preguntó la tía.

Una vez más, Tracy la observó bien en busca de algún indicio que delatase que reconocía el nombre, pero no fue capaz de apreciar nada.

—Tenemos serias dudas de que hubiera podido avenirse a ayudar a Andrea —respondió.

Orr dio la impresión de tener dificultades para tragar.

—¿Por qué no?

—Durante la investigación hemos averiguado algunas cosas sobre ella y parece ser que tenía una aventura con el marido de Andrea. Además, también es muy probable que robara el dinero de su fondo fiduciario.

—Pero eso es terrible —dijo ella—. Deberían detenerla. ¿La han localizado?

—Se fue de Portland sobre las fechas en las que desapareció Andrea —intervino Fields—. Le dijo a su jefa que volvía con su familia a la Costa Este, pero no fue así.

—Dimos con su pista en un motel de Renton, en Washington —dijo Tracy—. Se había registrado como Lynn Hoff.

—¿No me ha dicho que ese era el nombre que usaba Andrea?

—Sí.

—Pues no lo entiendo.

—Eso quiere decir que Devin Chambers sabía tanto lo de la identidad falsa como lo del fondo —le explicó Fields—. Había usado parte del dinero para cambiar de aspecto. Creemos que tenía la intención de robarlo y huir con él.

—La habrán detenido, ¿verdad? ¿Qué les ha dicho al respecto?

—Si estaba actuando, no se le daba nada mal la interpretación.

—Devin Chambers es la mujer que apareció muerta en la nasa —anunció Tracy—, la que al principio confundimos con Andrea. Puede que lo haya visto en las noticias.

Fuera no había cesado el martilleo acompasado.

—No —repuso Orr, quien, tras unos instantes de silencio, añadió—: No sé qué decir.

—Me dijo que Andrea nunca llegó a hacer amigos al mudarse aquí. Tampoco tenía padres, claro, ni hermanos. Estamos intentando resolver quién pudo ayudarla.

—Quizás alguien de Santa Mónica —dijo la tía—, alguna amiga de cuando vivía allí.

—Puede ser —repuso Tracy—, pero es arriesgarse demasiado por una amiga a la que debía de llevar años sin ver. —Se detuvo para observarla y, al ver que no decía nada, prosiguió—: Creemos que fue alguien con quien tenía más relación, alguien que estuviera en situación de entender la tragedia que había tenido que soportar a lo largo de su vida. Alguien que hubiese sufrido con ella, que hubiese querido ayudarla, que sintiera la obligación de hacerlo. Lo podemos entender perfectamente, señora Orr: entendemos que quisiera socorrer a su sobrina.

—¿Yo? —La mujer hizo un gesto burlón mientras sacudía la cabeza y los miraba—. ¿Creen que fui yo? Eso es absurdo. Ya le he dicho que no sé dónde está... ni si estará viva.

—Ya sé que me lo dijo y entiendo perfectamente por qué lo hizo, pero Andrea consiguió un permiso de conducir del estado de Washington a nombre de Lynn Hoff porque tenía una copia certificada de la partida de nacimiento que se expidió en California a Lynn Hoff, una mujer que nació aquí, en San Bernardino —dijo Tracy—. Y usted ha trabajado muchos años en la oficina del titular del registro civil y del catastro de este condado. ¿No es así?

Orr guardó la compostura, aunque sin dejar de juguetear con los dedos.

—Sí.

—Y la oficina del catastro se unió a la del registro civil para recortar gastos. ¿Me equivoco?

—Así fue.

—Por tanto, usted tenía acceso al registro de nacimientos —dijo Fields.

—Como cualquiera que trabajara allí —contestó Orr con voz temblorosa.

—Sí —reconoció Tracy—, pero no todos eran familia de una joven que se había propuesto empezar una vida nueva.

—Podemos conseguir una citación —dijo Fields— y averiguar cuándo se obtuvo la copia certificada de la partida de nacimiento del registro civil. La suplantación de identidad es un delito.

Tracy se abstuvo de mirar a su compañero y corrió a añadir:

—Pero no queremos hacer algo así, señora Orr. Dadas las circunstancias, cualquier persona que estuviese en su situación habría hecho lo mismo. Lo que le ocurrió a su sobrina es una verdadera tragedia. Si alguien merecía la oportunidad de tener una nueva vida, desde luego, era ella. Lo único que queremos es encontrarla y hablar con ella.

Por las mejillas de la tía comenzaron a correr lágrimas. Cerró los ojos y hundió la barbilla en su propio pecho sin hacer intento alguno de limpiarse el rostro. Fuera, el martinete seguía con su martilleo rítmico y constante. Orr empezó a mover la cabeza con lentitud antes de hablar en un tono tembloroso que apenas pasaba de ser un susurro.

—¿Para qué? —Abrió los ojos y los clavó en Tracy—. ¿No ha sufrido ya demasiado? ¿Por qué no puede el mundo dejarla en paz? No se merecía nada de lo que le ha pasado. ¿Por qué no la dejan tranquila? —Dijo esto último como una imploración.

—Lo siento —dijo la inspectora sin experimentar entusiasmo ni alivio algunos—. Ojalá pudiésemos. Lo siento mucho por Andrea y por usted. Nadie merece lo que le pasó a su sobrina y mucho menos a una edad tan temprana. Sé que usted solo quería protegerla y que, en el fondo de su corazón, creía estar haciendo lo mejor para ella, pero ahora hay otras familias en las que pensar.

—Mi sobrina no tenía otra escapatoria después de que su marido firmase con su nombre los documentos del banco. Iba a perder lo único que le quedaba, lo único que podía usar para escapar. ¿No lo entiende? Ese era el único vínculo material que tenía ya con sus padres.

—Lo entiendo perfectamente —dijo Tracy.

—No —replicó Orr tras recuperar la voz sacudiendo con vehemencia la cabeza—. No, no lo entiende.

—A mi hermana la mataron cuando yo tenía veintidós años. —De reojo vio que Fields clavaba en ella la mirada. La mujer parecía anonadada—. Poco después perdí a mi padre. Se suicidó, incapaz de soportar tanto dolor.

—Dios mío —exclamó la tía—. Lo siento.

—Entonces estaba casada y mi marido me dejó. Perdí la ciudad de mi infancia y todo un modo de vida, así que puedo entender perfectamente por qué lo hizo, pero la desaparición de Andrea ha provocado otra serie de sucesos que han supuesto la muerte de varias personas y queremos saber el porqué. En eso consiste nuestro trabajo, en buscar porqués para las familias de las víctimas.

—¿Creen ustedes que Andrea puede ser la responsable? —Orr se detuvo y los miró a ambos—. Eso no tiene sentido: ella nunca le haría daño a nadie. Lo único que quiere hacer es salir de excursión y leer.

—De todos modos, tenemos que hablar con ella.

La mujer estuvo casi un minuto sin decir nada, con la mirada puesta al otro lado de la puerta corredera de cristal. En el aire caliente se ensortijaba un penacho de humo negro. La máquina seguía dando golpes. Fields miró a Tracy, que agitó la cabeza con lentitud y abrigó la esperanza de que tuviese la prudencia de guardar silencio.

—Quiero estar presente —dijo Orr al fin—. Quiero estar delante cuando hablen con ella.

—Por supuesto —repuso Tracy con cierto alivio mezclado con agitación—. Lo único que necesitamos es que nos lleve hasta ella.

CAPÍTULO 33

Penny Orr había recluido a su sobrina en una cabaña familiar situada en Seven Pines, municipio de las montañas orientales de Sierra Nevada que, por lo que pudo ver Tracy, consistía en media docena de casas a casi dos mil metros de altitud y a unas tres horas y media de viaje en dirección norte por la US-395. Según explicó la tía, la vivienda había pertenecido a su familia materna desde hacía más de sesenta años. La habían usado para escapar de la ciudad los fines de semana y durante las vacaciones. Era el sitio al que acudía quien deseaba perderse. La «ciudad» más cercana era Independence, cuya población no llegaba al millar de habitantes. La cabaña, al parecer, no tenía televisor, Internet ni cobertura telefónica y el retrete estaba en el exterior.

Tracy llamó a Faz para informarlo de que Andrea Strickland estaba viva y Penny Orr los estaba conduciendo hasta ella. Él le preguntó si quería que llamase a las autoridades locales y ella respondió que no lo creía necesario, pero que lo llamaría en caso de que cambiase de opinión.

Decidieron ir en dos vehículos por si necesitaban hablar con la policía de allí o solicitar una orden de detención. Tracy iba al volante del coche particular de Penny Orr, a quien llevaba en el asiento del copiloto, en tanto que Fields las seguía en el de alquiler. La mujer no habló mucho durante el camino y pasó la mayor parte del tiempo mirando por la ventanilla sin poder dejar de mover las manos y secándose las lágrimas. En determinado momento miró a la inspectora y le preguntó:

—¿Qué le va a pasar?

—Es demasiado pronto para hacer conjeturas. Hasta que hablemos con ella y nos hagamos una idea más clara de lo que ha pasado y por qué, no podré saberlo. ¿Cómo se encuentra psíquicamente?

—¿Psíquicamente? Bien, ¿por qué?

—Su psiquiatra me dijo que era posible que se distanciase de la realidad.

—¿Qué quiere decir?

—Me dijo que podía ser propensa a actuar de forma violenta si se veía desesperada. ¿La ha visto adoptar una actitud así en algún momento?

—No —respondió ella—. Andrea no es una muchacha violenta. ¿Eso es lo que creen, que fue ella quien mató a Devin Chambers? Mi sobrina sería incapaz de matar a nadie. Ella no es así.

—¿Dispone Andrea de coche allí?

Orr soltó una risita.

—Sí. La familia tenía un Jeep, pero los papeles caducaron hace años. —Quedó pensativa unos instantes y añadió—: Usted no lo sabe.

—¿Qué?

Ella fue a decir algo, pero se contuvo.

—Ya lo verá —dijo en cambio—. Ya verá por qué tuvo que huir.

Avanzaban en dirección noreste. El asfalto negro y la doble línea amarilla de la US-395 contrastaban con las laderas pardas y el azul claro del cielo asfixiante. Rebasaron casuchas de mineros de una sola estancia en ruinas y localidades abandonadas conformadas por construcciones de bloques de cemento y situadas entre matas de salvia del desierto y ericamerias, cactus, árboles de Josué y campos escabrosos de roca volcánica. El paisaje fue cambiando de nuevo a medida que, cerca ya de Independence, se aproximaba el desolado valle del río Cebolla, rodeado por los majestuosos picos dentados de la porción oriental de Sierra Nevada. Entre ellos descollaba el monte Whitney, de un tono gris enfermizo y con la cumbre nevada.

Serían las tres de la tarde cuando llegaron a su destino. Tracy fue echando una rápida ojeada en busca de hoteles mientras recorrían las calles del municipio por si tenían que pasar allí la noche. Giraron en dirección oeste para tomar Onion Valley Road, carretera de subida a la ladera que, por sus numerosas curvas, parecía tener más kilómetros de los ocho que anunciaban las señales.

Estaban llegando a una arboleda cuando dijo Orr:

—Frene un poco y gire aquí.

Cambiaron el asfalto por una carretera de tierra que avanzaba entre los árboles y ceñía un arroyo de montaña de color verde azulado. Después de un centenar de metros, Orr le indicó el camino a un claro pequeño rodeado de árboles en el que había estacionado un viejo Jeep Willys.

—Aparque aquí: la cabaña está al final del sendero.

Tracy dejó el vehículo al lado del Jeep, por cuyo aspecto parecía todo un milagro que funcionara aún. Fields, que la seguía de cerca, aparcó a su lado.

—¿Tiene armas? —preguntó Tracy.

La mujer se encogió de hombros.

—Mi padre tenía una escopeta que usaba para matar serpientes.

—¿Dónde está?

—En el armario del dormitorio. Debe de hacer años que no la dispara nadie.

—¿Algo más? ¿Alguna pistola?

—No. —Orr dejó escapar un suspiro doloroso—. ¿Puedo hablar primero con ella y explicarle la situación? No creo que lo entienda de entrada.

Sin conocer la disposición de la vivienda y habida cuenta de que en el interior había al menos un arma, Tracy no podía permitirlo.

—Lo siento, pero es imposible. Eso sí: una vez que estemos dentro y yo considere que es seguro, le daré un tiempo para hablar con su sobrina.

Salieron del coche. El aire estaba cargado de humedad. A lo lejos, sobre los numerosos picos montañosos que rodeaban el valle, habían empezado a congregarse nubes henchidas de agua. Un cúmulo lenticular pendía del cielo como un ovni. El padre de Tracy le había enseñado a interpretar los meteoros para que nunca la pillasen desprevenida. Por eso sabía que esa clase de nubes se formaban cuando se elevaba una masa de aire caliente e iba a dar en una de menor temperatura. En montes como el Rainier, las nubes podían ser anuncio de brutales tormentas.

Orr condujo a Tracy y a Fields por un sendero de tierra bordeado de piedras de río y traviesas de ferrocarril. El único sonido que los acompañaba era el ruido del correr del agua del arroyo y el zumbido de insectos que no alcanzaban a ver. Diez metros más allá, la inspectora vio un camino de madera y un puente que salvaba la corriente y llevaba a una cabaña resguardada entre pinos, pintada de verde bosque y dotada de una puerta roja, asentada sobre cimientos de cantos fluviales y con una chimenea de este mismo material que asomaba por el tejado. A primera vista parecía la residencia de un gnomo o un elfo sacados de un cuento de hadas. Tracy no pudo menos de recordar el faro de punta Alki y la determinación de Dan por hacer que tuviese una boda de ensueño. Asimismo, hubo de reconocer que aquella cabaña era un lugar inmejorable para servir de refugio y escondite a quien la vida hubiese tratado a patadas.

Después de pasar el puente, volvieron a pisar tierra antes de subir los dos escalones que desembocaban en un porche de modestas dimensiones. El ruido de sus pasos resonó en la madera. La tía llamó a la puerta. Daba la impresión de haber envejecido durante el viaje, como alguien que estuviera a punto de cometer una traición inenarrable. Del interior de la cabaña llegó ruido de movimiento y el instinto llevó a Tracy a apoyar la mano en la culata de su revólver. Orr, sin esperar a que se abriera la puerta, la empujó y llamó a su sobrina:

—¿Andrea?

La sonrisa que iluminó el rostro de Andrea Strickland cuando se abrió la puerta se esfumó de inmediato para trocarse en un gesto perplejo y, acto seguido, en la expresión más cumplida que pueda imaginarse del dolor y la resignación.

—Lo siento —dijo Penny Orr.

Tracy también. Entendió enseguida lo que había querido decirle Orr, el motivo por el que la joven había intentado huir con tanta desesperación.

El reducido interior de la cabaña parecía una librería que se hubiera quedado pequeña: había pilas de libros atestando los muebles, la mesa de la cocina y el banco situado bajo ventanas de vidrio emplomado que distorsionaban la vista del exterior. A estos había que sumar los que llenaban cajas enteras en los rincones de la estancia y abarrotaban las estanterías. Tracy vio ediciones de tapa dura y en rústica de todos los géneros: novelas y ensayos y autobiografías.

La inspectora pidió a Andrea Strickland y a Penny Orr que tomasen asiento en un sofá de dos plazas mientras ella iba al armario del dormitorio para hacerse con una escopeta vieja del calibre doce como la que había usado su padre en las competiciones de tiro. No estaba cargada ni parecía haberse disparado en mucho tiempo, pero estaba bien conservada. También tomó una caja de munición de la balda del armario. Entregó una y otra a Fields, que colocó los cartuchos en la repisa de la chimenea y apoyó el arma en el hogar de la chimenea construida con piedras de río. Tracy movió uno de los montones de libros del asiento de la ventana y se sentó frente a las dos. La cabaña consistía en la sala de estar y una zona para cocinar con una estufa diminuta de leña y una nevera, a lo que había que añadir, en la parte trasera, el dormitorio, no mucho mayor que la cama de matrimonio de un metro y medio de hierro forjado. En la sala, dos pilares de madera que partían de debajo del suelo sostenían la estructura de vigas de madera del techo. El aire conservaba el olor a leña quemada del hogar ennegrecido.

—Andrea heredó de mi madre su amor a la lectura —dijo Orr con una sonrisa triste mientras tomaba la mano de su sobrina—. Cuando su abuela venía aquí, leía tres libros al día. La biblioteca de Independence se le quedó pequeña, pero, como no le gustaba tener que devolver los que leía, empezó a comprar cajas enteras en librerías de viejo para traerlas aquí.

Andrea Strickland tenía la vista clavada en la alfombra de piel de oso que cubría el suelo de tablas de madera.

—Aquí hay una variedad impresionante —señaló Tracy—. ¿Tienes algún género favorito?

La joven la miró antes de volver a bajar los ojos.

—No —respondió sin apenas alzar la voz.

—¿De cuánto estás? —preguntó la inspectora, que no había pasado por alto la reveladora protuberancia de sus pantalones elásticos.

Ella volvió a levantar la cabeza.

—Acabo de cumplir seis meses.

—Y tu marido no lo sabe.

—No.

Andrea Strickland no estaba loca ni poseída por deseos de venganza, sino desesperada por huir de un marido maltratador que se había propuesto matarlos a ella y, sin saberlo, al hijo que llevaba en su interior.

—Andrea, tu tía no quería decirnos dónde estabas. Encontré la partida de nacimiento de Lynn Hoff y lo imaginé todo.

Ella asintió sin palabras y Orr le apretó la mano.

—Imagino que supondrás que tenemos algunas preguntas sobre lo ocurrido, Andrea. ¿Estás dispuesta a hablar conmigo?

—¿Va a necesitar un abogado? —preguntó Orr.

Esa era siempre la pregunta del millón para los testigos y los agentes de policía. Strickland no estaba detenida y, por tanto, no había necesidad de aplicar el derecho a asistencia letrada que garantizaba la Quinta Enmienda. Tampoco la habían acusado de ningún delito, con lo que tampoco cabía recurrir a la Sexta Enmienda. Dadas la ubicación de la cabaña y las condiciones en las que se encontraba el Jeep, Tracy empezaba a albergar serias dudas de que Strickland hubiese podido matar a Devin Chambers ni a Megan Chen. Había fingido su propia muerte, pero eso no vulneraba ninguna ley federal ni estatal. No había cobrado de manera ilegal ningún seguro ni intentaba eludir el pago de impuestos al estado o la nación. Había usado una identidad falsa para abrir cuentas bancarias, pero no para cometer ningún delito de falsificación ni fraude, pues los fondos eran de su propiedad. En cuanto al impago del préstamo bancario y el alquiler, su marido había confesado que había falsificado su firma en los avales. La cuestión de si los acreedores podían reclamar sus propiedades no sujetas a bienes gananciales seguía siendo una cuestión de derecho civil, no penal.

Dicho de otro modo, Tracy no tenía motivo alguno para arrestarla.

A todo esto, había que sumar, una vez más, el desagradable asunto de la jurisdicción: Tracy y Fields habían cruzado fronteras estatales para hablar con una testigo que los había conducido a otra testigo. Sin un mandato judicial, no tenían autoridad alguna para detener a Andrea Strickland ni para extraditarla a Oregón ni a Washington, aun en el caso de que decidiesen que tenían razones para hacerlo.

La joven había huido porque estaba embarazada. Su marido había planeado matarla y ella había decidido que no podía correr el riesgo de que matase también a su bebé ni de criar a un hijo con un hombre así. En su fuero interno, Tracy aplaudía su decisión.

—De momento, solo queremos hablar contigo, pero, si prefieres que haya un abogado presente, lo tendrás. Tú decides.

Orr miró a su sobrina, que alzó la vista sin indicar cuál era su deseo. La tía miró entonces a Tracy con otros ojos.

—¿Podemos hablar un minuto?

—Por supuesto —dijo la inspectora.

Hico un gesto a Fields y los dos salieron de la cabaña. Fuera, él buscó de inmediato sus cigarrillos y su encendedor y, tras prender uno, se puso a exhalar humo al aire. En un lugar impoluto como aquel, aquel acto constituía una violación fundamental de la belleza del entorno natural.

—¿Qué opinas? Yo, personalmente, creo que está chalada y que la tía también podría estarlo.

Tracy se mordió la lengua. Fields era demasiado predecible.

—A mí me parece una joven a la que ha jodido la vida y que no quiere lo mismo para su hijo.

—¡Mira que eres sensiblera, Crosswhite! —Dio una calada y echó el humo al cielo—. ¿Qué hacemos si no confiesa? Si nos vamos, podría huir otra vez. Tiene todo ese dinero escondido y la tía tenía hechas las maletas y estaba a punto de esfumarse. Lo del viaje a Florida no hay quien se lo trague.

—No tenemos nada por lo que detenerla.

—¿De qué estás hablando? Como poco, es sospechosa de la muerte de Devin Chambers. Tenía un móvil muy claro. No, dos: el dinero y la infidelidad de Chambers con su marido.

La inspectora tuvo que hacer un esfuerzo por no echarse a reír.

—Un móvil, puede ser, pero, si ha estado metida aquí todo este tiempo, ya me dirás cuándo ha tenido la ocasión.

—Ya, pero ¿quién sabe si eso es verdad? Pudo viajar a Washington, matar a Chambers y volver.

—¿Viajar en qué? Ese Jeep no tiene permiso de circulación y, aunque lo tuviera, dudo que pudiese hacer más de ochenta kilómetros.

—Pudo alquilar un coche o usar el de la tía.

—¿Y cómo encontró a Chambers?

—Gracias al buscador de personas desaparecidas. Conduce hasta Independence, crea una cuenta de correo electrónico desechable, se conecta a una wifi pública y se pone a hacer averiguaciones. Dices que pasó un tiempo entre el momento en que envió los correos electrónicos al investigador y la respuesta de este. Esto podría explicarlo: estaba viviendo aquí, apartada de todo, y tenía que ir a la ciudad si quería tener conexión.

—¿De verdad te da la impresión de que quiere huir a ninguna parte? Aquí está en la gloria: nadie la molesta ni tiene que lidiar con un mundo que la ha tratado como un felpudo, no le faltan libros que leer ni montañas que recorrer. ¿Por qué iba a querer ir a ningún otro lado?

—Porque tiene un hijo de camino —respondió Fields—. ¿O va a dar a luz en una cabaña?

No le faltaba razón.

—Seguro que en Independence hay hospital —observó Tracy—. No tenemos nada que justifique su detención.

Fields arrojó más humo por un lado de la boca.

—De acuerdo, pero, si decide que no quiere hablar con nosotros, la pienso arrestar.

—¿Por qué motivo? —replicó ella empezando a irritarse—. Tú estabas buscando a una persona desaparecida y, que yo sepa, la has encontrado. Nada de lo que sabemos que ha hecho constituye un delito. Tu caso está cerrado. El de Devin Chambers es mío y, aunque creyera tener motivos que lo justificasen, no puedo detener a Andrea Strickland sin una orden judicial.

En ese momento se oyeron pasos que se acercaban a la puerta y vieron salir al porche a Penny Orr.

—Andrea me ha dicho que tiene algo que contarles.

Tracy sorteó a Fields y siguió a Orr al interior de la cabaña.

Andrea seguía sentada en el sofá, pero había mudado su actitud huraña por otra aturdida y apenada. Antes de que Tracy pudiera pronunciar una palabra, dijo:

—Yo maté a Devin.

Tracy se sintió como si el corazón le hubiese saltado a la garganta. Lanzó una fugaz mirada a Fields, sin saber muy bien qué decir ni si, en caso de tener las palabras, sería capaz siquiera de emitirlas.

—Así que fuiste tú, ¿verdad? —dijo Fields.

Tracy volvió de golpe a la realidad.

—No contestes a eso. No digas una palabra más.

—Yo no quería —prosiguió Strickland—. En realidad, solo pretendía castigarlos por lo que me habían hecho.

—¿Qué te decía yo? —dijo Fields a Tracy antes de soltar las esposas que llevaba en la parte trasera del cinturón.

—Andrea, te recomiendo que no hables más. —Volviéndose a Fields, puso una mano en alto.

Él se detuvo y Tracy volvió a invitarlo a salir con un movimiento de cabeza.

—¿Lo ves, Crosswhite? —dijo en el porche con una sonrisa odiosa de «Ya te lo dije»—. Uno nunca conoce a la gente.

—Nada de lo que diga será admisible.

—¡Y un cuerno!

—No le hemos leído sus derechos.

—Entonces, se los leo y le vuelvo a hacer la pregunta.

—Espera un segundo, ¿quieres? Voy a Independence para buscar cobertura y hacer unas llamadas para ver qué nos recomiendan.

Buscaré al *sheriff* local para que la retenga hasta que consiga una orden de detención que incluya la extradición al estado de Washington. No hace falta esposarla. ¿Adónde va a huir? Limítate a leerle sus derechos y asegúrate de que los entiende, pero no la interrogues. Este caso es mío. ¿Me has entendido?

—Te he entendido perfectamente —repuso él sonriendo—. Como te he dicho, no es mi primer rodeo.

—Las llaves.

Fields le lanzó las llaves del coche y Tracy salió de inmediato, cruzando el puente de madera y tomando el camino de tierra hasta el vehículo de alquiler. Echó marcha atrás y, pisando el acelerador, dejó tras sí una nube de tierra y polvo. Giró para volver a la carretera pavimentada y condujo colina abajo con el teléfono en la mano, comprobando la cobertura a la vez que trataba de no salirse del asfalto. A mitad de la montaña, la pantalla le mostraba solo dos barras. Había perdido tres llamadas en cinco minutos, todas de la comisaría de Seattle, y tenía un mensaje de texto de Faz.

Repartiendo su atención entre las curvas de la calzada y su teléfono, leyó:

Llámame. Hay novedades en el caso Strickland. Importante.

Se detuvo en el arcén y marcó el número. La conexión tardó una eternidad. Cuando al fin se produjo, Faz empezó a hablar sin darle tiempo siquiera a decir hola.

—Profe, ¿dónde c… estabas? Llevo un buen rato… localizarte.

—Estoy sin cobertura. Te pierdo.

—¿Profe?

—¿Faz? —El teléfono emitió un pitido. La llamada se había cortado—. Mierda.

Pensó en volver a intentarlo, pero se dijo que sería mejor seguir bajando. Volvió a la carretera y fue salvando curvas. Entonces sonó el teléfono, que seguía en su mano. Puso el altavoz y dijo:

—Sí. ¿Me oyes?

—Todavía no muy bien.

—Ya… ordenador.

—Repítelo.

—Ya… analizado… ordenador.

—¿Que ya han analizado el ordenador? ¿Faz? ¿Qué dice el informe?

—¿Profe?

—Faz, ¿me oyes?

—No te… rastrear… cuenta… desechable y… dirección wifi. El correo electr… desde una dirección pública… restaurante.

—No lo he entendido, Faz. Dilo otra vez.

—Un lugar público… Tacoma… Viola.

El vehículo se desvió a la derecha, hacia el margen de tierra. Tracy pisó el freno y levantó una nube de polvo y grava, rectificó la dirección, cruzó la línea del centro, volvió a rectificar y paró en el arcén, estupefacta.

Fields.

Quien había estado buscando a Devin Chambers había sido Fields. «¡Dios mío!»

—¿Profe?

El teléfono.

—¿Faz? ¿Faz?

El otro no respondió.

—¿Faz? Faz, no sé si me oyes. Estoy en un municipio de las montañas de Sierra Nevada llamado Seven Pines. Seven Pines. La ciudad más cercana es Independence. ¿Faz? Mierda. Faz, llama al *sheriff*. Dile que necesito ayuda de inmediato. ¿Faz? —No tenía modo alguno de saber si la estaba oyendo, aunque, por lo menos, todavía no se había cortado—. Dile que estoy en la cabaña verde de la puerta roja, tomando el primer camino a la derecha de la carretera de asfalto. Dile que…

Y se cortó la llamada.

CAPÍTULO 34

Se planteó si debía seguir colina abajo hasta llegar a Independence, donde habría cobertura, pero eso le costaría un tiempo y había dejado a Fields a solas con Strickland y Orr. Con el estómago hecho un nudo, dio la vuelta y volvió a poner rumbo a la montaña. Todo acababa de cobrar sentido. Si no todo, al menos parte. Fields había dado a Andrea Strickland por muerta. Durante la investigación, debió de averiguar la existencia del fondo fiduciario y suponer que la había matado su marido por el dinero. Al desaparecer este, Fields tuvo que ir en busca de Strickland y de la única amiga de Andrea y supo que Devin Chambers había dejado Portland en el momento de la desaparición de aquella y del dinero. Quizá hubiera ocultado alguna pista que lo había convencido de que Devin Chambers se había llevado el dinero y había tenido una aventura con Graham Strickland. Tracy no podía saberlo, pero sí era consciente de que, para un policía corrupto, aquel dinero era como el dinero procedente de la droga y Fields había pasado una década persiguiéndolo en Arizona: todo un botín. A Strickland la consideraban muerta y su marido iba a ir a la cárcel. Si conseguía dar con Devin Chambers, encontraría también el dinero: medio millón de dólares en metálico esperando a que alguien se hiciera con él.

Fields no podía usar los recursos de la policía para buscar a Chambers, pero tampoco los necesitaba: se había pasado dos lustros aislado del mundo en el desierto de Arizona, persiguiendo a traficantes y encontrando el dinero que dejaban bien escondido. Sabía cómo blanquearlo y cómo conseguirlo. Lo tenía al alcance de la mano. Le bastaba con matar a Devin Chambers y decir a todo el mundo que había huido con él y estaba en paradero desconocido, por eso había metido su cadáver en una nasa, donde, en teoría, sería imposible encontrarlo. Tracy volvió a pensar en la conversación que había mantenido con Kins ante la mesa de autopsias del médico forense. Él había dicho que no era la primera vez que se encontraba un cuerpo en iguales condiciones, aunque no había sido en el condado de King: en el condado de Pierce habían tenido otro caso hacía solo dos años.

Fields.

Si estaba en lo cierto, aquel tipo era más que un poli malo: Fields era un asesino. Había matado a Chambers y se habría salido con la suya de no haber enganchado Kurt Schill la nasa equivocada desafiando todas las leyes de la probabilidad y haber dado así al traste con un plan casi perfecto. Aquello supuso la participación de otro cuerpo de policía que querría investigar el asunto en profundidad. Por eso se había afanado tanto Fields en mantener la jurisdicción: no quería que nadie metiera las narices en aquello. Al salir a la luz el cadáver, necesitaba presentar a Graham Strickland como un asesino de sangre fría o, por lo menos, volver a llamar la atención sobre él. Como inspector al mando de la investigación de la desaparición de Andrea Strickland, había estado en el ático de Pearl Street y hasta lo había registrado. Debía de conocer los detalles relativos a la seguridad del edificio, incluidas la clave del ascensor y la de la puerta principal.

Aquello explicaba también la renuencia de Penny Orr a proporcionarle muestras de su ADN: no quería que Tracy averiguase que la mujer de la nasa no era su sobrina, pues resultaba mucho más sencillo para las dos que se diese a Andrea por muerta.

Tracy redujo la velocidad al llegar a la curva del camino de tierra. Fields debió de acudir al apartamento buscando a Graham Strickland y se encontró en su lugar a Megan Chen dormida en la cama. A ella también la había matado. Tracy no albergaba la menor duda de que estaba dispuesto a hacer lo mismo con Andrea Strickland y Penny Orr y ella se lo acababa de poner en bandeja. Luego, acabaría con ella. Sin embargo, en ese momento, ignoraba que Tracy sabía que había sido él quien había contratado al investigador privado para que encontrase a Devin Chambers. Por el momento, al menos, contaba con el factor sorpresa.

Esperaba no necesitar nada más.

Volvió lentamente al lugar en que habían aparcado y apagó el motor poco antes de detener el automóvil. Comprobó su Glock y colocó una bala en la recámara antes de apearse en silencio. Poco a poco, avanzó por el sendero sosteniendo el arma a escasa altura y hacia un costado. Al llegar al puente de madera, se detuvo detrás de un pino y observó la cabaña. Oyó el sonido del arroyo y el zumbido de los insectos, pero no vio a nadie. Pasó el puente y llegó a los escalones de madera que llevaban al porche sin dejar de escrutar los alrededores. Pistola en mano, se inclinó para mirar por las vidrieras de las ventanas. Strickland y Orr seguían sentadas en el sofá, pero no vio a Fields.

—Ni un paso más.

La voz procedía de detrás y hablaba lenta y deliberadamente. Oyó a Fields doblar la esquina de la casa y se preguntó si sería lo bastante rápida para volverse y disparar.

—Suelta el arma, Crosswhite. La quiero ver en el suelo. Si no, quien terminará en el suelo serás tú. He dicho que la sueltes.

Ella obedeció y la Glock cayó al suelo de madera del porche con un golpe apagado que hizo que Orr y Andrea miraran hacia la ventana.

—Date la vuelta.

401

Tracy levantó las manos a modo de sutil señal destinada a poner sobre aviso a la tía y la sobrina y se volvió para mirar a Fields. Este se alejó del ángulo de la vivienda un paso más con la pistola y apuntando a la inspectora. Tracy supo que había tomado la decisión correcta, que Fields le habría disparado antes de que hubiese tenido tiempo de girarse.

—Coño, qué pronto has vuelto —dijo apartando de una patada el arma de Tracy—. Demasiado pronto para haber localizado al *sheriff* y haber hecho las llamadas de teléfono que querías hacer. Supongo que ibas a mitad de montaña cuando has vuelto a tener cobertura más o menos donde la perdí yo cuando subíamos. Apuesto a que te han dado una noticia interesante relacionada con cierta cuenta de correo electrónico desechable. ¿Me equivoco?

—¿Por qué, Fields? —preguntó Tracy y las palabras le dejaron un sabor amargo en la boca.

Él sonrió.

—¿Y por qué no?

—¿Cuándo te cambiaste de bando?

—¿Cambiar de bando? Yo no lo expresaría así. Más bien diría que adquirí ciertos malos hábitos mientras trabajaba de infiltrado. Me di cuenta de que en cada redada encontraba cantidades muy interesantes de dinero que no figuraba en ninguna parte, un dinero que resultaba imposible de rastrear, por no hablar del material. Había dedicado todo mi tiempo a averiguar cómo lo distribuían para que no me descubrieran. Una fortuna. En realidad, decidí que estaba jugando en el equipo equivocado.

—¿Y tu mujer? ¿Traicionaste aquello por lo que luchó y por lo que murió?

Fields sonrió, aunque con aire sombrío.

—En fin, digamos que tuvimos nuestras desavenencias cuando se enteró.

—La mataste tú. —Tracy casi escupió las palabras.

—Depende de cómo se mire. También puede verse como una redada de Antidrogas que salió mal. —No había borrado la sonrisa de su cara—. Pasa muy a menudo. Los agentes se meten en la boca del lobo y alguien los descubre. A mí me pasó muy poco después de que la desenmascarasen y no tuve más remedio que cambiar de destino.

La inspectora se preguntó si la aversión que había sentido desde el principio por Fields no la había llevado a obviar todas las señales que, por lo que podía ver en aquel instante, apuntaban directamente a él.

—Así que, cuando pensaste que Andrea Strickland había muerto en la montaña y que el culpable había sido su marido, viste la ocasión de apoderarte del dinero.

—Tú lo has conocido y sabes igual que yo que no se lo merecía.

Eso sí, no contabas con que nadie tuviese tu misma idea y hasta se te adelantara.

—La verdad es que, si lo piensas, parece casi cómico cómo se la jugó Devin Chambers. Hermoso, de justicia poética. Se ofreció a repartir conmigo el dinero, pero, aunque tuve que reconocer que su ingenio era digno de admiración, no podía ir por la vida temiendo que volviese a buscarme o hiciera o dijera alguna estupidez.

—¿Y el caso del cadáver que apareció en una nasa en el condado de Pierce también fue obra tuya?

—No, pero me encantó la creatividad de aquel fulano. El procedimiento es mejor aún que el de dejar un cadáver en el desierto para que se alimenten los animales. En este caso siempre te quedarán los huesos, pero si lanzas una nasa al agua con el cadáver dentro, puedes estar seguro de que no quedará nada… a no ser que algún niñato se enganche con ella y la saque a la superficie. ¿Qué probabilidades había? ¿Una entre un millón?

—Es cierto: ¿qué probabilidades había? Pero eso ya da igual, Fields. Mira a tu alrededor. ¿Adónde vas a ir?

La sonrisa de él se hizo más amplia.

—Lo dices de broma, ¿no? Adonde me dé la gana. Lo tengo todo en la maleta que he traído: pasaportes falsos, disfraces... ¿Qué me dices de esta pistola? ¿Quién sabe de dónde ha salido? Antes conseguía docenas de estas, imposibles de rastrear. De modo que, cuando alguien encuentre ahí fuera lo que pueda quedar de vosotras tres, si es que lo encuentra, hará mucho ya que me habré ido. Hasta puede que piensen que mi cadáver tiene que andar también por ahí, donde hayan querido llevárselo las fieras. Ya te he dicho, Crosswhite, que mi medio era el desierto. Ahora puede ser también el tuyo.

CAPÍTULO 35

Fields la llevó de nuevo adentro, donde a ambos los aguardaba una sorpresa: Penny Orr y Andrea Strickland ya no estaban sentadas en el sofá, ni la escopeta apoyada en la chimenea de piedra.

—Mierda —dijo él sin dejar de encañonar a Tracy mientras se dirigía al fondo de la cabaña y echaba un vistazo al dormitorio.

Tracy sintió una corriente fresca procedente de aquella pieza y no pudo evitar sonreír.

Fields soltó un reniego y sacó las esposas que llevaba al cinturón.

—Abraza ese poste, Crosswhite. —Caminó hacia uno de los dos pilares que sostenían el techo.

Ella no obedeció de inmediato.

—Sabes que no vas a salirte con la tuya, Fields. —Quería dar a la tía y la sobrina todo el tiempo posible para huir. Orr había dicho que a Strickland, además de la lectura, le gustaba la montaña y que había recorrido todos aquellos montes de pequeña. Con suerte, conocería bien la zona y sabría dónde esconderse. Dudaba que quisiera matarla allí y arriesgarse a dejar sangre en la cabaña, de modo que decidió forzar la situación.

—He llamado a los míos, Fields, y ya vienen de camino. Saben que fuiste tú quien contrató al buscador de personas desaparecidas. ¿Desde el Viola, en serio? ¿En qué estabas pensando?

Fields dio un paso hacia ella hasta que la boca de su cañón quedó a un palmo de su frente.

—En que nadie encontraría el cadáver. Y ahora, abraza ese dichoso poste si no quieres que te lleve a rastras a los montes, te mate de un disparo y te deje allí para que se alimenten los bichos con tus tripas. En realidad, me importa una mierda.

Tracy se acercó al pilar y lo rodeó con los brazos. Fields le puso las esposas con decisión, echó a andar y se detuvo.

—Nunca me has gustado —dijo antes de asestarle un culatazo en la sien.

Me di cuenta de que algo iba mal en el momento en que la inspectora Crosswhite salió de la cabaña para volver a la ciudad. Fields salió y la observó marcharse antes de volver con un cigarrillo en la boca.

—¿Le importaría no fumar aquí? —le pregunté pensando en mi bebé y en la gran cantidad de papel que había dentro.

Él sonrió y dio unos golpes al pitillo para echar las cenizas al suelo.

—¡Qué faena, que hubiese aquí un incendio! ¿Verdad?

—Lo decía por el humo.

—Por eso no deberías preocuparte. Dime, Andrea, ¿dónde está el dinero?

Aquella pregunta me bastó para saber que Stan Fields había matado a Devin Chambers. Yo le había tendido una trampa, igual que a Graham, pero en ningún momento había querido que muriese ninguno de los dos. Lo único que pretendía era castigarla por lo que habían hecho Graham y ella, por lo que habían intentado hacerme, pero, en el fondo, sabía que mis actos habían provocado su muerte y me sentía como si la hubiese matado yo.

—No sé de qué me habla —le contesté—. ¿No lo tiene usted?

Otra sonrisita.

—Eres muy buena. Eso tengo que reconocerlo. Por cierto, no te culpo por haber tendido una trampa a tu marido. Después de conocerlo, puedo decir que no merecía menos. A mí también conseguiste engañarme. Estaba segurísimo de que te había matado él, pero ¿por qué? En el fondo, esas cosas suelen hacerse por motivos muy elementales: una querida, dinero o el cobro de un seguro. A veces, por una combinación de los tres. Así que investigué un poco y descubrí que también había un buen montón de dinero contante del que no se tenía constancia. Si conseguía demostrar que te había matado Graham, él iría a la cárcel y no quedaría nadie que supiera de ese dinero ni tuviese interés alguno en él. —Volvió a arrojar ceniza al suelo—. Sin embargo, la amante resultó ser peor que el marido: lo había manejado para hacerse con todo y, encima, desapareció a la vez que tú y el dinero, así que conseguí una orden judicial para registrar su apartamento y su mesa en la oficina, me llevé sus ordenadores y encontré una pista hermosísima que indicaba que ella y tu maridito estaban haciendo cositas guarras y ella se había quedado con tu identidad falsa: Lynn Hoff. Dime una cosa, ¿eso formaba parte de la trampa que le tendiste?

—Yo no quería verla muerta —le respondí—: solo quería huir de ellos y poder darle a mi bebé una vida mejor, como la que tenía yo antes del accidente. Ni si me pasó por la cabeza que ella estuviese buscando el dinero.

—Cometiste un error al subestimarla. Tu amiga era una timadora de primera y para esa gente lo único que importa es el dinero. Para ellos, las cosas no son igual que para ti o para mí. Ellos piensan de otro modo: ven tu dinero como si les perteneciera. Tú solo lo tienes de manera temporal mientras consiguen quitártelo.

—Entonces la mató usted.

Fields se encogió de hombros.

—No tuve más remedio, pero alguien llegó al dinero antes de que yo tuviese tiempo de cambiarlo de lugar. Ahí fue cuando me figuré que seguías viva. Graham no sabía, ni por asomo, dónde estaba ni tampoco iba a ponerse a buscarlo cuando me tenía a mí presionando al fiscal del distrito para que lo pusiera en la lista de sospechosos por tu desaparición. Así que voy a preguntártelo otra vez: ¿dónde está el dinero?

No dije nada. Fields tiró la colilla encendida al suelo y, aunque seguía consumiéndose con su fulgor rojo vivo, no hizo siquiera el intento de aplastarla con el pie. Sacó el arma y la apuntó a la cabeza de mi tía.

Yo estaba a punto de hablar cuando él volvió la cabeza al oír un ruido fuera. El motor de un coche. Dio un paso atrás hacia la puerta y miró al exterior. Yo sabía que era un automóvil, ya me había acostumbrado a los ruidos de la cabaña.

—Quedaos aquí —dijo—. Un solo movimiento y os mato a las dos.

A Tracy le dolía la cabeza como si se la hubiesen abierto por la mitad. A medida que la oscuridad fue dando paso a una imagen desenfocada, se dio cuenta de que se había desplomado en el suelo de la cabaña de Andrea Strickland, donde estaba esposada a un pilar. Acercó el cuerpo al rollizo de madera para aliviar la tensión de las muñecas e hizo una mueca de dolor ante el esfuerzo. Entonces bajó la cabeza y se llevó los dedos al cuero cabelludo. Al retirarlos, vio que los tenía ensangrentados. Poco a poco, consiguió apoyar una rodilla en el suelo para incorporarse. La sala daba vueltas como una atracción de feria y tuvo que abrazarse al pilar para no caerse. Cuando todo empezó a girar con más lentitud, logró ponerse en pie deslizando madero arriba las muñecas apresadas. Sintió náuseas y reprimió las ganas de vomitar mientras esperaba a que se le aclarase la visión. A continuación, tuvo que abordar el mayor problema de todos: liberarse. Alzó la mirada para descubrir que el poste estaba asido a la viga transversal mediante una abrazadera metálica.

Entonces miró hacia abajo, vio que atravesaba el suelo y supuso que estaría fijado a un pilote de los cimientos. Aun así, tiró de él y comprobó que, en efecto, no se movía. La cabaña tenía una construcción sólida y el madero no cedería.

Por las ventanas vio que había empezado a oscurecer, aunque no porque se hubiera hecho tarde, sino porque había cambiado el tiempo. Las nubes distantes habían avanzado hasta las cumbres de las montañas y todo iba adoptando con rapidez un tono gris negruzco. A lo lejos, a varios kilómetros aún, sonaban truenos y el viento también se había agitado. Ojalá la falta de luz y las condiciones atmosféricas ayudasen a Andrea Strickland y Penny Orr.

Miró en vano a su alrededor en busca de algo que pudiera servirle para liberarse de las esposas y su frustración fue creciendo por minutos. Al menos tenía la esperanza de que Andrea conociera bien aquellos montes y supiera dónde resguardarse y hasta dónde tender una emboscada a Fields con la escopeta.

Oyó lo que tomó por otro trueno remoto y reparó en que se trataba del sonido de unas botas sobre el puente de madera. Se acercaba alguien. ¿Fields?

Rodeó el madero para situarlo entre la puerta y ella. Frente al vidrio emplomado de la ventana vio pasar un agente uniformado. Llevaba una camisa color caqui y unos pantalones verdes.

—¡Aquí! ¡Aquí! —exclamó ella.

El recién llegado subió los escalones del porche y entró con el arma en la mano.

—¿Es usted la inspectora Crosswhite?

Faz había recibido el mensaje. Sabía que podía contar con él.

—Sí, sí, soy yo. ¿Ha visto a alguien más ahí fuera?

—No.

—Tengo la placa en el cinturón.

El agente se acercó a ella. Debía de haber mediado la treintena, llevaba la cabeza afeitada y era de constitución fuerte.

—Nos han llamado de Seattle para informarnos de que había una agente que necesitaba ayuda inmediata.

—Esa soy yo. No baje la guardia, porque hay por ahí un fulano con una pistola. ¿Tiene llaves para las esposas?

Él enfundó el arma y corrió a liberarla sin perder de vista la puerta ni la ventana. Una vez liberada, la inspectora se frotó las muñecas para recuperar la circulación y dijo:

—Tracy Crosswhite, de la policía de Seattle.

—Yo soy Rick Pearson, de la comisaría del *sheriff* del condado de Inyo. ¿Y qué está haciendo aquí una agente de Seattle?

—Había venido a hablar con una testigo. ¿Cuántos coches ha visto ahí fuera?

—Mmm… Dos. Y un Jeep. ¿Qué diablos está pasando?

Fields seguía allí.

—¿Ha venido usted solo?

—Sí. La comisaría de Independence es pequeña, pero hay otro agente de guardia al que puedo llamar si hace falta. Si quiere, también puedo llamar a la central.

—¿Dónde está la central? —Se dirigió al porche, pero tuvo que agarrarse al marco de la puerta cuando, de pronto, le sobrevino un mareo.

—Tiene una herida muy fea en la cabeza.

Tracy se tocó el lugar del golpe e hizo lo posible por despejarse.

—¿Dónde está la central?

—En Bishop.

—¿A cuánto está eso?

—A cuarenta y cinco minutos.

—Necesitaremos toda la ayuda que pueda conseguir. —Salió al porche y sacó la Glock—. Y vehículos adaptados a este terreno.

—Por aquí no van a poder hacer gran cosa, sobre todo con la tormenta que se avecina.

Aquel era un problema que no había tenido en cuenta. Pasó el puente en dirección a los vehículos estacionados.

—Por aquí cerca hay dos mujeres y un poli malo dispuesto a matarlas si las encuentra. ¿Qué armas tiene en su coche?

En ese momento se estaban acercando al todoterreno blanco y verde del agente.

—Una escopeta y un fusil con balas de sobra.

—Necesitaré el fusil —dijo ella—. Pida por radio toda la ayuda que pueda y, cuando lleguen, dígales que estamos buscando a dos mujeres, una de unos veinticinco años y otra de unos cincuenta y cinco. El tipo de la pistola tiene también cincuenta y muchos, pelo gris recogido en una coleta y bigote. Va armado y es peligrosísimo. ¿Tiene un botiquín de primeros auxilios?

—Claro.

—Pida primero ayuda y, luego, le agradecería que me vendara la cabeza.

—¿Adónde quiere ir?

Tracy contempló el monte bajo y las ominosas montañas.

—Ahí —dijo.

—El terreno de aquí es criminal, inspectora.

—Eso espero —concluyó ella.

Cuando Fields salió de la cabaña, le dije a mi tía:

—Nos va a matar. No tiene más remedio que matarnos a todas. Tenemos que irnos.

—¿Adónde? —dijo ella y pude percibir el miedo en su cara y en su voz.

—A los montes. Vamos.

Agarré la escopeta y un puñado de cartuchos y corrí a la parte trasera de la casa. Mi tía no se había movido del sofá.

—Venga —le dije en tono más apremiante.

Por fin se levantó y me siguió al dormitorio. Miré por la ventana de atrás, pero no vi a Fields.

—Sujeta esto. —Le di la escopeta y fui a abrir la ventana de guillotina, pero el tiempo y la humedad habían deformado el marco y apenas se movió.

Puse las dos manos bajo la hoja y empujé hacia arriba con todas mis fuerzas. La ventana dio un chirrido y se levantó algo menos de un palmo antes de volver a atascarse. No tenía claro que fuésemos a caber por el hueco, pero sí que el mecanismo no cedería más.

Recuperé la escopeta.

—Ve tú primero.

Mi tía se agachó, sacó la cabeza y se movió como una culebra para salir. Yo le sostuve las piernas para que no se cayera. Cuando puso el segundo pie en el suelo, le volví a dar la escopeta y salí por la abertura a un suelo de piedras y agujas de pino. Me levanté, me sacudí las manos con rapidez y tomé el arma.

Entonces oí a Fields que decía:

—Ni un paso más.

Por un momento pensé que nos hablaba a nosotras. Luego me di cuenta de que estaba al otro lado de la esquina y se dirigía a otra persona. Teníamos que darnos mucha prisa. Mi abuelo había despejado de árboles los alrededores de la cabaña para crear un cortafuegos y había que salvar unos diez metros para llegar a la orilla del bosque, donde podríamos ponernos a cubierto. Sobre nosotras, el cielo seguía encapotándose. Estaba claro que se iba a declarar una tormenta de tarde, cosa muy frecuente en los montes cuando el aire del valle se calentaba y la corriente ascendente topaba con el aire frío de las montañas. Minutos más tarde se haría casi de noche, los truenos harían temblar la casa y la lluvia convertiría el arroyo en todo un río. Con suerte, aquello bastaría para borrar el rastro de nuestra huida. Esa era nuestra única oportunidad.

Así a mi tía de la mano y tiré de ella para que me siguiera, subiendo la pendiente que nos llevaba a los árboles y recorriendo con rapidez el sendero que conocía desde pequeña y por el que paseaba a diario desde mi desaparición en el monte Rainier.

Tracy se colgó el fusil al hombro y se encaminó a la cabaña, que rodeó para llegar a la parte trasera.

—Buena chica —dijo al ver la ventana abierta. Estaba empezando a profesar una gran admiración a Andrea Strickland y su ingenio. Aquella joven era una superviviente.

Salvó con rapidez la distancia que la separaba de la orilla del bosque, vio lo que parecía un sendero y lo siguió con un trote lento que agudizó su dolor de cabeza.

El terreno, seco y estéril, no se parecía en nada al de North Cascades, siempre verde y húmedo. Aquel le recordaba al que se daba al pie del Rainier: formaciones rocosas de gran altura, picos escarpados y piedras, pero también algunos pinos, flores y matorrales.

Le ardían los pulmones por la altitud. El ácido láctico hacía que le doliesen los músculos de las piernas y la herida de la sien se le hacía más presente con cada pulsación y agudizaba su mareo y sus náuseas. Después de varios cientos de metros, tuvo que pararse a recobrar el aliento. Las nubes negras que coronaban las cumbres de color gris enfermizo habían adquirido un tono más oscuro y avanzaban como un océano espumoso a punto de descargar su furia. De pronto se iluminaron con la caída de un rayo que crepitó al llegar al suelo su ramaje blanco azulado. Casi de inmediato, sacudió la tierra una explosión seguida por un retumbo bajo semejante al sonido de un bombo. Si no la mataba Fields, quizá lo hiciese alguna de aquellas descargas eléctricas.

Tracy apretó el paso a lo largo de una cresta rocosa y no tardó en darse cuenta de que había echado a correr sin pensar en nada más. Lo más seguro era que Andrea Strickland hubiera abandonado la senda marcada, tomado una dirección distinta y hallado un escondite seguro. Carecía de las dotes necesarias para seguirla, pero sabía que Fields, que había pasado una década en el desierto, podía seguir la pista de ambas. Necesitaba buscar un lugar más elevado desde el que dominar los alrededores y, con suerte, localizarlos.

Dejó el sendero, aguzando el oído en todo momento por si oía dispararse la escopeta o la pistola. Subió la falda de la colina hacia el saliente rocoso que destacaba bajo uno de los picos escarpados. El suelo se fue haciendo más inestable a medida que aumentaba la inclinación de la ladera. Las botas se le escurrían con cada paso y la obligaban a inclinarse y a ascender a cuatro patas como un oso, resollando y empapada en sudor. Otro rayo hizo crujir el suelo que la rodeaba. El instinto la llevó a tumbarse boca abajo y le erizó el vello de los brazos. Se tapó los oídos cuando estalló el trueno directamente sobre su cabeza. Entonces sintió caer las primeras gotas de lluvia como gruesos perdigones de agua que le golpeaban la espalda y se estrellaban contra la roca que la rodeaba.

Corrió a levantarse y siguió subiendo con el fusil a la espalda. Tuvo que concentrarse bien en cada movimiento para no deslizarse colina abajo. Llegó al pie del afloramiento y calculó que debía de tener unos diez metros de altura. Si conseguía escalarlo, podría ver el valle en todas direcciones.

La lluvia se hizo más intensa y le empapó la ropa. Siguió subiendo con cuidado, agitando la cabeza para apartarse el agua de los ojos. Cuando, al fin, llegó a lo alto, se presentó ante ella todo el valle. Sin embargo, tuvo que volver a echarse de bruces al ver crepitar el siguiente rayo. Esta vez, el trueno fue un rumor profundo y sostenido seguido de una explosión ensordecedora que hizo tiritar los montes. Cuando cesó el ruido, Tracy volvió a ponerse en pie, tomó el fusil y observó el valle por la mirilla telescópica en busca de Andrea Strickland y Penny Orr o de cualquier señal de movimiento.

Pero no vio nada.

Mi tía, que no estaba habituada a la altitud ni a tanto esfuerzo físico, estaba agotada y había perdido el aliento. La tomé con fuerza de la mano y tiré de ella montaña arriba. La sentía tambalearse, resollar con fuerza y jadear. La descarga de adrenalina y la ansiedad debían de dificultarle aún más la respiración. Yo me había preparado a conciencia para escalar el Rainier y había recorrido desde entonces aquellas montañas a diario. Tenía que sacarla del valle y buscar la protección de las peñas, donde podríamos escondernos y yo tendría ocasión de usar la escopeta. No la había usado desde mi adolescencia, pero mi abuelo me había enseñado bien. Siempre decía que no tenía por qué hacerlo a la perfección, que bastaba con estar cerca del blanco al que apuntase.

Mi tía se escurrió y dejó escapar un grito ahogado, pero yo conseguí agarrarle la mano y evitar que siguiera cayendo ladera abajo.

—Sigue tú —dijo sentándose—. Te estoy retrasando.

—No pienso seguir sin ti —le respondí yo—. Levántate.

—No puedo —me dijo.

Miré hacia abajo y vi a Fields llegar a la cresta. No tenía claro que nos hubiese visto, pero había tomado el mismo camino que nosotras y no dejaba de ganar terreno.

—Levántate, tía Penny. ¡Levántate ahora mismo!

Se puso en pie tambaleante. Yo observé la extensión de montaña que tenía a su espalda y vi que Fields había dado la vuelta y nos miraba. Agachó la cabeza y comenzó a salvar la pendiente.

—Vamos —le dije a mi tía—. Vamos. —Le di un tirón del brazo para obligarla a seguir. Solo nos separaban treinta metros de la peña que esperaba alcanzar, pero la pendiente era muy pronunciada, demasiado para ella.

Fields no dejaba de avanzar, moviendo las piernas con decisión y acercándose cada vez más.

Mi tía volvió a escurrirse y se soltó de mi mano. Las piedras sueltas le impidieron detenerse y cayó rodando hasta llegar a mitad de camino entre donde estaba yo y el punto en el que se había parado Fields. Me miró y sonrió: los dos sabíamos que me iba a ser imposible bajar con rapidez suficiente para llegar a mi tía antes que él.

Puse una rodilla en tierra, apunté y disparé.

Tracy usó la mira del fusil para examinar por secciones el suelo del valle. Las nubes y la lluvia habían creado un velo gris que dificultaba la visión. Varias veces se detuvo para fijar la vista en lo que tomó por personas antes de reparar en que se trataba solo de formaciones rocosas de formas caprichosas o plantas de una u otra clase. Bajó la mira y se secó el agua de la frente.

Oyó algo similar a otro trueno, seguido por un eco, y, a continuación, cayó en la cuenta de que no había visto antes ningún rayo. El ruido, además, no había venido de arriba, sino de algún lugar del valle situado a su espalda. Se dio la vuelta para cambiar de posición sobre la roca, se llevó la mira a un ojo y buscó montaña abajo. Al primero al que vio fue Fields, tumbado boca abajo sobre la falda de la montaña. Unos quince metros más arriba yacía alguien más: Penny Orr. Escrutó la zona con rapidez y dio, más arriba aún, con Andrea Strickland. Sostenía la escopeta con las dos manos y tenía la culata apoyada en la axila y el costado.

Vio el cañón sacudirse hacia arriba y oyó reverberar el segundo disparo. Cuando volvió a colocar el ojo ante la mira vio a Fields poniéndose de nuevo en pie. Strickland había fallado y tenía que recargar.

No le iba a dar tiempo.

Tracy se acercó al borde y apoyó el cañón del fusil sobre una roca. Bajó el cuerpo hasta quedar tumbada y se echó hacia delante, acercándose a la mira y afanándose en enfocar la vista. Tenía el arma demasiado baja.

Fields había vuelto a echar a andar colina arriba. Andrea Strickland tenía que estar tratando de recargar con desesperación.

Se hizo con un par de piedras planas, las apiló, apartó otras y recolocó el fusil. Aplicó bien el ojo a la mira. Fields se acercó a Penny Orr, la mujer estaba tendida de costado e inmóvil. La vista de Tracy se nubló por la lluvia que le corría por la frente. Apartó el ojo y pestañeó para librarse del agua antes de volver a colocarlo ante el ocular. Hizo lo posible por poner a Fields, que seguía moviéndose, en el punto de mira. Sabía que no iba a poder acertarle en la cabeza y que su única esperanza radicaba en alcanzarlo en el pecho. Siempre que el ayudante del *sheriff* hubiese calibrado el arma últimamente. Podía dar en el blanco o, a esa distancia, fallar por dos palmos.

Fields llegó hasta Orr pistola en mano. De pie ante ella, bajó la mirada para observarla y la dirigió a continuación hacia arriba, presumiblemente en dirección a Andrea Strickland, antes de sonreír con gesto de «Has perdido», levantar un brazo y apuntar.

Tracy presionó el gatillo hasta la mitad, soltó aire con un silbido grave y apretó con el dedo.

Disparé otra vez. Fields cayó de inmediato y, por un instante, creí que le había dado. Entonces se puso de pie muy lentamente: había fallado. Aquella escopeta estaba hecha para tirar de cerca y solo tenía dos cartuchos. Él sonrió, levantó el arma y me disparó. Yo me tiré al suelo y, cuando levanté la vista, lo vi caminar pendiente arriba hacia mi tía. Me incorporé y busqué más munición en los bolsillos, pero tenía las manos frías y agarrotadas por la lluvia y el descenso de las temperaturas y no me resultó fácil sacarla. Cuando lo conseguí, me di cuenta de que no había abierto el cañón del arma.

Lo miré. Estaba a pocos metros de mi tía, lo bastante cerca como para matarla. Se me cayó un cartucho y lo vi rodar colina abajo, donde no podía alcanzarlo. Temblando, abrí el cañón e intenté calentarme los dedos con el aliento antes de rebuscar el que me quedaba en el bolsillo, pero estaba distraída, con la atención puesta en Fields. Ya estaba a punto de llegar a la altura de mi tía. Yo no conseguía meter el segundo cartucho: tenía los dedos torpes y helados. Él levantó los ojos y me sonrió. Yo metí el cartucho en el cañón. Fields apuntó la pistola. Mi tía seguía tumbada boca abajo. No me daría tiempo. Cerré de golpe el cañón y grité:

—¡No!

Tracy vio un estallido rojo, una explosión de sangre.

El torso de Fields se sacudió con un espasmo, como si hubiera sufrido una descarga eléctrica. El brazo del arma se movió con violencia. Ella siguió apuntando a través de la mira, dispuesta a disparar otra vez, pero él cayó hacia atrás y rodó ladera abajo. A continuación, se deslizó y no se detuvo hasta haber llegado casi al sendero.

Tracy siguió con la mira puesta en él por si hacía algún movimiento.

Y no vio ninguno.

Entonces volvió a dirigirla colina arriba. Andrea Strickland fue patinando y bajando de costado en dirección a su tía y, cuando llegó a su lado, se puso de rodillas y se abrazaron las dos. Estuvieron así unos segundos, hasta que Andrea, que debía de haber oído el disparo, alzó la vista hacia el lugar en que se hallaba agazapada Tracy.

Tracy apartó el ojo de la mira telescópica y observó a la tía y la sobrina sin ninguna ayuda óptica. Sabía bien cómo se sentían. Su madre había sido el único familiar que le había quedado tras el suicidio de su padre y apenas habían tenido tiempo de estar juntas: su madre había muerto de cáncer cuando apenas habían pasado dos años de la desaparición de Sarah y la había dejado sola. Tenía la esperanza de que Penny Orr viviera mucho tiempo y de que aquellas dos mujeres, heridas ambas, pudieran brindar a la otra el apoyo que necesitaba.

Apoyó la espalda en la roca e inclinó la cabeza hacia el cielo para sentir la lluvia sobre la cara al mismo tiempo que la oía salpicar las piedras de su alrededor. Pensó en Penny Orr y Andrea Strickland. Pensó en la hermana a la que no veía envejecer. Pensó en su madre y su padre y en su vida de antaño, en la vida que había vivido.

Y deseó tener aún a algún familiar, a alguien a quien abrazar. Entonces pensó en Dan y la idea la hizo llorar.

No pudo menos de alegrarse de que Andrea fuese a tener un bebé, un hijo propio al que adorar, consentir y amar. Y, en ese instante, se dio cuenta de que nunca era tarde para traer al mundo una criatura si se tenía la intención de amarla con cada célula de su ser.

A lo lejos restalló un relámpago, un destello blanco azulado que iluminó las nubes. Segundos después, se oyó un trueno a lo lejos, la tormenta se fue como había llegado.

CAPÍTULO 36

La tormenta pasó y la cabaña quedó bañada por la luz del sol, aunque el porche seguía mojado y del techo de metal caían gotas de agua a los charcos del suelo. El agua corría por el arroyo crecido y pasaba por debajo del puente de madera para seguir corriendo ladera abajo. Tracy estaba hablando con el ayudante del *sheriff*, Rick Pearson, y con su superior, Mark Davis, *sheriff* del condado de Inyo, un hombre con la complexión de un defensa de fútbol americano, aunque rostro juvenil, modos amables y voz suave. Tracy le había dicho dónde encontrar el cadáver de Stan Fields y él había mandado a un equipo de rescate para recuperarlo.

—¿No es la mujer que ha salido últimamente en las noticias? —preguntó mirando por la ventana a Strickland y a Orr, sentadas en el interior—. La mujer de la montaña.

—La misma —confirmó Tracy.

Davis meneó la cabeza.

—¿Y qué estaba haciendo aquí?

—Intentado empezar de cero.

El *sheriff* apartó la mirada de la ventana para dirigirla al valle y los picos de alrededor.

—Y el muerto que hemos ido a buscar… Explíquemelo otra vez.

—Es Stan Fields, inspector del condado de Pierce, en Washington. Era el encargado de resolver el caso en un primer momento. Descubrió que había un montón de dinero que nadie encontraría jamás y decidió quedárselo.

—Y usted está investigando la muerte de la mujer que encontraron en la trampa para cangrejos.

—Eso es.

—Y Fields fue quien la mató y la metió allí.

—Sí.

—Así que Andrea Strickland no era más que una posible testigo.

—Era amiga de la muerta.

Davis frunció el ceño y le lanzó una mirada inquisitiva de quien no sabe si debe creer del todo lo que le están contando.

—¡Vaya casos raros que se dan en Washington!

—¡Dígamelo a mí! —contestó ella con una sonrisa cansada.

—¿Necesita que le tramite una orden judicial para llevársela a Washington?

Tracy se dio la vuelta y observó de nuevo a través de la ventana a Andrea Strickland y su tía en el sofá. Tenía muy claro que llevarla a Seattle significaba condenarla al acoso incesante de los medios de comunicación, que darían la noticia y harían conjeturas y más conjeturas. También sabía que Graham saldría de la nada para poner de relieve que, pese a todo, seguía amándola y quería también a su bebé. Andrea tendría que enfrentarse a él y luchar por el divorcio. Luchar por su hija. Luchar por su fondo fiduciario.

—Ya le avisaré —respondió.

Davis soltó aire y se volvió hacia Pearson.

—En fin —dijo—. Vamos a ver cómo va el rescate del cadáver.

Tracy entró en la cabaña cuando se marcharon Davis y Pearson, que cruzaron el puente y se dirigieron a la espalda de la casa. Andrea Strickland levantó la mirada al verla entrar. Penny Orr parecía aturdida.

—¿Y ahora qué va a pasar? —preguntó la joven—. ¿Estoy detenida?

Tracy tomó asiento en el sofá de dos plazas.

—¿La excursión al monte Rainier la propusiste tú?

Andrea, sorprendida por la pregunta, se tomó unos instantes para ubicarse.

—Sí.

—Y tenías la intención de fingir tu propia muerte de tal modo que recayeran sobre tu marido las sospechas.

Strickland asintió con la cabeza.

—Cuando supe que estaba embarazada, supe que tenía que desaparecer. No podía criar a mi hijo con un hombre así, con un maltratador. No pensaba dejar que tuviera que sufrir nada semejante. Sabía que Graham sería sospechoso, pero también que, sin cadáver, no lo condenarían nunca. Nadie podría saber jamás con exactitud qué había sido de mí y eso era precisamente lo que yo quería. Quería que él supiese que yo estaba al tanto de lo que había intentado hacer y que seguía con vida.

—¿Cómo descubriste lo suyo con Devin Chambers?

—Fue una noche que salimos las dos juntas. Graham estaba fuera aquel fin de semana o, al menos, eso me había dicho. No sé por qué, pero le dije que iba a usar una identidad falsa para cambiar el dinero de sitio. Ella se levantó para ir al baño, se dejó el bolso y él la llamó al móvil… o a uno de los móviles, porque tenía dos. Él no tenía por qué llamarla.

—¿Cómo supo ella lo de Lynn Hoff y lo de las cuentas del banco?

—Aquella noche me metí en su ordenador e introduje toda la información. Pensaba decirle a mi jefa que sospechaba que Graham tenía una aventura para implicar así a Devin. Supuse que, cuando lo investigasen, registrarían sus ordenadores, encontrarían la información y sospecharían que los dos se habían confabulado para matarla. Devin debió de encontrar la información y supongo que por eso se largó. Al ver que estaban sacando dinero de la cuenta, imaginé que tenía que ser ella y di por hecho que pensaba irse.

—Por eso cambiaste el dinero de sitio.

—Mi tía y yo lo transferimos al extranjero. Aquí no tengo mucho acceso a Internet, así que fuimos a Independence. Creí que todo acabaría ahí. Mi tía me dijo que sospechaban de Graham, pero que no podían demostrar nada. Yo no sabía que a Devin la habían matado, pero me lo imaginé cuando mi tía me contó que habían encontrado una nasa con el cadáver de una mujer y que decían que era yo. —Agitó la cabeza y se secó las lágrimas—. Yo no quería que muriese nadie. Me siento responsable de su muerte, como si la hubiese matado yo.

—No —aseveró Tracy—. El responsable es Fields —y, tras meditarlo, añadió—, también tu marido y, en cierto grado, también Devin Chambers.

—Quien siembra vientos recoge tempestades —sentenció Penny Orr levantando la cabeza.

—Algo así —convino Tracy.

—¿Cómo voy a criar un hijo con un hombre que ha planeado matarme? —preguntó Andrea moviendo la cabeza de un lado a otro—. Aunque me divorcie de él, ¿cómo voy a dejar que se acerque a mi hijo?

—Esa no es una cuestión legal, sino moral —repuso Tracy sonriendo.

Andrea la miró con gesto intrigado.

—No la entiendo.

—Está fuera de mi jurisdicción.

Strickland seguía mirándola con aire incrédulo y, a continuación, preguntó:

—¿Qué debo hacer ahora?

Tracy se puso en pie.

—Vivir tu vida, Andrea. Vivir tu vida y nada más. Querer a tu hijo y, si tienes la suerte de conocer a alguien que te quiera sin condiciones, que te haga reír, sonreír y olvidar lo peor de tu pasado, aferrarte a él y no dejarlo escapar.

—Mi tía me ha dicho que usted también vivió algo parecido, que perdió a su familia.

—Sí —dijo la inspectora.

—¿Y cómo lo superó?

Tracy meditó su respuesta.

—Viviendo el presente —contestó—. Céntrate en lo bueno. Céntrate en la criatura que tiene que venir.

—¿Tiene usted hijos?

Tracy negó con la cabeza.

—No.

—Pero sí que ha encontrado a alguien que la quiere.

—Sí.

Andrea Strickland sonrió.

—Entonces puede que aún tenga hijos.

—Puede ser —repuso devolviéndole el gesto mientras avanzaba hacia el porche.

—Inspectora —la llamó la joven.

Tracy se dio la vuelta. Andrea se acercó a ella y la abrazó.

—Gracias —dijo—. Y siento mucho lo de su familia, que tuviese que pasar por todo eso.

En momentos así, Tracy entendía lo que significaba estar sin los suyos.

—Yo también siento que hayas tenido que sufrir tanto.

CAPÍTULO 37

Cuando volvió al trabajo, Johnny Nolasco la llamó a su despacho. Estaba sentado a su escritorio con las gafas de leer apoyadas en la punta de la nariz, estudiando el borrador del informe de Tracy, y, al verla entrar, lo dejó en la mesa y sostuvo las gafas en la mano.

—¿Tengo que entender que has dejado a la mujer en libertad sin más ni más?

—Sí —respondió ella.

—¿Estás de broma? —Al ver que Tracy no respondía, dijo—: Dos cuerpos de policía han estado buscándola en vano durante más de dos meses, a su marido se le ha acusado injustamente y han muerto dos mujeres, ¿y tú la dejas irse? ¿Me lo puedes explicar?

—A Devin Chambers la mató Stan Fields —dijo Tracy con calma—, según me confesó. Ese era mi caso, mi investigación.

—¿Y Chen?

—También la mató él, pero ese caso era de Portland.

—¿Pero qué pasa con Strickland? ¿La dejas que se vaya y ya está?

—Como se ha encargado usted de recordarme a menudo, capitán, se trata de un caso de personas desaparecidas y, por tanto, se encuentra fuera de mi jurisdicción: es, más bien, problema del condado de Pierce.

EPÍLOGO

SEPTIEMBRE

El tiempo amaneció incierto, cosa frecuente en el Pacífico Noroeste y más aún en las inmediaciones del estrecho de Puget. Para una mujer en el día de su boda, sin embargo, aquel factor se convertía en un motivo más de preocupación. Tracy, que había nacido en la región, sabía que no se podía planear un casamiento al aire libre antes del 4 de Julio, pues la meteorología se mostraba demasiado impredecible hasta esta fecha mágica. Por eso había pensado que mediados de septiembre sería un buen momento, pero cuando se despertó, sola —Dan había pasado la semana en su granja de Redmond, llevado por el anticuado convencimiento de que era preferible no ver a la novia antes del momento de la ceremonia—, y miró por las puertas correderas de cristal de su dormitorio, vio un cielo encapotado y lluvioso.

La inquietud le duró una hora, hasta que decidió hacer suya la máxima que repetía su padre cada vez que viajaban con él Sarah y ella para participar en competiciones de tiro con revólveres de acción simple por todo el noroeste:

—Hay que dominar lo que pueda dominarse y dejar el resto en manos de Dios.

A mediodía, la bruma gris había desaparecido y la temperatura había alcanzado unos agradables veinticinco grados de máxima.

Tracy había pasado el día sumida en cierta zozobra emocional, pensando en lo que habría disfrutado su padre acompañando a sus hijas por el pasillo central de la iglesia en sus respectivas bodas, lo feliz que habría sido su hermana de dama de honor y lo pendiente que habría estado su madre del atuendo y el peinado.

Llevaba un vestido de novia blanco de encaje a media pierna con bajo asimétrico. Por dentro, cerca del corazón, guardaba una de sus fotografías favoritas, un retrato de familia tomado durante una de las célebres fiestas de Nochebuena de sus padres, para que la acompañaran todos aquel día, aunque fuese en espíritu.

Una peluquera le había recogido el cabello con una diadema blanca. Le daba igual que le acentuase las patas de gallo: ni tenía ya veintitrés años ni pensaba disimularlo. Estaba satisfecha con su edad y, por primera vez en mucho tiempo, con su vida.

—¿Estás lista? —le preguntó Kins, que se había puesto el traje de raya diplomática que solía reservar para asistir a los juicios.

—¿Lista? Ni que estuviéramos en el túnel de vestuario a punto de salir a jugar.

Él se echó a reír.

Estaban de pie al fondo del corredor blanco que desembocaba en una carpa del mismo color dispuesta al pie del faro de punta Alki. Su castillo. Bajo el toldo aguardaban un juez de paz y, a su lado, Dan, el mejor príncipe azul con que se había topado nunca, y Rex y Sherlock con sendas pajaritas blancas, sus caballeros, que, aunque a veces no fueran los más galantes del mundo, siempre estaban allí. Cuarenta invitados se habían levantado de sus asientos blancos para mirarlos a Kins y a ella. Aunque en la invitación habían recomendado asistir con ropa informal en previsión de un día caluroso, Del y Faz, animales de costumbres, se habían vestido igualmente de traje y corbata.

Además de pensar en su familia, Tracy había pensado en Andrea Strickland aquella mañana. Se preguntaba adónde habría ido y qué sería de ella, si habría dado ya a luz y si habría sido niño o niña, si vería a aquel bebé como un nuevo comienzo, una vida nueva, una ocasión de empezar de cero.

La histeria mediática había sido muy intensa los días que siguieron al enfrentamiento de la cabaña. No habían faltado conjeturas, insinuaciones y rumores. Cuando la cola de periodistas había dado, finalmente, con la ubicación del escondite de Andrea Strickland en los montes, cayó en bandada sobre Seven Pines, pero encontraron la casita del otro lado del puente de madera ocupada solo por cientos y cientos de libros. Un periodista había escrito que uno de ellos descansaba abierto sobre la mesilla de delante del sofá, como si la persona que lo había dejado allí pretendiera volver algún día para proseguir su lectura. Se trataba del *Diario de Ana Frank*.

La lectora —decía el artículo— lo había dejado abierto por una página en la que se veía una única frase subrayada: «Sigo creyendo, pese a todo, que las personas son buenas en el fondo».

Tracy se preguntó si no sería un mensaje de Andrea Strickland destinado a ella. Miró a Kins y sonrió.

—Estoy lista.

Kins hizo una señal al violinista y a la chelista, que arrancaron a tocar de inmediato. La novia echó a andar tomando a Kins del brazo y con un ramo de flores en la mano.

—Estás preciosa —aseveró su compañero.

Ella sonrió.

—Es que me siento preciosa.

Aquel sería un día espléndido, un día memorable que, también en su caso, marcaría, esperaba, el inicio de una vida nueva.

AGRADECIMIENTOS

Uno de los temas que suele abordarse en los congresos de escritores es el de la diferencia entre quienes delinean con detalle su novela y quienes se dejan llevar por la intuición. Yo, en realidad, no soy ni de los «delineantes» ni de los intuitivos, aunque sí puedo considerarme más bien orgánico: tomo una idea, juego con ella y exploro adónde me lleva. A veces es el libro el que se va desarrollando solo, como ocurrió con *Su último suspiro* y con *El claro más oscuro*. En esos casos, podría decirse que los capítulos se escriben sin ayuda de un modo extraño y que yo me limito a seguir el camino que me van marcando. No es tan sencillo, claro, pero creo que el lector entiende a qué me refiero.

Otras veces, sin embargo, tengo que forcejear con el argumento, como me ocurrió con *La tumba de Sarah* o con la presente. Suelo meterme en líos cuando pienso tener una idea sobre el lugar en que se desarrolla la acción. En este caso pensaba usar el monte Rainier. Había ido a visitarlo con mi familia y pensé que sería un buenísimo escenario. El problema era que, cada vez que hablaba con cualquier conocedor de la zona, me hacían la misma pregunta: «¿Y para qué quieres que escale la montaña tu inspectora de homicidios?». Nunca encontraba una buena respuesta. Supongo que podía haber un motivo, pero, después de varios meses de entrevistas y reflexiones infructuosas, decidí tomar una senda diferente. No quiero restar importancia a su ayuda ni su pericia. De hecho, cada uno de ellos me fue de gran utilidad para planear una ruta y explicar cómo podría escalarla alguien y desaparecer. También me hicieron ver que lo que muchos dan por cosa hecha —hacer cumbre— no lo es, ni mucho menos, y a veces puede resultar mortal.

Gracias, por tanto, a Wes Giesbrecht, por su paciencia y su orientación; al doctor Dave Bishop, que compartió conmigo la experiencia de permanecer una semana sumido en una tormenta en el monte, luchando por salvar la vida; a Sunny Remington, a quien bastaron dos días para hacer la ruta del Liberty Ridge y me demostró que era posible (impresionante), y a Fred Newman, que me dio detalles maravillosos sobre el particular. Gracias por prestarme vuestro tiempo y vuestra pericia en aquella montaña gigantesca, que hace guardia sobre todo el Pacífico Noroeste y atrae a tantas personas hacia sus laderas, incluidos mi mujer, mi suegro y mis hermanos Bill y Tom. Yo no voy a ser uno de ellos: Dios no me dio la complexión ni las energías necesarias para encaramarme a grandes altitudes, de modo que tendré que conformarme con admirarlos desde la falda.

Se da la circunstancia de que desaparecer es una empresa tan complicada como escalar el Rainier. Con todos los medios sociales de que disponemos hoy en día, no es fácil pasar inadvertido y tanto los investigadores privados que se dedican a buscar a las personas desaparecidas como gentes con malas intenciones cuentan con modos muy diversos de localizar a una persona. He leído varios libros sobre el tema y en este sentido quiero expresar también mi agradecimiento a Gina Brent, investigadora, y a D. J. Nesel, de la jefatura de policía de Maple Valley, quien, antaño, se había dedicado a rastrear personas y dinero robado.

Gracias también a Jennifer Southworth, inspectora de la Sección de Crímenes Violentos de la policía de Seattle, y a Scott Tompkins, de la Unidad de Delitos Violentos de la comisaría del *sheriff* del condado de King. Scott fue quien dio el pistoletazo de salida al preguntarme, una tarde, si había pensado alguna vez en empezar un libro con el hallazgo de un cadáver en una nasa. No hizo falta nada más para engancharme. Nos sentamos y les dije: «Guiadme». Eso fue precisamente lo que hicieron. La cuestión de la jurisdicción es uno de los elementos más importantes de esta novela y Jennifer y Scott me asesoraron con gran paciencia al respecto. Espero haber entendido todo bien. Los personajes del libro son todos ficticios y, si en algún lugar me he tomado cierta libertad, yo soy el único responsable. También cabe decir lo mismo de los errores que puedan contener estas páginas. He contraído una gran deuda con ellos por dedicarme su tiempo y sus conocimientos.

Gracias a Meg Ruley y a su equipo de la Jane Rotrosen Agency, sobre todo a Rebecca Scherer. Meg y yo llevamos ya quince años trabajando juntos y ha gestionado mi carrera literaria de un modo impecable. La nuestra, es verdad, es una relación profesional, pero nadie lo diría cuando estamos juntos. Hablamos de nuestra familia, de nuestros hijos y de todo lo que importa de veras. Me ha ayudado siempre a tener los pies en el suelo, sobre todo este último año, en el que he necesitado más que nunca su punto de vista. Gracias, Meg. Rebecca es un genio de los números y los ordenadores, capaz de responderme en el acto a casi cualquier pregunta que quiera formularle. Ignoro de dónde puede sacar tantos conocimientos, pero estoy muy agradecido de tenerla en mi equipo. Gracias también a Danielle Sickles y Julianne Tinari, directora de derechos internacionales y jefa de contratos respectivamente. Las dos se encargan de que mis obras crucen fronteras y se traduzcan para que puedan leerlas tantas personas. Y gracias a Jane Rotrosen, que me recibió hace quince años con los brazos abiertos y una sonrisa de oreja a oreja diciendo: «Vamos a vender un montón de libros juntos, chaval». Todas ellas han creído en mí, me han apoyado y han trabajado sin descanso para hacerlo realidad. Forman un equipo de los buenos de verdad.

Gracias a Thomas & Mercer. Este es el cuarto volumen de la serie de Tracy Crosswhite y la quinta novela que publico con ellos, pero todavía me siento como un novato. Su equipo aborda cada proyecto como si fuera la primera vez y me prodigan siempre un respeto y una amabilidad insondables. Me dan ideas para futuras novelas, trabajo con ellos la trama y les pido consejo a la hora de introducir mejoras. Siempre tienen tiempo para atender mis llamadas, para reunirse y hablar conmigo. En el momento de escribir estas líneas, hemos conseguido ser número uno en cinco países y aún queda mucho por recorrer. Insuperable.

Gracias en especial a Charlotte Herscher, editora de mesa. Este es nuestro quinto libro juntos y en el trayecto ha hecho de mí un escritor infinitamente mejor. A veces la oigo en mi imaginación diciendo: «Desarrolla más los personajes», y me afano al máximo en seguir su consejo, porque siempre da en el blanco. Gracias también a Scott Calamar, corrector. Reconocer los puntos flacos es algo maravilloso, porque nos empuja a pedir ayuda. La gramática y la puntuación nunca han sido mi fuerte y es bueno saber que cuento con los cuidados del mejor.

Gracias a Sarah Shaw, una responsable de relaciones públicas tan perfeccionista que tiene un don especial para nuestros galardones, las cenas de equipo, etc. Mi pared se está llenando de cubiertas de libros enmarcadas. Gracias a Sean Baker, jefe de producción, y a Jessica Tribble, directora de producción. Me encantan las cubiertas y los títulos de cada una de mis obras y tengo que agradecerles su excelente trabajo. Gracias también a Justin O'Kelly, jefe de relaciones públicas, y a Dennelle Catlett, directora de relaciones públicas de Thomas & Mercer, por todo lo que han hecho por la promoción de mis novelas y de su autor. Gracias a la editora Jacque Ben-Zekry, a quien siempre es una gozada tener cerca; a Mikyla

Bruder, editora; a Hai-Yen Mura, editora asociada, y Jeff Belle, vicepresidente de Amazon Publishing.

Gracias en especial a Gracie Doyle, directora editorial de Thomas & Mercer. Son tantas las cosas en las que destaca, que no se bien por dónde empezar. Gracias por el modo como has dirigido la historia. Gracias por tus propuestas editoriales. Gracias por tu amistad. Me siento muy afortunado por tenerte al frente de mi equipo.

Gracias a Tami Taylor, que administra mi página web, elabora mis boletines y crea algunas de las cubiertas de las traducciones de mis libros. Cuando le pido ayuda, sabe hacer las cosas con rapidez y eficacia. Gracias a Pam Binder y a la Pacific Northwest Writers Association por el apoyo que prestan a mi obra y a la Seattle 7 Writers, colectivo sin ánimo de lucro de autores del Pacífico Noroeste que fomenta y defiende la palabra escrita. Me enorgullece pertenecer a ambos organismos. Gracias también a Jennifer McCord, gran amiga y editora que me puso en el buen camino hace ya muchos años.

Una de las cosas más divertidas que proporciona este trabajo es la posibilidad de vender personajes para recaudar dinero en subastas escolares. La escuela de mi hija se ha beneficiado de la aparición de dos de ellos en este libro. Cabe agradecérselo a quienes sacaron el talonario cuando fue necesario. Gracias, en especial, a Tim y Brenda Berg. Nos conocimos gracias al baloncesto y trabamos amistad de inmediato. Son gente excepcional y me dejaron boquiabierto cuando empezaron a pujar. Brenda, ya sé que no te he dado en la novela la profesión que deseabas, pero ¡espero haberte hecho justicia! Gracias también a Ying Li y a Chong Zhu, que compraron un personaje para su hijo Jonathan, que aspira a ser escritor. Ojalá pueda leer sus libros algún día.

Gracias a todos los lectores por buscar mis novelas y por el apoyo increíble que dais a mi obra. Gracias por publicar reseñas y por escribirme para hacerme saber que os han gustado. Para un autor no hay nada más memorable.

Gracias a mi madre, que, después de un 2016 difícil, vuelve a estar en la brecha y con más fuerza que nunca; a mi hijo, que en el momento de darse a la prensa estas páginas ha empezado su segundo año de universidad, y a mi hija, que estudia ya tercero de secundaria. No hay mejor tiempo que el que paso con vosotros. Gracias a mi mujer, Cristina, que escucha con paciencia mis lamentos cuando me asalta la impresión de que nunca voy a acabar el libro que tengo entre manos o me atasco en alguna página y lo celebra conmigo cuando me separo del ordenador anunciando: «¡Terminé!».

Así es la vida de la cónyuge del escritor.

Made in the USA
Lexington, KY
19 August 2018